Freitag 14.10 – 18.12 Uhr

Philip war dem Tier so nahe, daß er nur noch seine Zähne sehen konnte. Bloß Fingerbreit vom Draht entfernt, erschienen sie riesig: Sie verjüngten sich im Bogen zu einer gezackten Schneide, flankiert von zwei scharfen Fangzähnen, die aussahen, als könnten sie gehärteten Stahl durchbohren. Sie waren gelblich, mit dunkelbrauner Verfärbung nahe den Wurzeln. Ein Film von Speichel ließ sie glänzen. Philip war so nahe, daß sein Blickwinkel sie isolierte. Kiefer und Fell waren zu einem amorphen, grauen Schatten geworden. Es waren spaltende Zähne, reißende Zähne, Zähne, die hacken konnten und schneiden, zerren und zerfleischen. In einem plötzlichen Wachtraum sah er sich auf dem Rücken unter einer . . . unter einer Akazie. Ja, das war es, eine Akazie. Der Löwe hatte die Pranken auf seiner Brust, und er sah das gleiche gelbe Gebiß über sich. In einer Sekunde würden sich die Kiefer über seinem Gesicht schließen und ihm Nase und Augenbrauen zerfetzen, die Oberfläche des Gesichts wie eine Gummimaske abreißen. Nur rotes Fleisch und bleicher weißer Knochen würden zurückbleiben. Aber seine Finger hatten das Gewehr berührt. Als er stolperte, war es ihm aus der Hand gefallen. Eine .375 Magnum. Die beste Waffe im Busch, hatte Dick sie genannt.

Mit der rechten Hand hatte er die Büchse herumgerissen, bis ihre Mündung auf das Maul des Löwen zielte. Dann hatte er abgedrückt. »Das verdammte Biest ist über mir zusammengebrochen«, hatte Dick gesagt. Einen Augenblick lang fühlte Philip das Gewicht des toten Tieres auf sich und roch den ranzigen Gestank seines offenen Mauls. Dann rollte er, wie Dick es getan hatte, den Löwen beiseite und stand auf . . . der Traum von Afrika verblaßte. Er war wieder im Haus am Eaton Square in London und stand vor den Käfigen mit seinen Tieren.

Er steckte den Finger durch den Maschendraht und berührte die Nase des Meerschweinchens. »Hallo, Schätzchen.« Schätzchen kehrte seinem Besitzer das gerundete Hinterteil zu und entleerte sich. Philip wandte sich von dem halben Dutzend Käfigen ab, die entlang einer Wand des kleinen Raums standen. Es war früher einmal ein Umkleidezimmer gewesen, hieß aber jetzt die Great Ngorongoro Crater-Menagerie und beherbergte seine Springmäuse, die weißen Mäuse und ein weiches braunes Kaninchen. Wegen seiner Angewohnheit, ihn kurzsichtig anzublinzeln, wenn er den Käfig reinigte, hatte er es Mr. Magoo getauft.

Philip ging zum Fenster und hatte dabei das seltsame Gefühl im Rücken, das bedeutete, daß er beobachtet wurde. Es war körperlich, so als ob die Augen seines Beobachters Zwillingsstrahlen entsandten, die ihn berührten. Er blieb am Tisch stehen und tat, als sehe er sich ein Buch an. Wessen Augen könnten es sein? Die seiner Mutter? Des Dienstmädchens? Dick Howards? Er hatte sie alle schon einmal dabei überrascht. In der vergangenen Woche hatte er das Mädchen dreimal ertappt, wie sie zu ihm hineinsah, und zweimal das kalkweiße Gesicht von Dave, dem Chauffeur, gesehen. Das war seltsam. Er war sicher, daß Dave ihn vorher nie bespitzelt hatte. Er fuhr herum, aber da war nichts, niemand. Abgesehen von dem leisen Scharren der Tiere in ihren Käfigen war es still in den ineinander übergehenden Räumen; die Vorhänge vor dem Fenster zum Treppenabsatz hingen bewegungslos.

Durch das Außenfenster starrte er auf den Verkehr, der durch Kings's Road und Eaton Place nach Westen floß, um dann in das Filtersystem des Sloane Square einzumünden. Es war merkwürdig, die Wagen in Bewegung zu sehen, ohne sie zu hören. Das machten die Verbundfenster; sie ließen kaum ein Geräusch von außen eindringen. »Aber auch keine frische Luft«, hatte Dick gesagt, als die Männer vor ein paar Wochen die Scheiben einsetzten.

Philips Mutter hatte ihn gehört und scharf geantwortet: »Wenn Sie das für frische Luft halten!« Sie hatte auf den Platz gezeigt, der am Ende der kurzen Sackgasse lag. »Außerdem bauen wir sowieso Airconditioning ein.« Und es wurde auch installiert.

Abgesehen vom Autoverkehr waren die nebeligen Straßen beinahe leer. Gewöhnlich hielten sich um diese Zeit, kurz nach dem Mittagessen, immer Leute auf dem Platz auf, und an milden Tagen waren die meisten Bänke, die er sehen konnte, besetzt. Jetzt eilten die wenigen Passanten vorüber, vermummt, mit herabhängenden Shawls, Wollmützen tief über die Ohren gezogen. Laut Wettervorhersage lag das ganze Land unter einem nordöstlichen Luftstrom, der eisige Temperaturen aus dem Norden Rußlands mit sich brachte. In Schottland war Schnee gefallen, die A 9 zwischen Perth und Inverness gesperrt, und Schneewehen blockierten verschiedene Straßen in den Penninen. In den Ein-Uhr-Nachrichten hatte es geheißen, daß die Mittagstemperatur in London minus zwei Grad Celsius betragen habe. »Was er meint, sind 27 Grad Fahrenheit«, hatte Dick irritiert erklärt. »Ich weiß wirklich nicht, weshalb wir auf Celsius übergehen mußten.«

Welche Skala auch immer, er brauchte nur aus dem Fenster zu sehen, um zu wissen, daß es eiskalt war. Selbst ohne hastende Menschen *sah es kalt aus.* Der Wind trieb Blätter und Staub über die King's Road und bewegte die dunklen, nackten Zweige der Platanen. Der Nebel schien dichter zu werden, aber in der Great Ngorongoro Crater-Menagerie trug Philip ein dünnes Baumwollhemd. Auch das hatten sie eingebaut: die beste Zentralheizung, die es gab. Als sie das Haus kauften, hatte es eine Heizung, aber Philips Mutter hatte sie nicht für ausreichend gehalten. Sie ließ sie herausreißen und ein Luftschachtsystem installieren. Es hatte ein Vermögen gekostet und war immer noch nicht fertig, obgleich die Temperatur im Zimmer es nicht ahnen ließ. Philip ging in sein Schlafzimmer, das neben dem kleinen Umkleideraum lag, und sah auf das Thermometer neben der Tür. Es zeigte 25 Grad Celsius; Dick hätte 77 Grad Fahrenheit gesagt.

Sein Schlafzimmer war nach dem Habitat-Katalog möbliert worden. Die Kombination von Weiß, Orange und einem leuchtenden Grasgrün half, dem langweiligen Nachmittag Wärme und einen gewissen Reiz zu geben. Es war nicht als ein reiner Schlafraum, sondern eher als Wohnschlafzimmer eingerichtet. Das Bett war eine Studiocouch; darauf ein Berg großer, weicher Kissen. Das Zimmer hatte nur drei Wände; die vierte war keine richtige Wand, sondern ein langes Fenster von der Art, wie sie manche Krankenhäuser haben. Es war die Idee seiner Mutter gewesen. Sie wollte sehen können, ob er in Ordnung war. Obgleich das Fenster einen Vorhang besaß, haßte er den Mangel an Abgeschlossenheit. Am Fuße seines Bettes stand der Schreibtisch, eine weiße Plastikplatte auf zwei Reihen von Schubfächern; darüber eine Anzahl von Regalen. Einige enthielten Bücher, andere verschiedene Gegenstände, wie die Massai-Speerspitze von Dick, den großen, runden seegrünen Briefbeschwerer, den sein Stiefvater für ihn in Biot in der Provence gekauft hatte, und den klaren Block aus Isopon mit den drei Gliedern einer Goldkette darin, den er selbst gegossen hatte. Vor sechs Monaten, als er mit einem Asthma-Anfall im Bett lag, hatten er und seine Mutter während langer Abende jedes einzelne Möbelstück aus dem Katalog ausgewählt.

Das war zu Beginn des Herbstes gewesen. So lange er sich erinnern konnte, war der Herbst eine schlechte Zeit für ihn: Husten, eine Lungenentzündung, Grippe, Kopfgrippen, Bronchitis – hauptsächlich Bronchitis, aus der sich dann etwas anderes entwickelte. Vor einer Woche hatte er wieder einen Schnupfen gehabt, und seine Mutter hatte ihn nicht zur Schule gehen lassen. Sobald er zu krächzen begann, hatte er mit dem üblichen Besuch des Hausarztes gerechnet, mit den Pillen, den Antibiotika und den Medikamenten zum Einatmen.

Aber zum erstenmal war die Behandlung anders verlaufen. Mit einem Streit zwischen seiner Mutter und Dick Howard hatte es angefangen. »...er ist schwach auf der Brust, das ist alles«, hatte er Dick sagen hören. »Sie verweichlichen den Jungen, Ruth, und wenn Sie so weitermachen, wird er zeit seines Lebens schwach auf der Brust bleiben.« Was seine Mutter antwortete, hatte er nicht verstehen können, denn die beiden waren im Wohnzimmer auf der anderen Seite des Treppenhauses und er selbst auf dem Treppenabsatz vor seinem Zimmer. Dann hatte Dick gesagt: »Eine Menge Jungen wachsen ohne Vater auf. Es bedeutet nicht unbedingt, daß sie ... *all right*, aber Sie wissen, was ich meine. Ein paar Jahre in einem guten Internat; das würde einen Mann aus ihm machen. Rugby, Schwimmen, kalte Duschen ...«

Dann die klare, ärgerliche Stimme seiner Mutter: »Das ist genau das, woran die Briten kranken: zuviel Rugby und Schwimmen und kalte Duschen in der Schule. Ich erlaube nicht, daß Philip aufwächst ...«

»Und Ihre Militärakademien, Ihre Kadettenanstalten in den Staaten?« hatte Dick eingeworfen. »Genau dasselbe. Abgesehen davon, ich habe nur gesagt, Sie sollten den Doktor nicht rufen, nur heute abend nicht, und mich –«

»Gut!« hatte seine Mutter ärgerlich zugestimmt. »Aber nur heute abend.«

Bald darauf war Dick in Philips Zimmer gekommen. »Hallo, alter Junge. Ich will deinem Husten den Garaus machen. Wir setzen uns auf seine Spur, jagen ihn und, bums – erledigt!«

Philip liebte es, wenn Dick ihn abends besuchte. Er liebte den starken Tabakgeruch seiner Kleidung. Selbst daß sein Atem nach Alkohol roch, stieß ihn nicht ab, denn genauso stellte er sich die weißen Jäger vor. Gewöhnlich brachte Louise, das französische Dienstmädchen, ihm zur Schlafenszeit eine Tasse heißer Milch, und dann kam seine Mutter und redete mit ihm oder las vor: Nacht für Nacht für Nacht. Aber manchmal kam Dick aus seiner kleinen Wohnung im Erdgeschoß; sein Besuch war etwas, worauf er sich freuen konnte, etwas, das er soweit wie möglich in die Länge zog; es unterbrach die Routine. An diesem Abend hatte Dick an die lange Glasscheibe zum Korridor geklopft, gewinkt, und dann war er ins Zimmer gekommen. In der Hand hielt er ein Glas Wasser und in der andern eine kleine Flasche. »Erst einmal eine Aspirin«, sagte er und gab Philip die Tablette und Wasser, um sie hinunterzuspülen. »Jetzt das Kampferöl. Vielleicht beißt es ein bißchen.« Er goß ein wenig davon in seine rechte Hand, schob Philips Pyjamajacke nach oben und begann, das Öl in seine Brust zu massieren. »Herrlicher Geruch«, sagte er. »Meine Mutter hat es immer benutzt, wenn ich es auf der Brust hatte. Das beste Mittel der Welt.« Der Geruch drang in Philips verstopfte Stirnhöhle. Zum erstenmal an diesem Tag atmete er freier. »Na also . . .« hatte Dick gesagt. »Das wird helfen.« Er wischte sich die Hand an einem Handtuch ab und schraubte die Flasche wieder zu.

»Geh noch nicht«, hatte Philip gebeten.

»Nun . . .«

»Kannst du nicht wenigstens ein Weilchen bleiben?«

»Ganz kurz nur. Was wollen wir machen?«

»Du weißt –«

»Philip, ich habe dir jede Geschichte erzählt, die ich kenne, alles, was ich gemacht habe. Du weißt mehr über mein Leben als ich.«

»Erzähl mir über die Zeit, in der du Distriktsbeamter im Kolonialdienst warst; im Sambesital.«

»Philip, du hast schon alles gehört.«

»Ich weiß.«

»Eine bestimmte Geschichte?«

»Gleich nachdem du dort ankamst. Die mit dem Hund.«

Dick hatte sich auf die Bettkante gesetzt; ein hochgewachsener Mann Ende Vierzig mit dunklem, ergrauendem Haar und einem schmalen Gesicht, das von Wind und Sonne gezeichnet und von einem Netz kleiner roter Venen überzogen war. Jahrelang hatte er jünger gewirkt, als er tatsächlich war. Jetzt sah man ihm sein Alter an; er trug einen teuren, aber alten Anzug aus Donegal-Tweed, eine gelbe Tattersall-Weste, ein dezent kariertes Wollhemd und einen Clubschlips. An den Füßen hatte er ein Paar handgearbeitete, rehlederne Safaristiefel. Seine Kleidung hatte etwas Altmodisches. Für Philip war sie genau das, was ein weißer Jäger im Londoner Winter trug; der unvoreingenommene Passant auf der Straße hätte ihn für einen pensionierten Offizier gehalten, dessen Zivilanzug vielleicht vor zwanzig Jahren einmal neu gewesen war.

»Also, ich war damals ungefähr zweiundzwanzig. Sie hatten mir meinen ersten Distrikt zugeteilt; einen Ort namens Chirundu –«

»Du hast gesagt, er liegt in der Nähe von Livingstone und daß du oft zu den Victoria-Fällen gefahren bist.«

»Richtig; Chirundu liegt flußabwärts von den Fällen. Ich hatte eine Barkasse, erinnerst du dich? Damals besaß ich einen kleinen Hund. Ein Terrier; eigentlich eine Mischung. Er hieß . . .« Dick hielt ein, und Philip sagte: »Dinner, weil er immer etwas zu fressen haben wollte.«

»Richtig; Dinner. Abgekürzt Din. An diesem Tag war ich allein in den Busch gegangen. Ich hatte nur eine zwei-eins-sechs Rigby bei mir, eine nette kleine Büchse, leicht, aber ich wollte nur einen kleinen Bock für den Topf schießen. Wir gingen einen Pfad nahe dem Fluß entlang. Es war irrsinnig heiß, obgleich es schon später Nachmittag war –«

»Die Zeit, in der die Böcke zum Trinken kommen.«

»Du kannst die Geschichte rückwärts.« Howard machte eine Pause. Er schob sich zurück, um bequemer zu sitzen, und lehnte sich gegen die Wand. Philip starrte an die Decke. Er sah den grauen Bock im Sambesital, fühlte die klebrige Hitze des späten Nachmittags, hörte die Zikaden und das boshafte Kreischen der Vögel. Während die Geschichte ihre bekannte Fortsetzung nahm, wurden die beiden Menschen im Raum durch ein Netz aus Erinnerungen und Phantasie zueinandergezogen: Richard Howard, mittleren Alters und ein wenig angeheitert; und der Junge, Philip Blanchet, zehn Jahre jung, dunkelhaarig, blaß, großäugig und dünn.

». . .und dann?«

»Der Hund muß Nahrung gewittert haben; vielleicht vom nahen Dorf. Es war die Zeit des Abendessens. Eigentlich ungewöhnlich, denn er war ein gehorsames kleines Tier.« Philip lächelte. Dick schmückte die Geschichte so aus, wie er es gern hatte. Ihren Schluß kannte er; wichtig war nur, wie sie erzählt wurde.

»Dinner lief also den Pfad hinauf. Ich erinnere mich, als sei es gestern gewesen: ein kleiner schwarz-weißer Terrier, der vor mir den Pfad entlangtrottete, schneller wurde und hinter einer Kurve verschwand.

Ich habe mir nicht viel dabei gedacht. Die Idee, einen Bock zu schießen, hatte ich mehr oder minder aufgegeben. Ich hatte weder einen Gewehrträger noch einen Tracker bei mir. Hätte ich etwas geschossen, wäre mir nichts anderes übriggeblieben, als das Tier selbst heimzutragen oder es auf einem Baum in Sicherheit zu bringen. Beides gefiel mir nicht besonders. So ließ ich Din laufen. Dann, nach ein paar Minuten, hörte ich ›yip! yip! yip!‹. Ganz hell. Überhaupt nicht wie sein gewöhnliches Bellen. Hörte sich an, als habe er Angst. Ich blieb stehen und sah den Pfad hinunter. Gerade wollte ich: ›Komm, Junge‹ rufen, als Din in einem Affentempo um die Kurve bog. Kein Gepard hätte schneller sein können. Und direkt hinter ihm ein Löwe. Nicht ganz ausgewachsen. Ein junges Männchen. Immerhin, groß genug.

Ich begriff gleich, was los war. Der Löwe wollte Dinner als Mahlzeit, und Dinner flüchtete sich, so schnell er konnte, zu mir. Suchte Schutz bei seinem Herrn. Schoß den Pfad herunter, an mir vorüber, und blieb genau hinter meinen Füßen stehen, so als wollte er sagen: ›Geschafft. Du kannst mir nichts tun. Ich bin im Frei.‹ Jemals Kriegen gespielt, Phil?«

Philip schüttelte den Kopf. In der Schule hatten sie es gespielt, ihn aber nie mitmachen lassen. Es war auch nicht gerade ein Spiel, das am Eaton Square gespielt wurde, selbst wenn andere Jungen seines Alters dagewesen wären. Und außerdem hätte es seine Mutter nicht erlaubt.

»Es ist ein Abschlagspiel mit einer Ecke, in der du sicher bist.«

»Ich weiß, wie es gespielt wird.«

»Schade, daß der Löwe es nicht wußte. Er hatte noch nie was davon gehört. Kam direkt auf mich zu. Er wollte den Hund, weißt du. So legte ich auf ihn an. Riskant mit einem leichten Gewehr, aber was sollte ich machen? Kopfschuß auf fünf Schritt Entfernung; er brach vor meinen Füßen zusammen. Mausetot. Reiner Zufall natürlich. Wäre mir nie wieder gelungen.«

»Was war mit Dinner?«

»O ja. Er ist danach nie wieder weggelaufen. Ging immer bei Fuß. Hatte ihn jahrelang – vier oder fünf, nehme ich an –, bis ihn eine Schlange erwischte. Wie wäre es jetzt mit einem kleinen Schläfchen?«

In dieser Nacht hatte Philip vom breiten Sambesi geträumt und von Löwen, die kleine Terrier jagten. Als er aufwachte, konnte er viel besser atmen. Jetzt, sechs Nächte mit Kampferöl-Einreibungen später, war er fast ganz von dem schweren, asthmatischen Atmen befreit. Dick hatte recht gehabt; nicht seine Mutter.

Während ihm diese Gedanken durch den Kopf gingen, hatte er am Fenster gestanden. Wie die Träume in der Nacht waren seine Wachträume farbig und phantasievoll. Philip verbrachte die meiste Zeit mit seinen Vorstellungen. Wochen, Monate im Krankenbett hatten eine Vorstellungswelt in ihm entstehen lassen, die oft wirklicher war als die Realität. Wieder war es ihm, als berühre jemand leicht seinen Rücken. Abrupt drehte er sich um. Diesmal sah er, wie sich der Vorhang des Fensters zum Treppenabsatz ruckartig bewegte. Dann wurde geklopft. Louise steckte den Kopf in die Tür.

»Du bist ein böser Junge«, sagte sie und drohte mit dem Finger.

Er ließ sich auf das Bett fallen. »Ich habe keine Lust, zu ruhen.«

»Madame wird sehr böse sein mit dir.« Sie sprach Englisch mit einem starken Akzent. Oft vermischte sie Englisch und Französisch, indem sie einfach den ersten Ausdruck benutzte, der ihr einfiel, gleich in welcher Sprache. Manchmal mußte er sich zusammennehmen, um nicht über sie zu lachen. Sie war eine große Frau mit gelblichfahler Haut. Wahrscheinlich war sie früher einmal attraktiv, aber jetzt waren ihre Züge zu scharf, und die Figur ging in die Breite. Sie trug die formelle Dienstmädchentracht, ein schwarz-weiß kariertes Hemdblusenkleid und eine kleine, gerüschte Schürze. Philip und seine Mutter hatten vorher nie ein Dienstmädchen gehabt. Sie gehörte zu den Veränderungen ihres Lebens, die die Ehe seiner Mutter mit Michel Blanchet mit sich brachte. *Blanchet.* Er konnte sich noch immer nicht richtig mit dem Namen anfreunden . . . »Du hast Glück«, hatte seine Mutter gesagt. »Nicht jeder darf einen französischen Namen benutzen.« Aber er hatte seinen eigenen Namen lieber gemocht: Warren. (»So typisch Idaho wie die Kartoffeln«, hatte sein Vater immer gesagt. Oder hatte seine Mutter ihm erzählt, was sein Vater gesagt hatte? Er konnte sich nicht an ihn erinnern.)

Louise nahm die Steppdecke vom Fußende des Bettes und deckte ihn zu. Sie blieb einen Moment lang stehen. Ihr Gesicht war angespannt und die Augen beinahe traurig. Er war so jung, so wehrlos, wie er dalag. Dann riß sie sich zusammen, und ihr Ausdruck verhärtete sich. Schnell sah sie zur Seite, damit er den Wechsel ihrer Stimmung nicht bemerkte.

Sie sah auf ihre Uhr, prüfte dann den Mickey Mouse-Wecker auf seinem Nachttisch. Sie nahm den Wecker, stellte ihn und zog den Alarm auf.

»Noch eine halbe Stunde.« Sie stellte den Wecker zurück auf den Nachttisch und ging leise zur Tür. Dort blieb sie stehen, drehte sich um und verzog das Gesicht zu einem freundlichen Lächeln, aber Philip lag auf dem Rücken und starrte an die Decke. Wieder war es, als zöge eine

Wolke an der Sonne vorüber; die Wärme verschwand aus ihren Augen. Ihr Ausdruck wurde kalt und feindlich. Dann schloß sie die Tür hinter sich.

Es gab Momente, in denen Philip sich so langweilte, daß er fühlte, wie die Tränen der Verzweiflung hinter seinen Augen zu brennen begannen. Für diese Zeiten bewahrte er Gedanken auf, um sie auszuspinnen, mit ihnen zu spielen, zu phantasieren. Dies war ein solcher Moment. Die Mickey Mouse-Uhr zeigte 14 Uhr 30. Er mußte bis 15 Uhr ruhen. Seine Mutter würde das Haus nicht vor 15 Uhr 15 verlassen. Er selbst könnte erst 15 Uhr 30 . . . Sein Magen zog sich zusammen in einer Mischung von Erwartung, Freude – und Furcht.

Wieder bewegte sich der Vorhang am Korridorfenster. Er beobachtete es mit halbgeschlossenen Augen. Das Gesicht seiner Mutter wurde durch eine der Glasscheiben eingerahmt. Es verschwand. Der Vorhang fiel zurück.

Ruth Blanchet stand einen Augenblick lang vor dem geschlossenen Vorhang des Flurfensters zum Zimmer ihres Sohnes. Dann ging sie zurück in ihr eigenes Zimmer einen halben Absatz höher. Sie war sicher, daß er nicht schlief, aber er ruhte wenigstens. Ruhe sei alles, hatte Dr. Tremlett gesagt; Ruhe, Wärme und eine ausgeglichene Diät . . . »Und geben Sie ihm nicht zuviel Zeit, über sich selbst nachzudenken. Schaffen Sie ihm Interessen. Ein Teil seiner Krankheit ist psychisch.« Sie hatte alles getan, was er verlangte. Ruhe: In seiner Privatschule gab es nach dem Mittagessen eine Ruhepause. Sie hatte dem Direktor gegenüber darauf bestanden, daß Philip wirklich *ruhen* müsse. Er dürfe diese Pause nicht, wie Schuljungen so oft, für Unfug und Spiele ausnutzen oder, obgleich sie das nicht erwähnt hatte, für unerfreuliche sexuelle Experimente. Wärme: Sie konnte nicht mehr tun, als sie getan hatte. Beim Anblick der Rechnung für die neue Luftschachtheizung mit automatischer Feuchtigkeitszufuhr hatte Michel die Brauen hochgezogen. Natürlich hatte sie nicht zugegeben, daß sie extra für Philip eingebaut worden sei. Statt dessen hatte sie gesagt: »Michel, du kommst aus der Provence, ich aus Florida; die Engländer meinen, sie hätten ein subtropisches Klima. Wir wissen, daß es nicht so ist.«

Michel hatte es nicht amüsant gefunden. Er war ein kleiner Mann, ein wenig kleiner als Ruth. Sie hatte immer geglaubt, die Südfranzosen seien extrovertierte Latiner, aber Michel war schweigsam, zurückhaltend und kühl. Als sie den Scherz über das englische Klima machte, hatte er die Lippen geschürzt, mit der Rechnung auf die Tischplatte geklopft und endlich genickt. »Wenn es sein muß.«

Eine ausgeglichene Diät: Das konnte wirklich niemand bestreiten. Wer kochte schließlich, wenn nicht sie? Eine der ersten Fragen, die Michel nach ihrer Hochzeit gestellt hatte, war, ob er mit dem Dienstmädchen zusammen einen Koch von Frankreich herüberschicken solle. Sie hatte seinen Vorschlag abgelehnt. Kochen war ein Teil ihrer Hotelausbildung und machte ihr außerdem Spaß – hauptsächlich jetzt, wo jemand hinter ihr aufräumte. Es schien auch gut zu funktionieren. Sie konnte Philip die von Dr. Tremlett vorgeschriebene Diät geben, und zu den seltenen Gelegenheiten, an denen Michel zu Hause war und nicht um die halbe Welt flog, um überraschend (und daher unwillkommen) eines seiner Hotels zu inspizieren, kam sie auch mit den aufwendigeren Mahlzeiten klar.

Was Interessen betraf, so hatte Philip seine Menagerie, die Great – was auch immer es sein mochte – Crater-Menagerie. Dafür mußte sie Dick danken. Er hatte Philips Interesse geweckt, Tiere zu halten. Sie mußte es ihm lassen, es war sein Verdienst.

In ihrem Zimmer setzte sie sich an den Schreibtisch und sah auf die Uhr: 14 Uhr 53. Bis Dave mit dem Wagen kam, hatte sie noch fast fünfundzwanzig Minuten Zeit, um die Notizen zu schreiben. Sie nickte zufrieden: gute Zeiteinteilung. Glänzend, elegant standen ihre dunklen Lederkoffer an der Tür ihres Schlafzimmers. Der Mantel lag auf einem viktorianischen Stuhl in der Ecke, und daneben stand ihr Schminkkoffer. Alles an seinem Platz. Als ihr Blick von dem Gepäck zurückkehrte, sah sie sich selbst in dem hohen, vergoldeten Wandspiegel. Sie trug ein schwarz-braunes Mohair-Tweedkostüm mit einer rehbraunen Seidenbluse. Hätte sie sich nicht besser etwas weniger düster kleiden sollen? Aber Michel sagte nicht viel über ihre Kleidung. Er erwartete, daß sie das Beste kaufe, und sie folgte seinem Wunsch. Einmal, als sie ein mordsmäßig teures Chanel-Kostüm trug, hatte er etwas scheu gesagt: »Du siehst sehr *ordentlich* aus, *chérie.*« Ein seltsamer Ausdruck, aber sie hatte gewußt, was er meinte, und war merkwürdig dankbar gewesen, so als habe er sie hinreißend genannt. Sie war eine Frau von Mitte Dreißig, dunkel, mit blassem Gesicht, breiten slawischen Wangenknochen, starken, zuverlässigen Händen und so dunkelbraunen Augen, daß sie beinahe schwarz wirkten; sie waren wie die ihres Sohnes, ein wenig größer als normal und mit Schatten darunter. Sie konnte darin Unsicherheit, Zweifel und Besorgnis lesen. Warum, zum Teufel, soll ich nicht besorgt sein, dachte sie. Ich habe einen Sohn, der jeden der Menschheit bekannten Bazillus einfangen muß, und jetzt fliege ich weg und lasse ihn zurück.

Sie griff nach ihrem Briefpapier mit dem Aufdruck ›von Ruth Blanchet‹ und schrieb *Louise.* Den Namen unterstrich sie einmal. Während der zweieinhalb Tage, die sie fort war, sollte Louise kochen, und sie wollte sichergehen, daß sie es richtig machte: keine schweren französischen Saucen, keine *cassoulets,* keine scharf gewürzten provenzalischen Gerichte. Sie schrieb:

1. Abendessen. Consommé (im Kühlschrank ist Hühnerbrühe). Danach . . . Sie hatte Omelette schreiben wollen, doch dann fiel ihr ein, daß Dick Howard alle Mahlzeiten mit Philip einnehmen würde. So schrieb sie statt dessen Lammkoteletts mit Kartoffelbrei und grünem Salat. Danach Yoghurt für Philip (sie besaß ein kindliches Vertrauen zu Yoghurt, weil sie einmal gelesen hatte, daß Leute, die eine Menge davon aßen, erstaunlich alt wurden) und Creme Caramel für Dick. Im Kühlschrank hatte sie einige Becher von der Creme und ein halbes Dutzend Yoghurt gelassen, dazu frisches Obst für Louise und Dave, wenn sie Lust darauf haben sollten.

2. Frühstück. Philip mochte Getreideflocken. Ihr wäre es lieber gewesen, er hätte Porridge gegessen. Geeinigt hatten sie sich dann auf Müsli; sie schrieb es nieder. Dick könnte sich bestellen, was er wollte. Sie fragte sich, ob er überhaupt regelmäßig frühstückte. Manchmal sah er aus . . . sie hatte genügend Hotelgäste mit morgendlichem Zittern gesehen, um erkennen zu können, was sie am Abend zuvor getrieben hatten. Wieder flatterte ihr Herz in der Brust wie ein kleiner gefangener Vogel. Sie befahl sich, nicht albern zu sein, aber die Panik wurde stärker. Wenn Dick sich betrank? Wie konnte sie Philip in seiner Obhut lassen?

Und wenn sie zu Hause blieb? Mit dem Telegramm, daß er von Freitag abend bis Montag morgen in Wien sein werde, bevor er nach den USA fliege, hatte Michel nur eine Tatsache festgestellt. Es war keine Aufforderung, ihn zu treffen, nur die nackte Tatsache. Sie hatte zu oft ähnliche Anrufe oder Telegramme mit Ausreden beantwortet. Einige waren echt gewesen. Es *waren* den ganzen Tag über Maurer oder Gasleute oder Elektriker im Haus gewesen, aber allmählich hatte sie begonnen, Entschuldigungen zu erfinden, um Philip nicht allein lassen zu müssen. Michels Nachrichten waren seltener geworden. In den vergangenen sechs Monaten hatte sie nicht eine einzige empfangen. Vor zwei Tagen kam dann das Kabel seines Sekretärs mit der Angabe, wo Michel am Wochenende sein werde. Sie hatte sich hingesetzt und ausgerechnet, daß er in diesen sechs Monaten genau zwölf Tage in ihrem Londoner Heim verbracht hatte. Es gab keine Alternative; wenn sie sich weiter weigerte, würden sie sich entfremden. Sie sah sich im Zimmer um, betrachtete die Eleganz der Einrichtung mit frischen Augen. Sie *mußte* fahren. Und Philip würde natürlich nichts passieren. Dick war schließlich nicht allein, beruhigte sie sich. Sollte wirklich etwas schiefgehen, waren Louise und Dave auch noch da.

3. Mittagessen. Kalb. Louise könnte die Escalopes in etwas Butter zubereiten: keine Sahne, kein Marsala, einfach *naturel.* Sie unterstrich das Wort. Louise hatte keine Einwände gemacht, als sie das erste Mal darüber sprachen; aber sie schien uninteressiert. Mit abgewandtem Blick hatte sie zugehört, als ginge es sie nichts an. Louise hatte etwas Seltsames an sich. Ruth konnte es nicht beschreiben, aber sie hatte das Gefühl, als ob Louise sie ständig abschätze: nicht nur sie selbst, auch das Haus, die Möbel, ihre Kleider, den Schmuck. Einmal hatte sie ihre Schmuckschatulle in Unordnung gefunden, aber gefehlt hatte nichts. Wahrscheinlich hatte Louise das eine oder andere Stück angelegt. Sie hatte es nicht erwähnt, und es war nicht wieder geschehen. Louise benahm sich wie ein Händler oder ein Steuerinspektor: Dieses Sofa muß soundsoviel Pfund wert sein, jenes Gemälde soviel und das Silber soviel; es war eine solche Art von Gefühl, aber darunter spürte Ruth die Andeutung von etwas mehr. Neid? Nun, das war nicht verwunderlich. An Louises Stelle wäre Ruth auch neidisch gewesen. Aber wenn sie nicht wollte, brauchte sie ja nicht hier zu bleiben. Es gab englische Dienstboten, obgleich der Himmel wußte, was Michel dazu sagen würde. »Die Engländer sind kein dienendes Volk«, hatte er gesagt, als er das erste Mal erwähnte, daß er ihr ein französisches Mädchen besorgen werde. »Es liegt ihnen nicht, zu bedienen. Hast du je einen guten englischen Kellner erlebt?« Und sie hatte zugeben müssen, daß er wußte, wovon er sprach. Selbst Dave, der Chauffeur, mit seinem langen blonden Haar und den Schuppen, hatte eine etwas unverschämte Art. Sicher, er nannte sie Madame, und in Michels Gegenwart war er außerordentlich respektvoll, aber sobald sie allein war, hatte sein ›Guten Morgen, Madame‹ einen Unterton. Es war, als sei es ein kleiner Witz zwischen ihnen, daß sie, eine Amerikanerin und nicht besser als er, so übertrieben angeredet werden müsse.

4. Abendessen (Sonnabend) . . . Sie schrieb schnell und sauber.

Bald hatte sie den Speiseplan beendet und eine weitere Notiz über die Wäsche und den Thermostaten der Zentralheizung geschrieben. *Er darf nicht unter 22° C gehen.* Auch diesen Satz unterstrich sie.

Sie klammerte die Notizen zusammen, zog einen neuen Bogen heran und schrieb: *Dick*. Sie war versucht gewesen, Richard zu schreiben, aber Dick klang freundlicher. Im Moment wünschte sie seine Freundschaft. Manchmal ärgerte es sie, auf welche Weise er sie in die Vornamen-Tour hineinmanövriert hatte.

Von dem Tag an, an dem er in die Wohnung im Erdgeschoß gezogen war, hatte er sie auf eine onkelhafte – manchmal dachte sie fast väterliche – Art behandelt. Sie wußte, daß die Wohnung renoviert wurde für ... sie hatte geglaubt, für einen Hausmeister, der, kaum sichtbar, im Haus wäre und ihr während Michels Abwesenheit Gesellschaft böte. Sie hatte sich eine Frau vorgestellt, eine gemütliche – vielleicht aus Schottland. Dann rief Michel sie eines Tages aus seinem Londoner Büro am St. James's Square an und erzählte ihr, daß am selben Tag jemand in die Wohnung ziehen werde – und Richard Howard war angekommen. Das erste, was ihr an ihm auffiel, waren seine grauen Augen gewesen, Augen, die gelassen hätten blicken sollen und statt dessen irgendwie verwirrt erschienen. Dann sah sie die Gewehrkoffer, sechs – vier Gewehre und zwei Schrotflinten –, die jetzt in seinem Wohnzimmer an der Wand hingen. Ihr war klargeworden, daß Michel mehr als einen Hausmeister wollte. Richard Howard war ein Beschützer.

Aber er war so schwach und gebrechlich gewesen, daß es schien, als könne er kaum auf sich selbst aufpassen. Er hatte keine Anstalten gemacht, seine Habseligkeiten zu tragen, sondern alles dem Taxichauffeur überlassen.

»Tut mir leid wegen dieses Krams«, hatte er gesagt. »Ich habe immer gedacht, daß ein Mann seinen ganzen Besitz in einem Koffer unterbringen können sollte. Mit wenig Gepäck reisen. Aber ich brauche drei. Und natürlich die Gewehrkoffer.« Dann war er ihr ins Haus gefolgt, und sie hatte bemerkt, daß er hinkte, oder weniger hinkte als schlurfte. Seine Blässe war ungesund, so wie wenn jemand mit stark sonnengebräunter Haut einige Wochen lang nicht aus dem Haus gekommen war.

Sie hatte Michel nach ihm fragen wollen, aber er war abgeflogen und hatte sie mit einem fremden Mann allein im Haus gelassen. Am Ende der ersten Woche hatte dieser begonnen, sie Ruth zu nennen.

»Sie sind zu hübsch, um die ganze Zeit ›Mrs.‹ genannt zu werden«, hatte er mit ungeschickter Galanterie gesagt. »Sie nennen mich Dick und ich Sie Ruth. Einverstanden?« Wie hätte sie ablehnen können?

Als drei Wochen später ihr Mann heimkam, war ein anderer Faktor zu der Verbindung hinzugekommen. »Wie kommst du mit Howard aus?« hatte Blanchet gefragt, während er sorgfältig die dünne Rückengräte einer Dover-Seezunge entfernte.

Sie hätte verschiedene Dinge erwähnen können: daß Howard trank, daß Howard anscheinend zu gebrechlich war, um über einen Spatzen zu wachen (obgleich er sich etwas erholt hatte), daß es ihr nicht gefiel, einen Mann in der Wohnung im Erdgeschoß zu haben ... aber sie sagte kein Wort, denn Philip war ein einziger großer Erfolg gewesen. Von dem Moment an, in dem Howard in den Familienkreis kam, und darauf lief es hinaus, hatte Philip sich verändert. Bis dahin war er abweisend gewesen, introvertiert, trotzig, wenn er zur Rede gestellt wurde, launenhaft und oft wütend. Innerhalb von vierzehn Tagen nach Dicks Ankunft war er aufgeblüht. Sie hatte die beiden zuerst voller Mißtrauen und dann mit einem Maß von Erleichterung beobachtet. Wie oft hatte sie zu sich selbst gesagt, daß Philip keinen Vater brauche; daß sie ihm selbst eine Art maskuliner Disziplin geben könne. Als sie jedoch sah, wie er sich Howard gegenüber benahm, wurde ihr klar, daß bei ihr der Wunsch der Vater des Gedankens gewesen war, geboren aus dem Bewußtsein heraus, daß Michel ihm nie ein Vater sein würde. Als ihr Mann sie fragte, wie sie mit Howard auskomme, dachte sie also an Philip und erzählte ihm, daß das Experiment erfolgreich sei.

»Das freut mich.« Was er dann hinzufügte, würde sie nie vergessen: »Durch Philippe können sie immer an mich heran.« (Er sprach den Namen nie anders als französisch aus.) Es war, als ließe ein kalter Wind sie plötzlich frösteln. »An dich heran?« fragte sie. »Wer? Wovon sprichst du? Wer sind ›sie‹? Und warum Philip?« Aber das Telefon hatte geklingelt, und als er von dem Gespräch mit einem seiner Pariser Direktoren zurückkam, war er geistesabwesend und nicht zu einer Erklärung bereit gewesen.

Sie zog das Papier zu sich heran und begann zu schreiben:

1. Philip darf nicht nach draußen gehen.

2. Bitte darauf achten, daß das Haus warm ist.

3. Louise hat Instruktionen wegen des Essens.

4. Wir wohnen im Sacher in Wien. (Sie fragte die internationale Auskunft nach der Nummer.)

5. Dr. Tremletts Adresse ist 94 Collingwood Square. Telefon 771-96 78 91.

6. Schlafenszeit ist neun Uhr, außer morgen. Er darf aufbleiben und Starsky und Hutch sehen.

7. Er muß ruhen . . .

. . . sie schrieb schnell und knapp. In wenigen Minuten war die Liste fertig. Ruth ging nach unten.

Richard Howard träumte. Er saß ausgestreckt in dem großen Chintzsessel in seinem Wohnzimmer. Den Mund halb offen, atmete er schwer und krampfhaft, da der Schrecken seines Traums das Herz rasen ließ. Er schlief immer ein wenig nach dem Mittagessen, hauptsächlich an *jours avec.* Aber heute war ein *jour sans* und morgen ein *jour avec.* Also an diesem Tag nichts Hartes, obgleich es Freitag war. *Jours sans* waren die Tage, an denen er überhaupt nichts trinken sollte. Wein nahm er aus. Ein bißchen Wein hatte noch nie jemandem geschadet. »Trink ein wenig Wein um deines Magens willen«, hatte jemand in der Bibel gesagt, wer, daran konnte er sich nicht erinnern. Sollte er bestreiten, was in der Bibel gesagt wurde? So hatte er um seines Magens willen ein bißchen Wein zu sich genommen. Welche Ironie in seinem Fall in dem Aphorismus lag! Es war in der Magengegend, wo die Muskeln zerrissen und das Fleisch zerfetzt, sogar die Magenwand aufgebrochen worden war. Später, als er verstehen konnte, was die Ärzte und Schwestern zu ihm sagten, hatte er begriffen, welches Glück er gehabt hatte, überhaupt am Leben geblieben zu sein. Ärzte gebrauchten das Wort ›Wunder‹ nicht sehr oft.

Der Wein, der die Schmerzen etwas linderte, hatte ihn gleichzeitig müde gemacht. Er war eingeschlafen, und nun träumte er. Es war immer derselbe Traum. Er lag unter einer Akazie auf dem Rücken, und der Löwe war über ihm. Er konnte seinen Atem riechen und die Zähne sehen, braune Flecken nahe den Wurzeln; er fühlte das Gewicht. Das Gewehr war irgendwo nahe seiner rechten Hand. Er streckte sie danach aus. Bevor seine Finger jedoch den Schaft ergreifen konnten, hatte der Löwe ihm mit seinen Pranken den Bauch aufgeschlitzt und die Eingeweide auf dem staubigen Boden verstreut.

Er fuhr auf. Das Herz hämmerte in seinen Ohren. Schweiß lag kalt auf seiner Stirn. Unsicher erhob er sich, den Traum noch klar und entsetzlich in der Erinnerung. Automatisch ging er hinüber zu einem niedrigen Tisch, auf dem mehrere moderne schwedische Karaffen standen. Er nahm die mit dem Cognac, griff nach einem Glas und hielt ein, als er eingießen wollte. Es war ein *jour sans*. Aber er brauchte *etwas*; das war verdammt klar nach diesem Traum. Nur einen. Er goß den Drink ein und trank die Hälfte davon. Er spürte seine Wärme zuerst in der Kehle und dann im Magen. Besser so. Gott, wenn er nur aufhören könnte zu träumen, einfach in schwarze Bewußtlosigkeit versänke. Er wußte, daß die Ärzte einen Namen haben würden für das, was in ihm vorging. Zeit, hatten sie im Krankenhaus gesagt. Schön, die Zeit heilt die Wunden seines Körpers; wie stand es um die seiner Seele? In den Romanen, die er gelesen hatte, war es wichtig, Geheimnisse zu offenbaren, über Dinge zu sprechen, die man gern verschwiegen hätte oder vielleicht selbst nicht kannte. Man beichtete, öffnete sein Inneres – und, siehe da, alles war in bester Ordnung. Barer Unsinn. Weshalb hatte er Philip davon erzählt, wenn nicht, um es loszuwerden? Zugegeben, er hatte die wahren Vorgänge leicht verändert, aber er wollte den Jungen nicht erschrecken. War es außerdem nicht genug, daß er, Richard Howard, wußte, was geschehen war?

Der Gedanke an Philip erinnerte ihn daran, was für ein Tag es war. Dankbar konzentrierte er seine Gedanken auf ein anderes Thema. Er schlenderte zum Fenster und beobachtete, wie die staubfeinen Körner des Schnees gegen die Scheibe prallten und dann nach unten sprangen. Es war kein guter Tag für Philip zum Ausgehen, aber sie konnten die Zeit nicht wählen, mußten die Gelegenheit wahrnehmen. Und diese Gelegenheit ergab sich heute, an diesem Nachmittag. Morgen, am Sonnabend, war jüdischer Sabbat, und Loewenthal hatte geschlossen. Auch am christlichen Sabbat war das Geschäft nicht geöffnet, und am Montag würde Ruth zurückkehren. Blieb also nur dieser Nachmittag.

Der Wind rüttelte an den Zweigen der Platane, aber das Verbundglas verschluckte alle Geräusche. Howard überlegte, ob es besser wäre, Philip zu begleiten. Sie hatten es aber im geheimen schon besprochen und waren übereingekommen, daß er allein gehen sollte. Die anderen Male, als sie die Springmaus, die weißen Mäuse und das Meerschweinchen kauften, hatten sie den Citroën genommen. Dave hatte sie gefahren. Diesmal sollte Philip allein fahren; in einem Taxi. Ein Abenteuer. Es war höchste Zeit, daß er lernte, Dinge selbst zu erledigen. Wenn Ruth den Jungen nur in Ruhe ließe, wenn sie Blanchet zu jeder sich bietenden Gelegenheit träfe, dann könnten sie wirklich Spaß haben. Er würde mit Philip zum Zoo gehen und nach Whipsnade, so daß er die Tiere mehr oder minder in ihrer natürlichen Freiheit sehen könnte. Sie würden wie gewöhnliche Menschen mit dem Bus oder der Bahn fahren und nicht in einer überheizten Limousine mit einem Chauffeur am Steuer. Wie konnte Ruth erwarten, daß aus Philip ein normaler Junge würde und später ein normaler – besser gesagt, ein *vernünftiger* – Mann, wenn sie ihn wie eine seltene tropische Pflanze in dieser Treibhausatmosphäre aufzog? Asthma, Bronchitis. Unsinn. Er war schwach auf der Brust. Das war alles. Wenn sie so weitermachte, würde es niemals besser werden. Nicht daß Howard etwas gegen die Wärme im Haus einzuwenden hatte. Wenn man, wie er, aus den Tropen kam, war Wärme das einzige, was den englischen Winter erträglich machte. Es mußte einen Ausgleich geben – genau wie in der Natur. Was Philip brauchte, war eine Schule wie Gordonstoun, wo man Wert auf Abhärtung und das Leben im Freien legte. Erinnerungen an seine eigene Jugend in Afrika drängten sich in sein Gedächtnis: an die eiskalten Morgen im Hochland von Kenia, wenn das Wasser in der Regentonne vereist war und Frost den englischen Garten bedeckte; der riesige Kamin aus Felssteinen. Sein Vater hatte beinahe auf dem Feuer gestanden, wenn er in der Frühe eines Wintermorgens seinen heißen Kaffee schlürfte und nach dem alten Luke, dem Hausverwalter, schrie: Er brauche Wasser zum Rasieren oder mehr Kaffee, wo, zum Teufel, sein Frühstück bleibe. Luke, der in Howards Erinnerung immer im gleichen Alter gewesen war, ungefähr siebzig; er war immer gereizt gewesen, immer jähzornig und hatte fortwährend leise über die Arbeit geschimpft, die man ihm machte. Dann raus auf das Pferd, um die Rinderzäune abzureiten, bevor die Sonne aufging. *Das* war Kälte gewesen; genau das, was Philip brauchte.

Es klopfte, und Ruth kam mit der Notiz herein, die sie geschrieben hatte.

Sie reichte sie ihm. »Es steht alles drin.«

»Oh.« Er stellte das Cognacglas hinter sich, wußte aber, daß sie es gesehen hatte. Er nahm die Anweisungen. »Sie haben bestimmt die eine oder andere Sache vergessen.«

»Welche?«

»Die Nummer von Scotland Yard haben Sie nicht aufgeschrieben; auch nicht die vom Premierminister. Vielleicht brauchen wir die vom Erzbischof von Canterbury?«

»Sehr witzig.«

»Aber wahr. Außer dem Vaterunser haben Sie alles aufgeschrieben.

Ruth, Sie sind nur zwei Tage lang weg. Und wir sind *drei*, die auf ihn aufpassen.«

Sie sah ihn an.

»Entschuldigung«, sagte er. »Ich habe nur einen Witz gemacht.« Zu oft verwandelte sich ihre Unterhaltung in einen Dialog mit unterschwelligen Spannungen.

»Sie können es mir nicht verübeln, daß ich mir Sorgen mache.«

»Nein, natürlich nicht.«

»Ich kann es nicht ändern.«

»Nein.«

»Ich weiß, Sie denken, ich bilde mir Philips Krankheit ein. Sie kennen uns nicht so besonders gut. Sie wissen nicht, wie es gewesen ist.«

»Nein.«

»Sie glauben, ich mache mir zu viele Sorgen, nicht wahr?«

»Ich denke, Sie müßten dem Jungen erlauben, sich auf eigene Füße zu stellen. Sie können nicht sein Leben für ihn leben.«

»Aber diese Krankheiten sind echt. Sie glauben doch nicht, daß ich mir das Asthma eingebildet habe? Oder daß seine Bronchitis nur eine leichte Erkältung war?« Sie hielt inne, und ihre lebhafte, kompetente Fassade zersplitterte. »Ich wollte, ich könnte hierbleiben. Ich kann leicht absagen. Michel ist es so oder so –«

»Natürlich fahren Sie! Sie werden eine wundervolle Zeit haben. Wien! Lieber Himmel, die meisten Leute wären glücklich über die Chance, im Februar von London wegzukommen. Verdammt, es ist der übelste Monat mit all dem Nebel und der Kälte. Nein, Sie werden sich von Dave zum Flughafen fahren lassen, steigen in die Maschine und verzehren im Handumdrehen in Wien diesen Schokoladenkuchen mit Sahne. Wie hieß er noch?«

»Sachertorte. Wir wohnen im *Sacher*. Ich habe für alle Fälle die Telefonnummer aufgeschrieben.« Sie zeigte auf die Notiz. »Rufen Sie mich jederzeit an; ganz gleich, wann.«

»Sie fangen schon wieder an, Ruth.«

Diesmal ignorierte sie ihn. »Bitte heben Sie den Zettel sorgfältig auf.« Es war ein Befehl; sie war wieder die Herrin des Hauses.

Erst als sie nach oben gegangen war, trank er den Rest seines Cognacs. Dann nahm er die Notiz und ging zu dem kleinen Schreibtisch in seinem Schlafzimmer. Er öffnete die rechte Schublade. Sofort fiel sein Blick auf den Brief. Er legte Ruths Notiz in die Lade, zögerte und nahm dann den Brief heraus und las ihn zum sechsten- oder siebtenmal, seit er am Anfang der Woche gekommen war. Bestimmt hatte er ihn mindestens einmal täglich gelesen. Weil er Angst davor hatte? Unsinn. Er brauchte nur abzulehnen. Aber wollte er das denn? Anders herum gesagt: Hatte er den Mut, zu akzeptieren? Er starrte auf den Brief, als erwarte er von ihm einen versteckten Hinweis, der ihm helfen würde, eine Entscheidung zu treffen. Das Briefpapier war ausgezeichnet, was auch nicht anders zu erwarten war. Es kam aus dem Hotel *Georges V* in Paris.

»Lieber Mr. Howard«, las er. »Verzeihen Sie, daß ich Ihnen auf diese Weise schreibe. Ich bin aber nur einen einzigen Tag hier und hörte, daß Sie in London bei einer Familie Blanchet leben.« (Seltsam. Wie konnte der Mann das wissen? Als er Kenia verließ, hatte zwar der *East African Standard* einen langen Artikel über Howard gebracht, in dem sein Leben, seine Abenteuer und sein Unfall erwähnt wurden; aber in Europa war nichts über ihn erschienen. Immerhin, er war ziemlich bekannt in Nairobi. Wahrscheinlich waren diese Hotel-Safari-Leute ein-, zweimal im Jahr dort, hauptsächlich wenn sie nach einem erfahrenen Mann suchten. Jeder in der *Stanley Bar* konnte dem Schreiber des Briefes gesagt haben, daß er in London war. Vielleicht hatte er sogar Blanchet getroffen.) »Wie Sie vielleicht gehört haben, baut meine Gesellschaft – Hôtels Belgique Trans-Africain – ein neues Hotel in Afrika ...« Nein, dachte Howard, er hatte nichts gehört. Warum auch? »... zusammen mit einem Safaripark am Westufer des Kivusees.

Wir besitzen bereits mehrere Hotels in Afrika, jedoch noch keinen Safaripark. Und das ist der Grund meines Briefes. Würde Sie ein solches Unternehmen interessieren? Herzukommen, etwas Neues zu schaffen und daraus einen Erfolg zu machen?

Zu diesem Zeitpunkt möchte ich nicht über Gehalt oder Bedingungen schreiben; Sie können mir aber glauben, daß wir nicht kleinlich sein werden. Übrigens gibt es auch einen Pensionsplan.

Von hier aus fahre ich zu unserem Hauptbüro in Brüssel und bin ungefähr Mitte nächster Woche in London. Ich werde Sie anrufen, und vielleicht können wir uns treffen. Es würde mich sehr freuen.« Die Unterschrift war unleserlich; Howard glaubte, es könne ›Barbot‹ heißen, war aber nicht sicher.

Er warf den Brief zurück in die Schublade und schob sie zu. Wollte er oder wollte er nicht? Er schlenderte ins Wohnzimmer und blieb bei den Flaschen stehen und streckte die Hand nach der Cognac-Karaffe aus, aber anstatt sie aufzunehmen, trug er sein leeres Glas in die Kitchenette und wusch es ab. Er empfand ein kleines, tugendhaftes Glühen. Er trocknete das Glas ab und stellte es sorgfältig fort. Im Moment brauchte er sich nicht zu entscheiden. Barbot, oder wie immer er auch hieß, hatte geschrieben, er würde Mitte nächster Woche in London sein. Viel Zeit. Er ging zurück zum Fenster. Ein feiner Nebel verwischte die Konturen der Häuser der gegenüberliegenden Seite des Platzes; ein Bild naßkalter Depression. Plötzlich sehnte er sich nach Afrika, nach den gewaltigen Wechseln von Farben, der Qualität des Lichtes; nach Hitze und Trockenheit, nach Nachtluft, die einen umspülte wie warme, frische Milch, nach starkem Sonnenlicht, nach Gerichten, die mit Chillies und Gewürzen zubereitet waren, nach all den gewaltigen Kontrasten des Landes, das so verschieden war von dem, in dem er sich befand.

Für seine Mutter war England immer ihr ›Zuhause‹ gewesen. Sie hatte versucht, einen Fuß in Afrika zu haben und den andern in einer Art von Cheltenham-England, an das sie sich mit Hilfe von *Illustrated London News, Country Life* und *The Lady* klammerte. Für Howard hatte das nie gegolten, obgleich er die ganze Schulzeit dort verbracht hatte. Afrika war sein Zuhause, und er hatte Sehnsucht danach trotz allem, was ihm das Land angetan hatte.

Jetzt wurde ihm eine Chance geboten zurückzukehren. Er würde wieder sein eigenes kleines Königreich haben. *Kivusee.* Er war niemals dort gewesen, wußte aber, daß er an der Grenze des Landes, das für ihn noch immer Belgisch-Kongo war, und Rwanda-Burundi lag. Es würde anders sein als in Kenia und den beiden Rhodesien während der Zeit, in der er im Kolonialdienst war. Es würde neu und eine Herausforderung sein, ihm die Chance bieten, seinen Platz im Schema des Lebens wiederzufinden, anstatt hier herumzusitzen, zuviel zu trinken und vorzugeben, daß er für das Geld, das Blanchet ihm zahlte, wirklich etwas tat.

Ein paar Sekunden lang fühlte er sich beschwingt, beinahe euphorisch. Es schien nichts zu geben, was er nicht tun konnte. Und dann – abrupt, als sei die Luft aus einem Ballon entwichen – fühlte er sich schwach, überfallen von Befürchtungen und Zweifeln. Er war zu alt. Aber schon während er diese Gedanken formte, wußte er, daß es nicht die volle Antwort war.

Im Haus klingelte es. Zuerst dachte er, es sei das Telefon, doch dann erkannte er Philips großen Mickey Mouse-Wecker. Er sah auf seine

Uhr. Es war drei Uhr. Nicht mehr lange, und Ruth würde abgereist sein.

Der schwarze Citroën Pallas parkte am Bürgersteig. Dave hielt die hintere Tür auf, doch Ruth stand noch immer in der Halle, als ob sie es sich anders überlegt hätte. Louise, Philip und Howard waren da. »Also vergiß nicht«, sagte sie zu Philip, »ich bin telefonisch jederzeit für dich erreichbar. Dick hat die Nummer. Wann immer du das Gefühl hast –«

»Ja, Mutter, natürlich.«

»Und denk daran, kein Ausgang.«

»Ja, Mutter.«

»Ruth, Sie werden sich verspäten.«

»Auf Wiedersehen.«

»Auf Wiedersehen.«

»Paß gut auf dich auf, Liebling.«

Sie umarmte Philip. Fast unbewußt hielt sie Dick die Wange entgegen. Seine Berührung war trocken und ein wenig rauh.

»Auf Wiedersehen.«

»Auf Wiedersehen, Madame.«

»Auf Wiedersehen, Liebling.«

»Unterhalten Sie sich gut, Ruth, und machen Sie sich keine Sorgen.«

Sie ging die Stufen hinunter und stieg in den großen Wagen. Nach wenigen Momenten hatte er sich in den Verkehr, der sich auf den Sloane Square ergoß, eingeschleust. Dave war gewöhnlich ein relativ vernünftiger Fahrer, aber heute schoß er mit dem Pallas zwischen den langsam fahrenden Autos hindurch, bis Ruth das Gefühl hatte, sich auf einem Schiff und nicht in dem Citroën zu befinden. Seitdem Dave zum erstenmal Michel vom Büro abgeholt hatte, war er nie wieder so gefahren. Damals hatte er The Mall als Rennstrecke benutzt. Michel hatte ihn am Ende des Birdcage Walk anhalten lassen. Er hatte ihm befohlen auszusteigen und ihm mit der Kündigung gedroht, falls er noch einmal so führe. Dann war er selbst zum Eaton Square zurückgefahren und hatte Dave zu Fuß gehen lassen.

Jetzt raste Dave über die King's Road, bog in die Sloane Avenue ein und fuhr in Richtung Cromwell Road. Sie wollte ihm befehlen, langsamer zu fahren, doch dann entschloß sie sich, ihm keine Möglichkeit zum Argumentieren zu geben oder den Groll an ihr auszulassen, den er zuweilen wie die Dornenkrone eines Märtyrers trug. Immer wenn sie aufsah, trafen sich ihre Augen im Rückspiegel. Sie war froh, daß er nicht – wie so oft – den wissenden Ausdruck zeigte, statt dessen war sein Blick eher geistesabwesend. Sie änderte ihre Stellung, um ihm auszuweichen. Jetzt konnte sie beobachten, ohne selbst gesehen zu werden. Er sah nicht schlecht aus, hatte blondes Haar und einen kräftigen Körper. Als Junge hatte er unter Akne gelitten und ein zernarbtes Gesicht zurückbehalten. Sie schätzte ihn auf ungefähr 25 Jahre. Zweifellos ging von ihm eine starke, animalische Anziehungskraft aus – nicht für sie selbst, beeilte sie sich einzuschränken.

Sie fragte sich, ob Louise und er ein Verhältnis hätten. Louise war sicherlich fünfzehn Jahre älter. Wenn sie ihn mochte, spielte das aber keine Rolle. Ruth starrte hinaus auf die anscheinend endlose Reihe von Doppelhäusern, die an ihr vorüberflog. Wie immer, wenn sie die Häuser sah, fand sie, daß sie den Rekord an Häßlichkeit aufstellten. Aber hinter ihren Gedanken stand das Bild Philips an der Haustür im grauen Licht des Nachmittags.

Am Flughafen stoppte Dave den Wagen vor der Halle 1 und winkte einen Gepäckträger herbei. Dann öffnete er ihr die Tür. Vor Flughäfen und Hotels tat er das gewöhnlich mit Schwung. Manchmal sah er sie dabei an, als wolle er sagen: *Wir* wissen, daß alles nur ein Spiel ist. Als sie ihm diesmal zunickte, sah er sie nicht an. Das war seltsam. Es paßte nicht zu ihm. Einen Augenblick später befand sie sich in der Menge, die sich zur Abflughalle schob.

Dave stand auf dem Bürgersteig, die offene Tür noch in der Hand, und beobachtete, wie sie das Flughafengebäude betrat. Anständige Beine, stellte er fest. Seine Augen gingen aufwärts und blieben an dem grauen Mutationsnerz hängen. Reiche Kuh, dachte er mit einem plötzlichen Anfall kochenden Ärgers. Reiche amerikanische Kuh. Er knallte die Tür zu und ging zum Fahrersitz. Er zitterte vor Wut, und als er sich eine Zigarette anzündete, waren seine Hände unsicher. Er nahm seine marineblaue Mütze ab und drehte den Rückspiegel so, daß er sich betrachten konnte. Dann kämmte er sich die Haare. Dabei genoß er den eigenen Anblick, Zigarette im Mund, die Augen gegen den Rauch zusammengekniffen.

Jemand klopfte an das Fahrerfenster, und er fuhr herum. Ein Polizist hatte sich zu ihm hinuntergebeugt. Daves Herzschlag setzte beinahe aus. Er berührte einen Knopf, und das Fenster glitt hinab.

»Entschuldigen Sie, Sir«, sagte der Polizist mit starker Betonung des

›Sir‹. »Hier ist Parkverbot. Würde es Ihnen etwas ausmachen, sich woanders zu bewundern?«

»Sorry.« Er schloß das Fenster und ließ den Wagen an. Wieder stieg Ärger in ihm auf. Muß die Mütze gesehen haben, dachte er. Sonst hätte er niemals so zu mir gesprochen; nicht mit einem Mann in einem solchen Wagen. Armleuchter.

Dave bog in einen der Parkplätze ein. Er sah auf seine Uhr; es war kaum möglich, das Zifferblatt zu erkennen. Dunkelheit hatte sich in den grauen Nachmittag eingeschlichen. Die Maschine aus Madrid würde in einer Viertelstunde landen. Er warf die halbgerauchte Zigarette aus dem Fenster und zündete sich eine neue an. Der Polyp hatte ihn nervös gemacht. Scheiß auf ihn. Schließlich hatte er nichts verbrochen. Er lehnte sich im Sitz zurück und begann über das Geld nachzudenken.

Philip war in der Great Ngorongoro Crater-Menagerie. Er hatte die Käfige der Springmäuse gesäubert, und jetzt war er beinahe mit dem des Meerschweinchens fertig. Diese Arbeit hatte er eigentlich bis zu seiner Rückkehr verschieben wollen, aber Dick hatte gesagt: »Du willst ihn doch nicht etwa in eine schmutzige Behausung bringen?«

»Wieso weißt du, daß es ein Er sein wird?«

»Instinkt. Hast du dir schon einen Namen für ihn überlegt?«

»Aber wenn es eine Sie ist?«

»Ich weiß nicht, ob ich das so einfach feststellen könnte. Habe sie noch nie richtig untersucht. Immer an sie als männlich gedacht. Denk dir einfach einen Namen aus, der auf beide paßt.«

Er hatte Schätzchens Käfig ausgefegt und es zurück in die frischen Sägespäne gesetzt. »Mit dir war es einfach«, sagte er zu dem Meerschweinchen. »Du bist einfach Schätzchen.« Er schüttelte die Sägespäne mit dem Kot in den Abfalleimer, der im Küchenaufzug stand. Als er zurück in sein Zimmer kam, saß Howard auf seinem Bett.

»Fertig, Philip?«

»Ich mache morgen früh noch mal sauber.«

»In Ordnung. Fertig?«

Philips Herz raste. »Ja«, brachte er hervor. Einen Moment lang glaubte er, seine Atmung würde durcheinandergeraten, aber er tat, was Dick ihm geraten hatte. Er schloß den Mund, atmete gleichmäßig durch die Nase, und der Anfall ging vorüber.

»Zieh deinen Mantel an. Ich rufe den Taxistand auf dem Platz an.«

Er hörte Dick in seine eigene Wohnung hinuntergehen, um zu telefonieren. Wahrscheinlich tat er es Louises wegen. Es war ihr Geheimnis – seines und Dicks –, und es bestand kein Grund, es mit sonst irgend jemandem zu teilen.

Er hörte Dick über die Treppe zurückkehren. Im selben Moment sah er den Vorhang vor seinem Korridorfenster in die gewöhnliche Lage zurückfallen. Gleich darauf wurde die Schlafzimmertür aufgerissen, und Louise stürzte herein. Sie sah aufgeregt aus. »Was machst du, *chéri*?« fragte sie und deutete auf seinen Mantel.

»Er geht aus«, sagte Howard von der Tür her.

Sie drehte sich scharf herum. »Madame sagt –«

»Ich weiß, was Madame gesagt hat. Das Taxi kommt, Phil.«

»Das dürfen Sie nicht. Das Kind ist –«

»Er geht nur für eine kurze Zeit aus. Machen Sie sich keine Gedanken.«

»Ja! *Ich* bin es, die sich Sorgen macht. Sie –«

»Komm, Phil.«

»Nein! Madame sagt, er darf nicht ausgehen.«

»Madame ist weg«, sagte Howard ein wenig ungeduldig. »Ich trage die Verantwortung, und ich sage, er darf.«

»Sie! Sie haben die Verantwortung! *C'est impossible!«* Sie lachte humorlos auf. »Sie! Und wer kümmert sich um Philippe, wenn er wieder krank wird? Sie?«

»Er wird nicht krank. Das ist das Schlimme mit euch allen. Ihr hört nicht auf, darüber zu reden, daß er krank werden könnte. Kein Wunder, daß er dann auch krank wird.«

Es klingelte an der Tür. »Das ist das Taxi«, sagte Philip.

»Gut. Fertig?«

Louise warf sich zwischen sie. »Philippe, deine Mutter sagt, du darfst bei solcher Kälte nicht ausgehen. Du wirst krank. Du *weißt* –«

Howard nahm Philips Arm und führte ihn aus dem Zimmer. »Halten Sie sich um Himmels willen raus«, sagte er bösartig. »Sie sind nichts als ein verdammter Dienstbote. Vergessen Sie das nicht.«

Sie lief die Treppe hinunter hinter ihnen her. Dabei machte sie kleine, vergebliche Versuche, nach Philips Arm zu greifen. »Stop!« schrie sie immer wieder. »Sie müssen ihn nicht lassen weg!« Ihr Englisch – nie besonders gut – verließ sie.

Howard öffnete die Eingangstür. Ein älterer Mann mit einem graugelben Schnurrbart stand auf der obersten Stufe. »Taxi, Sir.«

»Ja, danke«, sagte Howard. »Hast du Geld, Phil?«

»Du darfst nicht!« schrie Louise und zerrte an Philips Kragen. »Es ist zu kalt!«

Howard versuchte, den Taxifahrer anzulächeln. »Sie glaubt, es sei zu kalt für den Jungen.«

»Ziemlich ekelhafter Tag«, antwortete der Fahrer und ging die Stufen hinab.

»Ab mit dir, Phil.«

Phil sprang in den Fond des Wagens und hörte hinter sich die Tür zuschlagen. Er sah, wie Louise das Gesicht an die Scheibe drückte, so daß es ganz entstellt war. Ihr Mund war verzogen, und die Augen waren aufgerissen. Mit einer Hand gab sie ihm Zeichen und versuchte mit der andern, die Tür zu öffnen. Dick trat von hinten auf sie zu, nahm sie beim Arm und zog sie zurück auf den Gehweg. Als habe er Angst um sein Leben, startete der Fahrer und fuhr hundert Meter, bevor er hinter sich griff und die Trennscheibe öffnete. »Wohin, mein Junge?«

Das war der Anfang des Tests, den er und Dick verschiedene Male durchgegangen waren. Er nannte die Adresse von Loewenthals Geschäft in Camden Town und sank erleichtert in den Sitz zurück. Wieder merkte er, daß sein Herz unruhig schlug und die Brust sich verkrampfte. Er schloß den Mund und atmete gleichmäßig durch die Nase. »Alles in Ordnung?« fragte der Fahrer besorgt. Philip nickte, ohne das gleichmäßige Atmen zu unterbrechen. »Warm genug?« Wieder nickte Philip. »Keine Sorge, mein Junge. In meinem Wagen erkältest du dich nicht. Er ist geheizt.«

Die Fahrt vom Eaton Square nach Camden Town war ziemlich lang, und Philip hatte Gelegenheit, sich zu beruhigen und sich interessiert umzusehen. Dies war ein historischer Moment, das erste Mal, daß er allein in einem Taxi saß. Zur Schule und zurück fuhr er immer mit Dave. Er mochte Dave nicht. Sie unterhielten sich nie, und Dave stieg nie aus dem Wagen, um ihm die Tür zu öffnen, wie er es für seine Mutter oder Michel tat. Er ahnte die Brutalität in Dave. Sie ängstigte ihn, und er war froh, wenn die Ferien kamen und er nicht allein mit ihm zu sein brauchte. Sein Taxichauffeur hingegen schien ein freundlicher Mann zu sein.

Philip sah aus dem Fenster, noch immer regelmäßig atmend, aber jetzt, ohne sich bewußt darum zu bemühen. Das war das erste, was ihm an Loewenthal aufgefallen war, als sie die Springmäuse kauften: sein pfeifender Atem und der Umfang. Er war ein fetter Mann mit einem schwarzen Käppchen, und Philip hatte überlegt, ob er auch an Asthma leide, weil er so keuchte, wenn er sich in dem Laden bewegte. Dick hatte aber gesagt: »Er keucht wegen des vielen Fetts. Meine . . . ein Mädchen, das ich früher kannte, hatte so einen Hund. Einen Dackel. Sie konnte es nicht lassen, ihn mit Schokolade und Keksen zu füttern, und endlich wurde er so fett, daß er sich kaum mehr bewegen konnte. Der keuchte genauso.« Dick erwähnte das Mädchen nicht oft. Einmal hatte Philip ihn nach ihr gefragt, und er hatte geantwortet: »Jane? Sie ist beim Umzug verlorengegangen« und hatte das Thema gewechselt.

In der Innenstadt blieben sie im Verkehr stecken, und Philip konnte die Lichter betrachten. Er liebte es, in der beginnenden Dunkelheit unterwegs zu sein, liebte die Lichter um sich, liebte es, gemütlich in einer Ecke des Taxis zu sitzen. Er kam sich vor wie ein Lord oder ein König. Wenn er mit dem Citroën fuhr, hätte er eigentlich dasselbe Gefühl haben sollen. Statt dessen fühlte er sich wie ein Kind, verletzlich und ein wenig ängstlich.

»Da wären wir, junger Herr«, sagte der Fahrer, lehnte sich hinaus und öffnete die Tür. Er schien seine Fassung wiedergefunden zu haben.

Philip stieg aus und erinnerte sich des nächsten Teils des Tests: »Würden Sie bitte warten? Ich muß etwas abholen, und dann fahren Sie mich zurück.«

»In Ordnung. Ich warte.«

Der Laden war so, wie er ihn in Erinnerung hatte. Über dem Fenster war ein handgemaltes Schild: *A. Loewenthal, Tierhandlung.* Auf einem Schild neben der Tür stand: *Meerschweinchen. Springmäuse. Kaninchen. Hamster. Weiße Mäuse. Wellensittiche. Goldfische. Tropische Fische. Kampffische.* Auf der anderen Seite der Tür war ein drittes Schild: *Importeur exotischer Tiere seit 1934.*

Er blieb stehen und sah in das Schaufenster. Oft hatte Mr. Loewenthal einen Korb mit jungen King-Charles-Spaniels oder schwarzen und weißen Kätzchen ausgestellt, um alte Damen und Kinder anzulocken. Heute waren es nur ein paar Käfige mit Mäusen und einem Paar westafrikanischer Rohrratten. Er schob die Tür auf und hörte über sich die Glocke anschlagen.

Der kleine Laden war leer. Ein, zwei Minuten lang stand er, ohne zu wissen, was er tun sollte. Dann fiel ihm die Glocke ein. Er öffnete die Tür und schloß sie wieder. Noch immer kam niemand. Er fühlte ein kleines Flattern von Panik. Was sollte er tun? Was hätte Dick gemacht?

Er ging hinaus zu dem Taxi. »Schon fertig?« fragte der Fahrer und faltete den *Daily Mirror* zusammen.

»Es ist niemand drin.«

»Aber das Geschäft ist doch offen, nicht wahr?«

»Ja, aber Mr. Loewenthal ist nicht da.«

»Hast du gerufen? Ich meine laut?«

»Nein.«

»Ach so, deshalb. Wahrscheinlich hinten. Am besten rufst du laut.«

Philip ging zurück in das Geschäft. Hinter dem Tresen führte eine Tür in einen anderen Teil des Gebäudes. Als sie damals wegen der Tiere gekommen waren, war Mr. Loewenthal im Hintergrund verschwunden und mit einem Käfig zurückgekommen. »Mr. Loewenthal!« rief Philip leise. »Mr. Loewenthal!« Er fühlte, wie sein Herz raste. In dem Raum hinter dem Laden hörte er jemanden Kisten bewegen.

»Mr. Loewenthal!« rief er diesmal lauter.

Das Geräusch hörte auf, die Tür hinter dem Tresen öffnete sich, und eine Frau kam in den Laden. In der rechten Hand hielt sie ein kleines Krokodil. »Ja?« sagte sie. »Was ist los?«

»Ich wollte die –« Einen Augenblick lang verwirrte ihn die Kombination der Frau und des Reptils, denn auch sie schien exotisch zu sein. Sicher war sie Mr. Loewenthals Frau; fast war sie sein genaues Ebenbild. Sie erinnerte ihn an eine große Pflaume, die in einem Pelzmantel steckt. Wenn auch viel jünger als Mr.Loewenthal, war sie genauso rundlich. Um den Hals trug sie eine Menge dünner Goldketten und an jedem Finger einen Ring. Sie erweckte den Eindruck großer Unordentlichkeit, angefangen bei dem dunklen Haar, das sie bestimmt noch nicht gekämmt hatte, bis zu der Kleidung, die an ihr wie an einer Kleiderpuppe hing. Philip starrte zuerst sie und dann das Krokodil an. Es war ungefähr 30 Zentimeter lang, und sie hielt es so, daß er seinen gelben Bauch sehen konnte.

»Ja?« fragte die Frau wieder.

Philip war quer durch London gefahren, nur um festzustellen, daß er kein Wort herausbringen konnte. Die Frau machte ihm angst. Sie hatte etwas an sich, das ihm nicht ganz normal erschien. Und es lag nicht daran, daß sie ein Reptil in der Hand hielt. Es waren ihre Augen; in ihnen war Wildheit, eine Art von Verrücktheit.

»Ich wollte die –« Wieder versagte ihm die Stimme.

»Mach, daß du hinauskommst! Geh weg!«

Er fürchtete, angegriffen zu werden, und wäre geflohen, hätte er nicht an der Wand hinter dem Tresen ein halbes Dutzend Kisten mit Etiketten entdeckt. Eine davon trug seinen Namen. Er blieb stehen und zeigte darauf.

»Ich will die da abholen«, konnte er herausbringen.

Sie beugte sich nieder und las das Etikett. »Blanchet«, fragte sie, »Eaton Square?«

»Ja.«

Sie hielt sich den Kopf. »Tut mir leid. Bitte ... mein Mann ist krank.«

»Mr. Loewenthal?«

»Kennst du ihn?«

»Ja.«

Sie klopfte auf die linke Seite ihrer Brust. »Man hat ihn heute mittag ins Krankenhaus gebracht. In einem Krankenwagen. Und Harold, der Junge, der saubermacht, kommt erst morgen.« Philip sah, daß ihr Blick nicht so sehr Wildheit als eine Mischung von Verzweiflung und Gehetztheit verriet. »Entschuldige, daß ich dich angeschrien habe.«

Sie riß den Lieferschein von der Kiste. »Wenn du sie mitnehmen willst.«

Er hob sie an und fand, daß sie viel schwerer war, als er angenommen hatte.

»Geht es?«

»Ich habe ein Taxi draußen.«

»Sollen wir die Rechnung schicken?«

»Ja, bitte. Mr. Loewenthal weiß Bescheid.«

Sie öffnete ihm die Tür, und Philip trug die Kiste zum Wagen. Er stellte sie auf den Sitz neben sich und glaubte, ein leises Schurren zu hören.

»Nach Hause?« fragte der Fahrer.

»Ja, bitte.« Philips Stimme hatte mehr Autorität als zuvor.

Dave stand direkt innerhalb des Eingangs der Halle 2. Er beobachtete die Passagiere des Fluges von Madrid. Er hatte Jacmel nie zuvor gesehen, aber Louise hatte ihn genau beschrieben. So war Dave sicher gewesen, ihn zu erkennen. Die Geschwindigkeit, mit der die Reisenden durch den grünen Ausgang kamen, machte es jedoch unmöglich. Daher verließ er seinen Posten und ging in Richtung des Auskunftsschalters. Die Ansage kam beinahe sofort:

»Mr. Jacmels Fahrer bitte zum zentralen Auskunftsschalter. Danke sehr.«

Er schob sich zu dem Schalter vor, war aber nur ein paar Schritte gegangen, als jemand von hinten seinen Arm ergriff. Er zuckte zusammen und drehte sich ärgerlich um. Er sah einen kleinen, untersetzten Mann von Ende Vierzig oder Anfang Fünfzig mit einem stahlgrauen Bürstenhaarschnitt, dichtem Schnurrbart und fahlen blauen Augen. Sein Anzug war grau, ebenso wie Mantel und Hut. In dem Licht der Halle wirkte auch seine Haut grau; trocken, staubig grau, graniten.

»Du bist Dave.« Für seine Statur war die Stimme erstaunlich sanft. Er sah aus wie ein Ex-Sergeant der Fallschirmjäger, und Dave hatte eine dazu passende Stimme erwartet. Der Mann nahm die Hand von Daves Arm. »Ich bin Jacmel.«

Dave war leicht verwirrt. Louise hatte nichts von einem Schnurrbart gesagt. Er hätte Jacmel nie erkannt. Jetzt wußte er nicht, ob er ihm die Hand geben sollte oder nicht. Gaben sich die Franzosen nicht ständig die Hand? Aber Jacmel streckte die Hand nicht aus.

»Du hast den Wagen?« sagte er und sah auf die Uhr.

»Auf dem Parkplatz.«

»Komm. Wir sind spät dran.«

Dave fuhr den Weg zurück, den er 30 Minuten früher gekommen war. Er hatte erwartet, daß Jacmel mit ihm vorn sitzen würde. Daß er sich auf den Rücksitz setzte, hatte ihn irritiert. Verdammt, für was hielt der sich? Er war nicht besser als Dave. Aber vielleicht wußten die Franzosen es ja nicht besser. Als er auf die Straße einbog, sah er kurz in den Spiegel. Er mußte sich etwas verrenken, um Jacmel zu sehen. Einmal hatte er Ruth dabei überrascht, wie sie ihre Strumpfhose hochzog, und wäre beinahe auf einen Lastwagen aufgefahren. Jetzt konnte er nur Jacmels Hände sehen, die auf seinen übereinandergeschlagenen Beinen lagen. Sie waren breit, kurzfingrig und paßten zum Rest seiner Figur. An dem Franzosen war etwas, das in ihm, Dave, ein gewisses Unbehagen hervorrief. Die ganze Zeit auf der Straße hatte Jacmel geschwiegen, und Dave fühlte ein steigendes Verlangen, selbst etwas zu sagen, um die Spannung zu brechen. Kein verdammtes Benehmen. Aber was konnte man von den Fröschen schon anderes erwarten?

»Guten Flug gehabt?« fragte er endlich, als sie sich der Chiswick-Überführung näherten.

»Danke«, sagte Jacmel.

Dave wartete, aber es kam nichts weiter. Verdammt, was sollte dieses Danke heißen? Er hatte dem Kerl nichts gegeben. Er bog in die Earl's Court Road ab und fuhr das Embankment entlang, vorüber an der Chelsea Bridge, wo er links einbog und sich durch den Irrgarten der Straßen von Pimlico wand, die zwischen dem Fluß und Buckingham Palace Road liegen. Er fuhr Richtung Norden und hielt nahe dem BOAC Air Terminal. Jacmel stieg aus und trat vor das Fahrerfenster.

»Ich sehe dich im Haus.«

»Kennst du den Weg?«

»Ja.«

Dave faßte in die Jackett-Tasche und zog zwei Schlüsselbunde heraus. »Gelber Cortina Estate«, sagte er, während er Jacmel das eine Bund reichte. »Alles so, wie du wolltest. Für eine Woche gemietet. Ganz legal.« Er gab Jacmel das zweite Bund. »Dritte Etage im *Keats*. Miete für drei Monate im voraus bezahlt. Nichts, von wo aus man die Wohnung beobachten kann.«

»Also, bis nachher.« Jacmel wandte sich ab, eine graue Figur mit einem leichten grauen Koffer in der Hand, und verschwand in Richtung Alderney Street. Es war Abend geworden, und die Straßenlaternen trugen einen Heiligenschein feuchten Nebels. Dave sah Jacmel nach, bis er um eine Ecke bog. Dann fuhr er mit einem irritierten Schulterzucken in Richtung Eaton Square.

Nach ungefähr hundert Metern betrat Jacmel eine öffentliche Kellergarage. Der westindische Wächter las in seinem kleinen Büro aus Holz und Glas eine zerfledderte Ausgabe der *Sun*. Er sah Jacmel oberflächlich an, nickte und wandte sich wieder seiner Zeitung zu. Jacmel ging an den Stellplätzen vorüber, bis er den gelben Ford fand. Er verstaute sein Gepäck im Kofferraum, stieg in den Wagen und schloß die Tür. Einige Sekunden lang saß er in dem Kokon kalten Schweigens, beinahe als wolle er sich nicht bewegen, als löse die nächste Bewegung eine Kette nicht zurückzunehmender Begebenheiten aus. Aber dann bewegte er sich. Er schloß das Handschuhfach auf und öffnete die Klappe. Der Revolver war so weit nach hinten geschoben, daß nur der Griff sichtbar war. Jacmel blickte über seine Schulter, aber der Westindier war in seine Zeitung vertieft, und so zog er die Waffe heraus, öffnete sie und drehte den Zylinder. Fünf volle Kammern. Er schloß sie, ließ den Hammer langsam auf die eine leere Kammer sinken, steckte sie in den Hosenbund und knöpfte Jacke und Mantel zu. Dann startete er den Wagen, bezahlte die Parkgebühren und bog in Richtung des Flusses ein.

Shakespeare Close war bald nach dem Zweiten Weltkrieg gebaut worden. Ein paar Jahre lang war es Europas größter Block von Apartmenthäusern gewesen. Es war aufgeteilt in sechs ›Häuser‹, abgeteilte Blocks mit eigenen Eingängen, alle nach Dichtern benannt: Shelley, Wordsworth, Byron, Coleridge, Tennyson und Keats. Keats House überblickte die Platanen des Embankment und das schwarze Wasser der Themse.

Jacmel fuhr auf den Parkplatz von Keats House. Der Block war länglich und hatte vier Eingänge, zwei an der Vorderfront und je einen an beiden Schmalseiten. Es gab auch vier Fahrstühle, zwei davon zentral und an jedem Ende einen, immer in Nähe der Eingänge. Das Gebäude besaß aber nur einen Portier. Er saß in einer kleinen Loge gleich neben dem Haupteingang. Die Loge war in der Halle, und von dort war es unmöglich, die Türen an den beiden Enden des Hauses zu überblicken. Mieter konnten jede der vier Etagen erreichen, ohne daß der Portier etwas davon merkte. Das war Jacmels Grund gewesen, sich für Keats House zu entscheiden.

Er ließ den Wagen stehen, ging zum Ende des Gebäudes und betrat es durch die enge Seitentür. Alles war genauso, wie er es von seinem Besuch vor einem Monat in Erinnerung hatte. Er drückte auf den Knopf des Lifts und fuhr in die dritte Etage. Mit einem Blick auf den Schlüssel stellte er fest, daß er zur Apartmentnummer 309 gehörte. Er ging den Korridor nach links hinunter, schloß die Tür von 309 auf und trat ein. Er hatte keinen Menschen gesehen und war von niemandem gesehen worden.

Jacmel befand sich in einer möblierten Wohnung. Ihm gegenüber lagen eine kleine Küche und das Badezimmer, rechts von ihm zwei Schlafzimmer und links ein großes, kombiniertes Wohn- und Eßzimmer. In jedem Raum befühlte er die Zentralheizung. Dann drehte er den Thermostat auf. Im zweiten Schlafzimmer schaltete er einen Luftbefeuchter ein. Er ging in die Küche und öffnete den Kühlschrank. Dieser war bis oben hin mit Milch gefüllt. In einem Vorratsschrank fand Jacmel die gewöhnlichen Grundnahrungsmittel und ein Dutzend großer Packungen Müsli.

Nachdem er jeden Raum sorgfältig untersucht hatte, die Fenster – die Front fiel steil zum Embankment ab, es gab keine Balkons –, Betten, Handtücher und das Fernsehgerät geprüft hatte, sah er auf die

Uhr und setzte sich an den Telefontisch in der Diele. Er brauchte die Nummer nicht nachzuschlagen; er kannte sie auswendig. Er wählte und hörte das Brr-brr am anderen Ende. Mit den Fingern berührte er seine Stirn. Sie wurden feucht.

Im Haus am Eaton Square reinigte Dick Howard ein Gewehr. Die Gedanken an Afrika, der Brief von M. Barbot, die unerfreuliche Szene mit Louise – alles hatte dazu beigetragen, ihn nervös zu machen. So hatte er den Tag in einen *jour avec* verwandelt. Mit dem Cognac, den er getrunken hatte, war seine Enthaltsamkeit sowieso unterbrochen. Also hatte er sich einen Whisky-Soda eingeschenkt und eines der Gewehre aus dem Wandregal genommen. Er hatte immer festgestellt, daß der Umgang mit Gewehren einen beruhigenden Einfluß auf ihn ausübte. Er hatte Öl, Bürsten, Lappen und Laufreiniger hervorgeholt und sich daran gemacht, das Gewehr zu reinigen. Er liebte den Geruch von Gewehröl.

Howard war so versunken, daß er zuerst das Telefon nicht hörte. Allmählich drang das nachhaltige Klingeln in sein Unterbewußtsein, und er wartete darauf, daß Louise es beantworten würde. Als das nicht geschah, legte er die Waffe und das Putztuch nieder und ging nach oben. Er hätte schwören können, daß Louise nicht aus dem Haus gegangen war.

Er nahm den Hörer auf. »Hallo.«

»Allo. M'sieu 'Oward?«

»Ja. Wer spricht? Mr. Blanchet?« Die Stimme hörte sich nicht wie Michels an, gehörte aber zweifellos einem Franzosen.

»Hier M. Barbot. Ich habe Ihnen einen Brief geschrieben. Haben Sie ihn erhalten?«

Howards Herz tat einen Satz. »Ja . . . ja, ich habe ihn bekommen.«

»Gut.«

»Ich dachte, Sie wollten –«

»Nächste Woche. Ja, das habe ich auch gedacht. Aber ich muß nach Athen. Deshalb bin ich jetzt schon hier. Können wir uns treffen?«

Howard zögerte. »Das ginge sicher.«

»Wann?«

»Sie meinen heute?«

»Paßt es Ihnen?«

»Also . . .«

»Heute abend dann?«

Er hatte Philip versprochen, mit ihm die Menagerie umzuräumen. Er konnte ihn nicht in dem Moment, an dem das Wochenende begann, enttäuschen. »Es tut mir leid, heute abend ist es unmöglich. Wie wäre es mit morgen?«

»Wie schade, morgen bin ich schon wieder weg. Es ist nur für eine Viertelstunde. Haben Sie sich meinen Vorschlag überlegt?«

»Ja, ja, natürlich. Es ist nur, daß –«

»Und dann muß ich nach Nairobi und Mombasa.«

Nairobi. Mombasa. Hutchins saß in Nairobi, Willis in Mombasa. Richards wahrscheinlich auch. Jeder von ihnen könnte ein läppisches kleines Tierreservat am Rande des Kivusees führen. Und wahrscheinlich hatten sie schon davon gehört.

»Ich bin ganz in der Nähe«, sagte die Stimme. »im *Carlton Tower Hotel.* Kennen Sie es?«

»Ja. Es ist nicht weit.« Er sah auf seine Uhr. Philip würde noch eine Weile unterwegs sein.

»Wenn es Ihnen recht ist; ich wäre jetzt hier.«

»Ich denke schon. Ja, in Ordnung. Aber ich muß auf ein Kind aufpassen, wissen Sie, und kann nicht lange bleiben.«

»Verstehe. Einen Drink. Zehn Minuten. Wir schätzen uns gegenseitig ab. Ich erzähle Ihnen ein, zwei Dinge. Dann zurück zu Ihrem Kind. *Bien.* Ich bin in der Cocktailbar in der ersten Etage. Ein Fenstertisch.«

»Ich kenne mich aus.«

»Ich hinterlasse meinen Namen beim *maître d'hôtel.*«

»*All right.* Ich komme in . . . zehn Minuten?«

»*Très bien. Au revoir.*«

»*Goodbye.*« Howard legte den Hörer auf. »Louise!« rief er in Richtung der Küche. »Louise, sind Sie da?«

Das Mädchen hatte direkt hinter der Küchentür gestanden und gelauscht. Jetzt ging sie zum Tisch und klapperte mit Geschirr.

»Louise!«

»*Oui?*«

Er steckte den Kopf durch die Tür. »Louise, ich muß für eine halbe Stunde fort. Inzwischen könnte Philip zurückkommen. Sagen Sie ihm, er soll die Kiste nicht öffnen. Verstehen Sie? Er soll warten, bis ich zurück bin.«

Sie antwortete nicht, und er dachte, sie schmolle nach ihrer Auseinandersetzung. »*Comprenez-vous?*« sagte er barsch.

»*Je comprends.*«

Howard warf die Küchentür mit einem lauten Knall zu und ging nach unten, um seinen Mantel zu holen. Als er die Haustür hinter sich schloß, empfand er eine leise Panik. Was sollte er sagen? Wie würde er Barbots Fragen beantworten? Sollte er zusagen? Sollte er absagen? Mag sein? Vielleicht? Ich werde es mir überlegen? Diese Leute hatten es nicht nötig zu warten, und er war nicht der einzige alternde weiße Jäger, der nach einem wohlgepolsterten Job suchte. Aber war es ein wohlgepolsterter Job? Das hatte er von dem *Gametrails Safari Hotel* in Kenia auch gedacht – und was war geschehen? Außerdem, es ging um mehr als das.

Es waren keine Taxis in Sicht, und er ging so schnell wie möglich in Richtung Cadogan Square, bemüht, den Kopf hochzuhalten, bemüht, nicht zu schlurfen.

In der Wohnung 309 im Keats House, ungefähr drei Kilometer vom Eaton Square entfernt, schlug Jacmel den A-D-Teil des Telefonbuchs auf und blätterte, bis er die Nummer des *Carlton Tower Hotel* fand. Er wählte und verlangte den Empfang.

»Mein Name ist Barbot«, sagte er. »Ich habe eine Nachricht für einen Mr. 'Oward. Ich bin mit ihm in Ihrer Cocktailbar verabredet, aber ich werde mich um eine Viertelstunde verspäten; wenn Sie ihm das bitte ausrichten würden.«

Als er aufgelegt hatte, ging er zum Fenster und starrte mit düsterem Gesicht auf das Wasser. Soweit lief alles ausgezeichnet. Aus der Jakkentasche zog er eine zerknitterte Packung billiger spanischer *Celtas,* zündete sich eine an und zupfte sich ein paar Tabakkrümel von der Zunge. Er betrachtete widerwillig die schlechtgerollte Zigarette. Sie war so lose gestopft, daß etwas Tabak in die Packung gefallen war. Nicht mehr lange, dachte er, und er könnte sich eine bessere Marke leisten; er würde sich eine Menge Dinge leisten können, die er seit langem nicht gehabt hatte. Er würde wieder Spanferkel bei *Botins* essen können; einen neuen Anzug kaufen. Der, den er trug, war der einzige, der aus besseren Tagen übriggeblieben war. In der Tat war das, was er trug und was ihm einen Schein von Wohlhabenheit gab, alles, was ihm geblieben war. Er würde sich ein paar Anzüge in Paris machen lassen und ein oder zwei Hemden von Sulka ... Er berichtigte sich. Nicht Paris. Niemals Paris. Lieber Rom. Und Schuhe. Übers Wochenende könnte er mit Isabel zum Schilaufen nach Puerto da Navaccerada fahren. Das wäre nett.

Aber der Gedanke an Isabel erinnerte ihn an Louise. Gott allein mochte wissen, was er mit Louise anfangen sollte.

Er sah auf seine Uhr. Sechs Minuten, seit er mit Howard gesprochen hatte, Zeit genug für ihn, das Haus verlassen zu haben. Noch einmal prüfte er seinen Revolver. Dann steckte er ihn in den Mantel, verließ die Wohnung und fuhr im Lift hinunter zum Wagen. Er sah niemanden. Niemand sah ihn.

Während er die Belgrave Road entlangfuhr, gingen seine Gedanken zurück zu Louise. Sie *war* Algerien für ihn. In jenen letzten Tagen vor der Unabhängigkeit, in denen beide Seiten ihn umgelegt haben würden, hätte er die Nase auch nur vor die Tür gesteckt, hatte sie ihn verborgen. Während Algerien zu einem Moslemstaat zusammenbrach, während seine Brüder, die *pieds noirs* und die Armee-Deserteure das letzte Gefecht austrugen, um das Land davor zu retten, Frankreich entrissen zu werden, hatte er zahllose Tage mit ihr im Bett verbracht. Es war eine Ironie des Schicksals, daß er zu der Zeit, in der er in größter Gefahr schwebte, in der Woche, nachdem er die Öllager im Hafen von Oran in die Luft gejagt hatte, die schönsten Tage seines Lebens verbrachte. Niemals hatte er mehr Spaß an einer Frau gehabt. Es war Sommer, und sie hatten eine kühle Wohnung hoch über der Altstadt. Wenn sie Essen brauchten, war sie hinaus in die warme Dämmerung gegangen und mit frischem Brot zurückgekommen, mit Wein, *saucisson de campagne*, ein paar Zwiebeln, Oliven . . . Manchmal hatten sie das Bett zum Fenster gezogen und, während sie sich liebten, hinaus auf die Stadt gesehen. Die Abendbrise von See her hatte ihren Schweiß getrocknet.

Aber das war 1962 und Louise sechsundzwanzig gewesen. Jetzt lagen die Dinge anders. Als er sie vor einem Monat sah, hatte er einen Schreck bekommen. Sie konnte nicht viel über Vierzig sein, aber sie sah verbraucht aus. Isabel, nur ein paar Jahre jünger als Louise, schien, mit ihr verglichen, um die Zwanzig zu sein. Was man mit Geld alles erreichen konnte, dachte er.

Er hielt an der Verkehrsampel bei der Buckingham Palace Road, sah den Nebel um Victoria Coach Station wallen und fröstelte. Nach Algerien empfand er nahezu alle anderen Klimata als zu kühl. Trotzdem mußte er zugeben, daß er zum erstenmal seit langer Zeit das Gefühl hatte, lebendiger, geistig reger zu sein. Vielleicht brauchte er Aktion und Gefahr, wie in den alten Tagen, um das Leben wirklich auszukosten.

Die alten Tage. Weniger als zwanzig Jahre waren vergangen, und trotzdem – ein neues Zeitalter. Der Wechsel hätte nicht abrupter sein können. Damals hatten sie eine Weinfarm besessen, von Jacmels Urgroßvater ein paar Kilometer außerhalb Milianas angelegt. Als Jacmel sie erbte, waren mehr als 500 Hektar mit Reben bepflanzt, und der Wein, den sie herstellten, hatte einen Ruf, der binnen kurzem dem vom Clos Fallet oder der Coteaux de l'Harrach entsprochen hätte.

Von Kindheit an hatte Jacmel in den großen Weingärten unter der heißen afrikanischen Sonne gearbeitet, in dem Bewußtsein, daß sie ihm eines Tages gehören würden. Er hatte sie geliebt mit der Passion eines Menschen, der eine klare Erwartung an das Leben hat und der sich bewußt ist, daß er doppelt gesegnet ist, weil diese Erwartung erfüllt werden würde. 1958 starb sein Vater, und er übernahm die Weingärten.

Er warf sich auf die Reorganisation und Verbesserung der Weinberge, baute ein neues Kühlsystem, ein neues *fuloir*, schaffte Fermentationstanks aus nichtrostendem Stahl an, ersetzte teilweise alte Reben durch Shiraz.

De Gaulles Rede über die Selbstbestimmung Algeriens kam mitten in diese Arbeit hinein. Die Tage französischer Anwesenheit in Algerien waren gezählt. Innerhalb weniger Monate verwandelte sich Jacmels Traum in einen Alptraum.

Anfang 1960 half er anderen europäischen Siedlern, sich der Regierung zu widersetzen, indem sie mit der passiven Zustimmung der französischen Armee Barrikaden errichteten. Aber es hatte nichts geholfen. Ein Jahr später stimmten Frankreichs Wähler de Gaulles Politik in einem Referendum zu, und vier Wochen später wurde die *Organisation de l'Armée Secrète,* die OAS gebildet, um die französischen Separatisten und die Moslems zu bekämpfen.

Zuerst war Jacmel bei seinen Reben geblieben. Beim Barrikadenbau zu helfen war eine Sache, Plastikbomben herzustellen eine andere. Aber langsam sah er ein, daß er mit Algeriens Selbständigkeit seine Weingärten und alles, was er sich je gewünscht hatte, verlieren würde. Da begann er zu kämpfen.

Wie viele andere Rekruten der OAS hatte er damit begonnen, Nachrichten zu befördern, heimliche Treffen zu arrangieren, beim Einrichten ›sicherer‹ Häuser für verfolgte *pieds noirs* zu helfen, aber bald hatte er sich in der Organisation heraufgearbeitet und endlich den Gipfel erreicht: Er gehörte zum Delta-Kommando, das Banken beraubte,

›weiche Ziele‹ vernichtete, nämlich Moslemführer oder französische *barbouzes*, Gegenterroristen, die versuchten, die Reihen der OAS zu infiltrieren, und raubte und tötete. Weder das Rauben noch das Töten hatte ihm Spaß gemacht. Er hatte sich aber gesagt, daß es anders nicht ging.

Sechs Monate, nachdem er der OAS beigetreten war, befand er sich auf der von der französischen Regierung herausgegebenen Liste der am dringendsten gesuchten Personen. Nachdem er die Öltanks im Hafen von Oran in die Luft gejagt hatte, veranstalteten die sowohl FLN als auch die französische Armee eine intensive Suche nach ihm. Louise versteckte ihn.

Als Algerien im Juli 1962 unabhängig wurde und die Moslems ein paar weiße Kehlen durchschnitten, entschloß er sich zu verschwinden. Doch vorher stattete er seinen Weingärten einen letzten Besuch ab. Er und Louise fuhren in einem kleinen Panhard mit falschen Nummernschildern hinaus. Sie parkten in sicherer Entfernung vom Farmhaus.

Es war ein warmer Spätnachmittag. Der Schirocco wehte vom Süden. Der Weingarten lag verödet, seine Reben schwer von schwarzen Trauben. Während sie auf das Haus zugingen, konnte er die Hitze durch seine Sohlen fühlen. Blutrot ging die Sonne hinter einer niedrigen Hügelkette unter. Das Haus und die Winzerei lagen in einem staubigen grauen Schatten. Zu dieser Stunde war früher sein Vater auf die Veranda gekommen und hatte ein paar Glas eisgekühlten Wein mit Soda getrunken.

Aus der Entfernung wirkte das Haus genauso wie immer. Als er näher kam, sah er, daß Laden und Fenster eingeschlagen und die Wände mit FLN-Slogans beschmiert waren. Innen waren die Räume verwüstet; überall lagen zerbrochene Möbel. Er und Louise waren schweigend durch die Zimmer gegangen. Wieder im Freien, ging er zuerst zu der Presserei, dann zu dem Schuppen, in dem die Fässer lagerten. Wieder waren Vandalen ihm zuvorgekommen, aber es gab Anzeichen, daß man später versucht hatte, einen Teil des Schadens zu beheben. Er ahnte, was geschehen war. Es gingen Gerüchte um, daß Arbeiter-Cooperativen gebildet worden waren, um die Weingärten zu übernehmen, sobald ihre Eigentümer geflohen waren.

Lange Zeit hatte er vor der Winzerei gestanden. Dann hatte er sich abrupt zu Louise umgedreht. »Komm, hilf mir.« Sie gingen zu dem Schuppen, in dem die Traktoren und die Sprühgeräte untergebracht waren. Dieser Teil des Weingutes war nicht modernisiert. Er zeigte ihr die Bedienung einer Handpumpe, die Benzin und Dieselöl aus den Tanks am Boden in Tanks auf hohen Plattformen beförderte. Dann holte er einen der Traktoren. Dessen Sprühvorrichtung wurde normalerweise dazu benutzt, die Reben mit Kupfersulphat gegen Mehltau zu besprühen. Die Tanks waren leer, und er füllte sie mit Benzin und Diesel aus den erhöhten Tanks.

Die Nacht war mondhell. Sonst hätte er sein Vorhaben nicht durchführen können. Die Arbeiter aus dem nahen Dorf wären von den Scheinwerfern des Traktors angelockt worden. Er arbeitete ohne Pause. Die ganze Nacht über pumpte Louise, und er sprühte. Als die Morgendämmerung kam, waren mehrere Reihen von Reben mit dem Gemisch getränkt. Beim ersten Licht wurde es zu gefährlich weiterzumachen. Er brachte den Traktor weg und goß den Rest der Mischung in die Fässer, in denen der Wein des vergangenen Jahres lagerte.

Als die Sonne am östlichen Horizont aufging, hielt er ein Streichholz an die Reben, die dem Haus am nächsten standen. Gehalten von dem schweren Dieselöl, war das Benzin nicht verdunstet und explodierte jetzt wie eine Bombe. Jede einzelne Rebe barst in Flammen und Rauch. Das Feuer raste die Reihen entlang, und der Wind trug Funken von einem treibstoffgetränkten Streifen des Weingartens zum andern. Bald standen die ganzen Reben in Flammen.

Der Wind trieb die Flammen auf das Haus zu, aber Jacmel wartete nicht ab, bis es brannte. Er und Louise waren in den Wagen gestiegen und in Richtung Algier gefahren. Nicht ein einziges Mal hatte er sich nach der großen Rauchwolke umgesehen, die in den Himmel stieg.

Der brennende Weingarten kennzeichnete das Ende einer Phase in Jacmels Leben; nichts würde jemals wieder sein wie zuvor.

Er lenkte den Cortina zum Eaton Square und suchte nach dem Haus. Dort war es. Wie verabredet, parkte der Citroën davor. Er hielt an, ging die Stufen hinauf und klingelte.

Louise mußte hinter der Tür gewartet haben, denn sie riß sie auf und zog ihn ins Haus.

»*Entre vite! Mon Dieu!* Bin ich froh, daß du endlich da bist!«

Sie schloß die Tür und lehnte sich dagegen. Ihr fahles Gesicht war angespannt.

»*Qu'est-ce qu'il y a?*«

»*L'enfant est sorti. J'ai pas pu l'arrêter. Je suis –*«

Vom Fuße der Stufen sagte Dave: »Denk an unsere Vereinbarung. Du nix sprechen Französisch, und ich nix sprechen Pakistani. Oder wie war das?«

Jacmel sah ihn ausdruckslos an. Dann sagte Louise: »Kommt nach oben.«

In der Küche befahl Jacmel: »Erzählt.«

»Der verflixte Bengel ist ausgegangen«, sagte Dave.

»Du ...« Jacmel deutete auf Dave, »du bist erst mal still«, und zu Louise: »Erzähle.«

Zur gleichen Zeit brannten in Hampstead im Toxologischen Institut zwischen Heath Street und Whitestone Pond bereits die Lichter. Im trüben Spätnachmittag hatte sich der Nebel über Hampstead Hill ausgebreitet und die Konturen des Instituts verwischt. Es war kein großes Gebäude, keinesfalls mit dem Pasteur-Institut in Paris zu vergleichen, mit dem es eng zusammenarbeitete. In den Tagen des Empire hatte es eine substantielle Unterstützung erhalten. Seither floß das Geld vom Schatzamt nur tropfenweise, und das Institut hielt sich mühsam über Wasser. Außerhalb seiner eigenen, besonderen Sphäre war es wenig bekannt.

In ihrem Büro in der ersten Etage diktierte Dr. Marion Stowe, Assistant Director, in ein Bandgerät. »Schlangenserum hat sich bei der Behandlung von hohem Blutdruck und schleppender Herztätigkeit als wirksam erwiesen, vorausgesetzt, daß das Zirkulationsvolumen durch intravenöse Infusion wiederhergestellt wird, vorzugsweise durch Frischblut oder Blutplasma. Punkt. Absatz.

Schlangensera sind nicht geeignet, lokale Gewebeschäden zu verhüten, obgleich vier der Patienten – Klammer auf – Fälle drei bis sechs siehe nigerianische Experimente BMJ Warrell, Ormerod, Davidson zwanzigster Dezember fünfundsiebzig – Klammer zu – schwere, lokale Vergiftungserscheinungen –«

Das Telefon auf ihrem Schreibtisch läutete. Sie sah auf ihre Uhr und lächelte. Susan, die aus der Schule zurück war. Sie dachte an die dunkle, unfreundliche Wohnung in Belsize Park und empfand wieder – wie so oft – ein Schuldgefühl bei dem Gedanken daran, daß ihre Tochter jeden Tag von der Schule in die leere Wohnung kam. Aber was sollte sie machen? Wie konnte sie es ändern? Sie zog den linken Ohrclip ab und nahm den Hörer auf.

»Hallo, Liebling«, sagte sie. »Alles in Ordnung? Hattest du einen schönen Tag? Stew? Oh, du Arme. Möchtest du irgendwas Besonderes? Wollen wir chinesisch essen? Ich könnte auf dem Heimweg bei Tai Tong vorbeigehen. Süßsaures Huhn? Gut, ja, und Frühlingsrollen. Wie wäre es mit Rind und Paprika; das magst du doch? Ich bringe je eine Portion. Den Reis kochen wir selbst. Irgendwas im Fernsehen? Den *Blauen Peter* gibt's heute nicht, oder? Nein, natürlich, das war gestern. Immerhin, heute ist Freitag, und es wird nicht so spät werden. Bis bald, Liebling. Bye.« Sie legte den Hörer auf und schob automatisch den Clip zurück auf ihr Ohr. Zehn Jahre alt, dachte sie. Du lieber Gott, in ein paar Jahren wird sie aus dem Haus sein – und dann?

Sie nahm das Mikrofon auf und setzte das Diktat fort: »Bei Einsetzen einer Nekrose ist sofortige, weitgehende operative ... Auflösung des Gewebes ... äh ...« Sie schaltete ab. Es war unmöglich, sich zu konzentrieren. Montag war auch noch ein Tag.

Sie lehnte sich im Schreibtischstuhl zurück und streckte sich. Ruhelos stand sie auf und ging zum Fenster. Außer ihrem eigenen Spiegelbild konnte sie in der hohen Scheibe nichts erkennen: eine Frau mittlerer Größe, 34 Jahre alt, in einem langen, formlosen Kittel. Irritiert zog sie den Kittel aus und warf ihn auf einen Stuhl. Jetzt war es besser; sie konnte sich richtig sehen, hatte wieder eine Taille. Ohne Sentimentalität hakte sie die einzelnen Punkte ab: Haar, voll, nußbraun; Gesicht, anständige Augen, großer Mund, hohe Wangenknochen – zu ausgeprägt, um schön zu sein, aber nicht schlecht. Tim hatte einmal gesagt, sie sähe byzantinisch aus. Ein nettes Kompliment. Busen, gut, hoch. Hüften zu breit. Verräterische Falten im Rock. Auch in ihrem Bauch waren ein paar Falten von der Geburt zurückgeblieben, aber das wußte nur sie selbst. Und Tim, natürlich. Gute Beine. Zu große Füße. Alles in allem B+ und an einem guten Tag sogar A–.

Marion entschloß sich, nach Hause zu fahren, und ging zu dem Laboratorium gegenüber. Professor Taylor-Askew, der Direktor des Instituts, war fast einen Monat lang nicht dagewesen. Seine Augen verschlechterten sich ständig, und es war kaum anzunehmen, daß er je wiederkommen würde. Müßig fragte sie sich, ob sie wohl seinen Posten bekäme. Wollte sie ihn überhaupt? Wollte sie noch weitere 26 Jahre bis zur Pensionierung hier eingesperrt sein? Wenn sie Direktor würde, hätte sie noch weniger Zeit für Susan, und was eine Heirat betraf ... In dieser Hinsicht bestand sowieso keine Aussicht.

Das Laboratorium war klein. Nur drei Assistenten arbeiteten darin. Früher waren es einmal fünf gewesen, aber das war, bevor Marion kam. Joe Truman saß über sein Mikroskop gebeugt, unbeweglich, wie aus Bronze gegossen; Phyllis, die vor drei Monaten ihr Doktorat gemacht hatte und der nun die Füße juckten, war dabei, Glaskolben auszuwaschen. Der Rajah, C. C. Mukerjee, war eine Art von Faktotum. Er brühte Tee, fuhr den Transporter und kümmerte sich um die Versuchstiere in dem kleinen Raum nebenan, den sie den ›Zoo‹ nannten. Jetzt war er dabei, die neueste Lieferung Schlangengift vom Sparrmann-Institut in Port Elizabeth auszupacken. Die Szene hatte sich in den letzten fünf Jahren nicht verändert, und manchmal war Marion dankbar dafür. Sie gab ihr das Gefühl der Dauerhaftigkeit und Sicherheit. Zu anderen Zeiten stieß sie die Eintönigkeit ab; eine Zwiespältigkeit, die sie sich nicht erklären konnte.

»Hat Loewenthal heute etwas für uns dabeigehabt?« fragte sie Mukerjee. »War nicht eine Lieferung aus Durban fällig?«

Er sah von seiner Arbeit auf. »Ich war dort.«

»Alles in Ordnung?«

»Eine sieht krank aus.«

»Wie viele sind es?«

»Drei.«

»Sie hätten mich rufen sollen.« Mit einem Stirnrunzeln ging sie in den Nebenraum, den ›Zoo‹, und schloß die Tür hinter sich. Es war sehr warm. An den Wänden entlang standen ungefähr zwanzig kleine hölzerne Kisten. Jede hatte oben eine Klappe, die mit einem Metallhaken gesichert war. Vor der einen, offenen Seite war Maschendraht gespannt. In jeder Kiste lag eine Schlange. Während Marion an den Käfigen vorüberging, war sie sich der juwelengleichen Augen und der züngelnden Zungen bewußt. Es gab Russells-Vipern, Korallenschlangen, Klapperschlangen, Paipane, Ägyptische Kobras, Puffottern. Die drei neuen Kisten standen links im Raum auf einem Bord. Sie ging hinüber, um sie anzusehen. Die Zollformulare waren noch an der Seite befestigt, und das Holz war mit den Worten ›Gefährliches Reptil‹ beschriftet. In keiner der Kisten bewegte sich etwas. Sie beugte sich vor, um besser sehen zu können. In der ersten war eine *boomslang*, die elegante grün und gelbe Baumschlange. Bis vor einigen Jahren ein berühmter amerikanischer Reptilienforscher von einer getötet wurde, hatte man sie für kaum giftig gehalten. Sie lag zusammengerollt und betrachtete Marion starr. Nach dem langen Flug sah die *boomslang* nicht schlecht aus. Auch die Nachtnatter im zweiten Käfig nicht. Bezüglich der Bewohnerin des dritten Käfigs schien der Rajah aber recht zu haben. Sie lag schlaff ausgestreckt, den Kopf in die hintere Ecke ihres Käfigs gepreßt.

Etwas an der Schlange kam Marion seltsam vor; es war nicht nur, wie sie lag. Das Licht im Raum war trübe. So schaltete sie die starke Deckenleuchte ein und ging zurück, um die Schlange zu betrachten. Ihr Stirnrunzeln vertiefte sich. Dann wußte sie, was sie beunruhigte: die Größe. Dies war eine kleine Schlange, nicht mehr als einen Meter lang. Sie hatte einen kleinen, glänzenden Kopf und sah aus wie . . . aber Marion war nicht sicher. Sie kehrte in ihr Büro zurück, nahm Fitzsimons *Schlangen des südlichen Afrika* aus dem Regal und blätterte, bis sie zu *colubridae* kam. Gegenüber der Seite 121 fand sie das Bild, das sie suchte.

Wieder im ›Zoo‹, hielt sie das Buch unter das Licht und verglich das Bild und den bewegungslosen Körper der Schlange. Es handelte sich zweifellos um das gleiche Tier. Es war eine harmlose schwarze Hausschlange von einem Typ, den man überall in Südafrika fand. Aber das Institut bestellte niemals harmlose Schlangen. Sie blätterte ein paar Seiten zurück und las unter ›Verhaltensweisen‹: »In ihrem Verhalten ähnlich der gewöhnlichen braunen Hausschlange, aber bei weitem nicht so verbreitet wie letztere. Wie andere Mitglieder dieser Familie ist sie ruhig veranlagt und versucht selten zu beißen, selbst nicht beim ersten Berührungsversuch.« Es stand nicht viel mehr über die schwarze Hausschlange da. So suchte sie die Eintragung über die braune Hausschlange und las schnell diese Textspalte.

Anscheinend wurde sie oft gezähmt und von südafrikanischen Farmern beinahe als Haustier gegen Ungeziefer gehalten. Dann wurde Marions Aufmerksamkeit auf eine andere Zeile gelenkt: »In ihren dunkleren Phasen wird diese Art oft mit einer jungen Kobra oder Mamba verwechselt und leider kurzerhand als solche getötet.«

Sie schloß das Buch und ging in das Laboratorium. »Haben Sie den Frachtbrief für die Lieferung aus Durban?« sagte sie zu Mr. Mukerjee. Er wühlte auf seinem Schreibtisch, brachte ein Bündel von Papieren zutage und reichte es ihr. Eine *boomslang*, las sie; das war in Ordnung. Eine Nachtviper, auch korrekt. Eine schwarze Mamba . . . es war nicht Loewenthals Art, einen Fehler zu machen. »Mr. Loewenthal hat sich geirrt«, sagte sie. »Er hat uns eine schwarze Hausschlange geschickt.« C. C. stand auf, betrachtete den Frachtbrief und sah dann Marion an. Geräuschvoll zog er die Luft durch die Zähne.

»Mr. Loewenthal war nicht da«, sagte er. »Seine Frau hat mich bedient.«

»Daran wird es liegen.«

»Muß ich sie zurückbringen?« In seine Augen trat mürrische Widerspenstigkeit.

»Sie kann übers Wochenende hierbleiben. Wahrscheinlich ist sie hier besser aufgehoben als im Geschäft. Lassen Sie es bis Montag.«

Sein Ausdruck verwandelte sich in Freude. »Sehr wohl, sehr wohl.«

Sie sah auf die Uhr. »Ich gehe. Professor Taylor-Askew erwartet mich.« Die Lüge kam glatt über ihre Lippen. »Joe, wenn du der letzte bist, sorgst du dafür, daß das Licht ausgeschaltet wird?«

Joe grunzte, und sie ging in ihr Zimmer, um ihren Mantel zu holen. Auf dem Weg durch das Laboratorium verabschiedete sie sich. Dann ging sie über den Treppenabsatz und die Stufen hinunter. Der Nebel war jetzt viel dichter. Er dämpfte alles. Sie konnte kaum die Autos hören, die zu Beginn der Hauptverkehrszeit durch die Heath Street kamen; nur das Tropfen von den großen Eichen, die das Institut umgaben. Süßsaures Huhn, rief sie sich ins Gedächtnis zurück, als sie zum Parkplatz hinüberging, und Rind mit Paprika. Frühlingsrollen. Sie überlegte, ob sie genügend Sojasauce zu Hause hätten. Vielleicht sollte sie beim Supermarkt anhalten und eine Flasche mitnehmen.

Als sie die Fahrertür ihres Renault Coupés – der einzige Luxus, den sie sich in den letzten drei Jahren geleistet hatte – öffnete, begann sie, an das Wochenende zu denken. Zwei volle Tage würde sie mit Susan zusammensein können. Was würden sie tun? Ihr Gehirn war leer. Sie hätte einen Plan machen sollen, aber das Referat über monovalente Schlangensera, an dem sie arbeitete und das sie im folgenden Monat auf der internationalen Konferenz in Brüssel halten sollte, hatte ihre ganze Aufmerksamkeit in Anspruch genommen. Kino? Nein, zu sehr wie Fernsehen. Theater? Susan wollte *Jesus Christ Superstar* sehen. Am Sonnabend war eine Matinee. Das war ein Punkt. Sonntag? Einen faulen Tag; einfach zusammensein. Vielleicht zum Mittagessen ausgehen oder Brunch im *Café Royal*. Das würde Susan Spaß machen. Am Montag dann wieder Schule und das Wochenende vorüber; Montag, verdammter Montag.

Sie wühlte in ihrer Handtasche nach den Autoschlüsseln und hielt ein. Irgend etwas sollte am Montag geschehen. Was ...? Es fiel ihr wieder ein: Sie mußte den Rajah daran erinnern, die Schlange zurückzubringen und die zu holen, die sie bestellt hatten. Unbegreiflich, daß ein solcher Fehler vorkommen konnte: eine harmlose schwarze Hausschlange gegen eine Mamba zu vertauschen. Es konnte nicht viele Hausschlangen in England geben. Sie selbst hatte zuvor noch nie eine gesehen, und Fitzsimon sagte in seinem Buch, daß sie selbst in Afrika selten seien. Sicherlich war es ein Spezialauftrag von jemandem, der etwas von Schlangen verstand und sie als Haustier haben wollte. Wer es auch immer war, er würde verärgert sein, wenn er in den Laden käme und – das starke Frösteln, das sie überfiel, kam nicht von der Kälte. *Was wenn? Was wenn? Was wenn?* Wie ein Trommelwirbel wiederholte sich der Satz in ihrem Gehirn. Aber es war unmöglich. Es konnte nicht sein. Weshalb nicht? Das Institut hatte die falsche Schlange bekommen; weshalb konnte derselbe Fehler nicht noch einmal passieren? War es nicht möglich, daß derjenige, der die schwarze Hausschlange bestellt hatte, irrtümlich die schwarze Mamba ausgehändigt bekam? Nein, es konnte nicht sein. Jeder, der Schlangen gut genug kannte, um diese Art zu bestellen, würde oder *sollte* eine schwarze Mamba auf den ersten Blick erkennen; allein ihre Größe bewies, daß sie keine Hausschlange war. Es sei denn, es war eine junge Mamba. Loewenthal konnte kein derartiger Fehler unterlaufen, nicht mit seiner jahrelangen Erfahrung. Aber der Fehler konnte in Afrika gemacht worden sein. Manchmal wurden die Schlangen von dem Fänger in ihre Reisekäfige getan und etikettiert. Und außerdem war Loewenthal nicht im Geschäft gewesen.

Sie öffnete die Wagentür und eilte zurück ins Institut. Dabei sah sie auf die Uhr, um sicherzugehen, daß sie Mrs. Loewenthal noch vor Ladenschluß erreichen würde.

In der Gerald Road-Polizeiwache, die im Herzen von Westminster einen weiten Steinwurf von Belgrave Square, Eaton Square, Victoria Station und dem schäbigen Gewirr von Pimlico liegt, hatte Inspector Alec Nash seinen Dienst gerade beendet, als das Telefon auf seinem Schreibtisch läutete. Es war eine schlechte Woche gewesen. Am Dienstag war in einem geparkten Auto vor dem Tor des Parlaments eine Paketbombe explodiert. Ein Verkehrspolizist war getötet und ein Radfahrer verletzt worden. Seither hatte niemand in der Gerald Road viel Schlaf gehabt. Nash, ein hochgewachsener, grobknochiger Mann von Anfang Vierzig mit zerklüftetem Gesicht, stand und starrte auf das Telefon. Er war versucht, es zu ignorieren. Schließlich hatte er sowieso keinen Dienst mehr. Dann fiel ihm ein, daß Mary, seine Frau, ihn Jims wegen anrufen wollte, und sein Herz tat einen Satz. Heute war der Tag, an dem sie Jims Bewährungshelfer treffen würden; der große Tag, den Nash seit dem Verhör vor dem Friedensrichter ständig gefürchtet hatte. Im Laufe seiner Dienstzeit hatte Nash mit Dutzenden von Bewährungshelfern zu tun gehabt. Im Hinblick auf die Anzahl jugendlicher Delinquenten auf den Straßen hatte er sie manchmal als Waschlappen angesehen und war versucht gewesen, sie mit einer gewissen Kühle zu behandeln. Welch eine Ironie, daß nun der Bewährungshelfer der einzige war, der Jim vor dem Gefängnis bewahren konnte. Er fürchtete sich vor der Szene, die kommen würde: er und Mary auf dem Sofa, sein Jim, lang aufgeschossen, mit strähnigen, ungepflegten Haaren, wahrscheinlich halb betrunken, auf einem der Eßzimmerstühle; und der Bewährungshelfer – hieß er Arkwright? – formell, ernst, mit diesem Ausdruck von Mitgefühl in den Augen, den Nash so viele Male gesehen hatte.

Wie sollte man es ihm erklären, daß man einen siebzehnjährigen Sohn hatte, der auf dem besten Wege war, Alkoholiker zu werden, und daß er, wenn er ein paar Gläser getrunken hatte, unverantwortliche Dinge tat, wie die Autos anderer Leute zu nehmen? Wie konnte ein Polizei-Inspector mit zwei Tapferkeitsmedaillen und einem tadellosen Ruf so was erklären?

Er nahm den Hörer auf. Chief Inspector Neills Stimme kam laut und klar über die Leitung. »Alec?«

»Ja.«

»Ich dachte, du wärst schon weg.«

»Nein.«

Neill lachte vergnügt. »Mach dir nichts draus. Ich weiß, du bist müde, aber möchtest du nicht eines schönen Tages Kommissar werden?«

»Nein.«

»Hör zu, ich habe auf der anderen Leitung eine Frau. Sie sagt, sie wäre irgendein Doktor. Redet über Schlangen. Sie war mit der Zentrale verbunden, und die hat sie an uns abgeschoben. Wahrscheinlich falscher Alarm, aber ich habe in zwei Minuten eine Besprechung mit Benson vom Bombenkommando. Erkundige dich, was sie will.«

»Ich habe in einer halben Stunde eine Verabredung.«

»Begreif doch, Alec. Ich . . .«

»Eine wichtige.« Nach einer Pause: »Jim?«

»Okay. Also, frag sie nur, was sie will. Ist es etwas Wichtiges, gib sie an Harris weiter. Er muß in ein paar Minuten von Acton zurückkommen.«

Es klickte zweimal in der Leitung. Dann sagte eine Frauenstimme: »Hallo?«

»Inspector Nash.« Er zog einen Schreibblock zu sich heran. »Dürfte ich Sie um Ihren Namen bitten?«

»Stowe. Dr. Marion Stowe. Ich arbeite am Institut für Toxologie in Hampstead.«

Er schrieb das Wort »Toxologie« nieder und dann »Jim«. Einen Moment lang starrte er darauf. Als er merkte, was er getan hatte, strich er beide Wörter durch. »Gift«, sagte er.

»Ja.«

»Womit kann ich Ihnen helfen?«

Sie sprach schnell und gewandt. Eine angenehme Stimme, dachte er. Weich und dunkel, genau die Stimmlage, die er mochte. Er begann sich ein Bild von ihr zu formen. Weich, nachgiebig, warm, kompetent. War in ihrem Ton Humor? Hatte sie ein Kind? Hatte sie auch irgendwo versagt? Weshalb gab es niemanden, der einen warnen konnte? Plötzlich verstummte sie, und in der Leitung war Stille. »Sind Sie noch da?« fragte sie.

»Ja, ich bin hier.« Er hatte nur mit halbem Ohr zugehört und sagte nun: »Lassen Sie uns sehen, ob ich Sie richtig verstanden habe. Sie sagen, Sie arbeiten mit Schlangengiften?«

»Ja, es ist eines unserer Fächer. Wir arbeiten an neuen Arten von Seren.«

»Seren ... das sind–«

»Damit macht man Injektionen«, sagte sie etwas ungeduldig, »Leuten, die von giftigen Schlangen gebissen wurden. Ich habe es doch erklärt.«

»Ja, ich habe es verstanden. Sie arbeiten also in Ihrem Institut mit Schlangen?«

»Ja.«

»Und Sie sagen, Sie haben ...« Er sah auf seine Notizen. »Eine Hausschlange an Stelle einer ... Mamba erhalten?«

»Ja.« Ungeduld verschärfte ihren Ton.

»Die eine harmlos, die andere nicht?«

»Das ist eine Untertreibung. Die schwarze Mamba gehört zu den giftigsten Schlangen der Welt. Außerdem ist sie aggressiv.«

»Ich verstehe. Und Sie glauben, es sei ein Irrtum vorgekommen?«

»Ich glaube es nicht, ich *weiß* es.«

»Haben Sie Geduld mit mir, Doc. Schlangen fallen nicht gerade in mein Fach.«

»Aber in meines, und ich erkläre es Ihnen.«

Nash zündete sich eine Zigarette an und bedauerte es sofort. »Sie sagen, daß der Irrtum von Loewenthal in Camden Town begangen worden sei?«

»Nein, das habe ich nicht gesagt. Ich sagte, es sei ein Fehler gemacht worden. Ich habe keine Ahnung, wer ihn gemacht hat. Begreifen Sie nicht, wir haben keine Zeit für Unterhaltungen. In der Zwischenzeit kann –«

»Ich versichere Ihnen, daß die paar Minuten, die wir jetzt länger sprechen, auf die Dauer viel Zeit sparen –«

»Ich habe bereits eine Ewigkeit gebraucht, um Mrs. Loewenthal zu finden.«

»Sie sagten, er sei krank? Der Besitzer des Geschäfts?«

»Ja. Man hat ihn ins Krankenhaus gebracht. Herzattacke. Aber davon rede ich nicht. Sie hat die Schlange einem Jungen mitgegeben. Ob es eine Mamba war oder nicht, weiß sie nicht. Sie hatte eine Lieferung von mehr als einem Dutzend Schlangen. Die Hälfte davon harmlose kleine Constrictors für Zoos. Aber sie könnte dem Kind die Mamba gegeben haben!« Ihre Stimme war schärfer geworden.

»*All right,* Doc, sie könnte. Wir wollen hoffen, daß sie es nicht getan hat. Wissen Sie den Namen des Jungen?«

»Das ist es eben. Ich weiß ihn nicht. Mrs. Loewenthal erinnert sich nicht. Nur daß es ein französischer Name war. Sie weiß nur noch, daß es eine Adresse am Eaton Square oder Eaton Place war; eine vornehme Wohngegend, die ihr im Gedächtnis blieb.«

»Können wir sie nicht in den Laden holen? Oder kann sie jemanden schicken, den sie kennt? Sie sagten, es sei ein Bursche da, der die Käfige reinigt und die Tiere füttert.«

»Begreifen Sie doch, sie ist halb hysterisch, glaubt, daß ihr Mann stirbt, was gar nicht so abwegig ist. Er wiegt beinahe zwei Zentner. Ich habe eine halbe Stunde gebraucht, um ihrer habhaft zu werden und ein paar vernünftige Worte aus ihr herauszuquetschen.«

Nashs Gehirn begann schneller zu arbeiten. Ein französischer Name, dachte er. Es sollte nicht so sehr viele am Eaton Square oder Eaton Place geben. Im Wählerverzeichnis müßten alle Namen zu finden sein.

»Gut«, sagte er, »überlassen Sie es mir, Doc.«

»Aber beeilen Sie sich«, mahnte sie. »Sie müssen sich beeilen.«

»Ja. Noch etwas: Haben Sie irgendein Gegengift – was es auch immer sein mag? Etwas gegen einen Mambabiß?«

»Ich habe ein Serum. Es ist nicht spezifisch gegen Mambagift, sondern gegen verschiedene neurotoxische Schlangengifte.«

»Oh.« Nash fühlte sich unsicher. »Wo können wir Sie erreichen, Doc?« Sie gab ihm ihre private Telefonnummer. »Sind Sie den ganzen Abend dort?«

»Ja. Aber setzen Sie sich mit Mr. Beale vom Londoner Zoo in Verbindung. Dort hat man ein Routineverfahren für solche Fälle. Er wird sich auch um das Krankenhaus kümmern; St. George's wahrscheinlich. Nur beeilen Sie sich, um Himmels willen. Mambagift wirkt schrecklich schnell. Das Kind könnte in ein paar Minuten tot sein. Es kommt ganz darauf an, wo es gebissen wird. Keine noch so große Menge Serum könnte es retten.«

Dick Howard saß in der Cocktailbar des *Carlton Tower Hotel* in der ersten Etage und starrte hinaus auf die dunkle Fläche von Rasen und Bäumen des Cadogan Square. Dann sah er zum zehntenmal in ebenso vielen Minuten zur Uhr. Philip würde bald zu Hause sein. Bestimmt; es war kurz nach halb sechs. Es sei denn, er war im Verkehr steckengeblieben.

Howard schwenkte das Eis in seinem Scotch und überlegte, ob er einen zweiten bestellen sollte. Barbot hatte sagen lassen, daß er sich eine Viertelstunde verspäten werde; jetzt waren es schon mehr als zwanzig Minuten. Noch einen? Oder jetzt gehen? In den letzten Minuten war er immer unruhiger geworden. Es war dasselbe Gefühl, das er manchmal im Busch gehabt hatte; nicht oft, drei- oder viermal im ganzen. Das Gefühl leichter Angst, nicht einmal Furcht – mehr Besorgnis, eine Art von unerklärbarer Ahnung, daß nicht alles war, wie es sein sollte. In Luangwa, damals noch Nordrhodesien, hatte er einmal einen Leoparden gejagt, der von einem Wilderer mit einem Vorderlader angeschossen worden war. Das Tier hatte sich in dichtes Gestrüpp zurückgezogen. Die Hunde des nahen afrikanischen Dorfes hatten sich geweigert, es aufzustöbern. So war er allein gegangen; eine Dummheit, wenn man es mit einem Leoparden zu tun hatte. Aber er war gegangen. Der Busch war voller Dornen, Buschdorn und Akazien. Schon nach einer Minute hatte ihn das gleiche Gefühl überfallen; er war beunruhigt gewesen, unsicher. Während er der Blutspur folgte, hatte sich das Gefühl verstärkt, bis er stehenblieb und sorgfältig das Gebüsch vor sich absuchte. Er hatte nichts gesehen. Dann hatte er den Zwang verspürt, sich umzudrehen. Der Leopard war ungefähr zwanzig Meter hinter ihm. Er stand völlig bewegungslos in dem flekkigen Schatten und beobachtete ihn mit seinen gelben Augen. Instinktiv hatte er die Büchse hochgerissen und geschossen. Erst danach, eine Stunde später, war die Reaktion eingetreten, und er hatte einen Schüttelfrost bekommen.

Jetzt hatte er dasselbe Gefühl, daß etwas nicht in Ordnung war. Er bezahlte den Drink und zog seinen Mantel an, während er die Stufen hinuntereilte. Vor der Tür stand eine Schlange nach Taxis an. So wandte er sich nach rechts und ging in Richtung Sloane Street. Die Hauptverkehrszeit hatte ihren Höhepunkt erreicht, und die Straßen waren voller Autos. Er winkte einem Taxi und sah, daß es besetzt war. Da kein weiteres in Sicht war, gab er den Versuch auf, ging so schnell wie möglich zurück und nahm eine Abkürzung zum Eaton Square.

Während Howard unterwegs war, fuhr Philips Taxi über Grosvenor Gardens in Richtung Belgrave Square. Philip war mit den Bewegungen beschäftigt, die jetzt in größerer Regelmäßigkeit in der Kiste zu verspüren waren. Das Kratzen war ziemlich deutlich. Das Innere des Taxis war warm, und er wünschte, er könne ein Fenster öffnen. Aber er könnte sich erkälten, und außerdem war es nicht mehr weit bis zum Eaton Square; so lehnte er sich zurück und genoß den Rest der Fahrt. Er war ganz zufrieden mit sich selbst. Es war eine lange Fahrt gewesen, und im Geschäft war etwas geschehen, was Dick und er nicht vorausgesehen hatten. Trotzdem war alles glattgegangen.

»Da wären wir«, sagte der Taxichauffeur, lehnte sich zurück und öffnete die Tür. Philip zahlte und nahm die schwere Kiste auf.

»Schaffst du es?«

»Ja, danke sehr.«

Er hatte noch nicht den Fuß der Stufen erreicht, die zur Haustür führten, als Louise aus dem Haus kam und auf ihn zulief. Sie versuchte, ihr Gesicht zu einem Lächeln des Willkommens zu verziehen.

»Schnell«, sagte sie. »Es ist zu kalt für dich. Ich helfe dir.« Sie griff nach der Kiste, aber Philip schüttelte den Kopf.

»Nein.«

Sie hielt ihm die Tür auf, und er sah Dave auf dem oberen Treppenabsatz.

»Komm, *chéri*«, sagte sie. »Ich muß dir etwas erzählen.«

Philip blieb vor Howards Tür stehen. »Dick!« rief er. »Dick!«

»Er ist ausgegangen«, sagte Louise.

»Wohin?«

Sie zuckte die Achseln. »Ich weiß nicht.«

Philip runzelte die Stirn. »Er hat gesagt, er würde hier sein. Er wollte auf mich warten.«

»Davon weiß ich nichts. Ein Telefonanruf, und dann sagte er, daß er ausgehen müßte.«

»Aber er hat doch versprochen, hier zu sein.«

»Vielleicht bleibt er nicht lange.«

Enttäuschung durchflutete Philip. Er hatte erwartet, daß Dick ihm helfen würde, die Kiste auszupacken; erwartet, daß sie über einen Namen sprechen würden; erwartet, daß die Enthüllung des gemeinsamen Geheimnisses sie enger zusammenbringen würde. Und nun war er nicht da. Einen Augenblick stand er noch vor Dicks Tür. Dann begann er die Treppe hinaufzugehen. Die Kiste war sehr schwer, und er konnte ruckartige Bewegungen darin spüren.

»Was hast du da, Phil?« fragte Dave. »'nen bengalischen Tiger?«

Philip haßte es, wenn Dave ihn Phil nannte. Dick nannte ihn Phil. »Ja, stimmt«, antwortete er.

»Wohl 'n Geschenk von Gandhi, was?«

Philip war oben angekommen und wandte sich seinem Zimmer zu. »Ja, stimmt.«

»Du bist ein freches kleines Aas, weißt du das?«

»Laß ihn in Ruhe«, sagte Louise.

»Verdammt, schließlich habe ich recht.«

Sie folgte Philip in die Great Ngorongoro Crater-Menagerie. »Als du weg warst, hatte ich einen Anruf. Meine Schwester ist krank.«

Philip stellte die Kiste auf den Boden. »Oh.«

»Der Doktor macht sich Sorgen.«

»Wo? In Frankreich?«

»Nein, *chéri*, hier in London.«

»Ich wußte gar nicht, daß du eine Schwester hast.«

»O ja. Ich muß sie besuchen. Nein . . . zieh deinen Mantel nicht aus. Du mußt mitkommen. Ich kann dich nicht hierlassen.«

»Dick sagte, er würde dasein. Er wird bald kommen.«

»Wir müssen schnell machen. Nur für zehn Minuten. Dave fährt uns. Es ist unmöglich, jetzt ein Taxi zu bekommen.«

»Geh allein.«

»Aber ich kann dich nicht hierlassen. Was würde deine Mutter sagen?«

Philip berührte die Kiste mit dem Fuß und fühlte einen Ruck als Antwort. Ihm war sehr warm in dem Mantel, und er begann sich aus ihm herauszuwinden.

»Bitte, *chéri*, mach keine Schwierigkeiten.«

»Draußen war ein Taxi – das, in dem ich gekommen bin. Weshalb hast du es nicht genommen?«

Einen Augenblick lang sah sie verwirrt aus. »Ich konnte nicht denken. Ich war nur froh, dich zu sehen, das war alles, was ich gefühlt habe. Bitte, Philip. Es könnte ernst um sie stehen. Würde es dir nicht Spaß machen, noch einmal mit dem Auto zu fahren?«

»Vorhin wolltest du nicht, daß ich fahre.«

»Nicht allein.« Ärger kroch in ihren Ton. »Möchtest du nicht ein Eis?«

Er überlegte. Gegen eine zweite Fahrt hätte er nichts einzuwenden. Ein Eis wäre schön. Und wenn Dick käme, würde er sehen, daß er, Philip, auch Vereinbarungen brechen konnte. Doch dann sah er auf die Kiste nieder und sehnte sich danach, das neue Mitglied seiner Menagerie kennenzulernen. Und darum mußte er auf Dick warten. Er hatte ihm mehrfach gesagt, daß er die Kiste nicht allein öffnen dürfe.

»Nein, danke«, sagte er. »Ich warte auf Dick. Mir kann nichts passieren.«

»Ist es deshalb?« fragte sie und berührte die Kiste mit dem Fuß.

»Er hat mir befohlen, sie nicht selbst zu öffnen. Ich muß auf ihn warten.«

»Ich werde sie aufmachen.«

»Er hat gesagt, *er* würde es tun.«

»Er ist kein Gott, Philippe! Jeder kann sie aufmachen.« Sie kniete nieder. »Was ist es, eine Maus? *Un lapin* – noch ein Kaninchen?« Sie begann die Pappumhüllung aufzureißen. Philip sah ihr zu.

»Noch eines von deinen kleinen Pelztieren? Blöde Dinger. Schmutzig.« Sie zerrte ärgerlich an dem Karton, riß ihn von der Holzkiste ab. Philip hätte über ihre Worte wütend sein sollen. Statt dessen beobachtete er sie. Ein leichtes Lächeln huschte über sein Gesicht.

In diesem Moment läutete das Telefon in der Diele. Er hörte Dave den Hörer aufnehmen. »Hallo.« Dann fiel der Hörer auf den Dielentisch. Dave stand im Türrahmen. Sein Gesicht war weiß. »Es ist die Polizei«, sagte er. »Es sind die verdammten Polypen!«

Louise riß mit einem heftigen Ruck den Deckel ab und stand auf. »Die Polizei? *C'est impossible!*« Sie drehte sich zurück zu Philip und fragte mit harter Stimme: »Was hast du gesagt?«

Ein Schatten schien an ihr vorüberzugleiten, so wie eine Wolke schnell an der Sonne vorbeitreibt; nur – es gab keine Sonne. Und dann sah Philip, daß das Band des Reisesacks innerhalb der Kiste sich gelöst hatte, wahrscheinlich, als Louise den Deckel abnahm, und daß der Schatten aus dem Sack zu kommen schien. Die drei sahen die Schlange gleichzeitig, als sie den Kopf zurückzog, um zuzuschlagen – Louise schrie.

Dick Howard hörte den Schrei, als er ins Haus kam. Er dachte: Mein Gott, Philip! und nahm zwei Stufen auf einmal, ohne den Schmerz zu beachten, der seine Eingeweide zerriß. Er stürzte in Philips Zimmer. Die drei standen noch immer mitten in der Menagerie. Louise hielt ihren Arm. Aus zwei kleinen Wunden auf der Innenseite ihres linken Unterarms rann Blut.

»Sie ist von einer verdammten Schlange gebissen worden!« Daves Stimme klang hysterisch.

»Kein Grund zur Aufregung!« brüllte Howard. »Sie ist harmlos. Wo ist sie?«

Sie sahen sich um.

Aber die Schlange war verschwunden.

2

Freitag 18.12 – 19.22 Uhr

»Es ist eine Hausschlange«, sagte Howard. »Man hält sie in Afrika, damit sie Ratten und Mäuse frißt, so wie wir Katzen halten. Glauben Sie, ich habe für den Jungen eine Giftschlange bestellt? Es ist der Schock. Das ist alles.«

Er versuchte, sich an die vergangenen Sekunden zu erinnern. Er war ins Zimmer gekommen, gleich nachdem Louise gebissen worden war, aber die Schlange hatte er nicht gesehen. Doch eine Hausschlange hatte kein Gift, und Louise war selbst schuld, daß sie sich eingemischt hatte. Und wer, zum Teufel, war dieser Franzose? Ihr Freund wahrscheinlich. Es sah den verdammten Dienstboten ähnlich. Sobald der Chef weg war, wurden sie frech.

Sie hatten Louise auf einen Stuhl in der Great Ngorongoro Crater-Menagerie geholfen; ihr Gesicht war leichenblaß und die Lippen blau. Sie starrte voller Furcht, unfähig zu sprechen.

»Haben Sie die Schlange gesehen?« fragte Jacmel.

Howard schüttelte den Kopf. »Als ich kam, war sie schon weg. Aber Louises Schrei habe ich gehört.«

»Sie war groß?« fragte Jacmel.

»Enorm«, sagte Dave. »Ein verdammt großes Biest.« Vor Angst war sein Gesicht aufgedunsen.

Nächstens macht er noch eine dämliche Python daraus, dachte Howard. Zehn Meter lang ... zwanzig ... dreißig. Größer als das Zimmer ... länger als das Haus ... Auf Laien konnte man sich nicht verlassen, wenn es um eine genaue Beschreibung irgendeines Lebewesens im Busch ging. Vor allem nicht, wenn sie Angst hatten.

Er erinnerte sich an Kunden in seinen Kenia-Tagen: Büffel, so groß wie Kathedralen, mit Hörnern, die bis zur Mitte der folgenden Woche reichten, und Löwen, groß wie Elche. Und wenn man sie dann zu Gesicht bekam, waren es Tiere, die man kannte, oft kleiner als gewöhnlich. Das machte das Adrenalin.

»Schwarz?« fragte Jacmel.

»Wie ein Schatten«, sagte Dave.

»Erzähl noch mal.«

»Sie zog den Deckel von der Kiste –« begann Dave.

»Reisekäfig«, unterbrach Philip. Während sie sprachen, hatte er in der Tür zwischen den beiden Zimmern gestanden. Als die Schlange auftauchte, war es ihm, als wolle seine Brust zerspringen, so groß war seine Aufregung. Aber dann ging alles so schnell, daß er keine Zeit fand, ans Atmen zu denken. Und als die Schlange verschwunden war und er sich gefangen hatte, atmete er noch immer regelmäßig.

Dave ging auf ihn los. »Weshalb hältst du nicht die Klappe –«

»Wenn Mrs. Blanchet hier wäre, würden Sie nicht so reden«, setzte Howard an.

»Aber es ist wahr. Es ist seine Schuld. Schlangen zu halten ist nicht natürlich.«

»Genug.« Das Wort kam von Jacmel, nicht laut, aber befehlend.

Dave sah ihn trotzig an. »Na ja ...« sagte er, um das letzte Wort zu haben.

Howard sah Jacmel nachdenklich an und wandte sich an Dave: »Haben Sie gesehen, was passierte?«

»Nichts hat er«, sagte Philip. »Louise und ich waren allein im Zimmer. Sie nahm den Deckel vom Reisekäfig. Das Band des Sackes verfing sich darin und löste sich.«

Howard fragte sanft: »Wußte sie, was darin war?«

Philip zuckte die Achseln. Ihm war klar, worauf die Unterhaltung abzielte. »Ich weiß nicht.«

»Hast du es ihr nicht gesagt?«

»Nein.«

»Weshalb hast du sie nicht gehindert, Phil? Du wußtest, was in der Kiste war.«

»Wie sollte ich wissen, daß sie den Sack öffnen würde. Außerdem konnte ich nicht atmen.«

»Denk an unseren Pakt«, erinnerte ihn Howard. »Wir haben beschlossen, das Atmen das ganze Wochenende über nicht zu erwähnen.«

»Aber es ist wahr.« Sein Ton war trotzig.

»*All right,* Phil. Niemand macht dir Vorwürfe.«

Der Junge wandte sich um und ging in sein Zimmer.

»Ich sterbe«, sagte Louise.

»Unsinn«, beruhigte Howard sie. »Ich sage Ihnen immer wieder, es ist eine harmlose Schlange.«

»Ich sterbe.«

»C'est pas vrai, chérie, il y . . .«

»Es ist der Schock«, unterbrach Howard. »Aber ich glaube, wir sollten Hilfe holen.«

»Hilfe?« fragte Dave. »Was meinen Sie mit Hilfe?«

Howard ignorierte den Chauffeur und ging an ihm vorüber zu dem Telefon in der Diele.

Der Hörer lag auf dem Tisch. Er nahm ihn auf. »Hallo«, sagte er, bekam aber keine Antwort. Er legte auf und suchte auf der Liste, die Ruth ihm gegeben hatte, nach der Nummer des Arztes. Er begann zu wählen.

»Was haben Sie vor?« fragte Dave. Er stand direkt hinter Howard.

Wieder ignorierte Howard ihn. »Ich habe Sie gefragt, was Sie machen!« Dave trat vor und griff nach dem Hörer. Er versuchte, ihn Howard aus der Hand zu winden. Einen Moment lang kämpften die beiden Männer. Dann ließ Dave den Hörer los, beugte sich schnell nieder und riß die Schnur aus der Anschlußdose.

»Du Miststück«, fauchte Howard. Dave schlug zu. Er hatte etwas die Balance verloren, so war der Schlag nicht so stark, wie er hätte sein können, aber seine Faust traf in Howards Magen, dort, wo die Klauen eingedrungen waren, wo er genäht worden war. Es war, als habe jemand eine offene Flamme auf seine Muskeln gerichtet. Er schrie auf und fiel gegen die Wand, beide Hände gegen den Magen gepreßt. Er sah an sich hinab und erwartete, Blut über den Hosenbund fließen zu sehen, aber nichts geschah. Jemand zog an seinem Arm. Durch einen schmerzflimmernden Nebel sah er Philips Gesicht.

Er versuchte zu sprechen, brachte aber nur ein Keuchen hervor.

»Was ist passiert?« Jacmel hatte Louise allein gelassen und war auf den Treppenabsatz getreten.

»Er hat ihn geschlagen«, sagte Philip wütend. »Er hat Dick geschlagen.«

Howard begann, sich an der Wand entlangzuziehen. Er wußte nicht, wohin, aber er bewegte sich, glitt, versuchte, in der Bewegung ein Heilmittel gegen den Schmerz zu finden. Ihm war schwindlig, und Schweiß rann über sein Gesicht. Er wußte, daß es aufhören mußte. Er wußte auch, daß er nicht viel mehr ertragen konnte, ohne ohnmächtig zu werden. Der Schmerz kam in brennenden Wogen. Jede einzelne drohte ihn fortzuschwemmen.

Dann fühlte er Philips Hand unter seinem Arm und folgte ihm blindlings. Sie gingen zurück in das Schlafzimmer des Jungen, und er merkte, daß er zum Bett geführt wurde. Er legte sich zurück, schloß die Augen, und Philip schob ein Kissen unter seinen Kopf. Nach kurzer Zeit fühlte er sich besser. Anscheinend hatte der Druck auf seinen Magen aufgehört und der Schmerz nachgelassen. Er öffnete die Augen und sah Philip über sich gebeugt. Das Gesicht des Jungen war angespannt und weiß, die Atmung schlecht. Howard wollte ihn fragen: »Etwas nicht in Ordnung?«, als ihm einfiel, daß das das falscheste sein würde. So begann er einen Satz zu formen, der das Gegenteil angedeutet hätte, bis er bemerkte, wie absurd es klingen würde. Es war etwas nicht in Ordnung, überhaupt nicht in Ordnung. Er wußte es, Philip wußte es, und sie, die anderen, wußten, daß Philip und er es wußten.

»Ein, aus«, keuchte er. »Eins, zwei, eins, zwei. Regelmäßig, regelmäßig.« Das Sprechen brachte den Schmerz zurück, aber er fuhr fort: »Gut so. Eins, zwei, eins, zwei.« Er merkte, daß er flüsterte. »Ein, aus, ein, aus.« Plötzlich wurde sein Bauch von einer glühenden Zange umklammert, und er wurde ohnmächtig.

Er konnte nicht länger als ein, zwei Minuten bewußtlos gewesen sein, aber als er erwachte, hatten die Schmerzen nachgelassen, und er sah in Philips Gesicht. Der Junge stand über ihn gebeugt, und seine Hand lag an Howards Wange.

Howard bemerkte, daß seine Atmung regelmäßig war. Dem Himmel sei Dank dafür. Im Hause gab es zwei Aerosol-Beatmer, aber manchmal halfen auch die nichts. Sein Gehirn stellte sich auf die Zukunft ein: Kein Mensch reißt zum Spaß Telefondrähte aus der Wand. Es mußte ein Raubüberfall sein. Louise, Jacmel, Dave – alle daran beteiligt. Barbot war also nichts als eine Lüge. Sie hatten ihn für eine halbe Stunde oder so aus dem Haus haben wollen. Mehr Zeit brauchten sie nicht. Ein paar Gemälde, Ruths Juwelen aus dem Wandsafe im Schlafzimmer, das Silber, ihr goldenes Feuerzeug, dies und das; nicht länger als eine halbe Stunde, und wenn er zurückgekommen wäre, Louise, Dave und Philip wahrscheinlich gefesselt in einem Zimmer. Monate später würde die Beute aufgeteilt werden.

Plötzlich brüllte jemand nebenan. Howard drehte sich um, so daß er durch die Tür sehen konnte. Jacmel stand vor Dave. Obgleich er ein wenig kleiner war, erschien er größer und stärker. »Muskeln«, sagte Jacmel. Howard sah, wie er die Muskeln in seinem Arm anspannte. »In deinem Kopf«, fuhr er brutal fort, »da hast du deine Muskeln.«

»Was hättest du an meiner Stelle gemacht?« sagte Dave wütend. »Bitte, Mr. 'Oward –« Er äffte Jacmel nach. »Bitte unterlassen Sie das Telefonieren.«

»Es gibt Zeiten für Muskeln«, sagte Jacmel. Seine Stimme war dunkler geworden, und Howard fand sie drohender, als wenn er gebrüllt hätte. »Was verstehst du davon? Nichts. Stark – alten Männern gegenüber!« Er machte eine Pause. »Wenn du deine Muskeln gebrauchen sollst, werde ich es dir sagen. Verstanden?«

Die Stimme war noch dunkler geworden und hörte sich für Howard an, als komme sie ganz hinten aus der Kehle, so wie bei einem wütenden Löwen. »Ich werde dir sagen, wann«, fuhr er fort. »Ich werde dir sagen, was du tun sollst, was du sagen sollst und wie du dich zu benehmen hast. Verstehst du? Ich werde dir sogar sagen, wann du atmen darfst.«

Daves Stimme, die ihre Angriffslust verloren hatte: »Du hast kein Recht, so mit mir zu reden.«

Jacmel sagte etwas, das Howard nicht verstehen konnte. Dann wieder Daves Stimme: »Du meinst, wir machen weiter? Aber . . .«

»Überlaß das Denken mir. Geh runter zur Haustür und paß auf. Wir müssen in fünf Minuten gehen, nicht später.«

Dave verließ das Zimmer. Fünf Minuten. Das bedeutete, daß sie das Haus bereits ausgeräumt hatten. Was konnte er machen? Sie aufhalten? Wie? Er bewegte sich, und die Schmerzen kamen zurück, nicht so stark, aber genug, um ihn keuchen zu lassen. Er *konnte* überhaupt nichts tun, nicht in dieser Verfassung. Selbst wenn er fit gewesen wäre, was würde aus dem Jungen? Versuchte er irgend etwas, schnappten sie sich den Jungen. Was wäre Ruth lieber: ihr Schmuck oder ihr Sohn? Darauf kam es doch hinaus. Er sah zu Philip auf und lächelte.

»Ich passe auf dich auf«, sagte Philip.

Es überraschte Howard. Ungefähr das gleiche hatte er zu Phil sagen wollen. Er beobachtete den Jungen. Der atmete schnell, aber regelmäßig, und in seine Wangen war ein bißchen Farbe zurückgekehrt. Howard mußte plötzlich denken, daß die Sorge um jemand anderen einen von sich selbst ablenkte. Leise sagte er: »Ich weiß, alter Knabe.«

An Philip vorbei sah er Jacmel und Louise in der Menagerie. Jacmel hatte ihr auf die Füße geholfen und führte sie hin und her. Er sprach die ganze Zeit. Howards Französisch war durchschnittlich gut, aber Jacmel sprach zu leise, als daß er alles hätte verstehen können. Jacmel redete anscheinend Louise zu, sich zu bewegen. Er erzählte ihr, daß alles in Ordnung sei. Daß der Schock vorübergehen werde. Daß sie bald gehen müßten. Dies hatte er immer und immer wieder in verschiedenen Formulierungen gesagt, als wolle er es ihrem Gedächtnis einhämmern.

Dann begann sie zu weinen; es war ein pathetisches, dumpfes Weinen ohne Leidenschaft, aber voller Verzweiflung. Jacmel fuhr fort, ihr zuzureden. Sein Ton war der eines Liebhabers. Plötzlich sagte sie laut und deutlich, so daß Howard jedes Wort verstehen konnte: »Mein linkes Bein ist taub; ich habe kein Gefühl darin.«

»Setz dich«, sagte Jacmel. »Ich werde es massieren. Es ist nichts weiter; auch das kommt vom Schock.«

Sie fragte: »Was werden wir tun?«

»Was wir geplant haben.«

»Wo ist Dave?«

»Er paßt an der Haustür auf.«

»O Gott, mit mir ist es aus.«

»Nein, *chérie*, es ist nichts. Du bist bald wieder in Ordnung.«

Wieder begann sie zu weinen, und selbst Howard empfand Mitleid.

Dann dachte er: Was machen sie mit uns, wenn sie gehen? Sein Gehirn suchte nach einer Fluchtmöglichkeit, wenn auch nur für den Jungen, aber Jacmels Gesicht war dem Schlafzimmer zugewandt. Phil hätte keine Chance. Er dachte an die Gewehre in seinem Wohnzimmer. Die Schrotflinten, die Karabiner. Was hätte er dafür gegeben, eine der Waffen in der Hand zu halten. – Und er brauchte dringend einen Drink.

Howard war nicht der einzige, der sich an die Gewehre erinnert hatte. Dave hatte sie verschiedentlich betrachtet; einmal, als Howard ausgegangen und das Haus leer war, hatte er sogar eines der Schrotgewehre heruntergenommen. Es war eine Purdey. Er hatte davon gehört, aber nie eine gesehen. Es hieß, sie wäre sehr teuer, aber er konnte keinen Unterschied zu der alten Schrotflinte seines Vaters erkennen. Er hatte die Purdey auf eine Taube auf dem Platz gerichtet und sich vorgestellt, wie er ihr den Kopf wegpustete. Natürlich hätte er geschossen, während sie saß. Nur Idioten warteten, bis Vögel sich in die Luft erhoben.

Auf dem Weg zur Haustür erinnerte er sich jetzt der Gewehre. Der Franzose hatte zwar gesagt: »Keine Waffen«, aber er hatte selber eine. Außerdem lagen die Dinge jetzt anders. Er versuchte Howards Tür. Sie war unverschlossen. Die Gewehre hingen in ihrem Gestell, und er nahm die Purdey herunter. Sauber. Die Waffe gab ihm das Selbstvertrauen wieder. Er hatte große Angst gehabt. Er hatte Angst, als das Telefon klingelte und die Polizei sich meldete; Angst, als die Schlange Louise angriff. Selbst mit dem Gewehr hatte er noch Angst. Die Sache war zu schnell schiefgegangen. Jeder Instinkt riet ihm abzuhauen: Mach die Tür auf, steig in den Wagen und fahr wie der Teufel. Aber dann, wenn nun nichts mehr schiefgehen würde? Wenn Jacmel recht hatte? Die Polizei *konnte* nichts wissen, aus dem einfachen Grund, weil bisher nichts geschehen war, was sie hätte wissen können.

Er hob das Gewehr an die Schulter, schnell, seinen Dad imitierend, der ihn im Wald hinter Bell Hangers schießen gelehrt hatte. Eigentlich durften sie nur Holztauben erlegen, graue Eichhörnchen und Krähen, denn sein Vater hatte kein eigenes Land, sondern lebte mühselig von 120 gepachteten Hektar in Hamshire. Aber wenn sie Glück hatten, schossen sie einen Fasan oder ein Rebhuhn, selbst ein Reh, wenn sie sich sicher fühlten. Er dachte an die Farm: ein paar Kühe, ein paar Schweine, Enten und Gänse. Hühner, die einem draußen auf dem Hof und drinnen im Haus fortwährend zwischen den Beinen herumliefen und das Linoleum bekleckerten. Himmel, was für ein Leben. Dreck. Kälte. Jedes verdammte Jahr war seine Mutter schwanger. Fünf Brüder und drei Schwestern und er, Dave, der Jüngste – um sieben Monate jünger. *Sieben.* Nicht zwölf oder elf, nicht einmal neun: *sieben.* Niemand hatte ihm das erzählt. Als er zwölf Jahre alt war, mußte er seine Geburtsurkunde mit in die Schule nehmen. Da hatte er dann sein Geburtsdatum gesehen, fünf Monate früher, als er immer gedacht hatte. Das bedeutete, daß er sieben Monate jünger war als sein Bruder Charlie, nicht ein Jahr, wie sie ihm erzählt hatten. Wenn also seine Mutter mit Charlie schwanger war, als er gezeugt wurde, wer zum Teufel, *war* dann seine Mutter? Die Antwort darauf hatte nicht lange auf sich warten lassen. Sein Vater ging niemals aus dem Haus, und selbst wenn: beim Anblick seiner schmutzigen, zerbrochenen Zähne und bei seinem Gestank hätte sich selbst der ältesten Nutte in Pompey der Magen umgedreht. Nein, es mußte näher an zu Hause gewesen sein – *zu Hause.*

Als Dave zwei Jahre alt war, starb seine Mutter – und seine älteste Schwester hatte sich um die jüngeren Kinder gekümmert. Mary. Sie war ein dickes, zurückgebliebenes Mädchen von Anfang Zwanzig, aber auf dem Niveau einer Zehnjährigen. Als er sie fragte, es ihr einfach auf den Kopf zusagte, hatte sie es bestätigt, ja, es stimmte. Sie hätte sich oft um den Alten gekümmert, wenn ihre Mutter in anderen Umständen gewesen sei. Manchmal geschähe es auch jetzt noch.

Dann, hatte er gesagt, müßte sie . . . müßte er ihr . . .

Ja, hatte sie auf ihre schwachsinnige, aber freundliche Art gesagt, genau das wäre er auch.

Er war weggegangen, zum Bell Hanger hinaufgestiegen, hatte unter einer Buche gesessen, und nach einer Weile war er in die Stadt gegangen und hatte ein Fahrrad geklaut. Er war geschnappt und vors Jugendgericht gebracht worden, aber mit einer Warnung davongekommen. Am folgenden Tag hatte er mit Dads Brecheisen eine Schaufensterscheibe eingeschlagen, aber alles, was er dafür bekam, war Bewährung. Erst als er mit den Ladendiebstählen begann, verlor das Gesetz die Geduld und schickte ihn in eine Erziehungsanstalt. Sobald er dort war, fühlte er sich wohler. Es war alles, was er gewollt hatte. Nach Hause war er nie wieder gegangen, nie, noch nicht einmal, als der Alte im Sterben lag.

Er wurde ein ›Institutionskind‹, von einer Wohlfahrtseinrichtung zur andern weitergegeben, und mit achtzehn hatte er alle entsprechenden Merkmale: Er war in sich gekehrt, unaufgeschlossen, seelisch verkrüppelt, ungebildet, aber mit einem Anstrich von guten Manieren. Von all den Lektionen, die er gelernt hatte, waren zwei wichtiger als der Rest: Sorge für dich und tu alles, was dir Spaß macht, aber laß dich nicht dabei erwischen. Und eine Ambition: nie, niemals wieder arm zu sein.

In der weiten Welt draußen wurde ihm geholfen. Zuerst bekam er eine Anstellung als zweiter Lagerist in einer Fabrik, deren liberale Geschäftsleitung auch entlassene Strafgefangene und jugendliche Übeltäter beschäftigte. Er machte seinen Führerschein und fuhr einen Lieferwagen. Der Lohn war gut, und darüber hinaus brachten kleine Diebstähle Extrageld, um sich etwas Luxus leisten zu können. Danach ging er zu einer Firma, die Privatautos vermietete, und anschließend wurde er Privatchauffeur – immer ging er dahin, wo das Geld war. Eines Tages, wußte er, würde etwas geschehen, und er wäre reich. Eines Tages ...

Aber bisher war er nie zur rechten Zeit am rechten Platz gewesen. Wieder überlegte er: Wenn Jacmel nun recht hatte, daß sie das Ding doch noch drehen konnten? Fünf Minuten, nicht mehr als fünf Minuten, und sie würden den Jungen aus dem Haus haben. In Sicherheit. Mrs. Blanchet würde niemals zur Polizei gehen, *nie.* Das war so klar wie Kloßbrühe. Jedesmal wenn der Junge nieste, rannte sie zum Arzt; sie würde niemals die Polizei in so was hineinziehen. Das war die Grundlage der ganzen Sache. Ein geschickter Dreh, nur so viel Geld zu verlangen, wie die Blanchets aufbringen konnten. Manchmal fragte er sich, ob sie nicht mehr hätten einplanen sollen. Diese Leute schwammen im Zaster. Aber Jacmel hatte dreihunderttausend gesagt, und das klang, wenn er ehrlich sein wollte, auch richtig. War auch gut aufzuteilen.

Er ging zu Howards Schreibtisch und begann Schubladen aufzuziehen. Rechts unten fand er, was er suchte, einen Karton, auf dem stand: Eley Grand Prix, Waterproof Cartridges, High Velocity. No. 6. Er nahm ein Dutzend Patronen heraus und steckte sie in die Tasche. Dann schob er zwei davon in die Waffe, schloß sie und verließ Howards Wohnung.

Am Fuße der Treppe lauschte er, das Gewehr in den Händen, dem Gemurmel von Jacmel, den langsamen Schritten von Louise, hin und her, hin und her; man sollte meinen, er versuche sie zu ernüchtern. Dave traute keinem von beiden. Jacmel traute er nicht, weil – er traute ihm einfach nicht. Und Louise ... nein, nicht wirklich. Sie war Klasse im Bett, das mußte er zugeben, selbst wenn sie schon ein bißchen welk war. Manchmal hatte er allerdings das Gefühl, sie sei nicht mit dem Herzen dabei. Das erste Mal hatten sie es vor drei Monaten getan. Das war vielleicht ein Witz gewesen; ausgerechnet auf Ruths Bett, als sie weg war und der Junge in der Schule. Es war ein bißchen überraschend gekommen; nicht daß er Frauen nicht imponierte – das war mal sicher. Aber sie hatte niemals eine Andeutung gemacht, daß sie interessiert sei. Eines Tages hatte sie ihm sein Mittagessen hingestellt und eine Flasche Wein geöffnet, und dann hatten sie noch eine getrunken. Irgendwie hatte er sich dann auf Ruths Bett wiedergefunden, und Louise war ganz verrückt gewesen. Tagelang danach hatte er innerlich gelächelt, wenn er Ruth sah und daran dachte, was sich zwischen ihren Laken abgespielt hatte. Was ihm von Louise am meisten im Gedächtnis geblieben war, waren die Haarbüschel unter ihren Armen. Er fand sie sexy. Eigentlich komisch. Und wie sie Mrs. Blanchets Schmuck angelegt hatte. Splitternackt hatte sie sich mit Ringen, Ohrclips und Ketten geschmückt. Wie eine verdammte Wilde hatte sie ausgesehen.

Er stand am Fuß der Treppe und schob den Sicherheitshebel der Waffe hin und her, während er dem französischen Gebrabbel lauschte, das aus dem Raum kam, in dem der Junge seine dämlichen Viecher hielt.

In den folgenden Wochen hatten sie es überall im Haus getrieben, im Bett vom alten Blanchet, auf der Couch im Wohnzimmer, in Louises Zimmer, in seinem eigenen, sogar unter der Dusche und in der riesigen Onyxbadewanne. Und dann hatte sie angefangen, von dem Jungen zu reden, wieviel er wert sei und solche Sachen; zuerst nur Andeutungen, aber die Idee schien sich festzusetzen. Als er begann, sich zu überlegen, wie leicht es sein würde, hatte sie gesagt, sie kenne einen Mann, der was von solchen Dingen verstehe, einen Franzosen; es gäbe keinen besseren, hatte sie behauptet, weil die Franzosen Fachleute in diesem Spielchen seien und die Engländer nicht. Bevor er sich dessen überhaupt richtig bewußt wurde, waren sie mitten im Planen; nicht nur einfach im Bett liegen und Geld ausgeben, das sie nicht hatten. Dann war dieser Franzose rübergekommen, um sich umzusehen, und danach war etwas Seltsames passiert: Sie wollte plötzlich nicht mehr, behauptete, eine verdammte Zyste im Unterleib zu haben ... nein, er traute ihr nicht weiter, als er sie sehen konnte. Wenigstens hatte er jetzt auch eine Waffe.

Er ging in der Diele auf und ab. Jetzt hätten sie schon über alle Berge sein sollen, in Sicherheit. Wenn nur die verdammte Schlange nicht gewesen wäre. Es fröstelte ihn. Gott, wie er diese unheimlichen Biester haßte: Spinnen, Schlangen, Tausendfüßler; noch nicht einmal Ohrwürmer konnte er ausstehen. Ein richtiges Landkind. Er war froh, daß er rauskam, auch wenn die Schlange harmlos war. Er sah auf die Uhr. Fünf Minuten hatte der Franzose gesagt. Mach schon, dachte er, verdammt, mach zu.

Die Schlange lag im Dunkeln unter Philips Bett, angespannt vor Angriffslust und Furcht. Ihre Zunge züngelte in der ungewohnten Luft und registrierte die Vibrationen von Stimmen und Schritten, selbst die kaum spürbaren Vibrationen der Autos, die draußen vorbeifuhren. Sie wartete, bereit, entweder anzugreifen oder zu fliehen oder während der Flucht anzugreifen. Ihre Giftdrüsen waren durch die Menge, die in Louise gedrungen war, nur leicht abgeschwollen. Es war genügend Gift übrig für alle Eventualitäten, aber jetzt füllten sie sich schon wieder.

Der Name der Schlange war *Dendroaspis Polylepis*, aber bei den Zulus, aus deren fernem Land sie gekommen war, hieß sie *Mamba emnyama*, die schwarze Mamba. Sie war ein Weibchen im vierten Jahr der Entwicklung und hatte eine Länge von nahezu zwei Meter vierzig erreicht. Für eine Mamba war sie nicht riesig, aber leicht von der schwarzen Hausschlange zu unterscheiden, als die sie irrigerweise ausgegeben worden war.

Sie war ein gutes Exemplar ihrer Gattung, vor dreiundeinhalb Jahren auf einer Rinderfarm nahe dem Dorf Dannhauser im Natal Südafrikas ausgeschlüpft. Als sie durch die Schale ihres Eies gebrochen war, hatte sie nicht mehr als drei, vier Zentimeter gemessen. Während sie wuchs, wechselte ihre Farbe von gräulichem Oliv zu dunklem Oliv und Olivbraun und dann zu einem beinahe purpurnen Schwarz auf dem Rücken und einem grauweißen Bauch. Wie alle Mambas war sie sehr schnell gewachsen. Nach achtzehn Monaten war sie schon ein Meter fünfzig lang. Aber bereits lange vorher konnte sie sich ihre eigene Nahrung beschaffen, denn ihr Gift war von Anfang an außerordentlich wirksam gewesen. Schon als sie nur dreißig Zentimeter lang war, hatte ihr Gift ausgereicht, um eine Ratte innerhalb einer Stunde zu töten. Zu dieser Zeit hatte sie einen feinen Schimmer auf der Haut gehabt, so wie der von reifen schwarzen Trauben.

Die Landschaft um Dannhauser ist typische Steppe: rollendes Grasland, unterbrochen durch kleine Hügel und Schluchten, ein Meer von Gras, Akazien und Wattle, das von Osten nach Westen ansteigt, bis es durch die rauhen Dornen der Drakensberge aufgehalten wird; ein gutes Land für schwarze Mambas, denn sie leben kaum auf Bäumen wie ihre Vettern, die grünen Mambas, die die buschreichen Küstenebenen vorziehen; schwarze Mambas lieben eine Mischung aus Wald und freien Flächen, wo sie sich in der Sonne des Oberlandes baden können. Durch Menschen ist diese Landschaft nicht sehr verdorben. Zwar gibt es Gruben in Newcastle und Dundee, aber in einem so großen Gebiet ist ihr Einfluß verhältnismäßig gering und zwingt das Wildleben nicht zum Rückzug. So war anfangs das Leben der *Dendroaspis Polylepis* gesichert und friedlich. Erst als sie nahezu zwei Jahre alt war, fühlte sie sich zum erstenmal bedroht und tötete einen Menschen.

Es geschah so: Sie hatte sich mit einer ausgewachsenen, männlichen Schlange, die doppelt so lang war wie sie, gepaart und ihre ersten Eier in eine Ameisenbärenhöhle gelegt. Nie entfernte sie sich weit von dieser Höhle, aber wenn sie sich hinauswagte, lag sie gern auf einem kleinen, offenen Flecken roter Erde am Hang eines Hügels, wo die frühe Morgensonne am wärmsten war. Hier schlief sie. Es war der Zustand, in dem sie am gefährdetsten war. Wie alle Schlangen war sie taub und »hörte« nur Vibrationen an Stelle von Tönen. Sie war aber sicher genug, denn es war weder ein Rinderpfad in der Nähe noch einer, der von Menschen benutzt wurde. Eines Morgens im Frühsommer, bald nachdem sie ihre Eier gelegt hatte, rollte sie sich auf den kahlen Fleck roter Erde. Anstatt zu schlafen, blieb sie aber wachsam. Als ein afrikanischer Arbeiter namens George Nuxmalo auf dem Weg zu einer Hochzeitsfeier auf einer Nachbarfarm eine Abkürzung an ihrem Ruheplatz vorüber nahm, übermittelten ihre feinen Organe die Vibrationen seiner Schritte an ihr Gehirn. Unglücklicherweise hatte der Arbeiter einen Weg gewählt, der ihn zwischen der Schlange und ihrer Höhle hindurchführen würde. Er kam den Hügel hinab, ohne zu ahnen, welche Kette von Vorkommnissen er bereits in Bewegung setzte. Leise sang er vor sich hin, in Gedanken bei dem Topf Maisbier, den er bald an seine Lippen setzen würde. Er sah weder, wie sich die Schlange entrollte, noch bemerkte er, wie sie schnell zu einem nahen Baum glitt. Während sie ihn beobachtete, ruhte ihr Kopf auf einem niedrigen Ast. Er kam ständig näher, bis er direkt zwischen der Mamba und ihrer

Höhle war. Sie verließ den Baum und kam, zwei Drittel ihres Körpers vom Boden abgehoben, schneller auf ihn zu, als ein gewöhnlicher Mensch rennen kann. George Nuxmalo hörte ein Rascheln. Er drehte sich um und sah etwas, das er zuerst für den glänzenden schwarzen Schlag einer Viehpeitsche hielt. Dann empfand er ein Brennen auf der Rückseite seines rechten Oberschenkels. In einer Sekunde war alles vorüber. Wie der Blitz war die Schlange im Gras und dann in der Ameisenbärenhöhle verschwunden. Nuxmalo war mehr als drei Kilometer von seiner eigenen Gruppe von Hütten entfernt und nahezu vier von denen auf der Farm, zu der er unterwegs war. In seinem Schrecken wandte er sich um und rannte den Weg zurück, den er gekommen war. Auf halber Strecke nach Hause begann er, sich schwindlig und müde zu fühlen. Er setzte sich nieder, um sich auszuruhen. Er wußte, daß er etwas wegen des Bisses im Oberschenkel unternehmen mußte, aber er hatte weder ein Messer, um die Haut zu skarifizieren, noch konnte er die Stelle mit seinem Mund erreichen, um das Gift auszusaugen. So riß er einen Streifen von seinem Hemd und band den Oberschenkel oberhalb des Bisses ab. Mit einem Zweig, den er in den Stoff drehte, zog er den Verband noch fester. Er hatte zu lange damit gewartet. Dreißig Minuten später, als sich sein Tempo zu einem unsicheren Stolpern verlangsamt hatte, konnte er nicht mehr atmen. Er erstickte in der Sommersonne am Abhang des Hügels. Niemand war Zeuge seiner Krämpfe. Die Schlange blieb den ganzen Tag und die meiste Zeit des nächsten bei ihren Eiern.

George Nuxmalos Tod löste eine Suche nach der Schlange aus. Da er aber nahezu drei Kilometer von ihr entfernt gestorben war, fühlte sie sehr wenige Vibrationen nahe ihrer Höhle und blieb unbelästigt.

Ihre Jungen schlüpften aus und verschwanden im Busch, um ihr eigenes Leben zu führen. Sie kehrte zu dem Flecken warmer roter Erde zurück. Es war hier, daß sie im Schlaf gefangen wurde.

Ein Weißer namens Frans Opperman fing sie. Jedes Jahr verbrachte er seine zwei Wochen Sommerurlaub damit, das Land zu durchstreifen und Schlangen gegen Bezahlung zu fangen. Für ihn war es reine Routine. An dem Tag, an dem er die Mamba fing, hatte er schon zwei Puffottern, eine *molesnake* und eine schwarze Hausschlange gefangen. Die Mamba fand er an einer Stelle, an der er damit gerechnet hatte. Leise näherte er sich ihr, und bevor sie ganz wach war, hielt er sie mit einer langen Fangzange bereits am Genick fest. In weniger als einer Minute steckte sie in einem muffigen Sack innerhalb der Tragekiste; später wurde diese hinten in seinen Kombiwagen gestellt.

Schlangen wie die Mamba fing Opperman nicht ohne Hilfe. In diesem Fall war sein Assistent ein afrikanischer Koch namens Humphrey. Humphrey wußte wenig von Schlangen und war noch weniger an ihnen interessiert. Er hatte Angst vor ihnen. Ihm ging es nur um das Geld. Als er sich am Ende des Tages auf den Rücksitz des Kombiwagens setzte, war er erleichtert. Hinter ihm standen die Kisten mit den Schlangen.

Bevor er mit seiner Beute nach Durban fuhr, schrieb Opperman Etiketten für die zuletzt gefangenen beiden Schlangen aus, die Hausschlange und die Mamba. Er gab sie Humphrey, der sie an die Tragekisten binden sollte. Sie waren in roten Buchstaben gedruckt: ACHTUNG. GEFÄHRLICHE REPTILIEN. Darunter hatte Opperman mit einem dicken schwarzen Marker geschrieben: »Schwarze Hausschlange« und »Schwarze Mamba«.

»Binde sie an die Kisten«, hatte er gesagt und sie Humphrey nach hinten gereicht. Dann hatte er den Motor angelassen und die lange Fahrt zurück nach Durban begonnen.

In diesem Moment passierte der Fehler, ein einfacher, menschlicher Irrtum. Humphrey hatte gesehen, daß zwei schwarze Schlangen in Säcke gesteckt worden waren; für ihn war der einzige Unterschied ihre Größe, und er dachte, sie wären beide gleich. Da er nur seinen eigenen Namen schreiben und lesen konnte, bedeuteten ihm die roten Druckbuchstaben und die schwarze Schrift nichts. Irrtümlich band er die Etiketten an die falschen Kisten.

Opperman erreichte Durban kurz nach Mitternacht. Er ging heim und schlief bis acht. Dann brachte er seine Schlangen zu der Firma Mowat Bros nahe dem indischen Markt. Sie handelten seit Jahren miteinander, und die Transaktion verlief schnell und reibungslos. Die Schlangen wurden abgeladen und in ein Lager hinten im Gebäude gebracht, wo schon Dutzende anderer Transportkisten standen, die gelbe Kobras, spuckende Kobras, Ägyptische Kobras, Nachtvipern, gehörnte Vipern, grüne Mambas, Afrikanische Pytons, *molesnakes, file snakes*, Korallenschlangen, Gabunvipern und Baumschlangen enthielten. Sie standen bereit, um in alle Himmelsrichtungen versandt zu werden, entweder an Zoologische Gärten oder Medizinische Institute, in denen ihr Gift erforscht oder gemolken und zu Schlangenserum verarbeitet werden sollte.

Opperman hatte Mowat Bros niemals Anlaß zur Klage gegeben. Er kannte seine Schlangen ebenso gut wie sie. Außerdem packten sie schwarze Mambas nie aus, wenn sie einmal zum Transport bereit waren. Sie hielten die Schlangen für viel zu gefährlich. An diesem Tag kam eine neue Lieferung von Schlangen an Loewenthal in London zum Versand, mit dem die Firma Mowat Bros seit nahezu fünfzehn Jahren in Geschäftsbeziehung stand. In seinem letzten Brief hatte Loewenthal, außer verschiedenen anderen Tieren, eine schwarze Mamba und eine schwarze Hausschlange bestellt. Die Bestellung wurde einfach an die Kisten geheftet. Kurz nach Mittag wurden diese zum Durbaner Flughafen gebracht und nachmittags mit einer 727 nach Johannesburg geflogen. Dort wurden sie am Abend auf einen Jumbo der British Airways nach London umgeladen. Am späten Morgen des folgenden Tages erreichten die Schlangen das Zollgebäude des Heathrow-Flughafens. Wieder öffnete niemand die Säcke, die die Schlangen enthielten. Zöllner sind nicht tapferer als andere Leute. Außerdem können sie auch nicht mit wütenden und giftigen Reptilien umgehen. Tags darauf holte Loewenthals Lieferwagen die schwarze Mamba und die schwarze Hausschlange zusammen mit verschiedenen anderen Kisten von der Frachthalle ab und brachte sie nach Camden Town.

Während der ganzen Zeit war weder die Schlange aus dem Sack noch der Sack aus der Transportkiste entfernt worden; tatsächlich hatte sich die Schlange, kurz nachdem sie gefangen worden war, zusammengerollt und seither kaum bewegt. Man hätte sie für tot gehalten oder geglaubt, sie liege im Sterben. Der Grund dafür war der Wechsel in der Lufttemperatur. Im südafrikanischen Sommer war es ihr warm genug gewesen, aber sobald sie an Bord des Jumbos gebracht worden war, hatte die Kälte wie ein Betäubungsmittel gewirkt. Der Londoner Flughafen im Februar war nicht der richtige Aufenthaltsort für eine tropische Schlange, und sie war weiter in dem teilweisen Koma geblieben, bis sie in Loewenthals relativ warmes Geschäft kam. Erst die Hitze im Taxi munterte sie richtig auf. Dann kam die Wärme im Haus, die Art von Wärme, an die sie gewöhnt war. Unter Philips Bett empfand sie nun die Kühle, die im Winter in allen Häusern in Höhe des Fußbodens herrscht, ganz gleich, wie weit die Thermostaten aufgedreht sind. Kalte Luft von außen kroch über die Läufer und Teppiche und kam sogar bis unter das Bett. Sie litt sehr darunter, aber ihre feinen Sinnesorgane entdeckten einen warmen Luftzug in der Nähe. Sie begann sich in seiner Richtung zu bewegen. Er wurde stärker, bis er wie ein warmer Strom war, der in den Raum floß.

Die warme Luft kam von einem Heizkessel im Keller und wurde vermittels Ventilatoren durch ein kompliziertes Luftschachtsystem zusammen mit einem kontrollierten Prozentsatz von Feuchtigkeit in die Zimmer geleitet. Es war das System, um das Philips Mutter gekämpft hatte und das speziell für seine Lungen installiert worden war. An diesem Februarabend in London war es Nirvana für ein kaltblütiges Reptil. Die Schlange folgte dem Luftstrom bis zu dem Punkt, wo er aus der Wand herauskam. Da die Anlage erst kürzlich eingebaut und noch nicht getestet worden war, hatten die Abdichtungsplatten noch nicht vor die Luftschächte geschraubt werden können. Der in Philips Zimmer war hinter einem Sessel verborgen. Die Schlange hielt einen Moment an und prüfte die Luft auf Gefahr. Es bestand keine Gefahr, jedenfalls nicht aus dem Schacht, während aus dem anderen Zimmer noch immer bedrohliche Vibrationen in ihr Gehirn drangen. Der Schacht bot Sicherheit und Wärme. Seine Form und Größe erinnerten an die Höhle des Ameisenbären bei Dannhauser in Natal. Sie kroch in den Schacht – ihre Schuppen fanden Widerstand an dem rauhen Metall –, und sie bewegte sich nach oben und nach rechts, langsam, jeden Zentimeter untersuchend, bis sie das Zimmer hinter sich gelassen hatte und voll ausgestreckt ruhte. Wie Balsam floß die warme Luft über sie hin.

Sie lag einen Augenblick lang. Dann bewegte sie sich wieder und hatte bald eine Stelle erreicht, wo die Schächte in allen Richtungen von ihr weg führten, um Warmluft zu den verschiedenen Räumen zu bringen. Sie lag in einer Art von Knotenpunkt, von dem aus sie fast jeden Teil des Hauses erreichen konnte. Sie lag ganz ruhig und genoß die warme Luft, so wie sie einst den Sonnenschein auf ihrem Flecken roter Erde genossen hatte; aber sie schlief nicht, dafür war ihr die Umgebung zu ungewohnt – und bald würde sie sich wieder fortbewegen.

»Also, wo ist er dann?« sagte Alec Nash in das Telefon. »Nein, natürlich hat er nicht. Er hat mich überhaupt nicht angerufen, nicht hier. Hör zu, ich habe es ihm gesagt. 6 Uhr 30. Es tut mir leid, aber du wirst es Arkwright sagen müssen. Hast du es in der *Rose and Crown* versucht? Und in . . .« Er versuchte, sich die Kneipen in diesem Teil der Fulham Road zu vergegenwärtigen. Es gab drei, die nicht mehr als fünfzig Schritt voneinander entfernt lagen, und Jim ging selten woanders hin. ». . . *The Magpie«*, sagte er endlich. »Nein? Gut, ich gehe da zuerst hin. Auf dem Heimweg. Ja, jetzt gleich. Ich wäre schon seit zwanzig Minuten weg, aber es kam etwas dazwischen. Nein, nein, nur Routine. Fünf . . ., höchstens zehn Minuten. Erkläre es ihm. Gib ihm eine Tasse Tee oder einen Gin. Sprich mit ihm. Er wird dich sowieso fragen wollen.« Er hörte ihr zu. Dann nahm er den Federhalter auf, zog den Schreibblock heran und schrieb: »Milch, Kartoffeln, Brot, Kaffee . . .« Er schrieb direkt über einer anderen Notiz: »412 Eaton Square.« Darum zog er einen Kreis.

»All right«, sagte er. »In South Ken ist ein Supermarkt offen. Ich mache mich auf den Weg. Bist du sicher, daß wir Gin im Haus haben? Tonic? In einer halben Stunde . . .« Er legte den Hörer auf und starrte mit blinden Augen auf die Liste. Jetzt würde er die verdammten Kneipen nach ihm durchkämmen müssen. Gott, was für ein verdammter Mist.

Dann fiel ihm sein Anruf am Eaton Square ein. Jemand hatte geantwortet und dann den Hörer hingelegt, ohne aufzuhängen. Nash hatte gewartet und gewartet und endlich, nachdem er auf die Gabel gehämmert hatte, aufgegeben. Im Hintergrund war irgendeine Art von Geräusch gewesen, aber er hatte es nicht bestimmen können. Er hatte seinen eigenen Hörer aufgelegt, um erneut zu wählen. Im selben Moment war aber Marys Anruf durchgekommen, und er hatte die Verzweiflung in ihrer Stimme gehört.

Nash nahm seinen blauen Uniformmantel, unterschrieb für einen Polizei-Hillman und fuhr vorsichtig durch die eisige, neblige Nacht in Richtung Elizabeth Street. Zuerst Eaton Square, damit das erledigt war, und dann zum Supermarkt in South Kensington. Bei diesem Gedanken fiel ihm die Liste ein. Sie lag noch immer auf seinem Schreibtisch neben dem Telefon. Er bremste, fuhr dann aber weiter. Vor seinem geistigen Auge konnte er das Papier mit der Schrift darauf sehen. Die Adresse. Dann die Lebensmittel. Milch, Kartoffeln, Brot und irgendwas anderes. Was zum Teufel? Butter? Nein. Tee? Nein. Kaffee? Ja. Kaffee, das war's. Milch, Kartoffeln, Brot und Kaffee. Er bog nach links in die Elizabeth Street ein und fuhr zum Eaton Square.

»Steh auf«, befahl Jacmel.

»Weshalb?« fragte Howard.

»Wir gehen jetzt.«

»Gehen? Wohin?«

»Steh auf.«

»Hören Sie«, begann Howard. »Sie werden niemals damit durchkommen. Wenn Sie die Dinge so lassen, wie sie sind, haben Sie eine Chance. Ich verspreche Ihnen, ich werde –«

Jacmel bewegte seine rechte Hand, und Howard sah, daß er eine Pistole darin hielt. »Stehen Sie auf.«

Howard schob sich vom Bett. Die Schmerzen kamen wieder, aber nicht so stark wie anfangs. Er stützte sich schwer auf Philip. »Was wollen Sie mit uns? Wir werden nichts als eine Belastung sein.«

»Nach unten.« Louise hielt sich am Türpfosten fest, und Jacmel legte seinen linken Arm um ihre Taille.

»Verstehen Sie doch, der Junge ist krank. Weshalb wollen Sie sich ein krankes Kind auf den Hals laden? Das macht Sie nur langsamer. Sie haben genug Trouble mit ihr.«

»Wir gehen jetzt.«

»Wo gehen wir hin, Dick?«

»Keine Sorge, Phil. Sie wollen uns nicht. Das, was sie wollen, haben sie.«

Jacmel machte wieder eine Bewegung mit der Pistole, und Howard und Philip gingen hinaus auf den Treppenabsatz. »Sie wollen uns nur als Deckung«, flüsterte Howard. »Nur damit es auf der Straße besser aussieht. Dann lassen sie uns laufen.«

»Aber warum, Dick? Was haben sie getan?«

»Wahrscheinlich die Gemälde genommen und den Schmuck deiner Mutter.«

»Da.« Sie kamen an der Wohnzimmertür vorüber, und Philip zeigte in den Raum, in dem die Gemälde nach wie vor unter ihren kleinen Spots hingen.

Howard blieb stehen. Etwas schien an seinem Gehirn zu nagen. Er drehte sich um und sah Jacmel an. »Nehmen Sie die Bilder nicht mit?« fragte er sinnlos.

Jacmel und Louise kamen langsam näher. Sie sah schrecklich aus.

»Los«, befahl Jacmel.

»Sie sind eine ganze Menge wert«, sagte Howard und stolperte, als er zurücktrat.

»Sie hat den Schmuck mitgenommen‹, flüsterte Philip.

»Was?«

»Meine Mutter. Die besten Stücke. Ich habe gesehen, wie sie sie einpackte.«

Howard drehte sich um und sah die Stufen hinunter. Unten stand Dave mit dem Gewehr. Es war also nicht Raub. Und wenn es kein Raub war, konnte es nur bedeuten ... Himmel, dachte er, es ist der Junge. Sie wollen Phil. Seine Hand auf dem Treppengeländer war klebrig vor Schweiß. Phil. Die ganze Zeit. Niemals die Gemälde, nie den Schmuck. Nur den Jungen.

Er tat, als stolpere er, hielt sich am Geländer fest und sagte: »Ich muß mich auf deine Schulter stützen, Phil.« Er legte den Arm um die Schulter des Jungen und lehnte sich auf ihn. Dadurch kamen ihre Köpfe nahe aneinander. Er fühlte, wie Philip zitterte. »Wenn sie die Tür aufmachen, rennst du weg«, flüsterte er. »Ganz gleich, wohin. Nur lauf. Verstehst du? Ich versuche, sie aufzuhalten. Du rennst. So schnell du kannst. Verstanden?«

Er fühlte, wie Philip fröstelte und nach Atem rang. »Ruhig jetzt. Eins, zwei, eins, zwei. Ein, aus. Ein, aus. Du rennst. So schnell du kannst. Begriffen?«

Der Junge nickte. Gut, dachte Howard. Wenigstens hat er es verstanden. Sie werden nie auf ihn schießen. Nicht auf den Jungen. Im Bruchteil einer Sekunde. Genau wenn die Tür aufgeht. Aber was konnte er im Bruchteil einer Sekunde tun? Wie konnte er sie aufhalten, stoppen? Sie ablenken?

Sie gingen langsam nach unten, zwei Paare, die Arme umeinander geschlungen. Howard hörte Louise einen kleinen Schrei ausstoßen. Konnte er Louise greifen? Würde das genügend Ablenkung sein? Er fühlte, wie er innerlich davor zurückschrak. Was würden sie mit ihm machen, wenn er etwas unternahm? Ihn erschießen? Ihn mit ihren Waffen totschlagen, mit *seinem eigenen* Gewehr? Wäre er stärker gewesen, hätte er nicht gezögert. Aber er war nicht stark. Er versuchte, den Gedanken, der in seinem Gehirn hämmerte, auszuschließen, aber es gelang ihm nicht: Blanchet hatte an dem Tag im Krankenhaus in Nairobi gesagt: *»Ich brauche einen tapferen Mann.«*

Am Fuß der Treppe kam Dave auf sie zu.

»Okay?« fragte Jacmel.

»Ich muß mich ausruhen«, klagte Louise. »Ich fühle ...«

»Nicht jetzt. In einer kleinen Weile. Du mußt durchhalten, *chérie.*«

»Ich kann mein Bein nicht fühlen.«

»Bald kannst du dich hinlegen. Jede ... Was ist das?«

Plötzliche Stille.

»Was?« fragte Dave.

»Ein Auto«, sagte Jacmel. »Eine Wagentür.«

»Ich habe nichts gehört.« Dave umklammerte das Gewehr fester. Jacmel schien es zum erstenmal zu bemerken.

»Laß das«, befahl er.

»Du hast auch eine Waffe.«

»Laß es hier. Wie willst du mit diesem Ding auf die Straße gehen? Du . . .« sagte er zu Howard, »du hilfst Louise. Du gehst voraus. Verstanden? Bring sie zum Citroën.«

»Hören Sie, es ist nicht nötig –«

»Genug! Helfen Sie ihr. Du«, er zeigte auf Dave, »öffnest die Tür. Leg das Gewehr weg. Jetzt!«

Dave drehte den Schlüssel herum und trat zurück. Er hielt das Gewehr fest umklammert, als sei es eine Spiere auf hoher See. »Nimm sie«, befahl Jacmel. Howard trat vor, um seinen Arm um Louise zu legen. Im gleichen Augenblick läutete es an der Tür. Es war wie ein plötzlicher Blitz. Der Klang der Glocke drang durch das stille Haus, schrie seine Dringlichkeit heraus. Eine Sekunde lang waren alle gelähmt. Dann schrie Howard: »Hilfe!« – so laut er konnte.

Auf der anderen Seite der Tür hörte Inspector Alec Nash den Schrei. Er legte die Hand auf die Türklinke und drückte sie nieder. Zu seinem Erstaunen flog die Tür auf. Er verlor die Balance und fiel über die Schwelle. In dem kurzen Augenblick, den er dort verharrte, bekam er den Eindruck einer Gruppe von Menschen, die – zeitlos – am Fuße der Treppe versammelt waren. Sie ähnelten Marmorstatuen in einem Park der City. Dann sah er die Waffe in der Hand eines der Männer. Er selbst war unbewaffnet. Als er sich zurückwandte, sah er die zweite Waffe, das Gewehr. Und im gleichen Moment, in dem er es sah, hörte er den fürchterlichen Laut explodierender Patronen. Beide Läufe spien die No. 6-Patronen, vorgesehen für Fasanen und Rebhühner, aus. Die Entfernung betrug nicht mehr als drei Meter. Die Körner konnten sich nicht verteilen und drangen in Nashs Körper, als seien es Dumdumgeschosse. Sie schlugen in die rechte Seite seiner Brust ein und rissen einen Teil des rechten Lungenflügels weg. Ihre Gewalt warf ihn von der obersten Treppenstufe zurück auf den Bürgersteig.

»Mein Gott«, sagte er laut, als er zerschlagen am Fuße der Stufen lag. »Mein Gott.« Dann kroch er mit dem Instinkt eines Tieres, das Schutz sucht, zurück zum Wagen. Den rechten Arm konnte er nicht gebrauchen. Blut saugte sich in seine Uniform, und wie er sich vorwärts schob, hinterließ er eine breite, rostige Spur auf dem Pflaster. Am Auto bemühte er sich, den Türgriff zu erreichen. Er schmeckte Blut, warm und ein wenig brackig. Instinkt hatte ihn zum Wagen zurückgetrieben, Training und Disziplin zwangen ihn in die zweite Phase. Es gelang ihm, sich hinzuknien. Er öffnete die Tür und tastete nach dem Radio. Mit der linken Hand zog er das Mikrofon herunter. Es fiel auf den staubigen Teppich vor dem Beifahrersitz, und er beugte sich darüber.

»M. P.«, keuchte er. »Von Alpha sechs . . . dringende Nachricht.«

Die klare Stimme des Telefonisten in der Informationszentrale von Scotland Yard sagte: »Alle Wagen warten. Fangen Sie an, Alpha sechs.«

Nash war kaum noch am Leben. »Ich bin verwundet«, flüsterte er. »Man hat auf mich geschossen.«

»Ihre Signale sind nicht zu verstehen, Alpha sechs. Wiederholen Sie.«

»Geschossen«, flüsterte er. »Geschossen.«

Das Mikrofon wuchs und begann sich langsam zu drehen.

»Alpha sechs, geben Sie Ihren Aufenthaltsort an.«

Sein Gehirn reagierte auf die Autorität der Stimme. »Vier zwölf«, keuchte er. »Vier zwölf . . .« Bewußtlosigkeit setzte ein.

»Alpha sechs, Ihren Standort. Ich wiederhole, den Standort. Geben Sie Ihren Standort!«

»Vier zwölf Eaton . . . Eaton . . .« Dann flüsterte er: »Geschossen« und »O Gott« und »Helft mir«.

Im Haus schien der Krach der Explosionen noch immer wie ein Echo entlang der Wände und die Treppe auf und ab zu hallen. Nachdem Dave geschossen hatte, war die Gruppe sekundenlang bewegungslos stehen geblieben. Dann sprang Jacmel vor, schlug die Tür zu und wand die Waffe aus der Hand des Chauffeurs. »Idiot!« brüllte er und warf das Gewehr zu Boden.

»Was hast du erwartet!« schrie Dave, die Stimme hell vor Hysterie. »Es war ein verdammter Polyp!«

»Er hatte keine Ahnung«, sagte Jacmel. »Keine.«

»Laß uns abhauen. Wenn Louise nicht gewesen wäre, wären wir lange weg. Los, komm schon!«

»Sieh aus dem Fenster. Er könnte einen Begleiter haben.«

Dave lief in das Nebenzimmer und kam nach wenigen Augenblikken zurück. »Nur der eine. Er liegt am Auto. Der kann uns nichts mehr anhaben.«

»Schnell dann.«

In diesem Moment hörte Howard, wie Louise, die neben ihm stand, einen erstickten Laut von sich gab. Er fuhr herum, konnte sie aber nicht mehr auffangen. Sie fiel rückwärts auf die Stufen. Jacmel lief zu ihr. »Bitte, *chérie*«, sagte er mit einem so starken französischen Akzent, daß Howard ihn kaum verstehen konnte. »Wir müssen gehen.«

Sie lag und versuchte, Luft in ihre Lungen zu saugen. Ihr Körper zuckte und bog sich. Mit Entsetzen beobachtete Howard, daß ihre Wirbelsäule einen so starken Bogen bildete, daß er dachte, sie müsse brechen. Sie lag im Sterben. Sie starb direkt vor seinen Augen.

»Was ist mit ihr?« fragte Jacmel. »Können Sie nichts machen? Gibt es keine Möglichkeit, ihr zu helfen?«

Die Spasmen kamen kurz hintereinander wie bei einem epileptischen Anfall. Ihre Beine schlugen aus. Der Rock war beinahe bis zur Taille hochgerutscht. Sie schäumte aus dem Mund und hielt ihre Kehle, als wolle sie Luft in die verzweifelten Lungen zwingen.

»Helfen Sie ihr!« brüllte Jacmel.

»Sie kann nicht atmen«, sagte Howard. »Sie liegt im Sterben.«

In ihrer Panik zerrte sie an ihrem Kleid und riß es sich zusammen mit dem Büstenhalter von der Brust. Alle standen wie versteinert. Auf der ganzen linken Brust und Seite war ein riesiges purpurrotes Mal, als sei sie von einer gigantischen Faust geschlagen worden. Ein weiterer purpurner Fleck hatte sich auf der linken Seite des Halses ausgebreitet. Ein dritter umgab auf ihrem Oberarm die Wunden des Schlangenbisses.

In diesem Moment ahnte Howard, was wirklich geschehen war. Es gab aber keine Zeit, den Gedanken zu verfolgen, denn Louise würde sterben, wenn nichts passierte. Jacmel kniete neben ihr und hatte seine Lippen auf die ihren gepreßt. Er atmete ein und aus und blies alle Luft, die er ausatmen konnte, in ihre Lungen.

»Was ist mit ihr?« fragte Philip.

Seine eigenen Schmerzen vergessend, ging Howard schnell zu ihm hinüber. »Sie hat einen Anfall«, sagte er und bereitete den Jungen auf Schlimmeres vor. »Es ist der Schlangenbiß. Manchmal bekommt man das davon.«

»Du hast gesagt, es wäre eine harmlose Schlange.«

»Keine Schlange ist wirklich harmlos«, log er wieder.

Jacmel wandte sich um. Sein breites Gesicht war grau. »Können wir nichts tun?« fragte er.

Howard schüttelte den Kopf. »Nichts.« Er legte den Arm um Philip und führte ihn langsam zur Tür. Dave hatte sich umgedreht und sah auf Louise hinab, genau wie Jacmel. Howard beugte sich zu Philip nieder. »Wenn ich sage: ›Jetzt!‹, dann lauf. Verstanden?« Wieder fühlte er, wie der Junge zitterte. Die Tür war unverschlossen. Wenn eine Möglichkeit bestand, dann jetzt. »Du schaffst es. Lauf wie der Teufel.« Sie erreichten die Tür, und Howard zwang sich, die Hand auszustrecken, um sie zu öffnen. Sie blieb an seiner Seite, gefesselt von seiner eigenen Furcht. Louise war im letzten Stadium ihres Lebens, würgte und keuchte. Jacmel atmete sein eigenes Leben in sie hinein. Dave durchquerte mit dem Rücken zu ihnen die Diele. *Jetzt*, dachte Howard. *Jetzt.* Aber sein Arm schien gelähmt zu sein. Wie im Traum sah er Dave das Gewehr aufnehmen und zwei neue Patronen hineinschieben. Dann schloß er die Waffe und entsicherte sie. Es war zu spät. Dave würde schießen. Verzweiflung, gemischt mit Erleichterung, durchflutete ihn. Es war zu spät.

Dave hielt das Gewehr lose auf sie gerichtet. Sein Gesicht war kalkig und von Emotionen zerfurcht. »Laß sie!« brüllte er plötzlich. »Kannst du nicht sehen, daß sie hin ist? Laß sie. Wir müssen weg!«

Jacmel löste seinen Mund von Louises Lippen. »Hol eine Decke«, sagte er. »Wir nehmen sie mit.«

»Er soll sie holen«, widersprach Dave. »Ich traue ihm nicht.«

Jacmel zögerte. Dann wandte er sich an Howard. »Dann gehen Sie. Nimm den Jungen von der Tür, Dave.«

»Er entwischt mir schon nicht.«

Howard ging in sein Zimmer und zog eine Decke vom Bett. Die Waffen waren im Wohnzimmer untergebracht. Vielleicht konnte er eine unter der Decke herausschmuggeln. Er drehte sich um, sah Dave im Türrahmen und wußte – wieder mit dem Gefühl der Erleichterung –, daß er nichts tun konnte, ohne gesehen zu werden.

»Schneller«, drängte Dave.

Es gab kein Entrinnen für den Jungen, keine Möglichkeit für ihn, Howard, an eine Waffe zu kommen, keine Chance, die Situation zu kontrollieren. Er mußte sie aufhalten. Je länger er und Phil im Hause blieben, desto größer war ihre Chance. Er kannte das Haus, Phil kannte das Haus. Es war ihr Territorium, und Tiere hatten immer eine größere Chance im eigenen Territorium. Langsam ging er mit der Decke zurück in die Diele.

»Los«, sagte Dave.

Howard deutete auf seinen Bauch. »Ich kann nicht. Sie haben mich beinahe erledigt.«

Hinkend ging er weiter und reichte Jacmel die Decke. Der hob Louises Beine an und hüllte ihren Körper ein. *»All right«*, sagte Jacmel, »Sie und Dave tragen sie.«

»Da ist noch etwas«, sagte Howard.

»Was?«

»Ich habe etwas Schlangenserum in meinem Zimmer.«

»Sie haben gesagt, die Schlange wäre nicht giftig.«

»Man kann sich irren. Ich habe sie nicht gesehen.«

Jacmel schwieg, und Howard konnte erkennen, wie er mit sich kämpfte.

»Er lügt«, sagte Dave. »Kannst du nicht sehen, was er macht? Er vergeudet unsere verdammte Zeit.«

Howard wandte sich ihm zu. »Sie liegt im Sterben. Es besteht eine Chance, daß das Serum ihr hilft.«

»Verdammt, warum haben Sie nicht früher daran gedacht?« fragte Dave.

»Da hatte ich die schwarzen Flecken noch nicht gesehen.«

»Sie glauben, daß es Gift ist?« fragte Jacmel.

Howard nickte. »So was habe ich früher schon mal erlebt.«

Jacmel starrte auf Louise. Dann entschloß er sich. »Schnell. Holen Sie es.«

Gefolgt von Dave, ging Howard in sein Zimmer. Die Schlangenbiß-Apotheke, die er in Afrika benutzt hatte, lag in der Schreibtischschublade unter den Patronenkästen. Sie war in Südafrika hergestellt. Man konnte diese Art in den meisten Teilen des Kontinents südlich der Sahara kaufen. Er hatte die Spritze jahrelang nicht benutzt, und damals – wie heute, wenn er sich nicht irrte – war es zu spät gewesen.

Er besaß nur noch eine Ampulle des polyvalenten Schlangenserums. Während er die Spritze füllte, zitterte seine Hand so stark, daß er kaum die Nadel in die kleine Ampulle führen konnte. Mit der linken Hand verdeckte er das Etikett, auf dem ausdrücklich stand, daß das Serum bis Juni 1974 benutzt werden müsse. Das tat nichts zur Sache, dachte er. Louise war sowieso schon zu weit hinüber. Er zog das Schlangenserum in die Spritze. Laß dir Zeit, befahl er sich. Es *muß* jemand den Schuß gehört haben. Jemand muß die Leiche auf dem Bürgersteig sehen.

»Mach schon«, sagte Dave und gab ihm einen Stoß mit dem Gewehr.

»Die Nadel könnte abbrechen.«

»Das ist mir scheißegal.«

Er füllte die Spritze, so langsam er es wagte, und hinkte zurück zu Louise. Jemand *muß* es gehört haben. Wie lange ist es her, daß der Polizist erschossen wurde? Fünf Minuten? Zehn? Eher sechs. Er zog Louises Arm unter der Decke hervor und wollte gerade die Nadel in die weiche, dunkel verfärbte Armbeuge stoßen, als sie von einem krampfhaften Ruck durchlaufen wurde, der ihm die Spritze aus der Hand schlug. Sie fiel auf den Boden und zerbrach. Das Serum bildete einen dickflüssigen Fleck auf den schwarzen Kacheln. Louise war wie ein Bogen gekrümmt. Plötzlich fiel sie in sich zusammen. »Sie ist tot«, sagte Howard.

In seine Worte hinein ertönte das Heulen einer Polizeisirene. Sie hörten Bremsen kreischen und dann das Schlagen von Türen. Dave lief zu dem Fenster des Raums gegenüber Howards Wohnung. Die anderen folgten. Jacmel nahm seinen Revolver aus dem Hosenbund und prüfte den Zylinder. Es geschah methodisch, fachmännisch. Jacmel drehte sich um. »Ich sage das einmal, nicht öfter. Wenn Sie etwas – irgend etwas – unternehmen, erschießen wir den Jungen. Dann Sie. Verstehen Sie mich?« Es war ruhig gesagt, bewußt, genau wie die Untersuchung der Waffe gewesen war, und erinnerte Howard an einen Soldaten – vielleicht von einer Sondereinheit –, der in den Kampf zog.

»Ich verstehe«, sagte er.

»Schließen Sie die Haustür ab und geben Sie mir den Schlüssel.«

Howard folgte seinem Befehl und sah, daß er den Schlüssel in die Jackentasche steckte. Erst dann ging Jacmel zum Fenster und sah auf die Straße hinaus. Howard versuchte, mit Philip zu folgen, aber Dave richtete das Gewehr auf sie. Das Zimmer war dunkel und durch die Netzstores von außen nicht einsehbar. Howard konnte gerade noch den Bürgersteig erkennen. Ein Polizeiauto war vor dem Haus vorgefahren, ein zweites blockierte die Sackgasse, die zu dem Platz führte.

Dave wandte sich an Jacmel. »Um Himmels willen«, sagte er. Seine Stimme klang gepreßt vor Furcht. »Was machen wir jetzt?«

Ein Koloß von einem Mann war aus dem zweiten Wagen gestiegen und kam den Bürgersteig entlang. Howard konnte ihn im Straßenlicht klar sehen, ohne sein Gesicht erkennen zu können. Glatze, massige Schultern, verbreitert durch den schweren Schafspelzmantel, den er trug. Ein Mann aus dem ersten Wagen trat auf ihn zu und sagte ein paar Worte. Dann ein zweiter. Sie setzten den ersten Wagen bis zum

Ende der Straße zurück. Der Koloß kam näher. Es war deutlich, daß er das Kommando führte. Am Fuße der Stufen blieb er stehen und kniete neben Inspector Nash nieder. Er legte ein Ohr auf die Brust des toten Mannes. Dann stand er wieder auf. Es wäre leicht gewesen, ihn vom Fenster aus zu erschießen, aber seine bloße Anwesenheit machte es ihnen unmöglich. Es war, als biete er sich als Ziel an. Eine lange Zeit sah er zum Haus hinauf, bevor er sich endlich umwandte. Er hob Nash auf und trug ihn davon. Ein Krankenwagen erschien und hielt. Der große Mann übergab Nash den beiden Sanitätern, und der Krankenwagen fuhr davon. Langsam kehrte er zum Haus zurück.

»Was sollen wir jetzt machen?« sagte Dave. »Sie haben das verdammte Haus umstellt. Siehst du, sogar am Ende der Straße sind Polypen. Und da kommt noch ein Wagen.«

Jacmel sah ihn kurz an. »Jetzt mußt du den Test bestehen.«

»Was für einen verdammten Test?«

»Zu beweisen, ob du ein Mann bist oder ein kleiner Bengel, der nach seiner Mutter flennt.«

»Hör zu, du magst in Frankreich bei eurer Polizei ein großes Tier sein, aber hier –«

»Quatsch nicht soviel. Rede nicht. Denk nicht.«

Jacmel sprach zu Dave, aber es war offensichtlich, daß er sich mit der Figur auf der Straße beschäftigte. Der dicke Mann stand im Nebel, seine Umrisse waren von einer Straßenlaterne erhellt. Riesig. Unerbittlich. Und im Haus Jacmel, breit, klein, zäh, gelassen angesichts der Pläne, die völlig schiefgegangen waren. Howard konnte beinahe die Antipathie spüren, die die beiden Männer füreinander empfanden. Daß sie sich nicht kannten, zu einer anderen Zeit gemeinsame Interessen hätten haben können, gleiche Gedanken und Gefühle, tat unter diesen Umständen nichts zur Sache. Es war etwas, das er verstand: der Jäger und der Gejagte. Sekunden zerflossen, gingen in Minuten über, und noch immer stand der dicke Mann dort; noch immer sagte Jacmel nichts, tat nichts.

»Um Himmels willen«, sagte Dave. »Da ist noch ein verdammter Wagen voll.«

Jacmel schien ihn nicht zu hören, so stark konzentrierte er sich auf den Polizisten.

Endlich bewegte er sich und schob das Verbundglasfenster ein wenig auf. Es machte kein Geräusch.

»Können Sie mich hören?« fragte er nicht laut, aber mit tragender Stimme.

Der dicke Mann machte keine Bewegung, obgleich er ihn gehört haben mußte.

»Können Sie mich hören?« Diesmal etwas lauter, aber noch immer nicht viel weiter hörbar als bis zu dem Mann auf dem Bürgersteig. Langsam hob dieser den Kopf, und sie sahen ein schweres, ziemlich brutales Gesicht. Howard schien es, als habe er ein leises Lächeln auf den Lippen, aber er war sich dessen nicht sicher. Vielleicht war es nur seine Phantasie, aber während sich das Schweigen vertiefte, war in ihm die Überzeugung gewachsen, daß dies die erste Phase in einem Krieg zwischen den beiden Männern war und daß Jacmel eine Runde verloren hatte, indem er zuerst sprach.

»Ich kann Sie hören.« Die Stimme paßte zu dem Mann, dunkel und tönend. Das Leben in südlicher Gesellschaft hatte seinen schottischen Akzent verwässert.

»Wir haben einen Jungen hier«, sagte Jacmel.

»Ja?«

»Ja. Einen Jungen. Philippe Blanchet. Zehn Jahre alt.«

»Gut, schicken Sie ihn raus.«

»Das ist unmöglich.«

Tief in seinen Schafsfellmantel verkrochen, gab der Polizist keine Antwort.

Nach einem Moment sagte Jacmel: »Wir haben gewisse Forderungen.«

»Ja?«

»Spreche ich mit Ihnen?«

»Wenn Sie wünschen.«

»Haben Sie die . . . Autorität?«

»Kommt darauf an, was Sie wollen.«

»Einen Wagen. Geld, Zeit.«

Der Polizist lachte kurz auf. »Soll das ein Witz sein?«

»Es ist kein Witz. Wir haben den Jungen.«

»Wir haben einen toten Polizisten.«

»Das ist bedauerlich. Wir wünschen bald zu gehen. Bitte holen Sie Ihren Vorgesetzten, jemanden, der Autorität hat.«

Der Polizist stand einen Augenblick, die Schultern wegen der Kälte eingezogen, dann wandte er sich um und ging langsam über den Bürgersteig zu der Ansammlung von Polizisten und Wagen zurück. Howard sah ihm nach, bis er im Nebel verschwamm. Philip sprach die Gedanken aller aus: »Er ist weg. Er hat uns allein gelassen.«

Aber sie waren nicht allein, dachte Howard. Irgendwo im Haus war eine Schlange, die nicht die Schlange war, die er bestellt hatte. Er dachte an die Krämpfe, die Louise geschüttelt hatten, bevor sie starb, ihre Atemnöte, die dunklen Flecken auf ihrem Körper. Ein verdammt großes Biest, hatte Dave gesagt. Schwarz, schnell. Wie ein Schatten. Aufgerichtet, den größten Teil des Körpers vom Boden erhoben, hatte Philip gesagt. Es gab nur eine Schlange, die dieser Beschreibung entsprach.

3

Freitag 19.22 – 21.50 Uhr

Ohne Eile ging Detective Chief Superintendent William Bulloch von der Mordkommission zurück zu seinem Polizei-Rover am Ende der Sackgasse. Er war sich bewußt, daß jemand im Haus – bisher hatte er keine Ahnung, wie viele es waren – auf ihn schießen könnte, aber es war ein kalkuliertes Risko. Dreck. Verdammter Dreck. Sein ganzes Benehmen, sorglos, voller Verachtung, forderte sie heraus, ihn zu erschießen. Während er vor dem Haus gestanden hatte, war – wie immer – Ärger in ihm angewachsen. Sein Schild. Sein Schutz. Und jetzt, da er vom Haus wegging, war der Ärger weiter in ihm. Dreck, dachte er.

Wie befohlen, warteten Detective Sergeant Harold Glaister und Detective Constable Edward Rich bei Bullochs Wagen. Sie beobachteten ihren Chef, wie er durch den Nebel zurückkam, eine riesige, schlurfende, bärenhafte Figur, die selbst die sanfte Unschärfe der Nacht nicht weicher machen konnte.

Ihr Wagen stand ein paar Meter von den anderen entfernt. Es waren jetzt ein halbes Dutzend, umgeben von Polizisten in Zivil und Uniformierten. Glaister und Rich warteten schweigend, bis er herankam, warteten darauf, daß er etwas sagte. Statt dessen öffnete er die hintere Wagentür und stieg schwerfällig ein. Ohne sich umzudrehen, griff er zurück zur Ablage unter dem Fenster. Seine suchenden Finger fanden nichts. Er drehte das Fenster hinunter. »Rich, wo ist mein Kaffee?«

Rich griff nach vorn und nahm eine Thermosflasche vom Armaturenbrett, schraubte den Verschluß ab, goß die dampfende Flüssigkeit in einen Plastikbecher und reichte ihn Bulloch, der ihn, ohne zu danken, entgegennahm. Ein starker Geruch von Kaffee und Rum füllte das Innere des Wagens. »Haben Sie eine Zigarette?« Rich gab ihm eine und zündete sie an. Wieder nahm Bulloch es schweigend hin. Qualmend und brütend saß er auf dem Rücksitz, während seine beiden jungen Untergebenen sich nach vorn setzten. Detective Constable Rich, mit frischem Gesicht und so jung aussehend, daß er noch auf der Schule hätte sein können, drehte sich um und fragte: »Was wird da gespielt?«

Glaister sah ihn bedenklich an, aber der Ausdruck verschwand fast umgehend. Man fragte den Chef nicht, was los war. Wenn er Lust hatte, würde er es sagen, das heißt, es sei denn, man war Rich. Glaister konnte nie verstehen, wieso Bulloch den Mann nicht schon lange zu einer entlegenen Abteilung hatte versetzen lassen, nach einem Sibirien der Metropolitan Police. Glaister, der seit mehr als zehn Jahren bei der Polizei war – dreimal so lange wie Rich –, wußte nur, daß er, Glaister, nicht gefragt hätte, was da gespielt wurde. Er hätte Bulloch überhaupt nichts gefragt, hätte sich damit zufriedengegeben, auf dessen Informationen und Befehle zu warten.

Die Verbindung zwischen Bulloch und Rich war Glaister zu kompliziert. Er wurde langsam dick und war damit zufrieden, Sergeant zu sein, nirgends anzuecken, seinen Job nach besten Kräften zu tun und am Ende des Weges eine Pension zu bekommen. Bis vor zwei Jahren hatte er unter Jefferson in der Saville Row gearbeitet, und Bulloch war für ihn nur ein Name gewesen. Natürlich hatte er die Stories gehört, wie zum Beispiel, daß Bulloch auf der Weihnachtsfeier im Jahre 1968 zuviel getrunken hatte. Er und seine Leute waren über den Fluß hinweg nach Lambeth zum *Shanghai Moon* gefahren, um Huhn chop suey zu essen. Dort hatten sie solchen Krach gemacht, daß der Ober sie aufforderte, das Lokal zu verlassen. Am folgenden Tag hatte Bulloch im Restaurant eine Razzia gemacht und hundert Gramm unverschnittenes Heroin gefunden. Es war mit Klebband hinter einem Wassertank in der Toilette befestigt. Das war das Ende vom *Shanghai Moon* gewesen, das Ende des Kellners und das Ende des Vaters des Kellners, dem das Lokal gehörte. Oder wie er zum Beispiel damals auf einer Cocktailparty zum Empfang des neuen Deputy Commissioners im Scotland Yard mit einer Schwarzen erschienen war. Es wäre nicht so schlimm gewesen, hieß es, wenn niemand sie gekannt hätte, aber sie war kurz zuvor in einem Massage-Salon in Brixton geschnappt worden. Angeblich hatte Bulloch sie am Tag danach im Gericht entdeckt, als er wegen eines seiner eigenen Fälle dort war. Man behauptete sogar, er habe ihre Strafe bezahlt. Jedenfalls wurde sie entlassen, und er brachte sie mit zur Cocktailparty. Was die Sache – jedenfalls was die anwesenden Ehefrauen betraf – noch schlimmer machte: Sie war höchstens achtzehn und so schön wie eine Ebenholzstatue. Daß er angeblich den Rest seines rötlichen Haares färbte, daß er schwul war, daß er ein Weiberheld und niemals verheiratet gewesen sei, zwei Ehefrauen gehabt habe, daß er verschiedene Gefangene zusammengeschlagen, daß er einmal einen Mann in Edinburgh getötet habe, daß seine Mutter die einzige Person war, die er wirklich geliebt hatte ... Es gab so viele Geschichten über William Bulloch. Er selbst kannte einige, andere nicht; weder bestätigte er sie, noch stritt er sie ab. Leute, die unbedingt ihre Neugier befriedigen wollten, konnten ihn am Arsch lecken – und das galt auch für den Commissioner. Es war also nicht verwunderlich, daß Bulloch im Alter von zweiundfünfzig am Ende seiner Karriere stand. Alles, was er anstrebte, war der Ruhestand, und es wurden Wetten abgeschlossen, daß er ihn nicht erreichen werde. Wenn er sich darüber Sorgen machte, wußte auch das niemand.

Überhaupt wußte niemand viel über ihn, außer Rich, und bei dem war es eine Mischung von einigen Tatsachen – und Mutmaßungen oder Intuition oder wie immer man es nennen wollte. Bulloch gegenüber erwähnte man es überhaupt nicht, denn wenn er etwas verabscheute, dann waren es Vermutungen. Nicht daß er ein Detektiv im Sinne von Sherlock Holmes gewesen wäre. Er gab sich nicht viel damit ab, Anhaltspunkte zu sammeln. Er neigte dazu, dachte Rich, mit dem Kopf durch die Wand zu gehen; manchmal klappte es, manchmal nicht.

Rich beobachtete ihn im diffusen Licht des Wageninnern. Er sah den Schweiß auf seinem Nacken und erinnerte sich, daß Bulloch auch in anderen Fällen geschwitzt hatte.

»Was wird gespielt, Sir?« fragte er wieder.

»Was heißt, ›was wird gespielt‹, Rich? Was glauben Sie, was das hier ist? Ein verdammtes Fußballspiel? Geben Sie mir noch einen Schluck Kaffee.« Rich füllte den Becher nach.

Plötzlich sagte Bulloch: »Sie haben einen Jungen dort. Jedenfalls behaupten sie es.«

»Wie viele sind es, Sir?«

»Zwei, vielleicht auch mehr. Einer von ihnen ist Ausländer. Hört sich französisch an.«

»Und der andere?«

»Hat nicht gesprochen. Habe ihn noch nicht mal richtig gesehen. Nur eine Figur rechts vom Fenster.« Abrupt wandte er sich an Glaister, der leicht zusammenfuhr: »Sind Sie sicher wegen der Rückseite?«

»Es gibt keinen Ausgang, Sir. Die Fronten der Häuser an beiden Seiten sehen in eine andere Richtung. Die Rückseite von Nummer 412 geht auf –« er sah in sein Notizbuch und mußte in dem schlechten Licht seine Augen anstrengen – »Sloane Mews, Sir. Die rückwärtige Mauer stößt an eine Schneiderwerkstatt.«

»Aber Sie haben für alle Fälle zwei Mann dort postiert?«

»Sampson und Hodges, Sir.«

Es wurde an Bullochs Fenster geklopft, und er öffnete es einen Spaltbreit. »Was ist?«

Ein Polizist beugte sich zu ihm nieder. »Die Scharfschützen kommen gerade, Sir.«

»Wie viele?«

»Zwei, Sir.«

»All right.« Er drehte das Fenster hoch und sagte zu Glaister: »Sie wissen, wo sie zu postieren sind?«

»In den Häusern zu beiden Seiten. Wir haben Erlaubnis, die oberen Fenster zu benutzen. Sie haben ein gutes Feld für Kreuzfeuer, Sir.«

»Ist der Kontrollwagen schon da? Ich will nicht, daß dieses Ding«, er deutete auf das Autoradio, »die ganze Nacht über plärrt.«

Glaister sah hinaus. Ein großer dunkelblauer Wohnwagen, der in derartigen Fällen als fahrbares Büro diente, fuhr an den Bordstein. »Kommt gerade, Sir.«

»Sie wissen also, was Sie zu tun haben.« Glaister nickte und stieg aus dem Auto.

»Und noch etwas, Glaister«, rief Bulloch ihm nach. »Sagen Sie der Technik und den Fotografen, sie sollen nicht näher rankommen. Keiner geht in die Nähe des Hauses, oder er bekommt es mit mir zu tun. Verstanden?«

Bulloch waren die meisten Details, die er mit Glaister durchgegangen war, geläufig, aber er wollte ganz klar sehen. So rekapitulierte er in Gedanken alles von dem Moment an, an dem er, über die Chelsea-Brücke kommend, den Anruf über Autotelefon bekommen hatte. Als er bei dem Haus in der Sackgasse ankam, wußte er alles, was Nash gewußt hatte, bevor er starb – außer, weshalb dieser überhaupt hingegangen war. Er wußte, daß Nash mit einer Schrotflinte erschossen worden war. Aber das alles wäre ihm bekannt gewesen, ob Nash es ihm gesagt hätte oder nicht. Er hatte ihn nur umzudrehen brauchen. Eine volle Schrotladung aus nächster Nähe war mit nichts anderem zu verwechseln – außer mit einem Treffer aus einer verdammten Haubitze. Das *Warum* sollte bald beantwortet sein, wenn Glaister erst einmal am Radio im Kontrollfahrzeug saß. Und das *Wer?* Das auch. Wem gehörte das Haus? Wer war der Junge? Wüßten sie erst einmal das *Wer*, erführen sie vielleicht auch das *Warum*; und wenn sie das *Warum* kannten, bekämen sie möglicherweise eine Ahnung, wer der Dreck war. Jetzt konnten sie nichts weiter tun, als zu warten, bis Scotland Yard einige der Antworten herausfand, und während sie darauf warteten, die Leute im Haus festzuhalten. Die Kunst lag im Warten; und wer konnte länger warten, er oder der Dreck?

Die Lage des Hauses Nr. 412 war günstig für ihn: die Tatsache, daß es das einzige Haus war, das die Straße überblickte, daß es Rücken an Rücken mit einem anderen Haus stand, daß die Fronten der Häuser an beiden Seiten in einer anderen Richtung lagen – all das bedeutete, daß man auf einem Weg in das Haus hineinkam und auf dem gleichen wieder heraus, entweder durch die Haustür oder den Lieferanteneingang im Souterrain, direkt unterhalb der Eingangsstufen. Jeder, der Nr. 412 betrat oder verließ, mußte von Bulloch gesehen werden – und das war ausgezeichnet.

»Haben Sie 'nen Glimmstengel, Rich?«

Rich rauchte nicht, aber an seinem ersten Tag in Bullochs Team war er nachts um halb vier in der Queenstown Road aus dem Wagen geschmissen worden mit dem ausdrücklichen Befehl, »verdammt und zugenäht noch mal welche aufzutreiben«. Seither hatte er immer eine Packung in der Tasche. Er hielt sie Bulloch hin und gab ihm Feuer. Wieder sah er die glitzernden Fäden von Schweiß in den Falten seines Halses.

Es hieß, daß Bulloch keine Angst kenne, aber Rich wußte es besser. Er war bei der Belagerung in der Sutherland Street mit ihm zusammen gewesen. Zwei bewaffnete Iren hatten sich in einer Wohnung verbarrikadiert, die einer zweiundsiebzigjährigen Witwe gehörte. Er war auch dabeigewesen, als das Büro der Turkish Airlines von vier griechischen Zyprioten besetzt gewesen war – und beide Male hatte er den Schweiß in den Furchen von Bullochs Hals beobachtet. Bei der Art, wie er die Belagerung geleitet hatte, war es auch nicht verwunderlich gewesen. Es gebe zwei Möglichkeiten, hatte er gesagt: *deren* Art, nämlich die weiche Annäherung, auf freundschaftlichen Fuß zu kommen, zu reden, reden, reden, die moderne Art. Dann gebe es *seine*, Bullochs Art, das Einfrieren, das ganz bewußte Abschneiden aller äußerlichen Stimulanzen wie Telefon, Licht, Wärme, Geräusche und Sprache.

Er liebte es, alles wegzuschaffen, die Bühne aufzuräumen und als einziger Schauspieler darauf zu stehen. Rich war entsetzt gewesen über die Risiken, die Bulloch einging, wie er sich sinnlos der Gefahr aussetzte, mit welcher Arroganz er seinen eigenen Körper als Köder für die Schützen darbot, wie er die eigene Persönlichkeit gleich einer Keule benutzte, um sie zu schlagen. Aber seine Methode hatte gewirkt.

Die andere Methode, die leise Fang-die-Maus-Methode, hätte vielleicht auch geholfen, aber das war kein Argument; es war nicht zu verneinen, daß er zweimal unter Belagerungsbedingungen gearbeitet hatte und daß beide Belagerungen von ihm gebrochen worden waren. Die Sutherland Street-Belagerung hatte vierzehn Tage gedauert. Die Tatsache, daß die ältliche Witwe drei Tage nach ihrer Befreiung im Krankenhaus gestorben war, hatte nach Bullochs Meinung nichts mit dem Brechen der Belagerung und der Verhaftung des Drecks zu tun. Sein Job war es, den Dreck zu fangen; Pech für die alte Frau.

Rich wußte, daß gewisse Leute im Yard Bullochs Ein-Mann-Methode unterstützten, hauptsächlich nach der Belagerung des Macarono-Hauses im Jahre 1974, als mehr Deputy Commissioners und Assistant Commissioners zugegen waren als einfache Polizisten. Als die Belagerung damals vorüber war und der Beamte, dem der Fall unterstand, die Gerichtsbeweise vorbereitete, hatte er die hohen Beamten um wortgetreue Aufzeichnungen ihrer Verhandlungen mit den Terroristen gebeten. Es hatte sich herausgestellt, daß es keine Notizen gab. Die hohen Beamten waren so hoch, daß sie vergessen hatten, sich Notizen zu machen; die Gentlemen hatten das A und O polizeilicher Maßnahmen vergessen.

So wurde also wieder die Ein-Mann-Show vorgezogen, und Bulloch war »der Mann«. Zwei Belagerungen, zwei Erfolge. Rich war es klar, daß auch bei der Polizei – wie überall – der Erfolg entscheidend war. Zumindest in der Anfangsphase würde Bulloch von keinem seiner Vorgesetzten im Yard belästigt werden.

Nachdem er die Sutherland Street-Belagerung und die im Büro der Turkish Airlines gebrochen hatte, war Bulloch von seinen Kollegen Bismarck genannt worden, aber der Name war nicht hängengeblieben.

Anfangs hatte man ihn Willy oder Bill genannt, aber auch diese Namen wurden wieder vergessen. Er war Mr. Bulloch oder William oder Sir, entsprechend der eigenen Stellung. Bull hattte ihn nie jemand genannt.

Aber Rich wußte, daß Bulloch nicht der eiserne Mann war, jedenfalls nicht durch und durch. Nach der Belagerung in der Sutherland Street, der zweiten innerhalb eines Monats, war Rich Zeuge eines Vorfalls geworden, der ihm mehr Einblick in Bullochs Charakter verschafft hatte als beide Belagerungen zusammen.

Sutherland Street war eine üble Sache gewesen, vielleicht weil es so schnell nach dem Fall bei der türkischen Luftlinie passierte und sie unter Schlafmangel litten; im Rückblick vielleicht auch deshalb, weil die alte Frau gestorben war; vielleicht auch, weil Rich niemals richtig geglaubt hatte, daß die griechischen Zyprioten ihre Waffen gegen die englische Polizei richten würden, wovon er im Fall der bewaffneten Iren, die die obere Etage des Hauses in der Sutherland Street besetzt hielten, keineswegs überzeugt gewesen war. Es hatte beinahe vierzehn Tage gedauert, und Rich konnte sich nur erinnern, im Wagen gedöst zu haben, obgleich er natürlich irgendwann einmal heimgegangen sein mußte, um zu schlafen. Nicht so Bulloch; er war Tag für Tag dageblieben. Nacht für Nacht. In eisiger Kälte hatte er im Auto geschlafen. Das Wetter war sehr ähnlich wie jetzt gewesen, nur daß es damals keinen Nebel gegeben hatte.

Die Sache war in einen Krieg der Zermürbung zwischen Bulloch und den beiden Schützen ausgeartet. Jeden Tag hatte er sich zu bestimmten Zeiten vor das Haus gestellt. Zuerst hatte Rich ihn für verrückt gehalten. Die Iren waren gut bewaffnet – wie es sich später herausstellte, hatten sie ein Armalite-Gewehr, eine FN-Büchse, eine Maschinenpistole und ein halbes Dutzend Handgranaten –, und Bulloch schien sich direkt als Ziel anzubieten. Abgesehen von dem riesigen Mann war die Straße völlig leer gewesen. Geparkte Autos waren abgeschleppt worden, Straßensperren an der Ecke Lupus/Ebury Street errichtet. Es war Rich immer vorgekommen, als trete Bulloch auf einer leeren Bühne auf. Er sprach nicht, bewegte sich kaum, stand einfach nur da – unberechenbar, wütend; der Ärger schien zu wachsen, solange die Belagerung anhielt.

Es hatte gewirkt. Nach vierzehn Tagen hatten die Schützen sich ergeben. Einer von ihnen soll, wie die alte Frau sagte, viel geweint haben. Später hörte Rich, daß Gefangene in Einzelhaft oft weinten.

Die Iren ergaben sich am dreizehnten Tag um sieben Uhr morgens.

An den Rest des Tages konnte Rich sich nur noch in Bruchstücken erinnern. Nachdem die Formalitäten der Verhaftung und die Fernsehinterviews erledigt waren, hatte Bulloch angefangen zu trinken. Er hatte Rich von einem Club in den andern geschleppt, finstere Keller mit roten Plüschtapeten, voller Flecken von Drinks und Substanzen, die Rich nicht gern analysiert hätte. Er hätte nie sagen können, worüber sie sich während dieses verlorenen Tages unterhalten hatten. Es gab lange Perioden des Schweigens, unterbrochen von undeutlichen Monologen. Er erinnerte sich, daß Bulloch von seiner Mutter gesprochen hatte. Er hatte keine Ahnung mehr, was er gesagt hatte, aber die Weichheit in der Stimme des bulligen Mannes würde er nie vergessen. Sie war so überraschend gewesen. Und dann ein Wirrwarr anderer Themen. Golf war eines davon gewesen, aber weshalb, wußte er nicht. Und Edinburgh; das war logisch, weil Bulloch von dort kam. Gegen Mitternacht hatte er Bulloch nach Hause gebracht, wenn man das Wort »Zuhause« dafür anwenden konnte.

Bullochs Zuhause war eine Junggesellenwohnung in einer miesen Straße nahe dem Battersea-Helikopter-Flugplatz. Er hatte sie in ein Lager verwandelt, eine Art von Fetushöhle. Sie bestand aus einem großen Zimmer, von dem Küche und Bad abgingen. Der Raum enthielt ein Doppelbett, dessen Wäsche einst weiß gewesen war, aber jetzt bräunliche Farbe angenommen hatte. Die Kissen waren unbezogen. An dem schmutzigen Fenster stand ein Tisch mit einer Plastikplatte, darauf die Reste eines Frühstücks, eingenommen, bevor die Belagerung begonnen hatte. Schimmel hatte einen Laib Brot und die offene Dose Aprikosenmarmelade befallen und eine Insel in der Kaffeeneige gebildet. Rich hatte gezögert, irgend etwas zu berühren, selbst sich zu setzen.

Aber Bulloch fegte seinen fleckigen Pyjama von einem Sessel und deutete darauf. Was blieb Rich anderes übrig, als sich zu setzen. Dann hatte der bullige Mann in der Küche herumgewirtschaftet und war mit einer Flasche Whisky und zwei Gläsern zurückgekommen. Sie hatten beinahe eine Stunde lang gesessen und getrunken, bevor Rich merkte, was mit Bulloch geschah. Zuerst sah er, daß Bulloch beide Hände benutzen mußte, um sein Whiskyglas zu halten. Mit den Fingern der linken Hand umklammerte er das Gelenk der rechten, und trotzdem konnte er das Zittern nicht verhindern. Obgleich das Zimmer eiskalt war, stand ihm der Schweiß auf Nacken und Stirn; sein ganzer Körper zitterte so stark, daß der Whisky über den Rand des Glases schwappte.

Taumelnd stand er auf, und das Glas fiel zu Boden. Er wandte sich von Rich ab und umklammerte den Tisch mit beiden Händen, ohne das Schütteln kontrollieren zu können.

Besorgt stand Rich auf und stellte sein eigenes Glas sorgfältig ab. Er war sehr jung und seiner selbst nicht sicher. So hatte er keine Ahnung, was er machen sollte; was er instinktiv wußte, war, daß Bulloch ihm niemals vergeben würde, Zeuge seines Traumas gewesen zu sein. Er ging auf Zehenspitzen auf die Tür zu, als Bullochs unsichere Stimme ihn zurückhielt: »Verlaß mich nicht, Junge. Geh nicht.«

Rich war die Nacht über geblieben. Er hatte Bullochs Kopf gehalten, während der sich in das Toilettenbecken übergab. Dann hatte er ihm eine Tasse Nescafé gemacht und ihn zu Bett gebracht. Bulloch hatte lange wach gelegen und an die Decke gestarrt, bis endlich das Zittern aufgehört hatte und er eingeschlafen war. Erst dann war Rich gegangen.

Eine Woche lang hatte er Bulloch nicht gesehen, denn man hatte beiden Männern Urlaub gegeben, aber während dieser sieben Tage war er ständig von dem Gedanken gequält worden, wie Bulloch sich benehmen werde, wenn sie sich wiedersahen. Diese Sorge hätte er sich ersparen können, denn Bulloch kam nie wieder darauf zurück. Durch nichts gab er Rich zu erkennen, daß er sich an das Geschehene erinnerte. Es gehörte zu Bullochs paradoxer Natur, daß er da, wo Rich Ärger erwartet hatte, keinen zeigte. Ärger hätte bewiesen, daß es *tatsächlich* passiert war; Bulloch hatte sich eindeutig dafür entschieden, daß es nicht so war. Aber Rich würde es nicht vergessen, und er kannte die Furcht, die tief in Bulloch saß. Er erkannte, daß Bullochs Wut auf den Dreck eine Art von Panzer war, wußte aber nicht, wieso.

In diesem Moment meldete sich das Radio im Wagen, und Glaister nahm es auf. Ein paar Minuten lang lauschte er und schrieb eilig in sein Notizbuch. Dann legte er den Hörer nieder und wandte sich an Bulloch.

»Das Haus gehört einem Franzosen namens Blanchet. Er besitzt eine Hotelkette in –« er konsultierte sein Notizbuch – »Afrika und dem Fernen Osten. Der Yard hat versucht, sich mit ihm in Verbindung zu setzen, aber er scheint weg zu sein.«

»Wo?«

»Singapur, Sir. Das heißt, heute abend wollte er in Wien sein.«

»Hat er eine Frau?«

»Ja, Sir. Ruth Blanchet. Sein Büro sagt, sie hätten für sie in einem Hotel in Wien gebucht. Auch eine Flugkarte haben sie ihr für heute nachmittag besorgt.«

»Wann?«

»War nicht ganz klar, Sir; sie glauben, gegen vier oder fünf.«

Bulloch sah auf seine Uhr. Es war kurz nach acht. Sie würde in der Zwischenzeit angekommen sein.

»Hat man versucht, sie zu erreichen?«

»Ja, Sir, aber sie ist nicht da. Das Hotel sagt, der Wiener Flughafen hätte Nebel.«

»Sagen Sie ihnen, sie sollen es weiter versuchen. Gibt es Familie?«

»Einen Jungen, Sir. Über das Alter waren sie sich nicht ganz sicher, meinten aber, ungefähr zehn.«

»Name?«

Glaister sah wieder in sein Notizbuch. »Philip. Der Vater nennt ihn Philippe. Tatsächlich ist er sein Stiefvater.«

»Personal?«

»Ein Dienstmädchen, Sir, anscheinend Französin, Sir. Und ein Chauffeur, englisch.«

»Das ist alles?«

»Sie haben was auf Nashs Schreibtisch gefunden, Sir; eine Notiz. Sie wird hergeschickt.«

Ein französisches Mädchen, dachte Bulloch. Der Mann, der mit ihm gesprochen hatte, hatte einen französischen Akzent gehabt. Und ein Chauffeur, englisch.

Er hievte sich aus dem Rücksitz in die kalte Nacht und zog den Schafspelz fester um seinen Körper.

»Kannte er ihre Namen?« fragte er und lehnte sich in das Vorderfenster.

»Wer, Sir?«

»Blanchets Vertreter. Die Namen der Angestellten.«

»Er hat nichts gesagt, Sir.«

»Er soll versuchen, sie rauszufinden. Vielleicht sind die Löhne über die Firma bezahlt worden. Dann sind sie in den Büchern.« Er wandte sich Rich zu. »Halten Sie die Augen offen«, sagte er und ging zurück zu dem Haus.

»Los.« Jacmel bedeutete mit der Pistole, daß Howard die Treppe hinaufgehen solle. Dave hatte nun den Jungen, und Jacmel schien sich wegen des Gewehrs keine Sorgen mehr zu machen. Vielleicht war es ihm klar, daß die Waffe das einzige war, das Dave davon abhielt, die Grenze zur Hysterie zu überschreiten; vielleicht war es auch, weil sich die Umstände geändert hatten.

»Sie können von niemandem verlangen, die Zimmer zu betreten.« Howards Mund war trocken, und er hatte eine Gänsehaut.

»Hier können wir nicht bleiben. Wir müssen nach oben gehen«, sagte Jacmel zum zweitenmal. Das Wohnzimmer in der ersten Etage hatte hohe Fenster zur Straße hinaus. Von dort hatte man ein freies Schußfeld auf die ganze Gegend. Aber irgendwo in der ersten Etage war die Schlange. Oder nicht? Vielleicht war sie im Erdgeschoß. Niemand wußte es. Als Louise gebissen worden war, hatte niemand gesehen, wo sich die Schlange versteckt hatte.

»Begreifen Sie doch«, flehte Howard. »Es ist eine Mamba, eine verdammte schwarze Mamba. Lassen Sie mich um Himmels willen das Gewehr mitnehmen.«

»Überlegen Sie selbst«, gab Jacmel zurück. »Wie kann ich Ihnen das Gewehr geben?«

»Bitte!«

»Es geht nicht.« Obgleich seine Stimme gedämpft war, hatten Jacmels Gesicht und Augen die Qualität von grauem Granit.

»Sie haben keine Ahnung. Mambas sind wie der Blitz. Ich hätte keine Chance.«

»Dann wissen wir, wo sie ist«, sagte Dave. »Wenigstens etwas.«

Howard blickte zu Philip zurück. Der Junge sah aus wie ein Gespenst. Howard war jedoch zu sehr mit seinen eigenen Problemen beschäftigt.

»Ich verstehe Sie nur zu gut«, sagte Jacmel. »Ich habe gesehen, was mit Louise geschehen ist. Kommen Sie, wir vergeuden Zeit.«

»Lassen Sie mich wenigstens einen Stock mitnehmen«, bat Howard verzweifelt.

»Los.«

Vorüber an Louises Leiche, über die Jacmel einen Mantel geworfen hatte, ging Howard die Treppe hinauf. Die Schlange konnte überall sein: hinter einem Stuhl, in einer dunklen Ecke, unter dem Sofa. Dann war da auch der Kamin. Eine Vitrine. Das Fernsehgerät. Während er sich jedes Möbelstück vor Augen führte, wurden alltägliche Dinge gefährlich.

Howard blieb stehen. Er haßte sich selbst dafür, aber er konnte die

Bitte nicht unterdrücken: »Könnte er nicht mitkommen?« Er zeigte auf Dave. »Schrotgewehre sind die einzigen Waffen gegen Mambas.«

»Halt deine dämliche Schnauze!« brüllte Dave. »Mach, daß du weiterkommst, hörst du?« Seine Augen waren vor Angst geweitet.

Howard fragte Jacmel: »Was sagen Sie?«

Jacmels Mund zuckte voller Verachtung, aber er schüttelte den Kopf.

»Hören Sie«, sagte Howard. »Weshalb bleiben wir nicht hier unten. Wir können ziemlich sicher sein, daß das verdammte Vieh nicht in diesem Zimmer ist.« Er wies auf den Raum, den sie gerade verlassen hatten.

Jacmel schien wütend zu werden, aber er nahm sich zusammen und ging hinter Howard her. »Los«, sagte er und nichts weiter.

Abgesehen von dem Licht, das vom Treppenabsatz hereinschien, lag das Wohnzimmer im Dunklen. Howard stand in der offenen Tür. Vor ihm breitete sich eine Schattenwelt aus, wirklich und doch unwirklich, ein Ort, der in Alpträumen vorkam. Jacmel stand neben ihm. Dann faßte er durch die Tür und tastete nach dem Schalter. Das Zimmer wurde von Licht überflutet. Howard fühlte eine Hand im Rücken, die ihn vorwärts schob. Ein Geräusch sagte ihm, daß Jacmel die Tür bis auf einen Spalt geschlossen hatte; er war allein im Zimmer. Er blinzelte in das Licht, unfähig, sich zu bewegen, wartete auf den ersten, unscharfen Eindruck einer Bewegung an der Grenze seines Blickwinkels. Howard stand wie festgewurzelt, versteinert.

»Wollen Sie, daß dem Jungen etwas geschieht?« Jacmels Stimme klang wie Donner. Howard sah verzweifelt um sich, bis ihm einfiel, wie närrisch es war. Die Schlange war taub.

»Nein.«

»Dave wäre dazu imstande.«

Langsam, als wären seine Beine aus einem schweren, unbeweglichen Material gemacht, ging Howard weiter in den Raum hinein. Er hatte sich Hunderte von Malen darin aufgehalten, aber jetzt sah er sich um, als habe er ihn noch nie gesehen. Er war ungefähr zwölf Meter lang und sechs Meter breit. Howard gegenüber hingen schwere Vorhänge vor hohen Fenstern, die auf die Straße hinausgingen und den Platz unten überblickten. Rechts von ihm befand sich ein provenzalischer Kamin mit rustikalen Gasscheiten. Auf beiden Seiten des Kamins standen große Stehlampen aus umgearbeiteten Glasballons. Davor lag auf einem tiefen Wiltonteppich ein Läufer aus weißem

Himalayaziegenfell. Eine dreiteilige Sitzgruppe aus braun-weißem Tweed stand um den Kamin. Im Rest des Zimmers waren Sammlungen untergebracht: gute Victorianas, ein Globus aus dem 18. Jahrhundert, der eine Ecke beherrschte, eine Vitrine mit Meißner Porzellan.

Auf beiden Seiten des Kamins standen Bücher, meterweise in einem Laden am Pimlico Square gekauft: Dickens, Scott, Thackeray, Macauley, Lamb, die Werke von Grove, die politischen Romane von Trollope, alle in Ledereinbänden, nie gelesen, schattenhaft. Genügend Platz für einen langen schwarzen Körper, den er nicht finden würde, bevor er nicht die Hand auf das Regal legte. Und die Vorhänge. Schwerer dunkelgrüner Samt. War sie dort?

Er brauchte Schutz, irgendeinen. Aber was? Die Messing-Kaminzange mit den langen Griffen. Antik. Gekauft, aber nie benutzt. Er schob sich zum Kamin vor. Auch er war dunkel von früheren Feuern. Schatten. Schwarz auf Schwarz ist unsichtbar. Er trat weiter vor. Diesmal kam er bis zum Sofa. Plötzlich, ohne Überlegung, stampfte er mit dem Fuß auf, fest, sandte Vibrationen durch das Zimmer, daß die Lüster klirrten. Würde sie sich jetzt bewegen? Alles, was seine im Busch trainierten Augen brauchten, war eine kleine Bewegung. Nichts geschah. Im Zimmer war es so still wie in einem Vakuum. Er beugte sich zum Sofa nieder und starrte auf die Kissen. Nichts. Er streckte die Hand aus und zog das größte zu sich heran. Er hielt es sich vor die Brust, als sei es ein wertvoller Kunstgegenstand.

Jetzt die Zange, das einzige Stück, das einer Waffe ähnelte. Seitwärts schob er sich zum Kamin. Holzkorb. Kiefernscheite. War da sonst noch etwas? Er strengte seine Augen an. Die Mamba würde tief unten zwischen den Scheiten liegen, zusammengerollt, wartend. Im Zimmer war es sehr heiß. Er fühlte, wie ihm Schweißtropfen in den Kragen liefen.

Endlich war die Zange in seiner Hand, und er trat schnell von dem dunklen Kamin zurück. Wäre sie dagewesen, hätte sie sich bestimmt bewegt. Er hielt die Zange in der rechten Hand, das Kissen in der linken; die Zange wurde zu einem Schwert, das Kissen zum Schild. Er trat in die Mitte des Zimmers.

»Die Ecken«, sagte Jacmel von der Tür aus. »Suchen Sie dort.«

Jedes Möbelstück war furchterregend. Ein Stuhl war kein Stuhl, sondern ein Gegenstand, der Platz einnahm und unter dem es eine dunkle Stelle gab; jeder Tisch warf einen Schatten. Zu jedem Stück ging er wie in ein unbekanntes Land, und immer kehrte er zur Mitte des goldenen Teppichs zurück. Dort hatte er, wie ein Bulle im Ring, instinktiv seine *querencia* abgesteckt, sein Territorium, den einzigen Platz, an dem er sich sicher fühlte.

»Die Ecken«, sagte Jacmel wieder.

Er kontrollierte jede Ecke. Die Vitrine stand direkt an der Wand. Die Schlange konnte sich nicht dahinter oder darunter verstecken. Der Globus auf seinen vier Beinen warf einen tiefen Schatten. Nichts.

»Die Vorhänge«, sagte Jacmel.

Die Vorhänge hatte er bis zuletzt gelassen. Sie hingen in schweren dunklen Falten an den Seiten der Fenster – zusammengebauscht, gefährlich. Aus größtmöglicher Entfernung berührte er den ersten mit der Zange, schüttelte ihn. Nichts. Vorsichtig hob er den Saum an. Er war schwer; zu schwer. Gott, dachte er, was ist in den Saum gewickelt? Dann fielen ihm die Bleigewichte ein. Nichts.

Ein Vorhang. Dann ein weiterer. Er ging zum zweiten Fenster; erster Vorhang, nichts. Langsam breitete sich das Gefühl unendlicher Erleichterung in ihm aus. Er trat auf den letzten Vorhang zu, berührte ihn mit der Spitze der Zange. Nichts. Er beugte sich vor und hob ihn an – und da war sie. Glänzend. Schwarz. Auf dem Boden. Er schrie auf und fiel rückwärts gegen das Sofa, preßte das Kissen über sich und versteckte seinen Kopf, so wie es ein Kind getan hätte.

In dieser Stellung wartete er auf das wütende Zischen und die glühenden Nadeln, wenn die Schlange ihre Fänge in seinen Körper schlagen würde. Aber nichts passierte. Er zog das Kissen beiseite, kletterte über die Rückenlehne des Sofas und ließ sich dahinterfallen. Keine Bewegung. Er sah über die Lehne des Sofas. Sie war noch immer da. Tot. Bewegungslos. Und dann erkannte er, was er in seinem Schrecken übersehen hatte: Sie war zu dünn. Endlich begriff er, daß es das Kabel der Fernsehantenne war, das vom Fenster her kam. Er senkte den Kopf. Ein Schluchzen der Erleichterung stieg in seiner Kehle auf. Erst nach Sekunden erhob er sich und ging zur Tür. »Hier ist sie nicht«, sagte er.

Erst als die Tür zufiel, wurde er gewahr, daß die anderen ins Zimmer gekommen waren. Jacmel schaltete die Lüster aus und eine der Bodenlampen beim Kamin an. Mit einem Kissenbezug, den er über den Lampenschirm zog, dämpfte er das Licht. Erst dann öffnete er die Vorhänge.

Howard stand neben dem Sofa. Er hörte sein Herz hämmern und fühlte den schleimigen Schweiß, der sich in seiner Leistengegend gesammelt hatte.

»Alles in Ordnung, Dick?« Es war nur ein Flüstern.

Howard stieß sich von dem stützenden Sofa ab und ergriff die kleine Hand. »Ja.«

»Es wird alles gutgehen, nicht wahr?«

»Ja. Solange wir tun, was sie sagen.«

Jacmel stand am Fenster, vor der Außenwelt durch die Falten der Vorhänge verborgen.

»Was sollen wir machen?« fragte Howard.

»Setzen Sie sich.« Jacmel deutete auf das Sofa. »Setzen Sie sich und seien Sie still.«

Nachdem er die Straße inspiziert hatte, fragte er Howard: »Wie ist es jetzt mit einem Drink?«

Der Korb mit Flaschen auf dem antiken Spieltisch war Howard nicht entgangen. Gin. Whisky, Wodka. Punt é Mes, Pernod, Dubonnet... Speichel sammelte sich in seinem Mund, während er danach gierte, seine angegriffenen Nerven zu beruhigen. Gleichzeitig war er sich des Blicks des Jungen bewußt.

»*Ich* brauche einen«, sagte Dave. Seine Stimme schnitt in Howards Nerven wie ein Messer. Sie war scharf, spröde und dünn. Dave stand in der Mitte des Zimmers, die Knie leicht gebeugt, die Arme angezogen, fast als wolle er losspringen. Howard empfand eine Aura, die ihm bekannt war wie ein alter Freund: Furcht. Dave hatte genausoviel Angst wie er selbst, vielleicht sogar mehr. Er sah das schwammige kalkweiße Gesicht, den angespannten Körper und Augen, die ständig im Zimmer umherirrten, sondierten, suchten. Er ist nicht sicher, dachte Howard; er hat Angst, sie könne doch hier sein. Howard verbarg dieses Wissen, wie ein Gefangener eine Waffe verstecken würde.

Jacmel sah noch immer Howard an. »Sie können etwas haben, wenn Sie wollen.«

»Ich bin durstig wie ein Pferd«, sagte Dave laut und ging auf den Bartisch zu. Er ging langsam, jeden Schritt prüfend, wie jemand, der einen Sumpf überquert.

»Was?« fragte Jacmel und sah weiterhin Howard an.

»Ich bin für einen Scotch«, erklärte Dave laut, und Howard erkannte die Prahlerei. Es war, als spreche ein Kind in einem dunklen Zimmer zu sich selbst.

Langsam schüttelte Howard den Kopf. Die Willensanstrengung verursachte einen erneuten Schweißausbruch. Er lockerte seine Krawatte. »Es ist ein *jour sans.*«

Jacmel sah ihn erstaunt an und zuckte die Achseln. Dave stand am Tisch und goß sich einen Whisky ein.

»Das ist zuviel«, sagte Jacmel, als er das halbvolle Glas sah.

»Ich kann es vertragen.«

»Ich kenne dich nicht.«

»Glaub mir.«

»Es ist zuviel«, wiederholte Jacmel. Er nahm das Glas und versuchte, etwas von dem Whisky zurück in die Flasche zu gießen. »Zum Donnerwetter!« fuhr Dave auf und griff nach dem Glas. Der Whisky schwappte auf den Tisch. Jacmel reichte ihm den kleinen Rest, der im Glas verblieb, zurück.

»Das ist genug.«

Sie starrten sich an, feindlich, natürliche Gegner, aber durch die Umstände zu einer unnatürlichen Gemeinschaft zusammengeworfen.

»Beobachte das Fenster«, sagte Jacmel. Er goß sich einen Schuß Wodka ein und kippte ihn hinunter.

Nach einem Moment fragte Dave: »Was machen wir jetzt?«

»Wir warten.«

»Mir gefällt das nicht.«

»Wir warten. Wir haben den Jungen. Niemand wird auf den Jungen schießen. Wir sind nicht in Südamerika.«

Sie warteten schweigend. Die Zeit schien zum Stillstand gekommen zu sein: Dave am Fenster; Howard und der Junge auf dem Sofa; Jacmel hin und her gehend, manchmal am Fenster, manchmal auf der anderen Seite des Raums, manchmal in Howards Blickfeld, manchmal hinter ihm. Überall um sie herum war Gefahr, aber inmitten der Gefahr befanden sie sich auf eine gewisse Weise auf einer Insel der Sicherheit. Die Schlange war nicht in diesem Zimmer.

Abrupt blieb Jacmel vor Howard stehen. »Warum sagten Sie, es sei eine Mamba?«

»Gott im Himmel –« begann Dave.

»Weshalb?«

Weil ich es weiß, dachte Howard. Weil ich es schon einmal mitgemacht habe.

»Es gibt nur wenige, oder?«

Am Eaton Square, dachte Howard, nicht in Afrika; dort vergaß man sie nie ganz, wenn man sich im Busch aufhielt, wie er es getan hatte. Man neigte dazu, andere Schlangen nicht besonders ernst zu nehmen, wußte, daß sie sich zurückziehen würden, Angst hatten. Aber bei einer

Mamba konnte man es nie wissen. »Nein. Sie sind nicht selten. Man findet sie überall im Osten und Südosten Afrikas.«

»Sie sind sehr übel«, sagte Jacmel. Halb war es eine Feststellung, halb eine rhetorische Frage.

»Sehr übel«, bestätigte Howard. »Sie haben gesehen, was mit Louise war.«

»Verdammt, könnt ihr nicht aufhören!« sagte Dave vom Fenster her.

Howard sah Harry Marshall vor sich, witzelnd und lächelnd. Sie waren überzeugt, das Gift entfernt zu haben, und dabei starb er die ganze Zeit über. »Einem Freund von mir ist das gleiche passiert«, sagte er und beobachtete Dave unter gesenkten Lidern.

»Das gleiche wie Louise?« fragte Jacmel.

»Ja.«

»Zum Teufel, könnt ihr nicht aufhören, darüber zu reden?« sagte Dave.

»Wo war das?«

»Im Sambesital.«

»Wann?«

»Ein paar Jahre nach dem Krieg.«

Howard bemerkte, daß Dave sich völlig abgewandt hatte. Als versuche er, nichts zu hören, pfiff er leise durch die Zähne.

»Mit einer Mamba?«

Er zwang Jacmel, die Einzelheiten aus ihm herauszuziehen.

»Schwarze Mamba. Hatte ungefähr die gleiche Größe wie diese hier. Louise sagte, sie wäre länger als zwei Meter gewesen, nicht wahr?«

»Beinahe drei«, warf Philip ein.

Howard wollte Philip nicht ansehen. Sein Gesicht hätte ihn dazu bewegen können aufzuhören. Er hatte die Wahl: Entweder ersparte er Philip die Aufregung, oder er trieb Dave weiter in die Angst hinein. Howard wählte das letztere.

»Was passierte?« fragte Jacmel.

»Warum reden wir darüber?« protestierte Dave. »Was, zum Teufel, soll das? Reden, reden, reden!«

»Was?« wiederholte Jacmel.

»Ich war Distriktsverwalter«, sagte Howard. »Ort namens Chirundu.«

Philips Finger umklammerten seine Hand stärker, und es fiel ihm ein, daß die Geschichte mit dem Löwen und dem Terrier in Chirundu geschehen war.

»Es war Weihnachten«, fuhr er fort, und die Erinnerungen kamen zurück: Hitze, Einsamkeit, Hitze; eine Dose Crosse & Blackwell's Weihnachtspudding, die er aufgehoben hatte, und ein Karton Knallbonbons, die er während seines letzten Urlaubs in Salisbury gekauft hatte; ein Rasierapparat von seiner Mutter; eine Pfeife, die er selbst gekauft hatte, Socken, Taschentücher, die üblichen Sachen. Und genau wie ein Kind hätte er die Pakete am liebsten gleich beim Eintreffen geöffnet, aber er wußte, daß der Weihnachtstag dann eine Katastrophe sein würde; er wußte, daß er sich um zehn Uhr morgens betrinken und in diesem Zustand bleiben würde, bis der zweite Feiertag das Gefühl der Einsamkeit auswischte. So hatte er einen Baum fällen lassen und ihn in dem Wohnzimmer seines kleinen Hauses inmitten der *boma* aufgestellt. Aber selbst während er die Geschenke zwischen die breiten, glänzenden, unweihnachtlichen Blätter hängte, war es ihm klar, daß er das Weihnachtsfest nur mit genügend Whisky überstehen würde. Es war sein erstes Weihnachten allein im Busch, und es graute ihm davor.

Am Heiligen Abend war dann Harry Marshall von dem nächsten Verwaltungsposten, beinahe achtzig Kilometer entfernt, hereinmarschiert. Er hatte ein halbes Dutzend Träger bei sich, beladen mit allen möglichen Dingen: Wein, Kuchen, Nüssen, einer Dose Schinken, konservierter Butter, selbst Cognac. »*God Jul*«, hatte Harry gesagt, als er in die *boma* marschierte. »Ich bin gekommen, um mit dir zu feiern.«

In seinem ganzen Leben war Howard noch nie so froh gewesen, einen anderen Menschen zu sehen. In dieser Nacht tranken sie Whisky und erzählten sich Geschichten über die Frau des District Commissioners.

Irgendwann gegen Mitternacht hatte Howard gestanden, daß er, wäre Harry nicht gekommen, um diese Zeit schon betrunken gewesen wäre. Sicher wäre er eine ganze Woche lang nicht nüchtern geworden. Harry hatte ihn gewarnt, daß Gewohnheiten für einen einsamen Junggesellen mit das gefährlichste wären. »Wenn du in die *Gewohnheit* verfällst, dich allein zu besaufen, bist du erledigt«, hatte er gesagt. »Ich versuche, nicht jeden Tag zu trinken. *Jour sans. Jour avec.* Diese Art von System.« Es war ein System, das Howard danach immer befolgt hatte, abgesehen von einer kurzen Zeit in Kenia.

Am folgenden Morgen hatten sie sich entschlossen, für ein paar

Stunden zu Schießübungen hinauszugehen, während ihre Diener gemeinsam ein Essen kochen sollten, das des Feiertags würdig war.

Howard hatte den Morgen klar in Erinnerung. Ein früher Nebel über dem Fluß, der gegen acht von der Sonne weggebrannt war. Dann hatte sich die feuchte Hitze des Tals um sie geschlossen. Sie hatten Schrotflinten bei sich, um zu sehen, ob sie nicht ein paar Enten oder Perlhühner für die Vorratskammer schießen konnten, denn Marshall wollte mindestens eine Woche lang bleiben.

Howard erzählte die Story nicht in allen Einzelheiten. Statt dessen filterte er persönliche Erinnerungen aus, verhärtete die Tatsachen, erzählte genauso kurz, wie es geschah.

»Wir haben kein einziges Perlhuhn zu Gesicht bekommen«, sagte er, »aber ich erinnere mich, daß Marshall ein paar Francolis schoß.«

»Francolis?« Jacmel hockte vor dem Sofa, den Kopf zur Seite gelegt.

»Rotbeinige Rebhühner.«

»Was dann?«

Sie hatten sich ein ziemliches Ende vom Fluß entfernt, als Harry die Vögel schoß; offeneres Gelände, weniger Busch. Auf dem Heimweg wurde er dann gebissen. Wahrscheinlich hatte die Schlange am Rande des Pfades geschlafen, und Harry war entweder daraufgetreten oder hatte den Fuß direkt neben ihr aufgesetzt. Auf jeden Fall hatte sie ihn in die rechte Wade getroffen, nur ein Klaps, als habe jemand leise in die Hände geklatscht, dann ein glänzender Peitschenschlag durch das Gras, und sie war verschwunden.

»Wir banden das Bein ober- und unterhalb der Wunde ab«, sagte Howard. »Ich schnitt sie aus, saugte sie aus und ließ sie bluten. Wir waren nicht mehr als einen Kilometer von meinem Haus entfernt. Dort gab ich ihm eine Spritze und rieb auch Permanganat in die Schnitte. Außerdem legte ich zwei weitere Ligaturen an, eine über dem Knie und die andere oben am Oberschenkel. Dann packte ich ihn ins Bett und wickelte ihn in Decken.«

Sie waren beide nicht besonders besorgt gewesen, erinnerte sich Howard. Sie hatten alles getan: Antivenene, Pottaschekristalle, vier Ligaturen, die er alle paar Minuten lockerte, damit das Glied nicht aus Blutmangel abstarb. Alles, was sie konnten.

»Er wollte Cognac. Ich versuchte es ihm auszureden. Alkohol ist nicht gut bei einem Schlangenbiß. Aber er sagte, es sei Weihnachten, und er sei achtzig Kilometer gelaufen, um mit mir einen Drink zu nehmen, und nun wolle er ihn auch haben.

Gegen zehn war er gebissen worden. Während der ersten Stunde war er etwas erregt, redete viel und lachte. Ich dachte, es sei die Reaktion auf den Schreck. Dann schien er sich zu beruhigen und war völlig normal, außer daß er ein bißchen Durchfall hatte. Er sagte auch, daß die Muskeln seines Mundes und der Zunge etwas zuckten.«

Howard hatte neben dem Bett gesessen, während die heißen Mittagsstunden kamen und gingen. Das Weihnachtsessen wurde angekündigt, aber Harry hatte gesagt, er habe keinen Appetit, und gefragt, ob es sich bis zum Abend hielte. Er war sicher, dann essen zu können. Sie hatten sich unterhalten, eigentlich wie zwei Leute in einem Erholungsheim, wo der Patient beinahe wieder gesund ist.

»Gegen vier Uhr nachmittag wurde er schweigsamer«, erzählte Howard. »Ich bemerkte, daß seine Augenlider anschwollen. Er schien ziemlich müde zu sein. Um fünf griff er ohne jede Warnung nach seiner Kehle und sprang aus dem Bett. Er versuchte, mir die Hände hinzustrecken, konnte aber seine Kehle nicht loslassen. Es war, als versuchte er, Luft hineinzuzwingen. Plötzlich schrie er meinen Namen, fiel um und war innerhalb von fünf Minuten tot.«

Als Howard verstummte, war es völlig still im Zimmer. Dann fragte Jacmel: »Hatte er schwarze Flecken, so wie Louise, wissen Sie?«

»Um Himmels willen«, schrie Dave, »hör auf!«

Howard nickte. »Als ich ihn aufbahrte, fiel mir auf, daß seine linke Seite steif war und die rechte ganz locker. Als ich ihn auszog, bemerkte ich eine dunkelrote Linie –«

»Aufhören!« schrie Dave und schwang die Schrotflinte. »Halt dein Scheißmaul, oder ich erschieße dich, du Schwein!«

Howard senkte die Augen. Er bezweifelte sehr, daß Dave es wagen würde, das Gewehr zu benutzen, während Jacmel im Zimmer war. »– eine dunkelrote Linie«, fuhr er fort. »Ungefähr fünf Zentimeter breit, die von der Bißstelle nach oben über die linke Schulter und hinter dem Ohr bis zur Schädelbasis verlief.« Wieder verstummte er.

»Wie alt war er, Ihr Freund?« fragte Jacmel.

»Anfang Zwanzig, genau wie ich damals.«

»Was haben Sie gemacht?«

Was war da zu tun, dachte Howard. Er hatte die ganze Nacht bis in den nächsten Morgen hinein bei Marshall gesessen. Er hatte ihn nicht am ersten Weihnachtsfeiertag beerdigen wollen; weshalb, hatte er selbst nicht gewußt, nur daß es ein sehr starkes Gefühl war. Er hatte den Rest des Cognacs getrunken und fast eine ganze Flasche Whisky. Vor Einsamkeit war er rührselig geworden und hatte wie ein Kind geheult. Später, als die Morgendämmerung kam, hatten sie die Leiche zur entfernten Ecke der *boma* getragen und ein Grab ausgehoben. »Ich habe ihn beerdigt«, sagte er, »genau wie jemand Louise beerdigen muß.«

Jacmel zuckte die Achseln und nahm seine Wanderung wieder auf. Dave drehte sich zurück zum Fenster. Die Stille kroch in den Raum zurück. Howard und der Junge saßen auf dem Sofa und hielten sich bei der Hand. Alles war wie zuvor, nur daß Dave die nervöse Angewohnheit entwickelt hatte, seine rechte Handfläche am Hosenbein zu trocknen. Diese Bewegung entging Jacmel, aber nicht Howard.

Jacmel erinnerte ihn an ein Tier in einem zu kleinen Gehege, einem von der Sorte, in dem sie die Leoparden im *Safari Park Hotel* hielten. Es hatte ungefähr die Größe eines Tennisplatzes gehabt. Groß genug für ein Leopardenpaar, hätte man denken sollen, aber das Männchen hatte sich nie daran gewöhnt. Es war am Gitter hin- und hergelaufen, bis es das Gras abgetreten hatte und ein breiter Sandpfad entstanden war. Wie der Leopard lief auch Jacmel nicht aus Nervosität herum, sondern wegen der Beengung. Nach einiger Zeit stellte er sich an das andere Fenster, für jeden auf der Straße durch die Vorhänge verborgen.

Howard konnte sich nicht über ihn klarwerden. Zu Louise war er beinahe zärtlich gewesen. Jetzt konnte er ihren Tod abtun, als ob sie gar nicht gestorben sei oder es nichts zu bedeuten habe. Es war etwas Stählernes an ihm, gegen das Daves angeberische Härte kindlich wirkte. Howard fragte sich, wo er herkam. Marseille? Paris? Korsika? Sein Akzent war so stark, daß man ihn kaum verstehen konnte. Es hieß, daß die Franzosen Experten im Kidnapping waren, daß es ein französisches Verbrechen war. Abgesehen davon wußte Howard sehr wenig über die französische Unterwelt, außer dem, was er aus Filmen und Büchern hatte. Eines wußte er: Frankreich war eines der wenigen westlichen Länder, die die Todesstrafe beibehalten hatten, die gute alte Guillotine. Es wird seinen Grund gehabt haben, daß sie nicht abgeschafft wurde. Die Franzosen haben eine gewisse Brutalität, dachte er, die auf Indochina und Algerien zurückzuführen ist. Wenn er es mit einem der beiden Männer aufnehmen müßte, wäre es ihm lieber, es wäre nicht Jacmel.

Er sah zu Dave hinüber: ein Typ, der Schweigen nicht ertragen konnte. Er erinnerte ihn an verschiedene seiner Safarikunden: große Männer in ihrem eigenen Feld. Wirtschaftsbosse – heutzutage mußte man ein Wirtschaftsboss sein, um es sich leisten zu können, in Afrika auf Großwildjagd zu gehen –, Leute, von denen man geglaubt hätte, daß sie die Einsamkeit und Stille des afrikanischen Buschs begrüßen würden. Aber manche hatten Tonbandgeräte mitgebracht und andere tolle japanische Radios; einer oder zwei sogar Radiotelefone, um die Verbindung mit ihrer nächsten Filiale aufrechtzuerhalten. Sie konnten nicht still sein, quatschten die ganze Zeit; nervös, zerfahrene Reden; immer spielten sie an ihren Radios oder Tonbandgeräten herum oder versuchten, Cable & Wireless in Nairobi zu erreichen.

Vielleicht machte es die Angst. Die größten Schwätzer waren die Ängstlichsten. Diese Gleichung hatte Howard schon sehr früh aufgestellt. Das waren die, die vom Land-Rover aus schießen wollten oder auf dem Lastwagen schlafen, außer Reichweite von Ungeziefer und den Hyänen, die in das Camp kommen könnten, um einem Schläfer mit ihren kräftigen Kiefern einen Zeh abzubeißen. Es waren die, die zuviel tranken, die ihn in den ersten fünf Minuten Dick nannten. Dick hier . . . Dick dort . . . Deren Stimmen eine Schattierung zu laut waren, die nicht ruhig sitzen konnten, die Dave am ähnlichsten waren.

Hatte es da angefangen, fragte er sich. War Furcht etwas, das man weitergeben konnte, nicht nur für einen Moment, sondern für immer? Bekam man sie – wie Lepra – davon, daß man zu oft mit ihr in Kontakt kam, oder hatte es bei ihm begonnen, lange bevor er ein weißer Jäger wurde, als er noch ein junger Mann im Kolonialdienst war und Marshall an dem Mambabiß sterben sah?

War Dave wie viele seiner Kunden, so bildete Jacmel die Ausnahme unter ihnen. Vielleicht ähnelte er Blanchet mehr als irgend jemand sonst. Es war seltsam – den Franzosen wurde doch eigentlich nachgesagt, sie seien emotionell und übernervös. Das konnte man wirklich weder von Jacmel noch von Blanchet behaupten.

Blanchet war vor ungefähr fünf Jahren mit einer einfachen Forderung zu ihm gekommen: Er wollte einen Elefanten. Nichts anderes. Er war weder an Löwen noch an irgendwelchen Böcken interessiert, wollte keinen Büffel, nur einen Elefanten; so, wie wenn jemand sagen würde, er wollte Marilyn Monroe und keine andere Frau. Zu dieser Zeit war es nicht möglich, eine Lizenz zum Abschuß eines Elefanten zu bekommen. Die Wildverwaltung hatte das Jahr zuvor eine Zählung durchgeführt und festgestellt, daß der Bestand durch verstärkte Wilderei um beinahe 25 Prozent abgenommen hatte.

Blanchet war an einem glühendheißen Nachmittag in seinem Büro in Nairobi aufgetaucht. Die Jalousien waren geschlossen, und Howard litt unter einem Kater nach einem zu hektischen Abend im *Stanley*.

»Nichts zu machen«, hatte er gesagt. »Ich könnte Ihnen einen Löwen besorgen. Büffel, Kudu. Tommies, natürlich. Schwein.« Der kleine Franzose hatte auf der anderen Seite des unordentlichen Schreibtischs gestanden und den Kopf geschüttelt.

»Ich gebe Ihnen 500 amerikanische Dollar über Ihren Preis hinaus.«

»Wahrscheinlich könnte ich Ihnen ein Zebra besorgen; auch eine Oryx-Antilope.«

»Ich gebe Ihnen 1000 amerikanische Dollar.«

Himmel, hatte Howard gedacht, während der Ärger in ihm hochkochte und den Kater verstärkte, du verdammter kleiner Schitt. Langsam hatte er Blanchets Geschäftskarte vom Schreibtisch genommen und umgedreht, um dessen Namen lesen zu können. Es war eine Geste voll wütender Verachtung. Weshalb wollten diese kleinen Schitts immer die größten Tiere der Erde abknallen?

»Hören Sie, Blanchet«, hatte er mit sorgfältiger Betonung gesagt, »ich habe Ihnen erklärt, daß nichts zu machen ist. Unmöglich, alter Junge. *Absolument pas. Comprenez-vous?*«

»Ich verstehe, aber . . .«

»Nicht für 500 und nicht für 50000 verdammter amerikanischer Dollar.« Seine Stimme war ständig lauter geworden.

Blanchet schien sich durch seine Erregung nicht einschüchtern zu lassen. »Vielleicht nicht hier.«

»Wo sonst?«

»Mozambique.«

»Mozambique! Das ist auf der anderen Seite von Tansania.«

»Ich weiß.«

»Es würde Sie ein Vermögen kosten.«

»Ich weiß.«

»Weshalb fahren Sie dann nicht hin und mieten sich dort einen weißen Jäger?«

»Weil ich Sie will.«

»Aber ich habe keine Lizenz, dort zu arbeiten.«

»Wir gehen als Freunde, zwei Jäger. Ist das nicht zu machen?«

»Ich nehme an. Aber bedenken Sie, es wäre verdammt viel billiger...«

»Über das Geld mache ich mir keine Gedanken.«

»Sie wollen nur einen Elefanten, stimmt das? Nichts weiter. Den ganzen Weg nur für einen einzigen Elefanten. Und wenn Sie ihn geschossen haben, fahren wir heim? Habe ich Sie richtig verstanden?«

»Das ist korrekt.«

Howard zuckte mit den Achseln. »Es ist Ihre Beerdigung.«

Blanchet hatte zum erstenmal gelächelt, dünn und reichlich winterlich. »Das war kein besonders guter Witz, M. Howard. Gerade um die Beerdigung zu vermeiden, will ich gehen.«

So waren sie in das Gebiet südlich vom Rovumafluß gefahren, und Blanchet hatte seinen Elefanten geschossen, oder richtiger: Howard hatte ihn für Blanchet geschossen; ein Weibchen mit weniger als vierzehn Kilo Elfenbein pro Seite.

Es hatte sich aber herausgestellt, daß der Elefant nur eine von Blanchets Ambitionen gewesen war. Er wollte außerdem einen Großwildjäger erlegen. Sie waren erst ein, zwei Tage zusammengewesen, als Howard feststellte, daß er sorgfältig beobachtet und begutachtet wurde. Am Ende des Zwei-Wochen-Trips hatte Blanchet begonnen, über das Konzept eines Safari-Hotels zu sprechen. Es sollte dem berühmten *Tree Tops* ähneln, nur daß die Gäste nicht nur den nächtlichen Blick auf eine Wasserstelle haben sollten. Während des Tages sollten sie durch den kleinen Wildpark des Hotels geführt werden, in dem garantiert Tiere zu sehen waren. Die Fütterung der Großkatzen sollte der Mittelpunkt der Unterhaltung werden. Blanchet wollte, daß Howard die Leitung des Parks übernehme.

Am letzten Abend im Camp hatte Blanchet aufrecht in seinem Safaristuhl gesessen und an einem Whisky genippt, adrett und elegant selbst im Busch.

»Sie wußten, daß es in Kenia zur Zeit verboten ist, Elefanten zu schießen«, hatte Howard gesagt. Der Franzose hatte genickt. »So war das Theater mit den 500 und 1000 Dollar nichts weiter als Geschwätz.«

»Vielleicht.«

»Und hätte ich das Geld genommen, wären Sie in den Bergen verschwunden, nicht wahr?«

Blanchet hatte ihn erstaunt angesehen. »Weshalb?«

»Weil es Bestechung war.«

»Aber wenn ich nichts dagegen habe, weshalb dann Sie?«

Howard hatte die Sache nicht weiter verfolgt; die Franzosen waren ein seltsames, undurchschaubares Volk.

Am Ende des Jahres war das *Gametrail Safari Hotel,* 80 Meilen von Nairobi entfernt, fertig und Howard als sein Park-Direktor engagiert. Er verdiente mehr Geld, als er je als weißer Jäger gemacht hatte. Etwas davon wurde auf ein Konto in Basel überwiesen, das er auf Blanchets Vorschlag hin bei seinem ersten Europa-Urlaub eröffnet hatte. Allein aus diesem Grund lohnte sich der Job. Die Devisengesetze in Kenia waren grausam, und seitdem er seine Farm nach der Unabhängigkeit mit Verlust hatte verkaufen müssen, hatte er für den Zeitpunkt geplant, an dem er das Land verlassen würde. Bis Blanchet auftauchte, war das Problem immer das gewesen, wie er das Geld außer Landes bekommen sollte.

Die Ironie war, daß Blanchet dankbar gewesen war – ob nun für den Elefanten oder seinen Entschluß, zu ihm zu kommen, das hatte Howard nie erfahren. Blanchet hatte seine Dankbarkeit auf die einzige Weise gezeigt, die er kannte: Er hatte Howard ein Gehalt weit über dessen Erwartungen hinaus gezahlt. Die *wirkliche* Ironie war die, daß Blanchet ihn für die Hälfte des Geldes hätte engagieren können. Howard hatte die Nase von seinem Dasein als weißer Jäger voll gehabt. Er wußte, seine Nerven waren erledigt, zerschlissen durch die Jahre im Busch.

Vielleicht hatte es damit angefangen, daß Marshall von der Mamba gebissen wurde. Jedenfalls hatte er in den letzten Monaten zuviel getrunken. Keine *jours sans*, alle *avec.* Es war ein klassisches Symptom gewesen. Glücklicherweise hatte er rechtzeitig eine Chance bekommen. Ein paar Monate später, und Blanchet hätte die Saufgeschichten gehört und wäre nicht zu Howard gekommen.

Nie in seinem Leben war er so glücklich gewesen wie in dem Hotel. Er wußte, wo jede Mahlzeit herkam, brauchte sie nicht selbst zuzubereiten, mußte sich nicht um seine Wäsche kümmern oder um seine Kleidung oder die Unterkunft; all diese langweiligen Einzelheiten waren ihm abgenommen worden, und darüber hinaus bekam er ein fürstliches Gehalt. Es war, als wäre er wieder im Internat; er hatte die Schule geliebt.

Die Sache mit den Tieren war einfach für jemanden mit Erfahrung. Der Park war ungefähr 10000 Hektar groß, das Hotel am Hauptwasserloch. Der Rest des Geländes bestand aus dünnem Busch, flachen Hügeln, Gestrüpp. Er hatte eine Reihe von Camps geschaffen, voneinander getrennt durch hohe Wildzäune, und hatte Wildebeeste, Elands, Impalas, Kongonis, Sableantilopen, Pukus, Roans und Oryxe angesiedelt. Die Katzen, Löwen, Leoparden und Geparden hatten ihre eigenen Camps. Es war ihm gelungen, ein Paar Giraffen zu ergattern und einige Krokodile für die Wasserstelle. Hippos waren schon da, und George Biddle, ein alter Freund von ihm und jetzt Direktor des Nationalparks, hatte davon gehört, daß ein Baby-Rhino in Tsavo mit der Flasche aufgezogen wurde, nachdem seine Mutter von Wilderern getötet worden war. Howard hatte den Lastwagen genommen und es geholt. Sie hatten es Rosy genannt und ihm ein eigenes kleines Gehege gegeben. Rosy war zur Hauptattraktion geworden.

Nein, da hatte keine Gefahr bestanden. Niemand schoß auf irgend etwas, außer mit dem Teleobjektiv, und die Tiere gewöhnten sich rasch an die starken Bogenlampen, die sie nachts beleuchteten, wenn sie zum Trinken ans Wasserloch kamen. Bald machten ihnen auch die Autokonvois nichts mehr aus, die – von Howard oder einem Game Ranger begleitet – durch die Camps fuhren. Die Elands gewöhnten sich so an sie, daß sie ihre Köpfe durch die Fenster steckten, wann immer die Wagen anhielten.

Die einzig wirkliche Gefahr waren die Hotelgäste. Laut den Bestimmungen durften weder die Autofenster geöffnet werden, noch durften die Gäste zum Fotografieren aussteigen. Während der zehn Jahre, die Howard im Hotel verbrachte, war es zu verschiedenen Unfällen gekommen. In einem Fall hatte ein Pavian, der auf dem Dach eines Autos spielte, die Hand einer Frau bis auf den Knochen durchgebissen, als sie ihr Fenster öffnete und ihm eine Banane anbot. In einem anderen Fall war ein japanischer Gast spät in der Nacht zur Wasserstelle hinuntergegangen, um einen Greater Kudu zu fotografieren. Beinahe wäre er einem Krokodil zum Opfer gefallen, das ihm am Ufer entlang gefolgt war. Ein anderer Gast konnte das Tier in letzter Minute verjagen, indem er einen Eiseimer nach ihm warf.

Sie hatten Glück gehabt. *Er* hatte Glück gehabt; bis auf diesen letzten Tag.

Das Bild der Erinnerung drängte sich ihm auf, und diesmal verschwand es nicht auf Befehl. Es war die Schuld eines Engländers namens Prentiss gewesen. Howard konnte sich deutlich an ihn erinnern:

fett, rothäutig von Sonnenbädern in der ungewohnten Hitze, nackt bis auf eine blaue Leinenhose, die haarige Wamme über den Hosenbund hängend, zwei wabblige Brustwarzen. Glatzköpfig, aber ein Sonnenvisier tragend. Teure japanische Einlinsen-Reflexkamera mit Teleobjektiv und ein Zeiss-Fernglas um den Hals geschlungen. Er hatte mit dem flachen Akzent der Midlands gesprochen, wo er sein Geld mit Kugelschreibern gemacht hatte. Den Abend zuvor hatte Howard einen Drink mit ihm genommen. Alles, worüber er hatte reden können, war sein verdammter Jaguar gewesen, die Jagd, die er besaß, und das Schneehuhn, das er in den Hügeln von Strathdearn geschossen hatte. Ekelhaft. Der Kerl betrank sich die erste Nacht im Hotel und beschimpfte einen der schwarzen Kellner wegen angeblicher Unverschämtheit seiner Frau gegenüber. Sie hatte einen Whisky-Mac bestellt und etwas anderes bekommen, weil der Barkeeper noch nie etwas davon gehört hatte.

Er erinnerte sich auch an die Frau. Sie hatte beinahe die gleichen Körperformen wie ihr Mann, nur daß sie sie noch betonte, indem sie Shorts trug. Sie hatte einen Arsch wie die Buschmannsfrau, die Howard einmal unten in Betschuanaland gesehen hatte; abstehend wie die Keulen einer Stute, gestützt durch nackte, wellige Oberschenkel. Scheußlicher Anblick. Bei Unterhaltungen hatte sie einen Tick, den die anderen Gäste schnell entdeckt hatten und der für ein paar Tage zu einer Art von Hotelwitz geworden war. Jedesmal, wenn ihr Mann etwas sagte, bestätigte sie es.

Sie hatten sich über Löwen unterhalten, und Prentiss hatte Howard aufgeklärt: »Kein Unterschied zu denen in Longleat«, hatte er gesagt. »Das habe ich Lord Bath auch gesagt, als ich seinen Laden besuchte.«

»Das hat er, wissen Sie«, bestätigte Mrs. Prentiss ernsthaft.

»Ich sagte zu Seiner Lordschaft, weshalb den ganzen Weg nach Afrika machen, wenn wir das, was wir sehen wollen, hier in England haben.«

»Das ist wahr«, kam es von Mrs. Prentiss, »das hat er gesagt.«

»Im letzten Jahr waren wir im Windsor-Safari-Park«, fuhr Prentiss fort. »Lauter Löwen um den Wagen. Völlig zahm. Einem habe ich eine Stange Schokolade gegeben.«

». . . eine Stange Schokolade«, echote Mrs. Prentiss.

»Wenn ich Sie wäre, würde ich es hier nicht versuchen«, hatte Howard gesagt und sich verabschiedet.

Jeden Tag um die Mittagszeit zeigte Howard einer Gruppe von Gästen die Fütterung der Löwen. Dies geschah in einem großen Gehege mit hohen Zäunen rund herum. Er hatte die Gäste ungefähr fünf Minuten vor zwölf dort, kurz bevor das Fleisch gebracht wurde. Gewöhnlich waren es ein halbes Dutzend Wagen und die Hotelkombis, alles in allem zwanzig bis dreißig Menschen. Die Fahrzeuge fuhren in das Gehege und parkten im Halbkreis in dessen Mitte. Sie strotzten vor Teleobjektiven.

Die Fütterung war immer eine nervöse Zeit für die Löwen. Es waren vierzehn, einschließlich der Jungen, und um diese Tageszeit waren sie sehr hungrig. Howard hatte aus rohen Stämmen zwei bis drei Meter hohe Plattformen bauen lassen. Manche der Löwen lagen und beobachteten von diesen Plattformen aus, andere liefen hin und her, die Schwänze schwingend; hungrig, erwartungsvoll und auf der Spitze der Spannung.

Auch an diesem Tag hatten sich die Wagen und Kleinbusse aufgestellt, kurz bevor das Fleisch kam. Howard und sein schwarzer Game Ranger sorgten dafür, daß sich alle ruhig verhielten. Dann war der Ford-Laster, ringsherum durch schwere Drahtnetze geschützt, ins Gehege gerollt. Die Gatter waren geschlossen worden, und der Laster war in die Mitte des Areals gefahren. Die Löwen waren von ihren Plattformen gesprungen und zusammen mit den anderen hinter dem Fahrzeug hergelaufen. Große Brocken Esel- und Ziegenfleisch flogen in die Mitte des Geheges. Knurrend und fauchend waren die Löwen darüber hergefallen. In diesem Moment war der fette Engländer, Prentiss, gefolgt von seiner Frau, aus dem Wagen gestiegen und fotografierend auf die Löwen zugegangen. Da er durch den anderen Kombi verdeckt war, hatte Howard ihn zuerst nicht gesehen. Dann hörte er den Game Ranger rufen und hatte den unglaublichen Anblick des einherschlendernden englischen Paares, er fotografierend, sie eine zweite Kamera in der Hand.

»Zurück!« hatte Howard gebrüllt. »Gehen Sie zurück in Ihren Wagen!«

Entweder hörten sie ihn nicht oder nahmen keine Notiz von ihm. Er sah, wie der Game Ranger aus seinem Kombi sprang und hinter ihnen herlief.

Vierzehn hungrige Löwen, Löwinnen und Junge, alle auf einen Anteil am Fressen aus, sind ein atavistischer Anblick, wie sie sich gegenseitig ganze Keulen entreißen. Um das zu erleben, waren die Hotelgäste gekommen. Zu Beginn der Fütterung waren die Löwen immer nervös. Sie nahmen drohende Stellungen ein, bis die Hierarchie festgelegt war. Und auf dieses komplizierte und gefährliche Verhaltens-Mischmasch gingen Prentiss und seine Frau zu.

»ZURÜCK!« schrie Howard wieder. »SIE SIND IN GEFAHR!« Aber das Paar, das die Löwen von Longleat in Wiltshire und dem Windsor-Safari-Park bei London besucht hatte, ließ sich nicht zurückhalten.

Howard ergriff seine .375 Magnum und schrie die überraschten Passagiere an: »Niemand steigt aus!« Dann lief er auf das Paar zu, während der Ranger von der entfernten Seite der Wagen herbeistürzte.

»Um Himmels willen!« brüllte er Prentiss an, als er ihn erreichte. »Sind Sie wahnsinnig geworden? Machen Sie, daß Sie zu Ihrem Wagen zurückkommen!« Er streckte eine Hand aus, um Prentiss beim Arm zu ergreifen und ihn in die Richtung zu drehen, in die er gehen sollte. Dann geschah es innerhalb von Sekunden. Einem jungen Löwen mit kurzer Mähne war von einem größeren und stärkeren Männchen ein Stück Fleisch entrissen worden. Daraufhin hatte er einem der Jungen einen kleineren Brocken weggenommen. Er mußte sich durch die Anwesenheit von Menschen bedroht gefühlt haben, denn er ließ das Fleisch fallen und griff die Gruppe – bestehend aus Prentiss, seiner Frau, Howard und dem Ranger – an.

Sie sahen den Löwen zur gleichen Zeit. Mrs. Prentiss schrie. Prentiss warf die Arme vor das Gesicht, und Howard . . . irgend etwas, eine Nachricht oder ein Impuls, wurde in seinem Kopf fehlgeleitet. Anstatt daß sein Gehirn den Armen befahl, das Gewehr hochzureißen, hieß es die Beine laufen. Voller Furcht drehte er sich um, blindlings, die Waffe dabei aus der Hand verlierend; er versuchte Prentiss, der in seinem Weg war, beiseite zu stoßen.

In diesem Augenblick stieß der Löwe mit ihm zusammen, warf ihn herum und auf den Boden, zerriß seinen Bauch mit den Pranken und versuchte, ihm das Gedärm herauszureißen. Er hatte einen blitzartigen Eindruck von Zähnen über sich, von dem ranzigen Atem des Tieres, seinem Gewicht, dem Röhren des Gewehrs des Rangers – und dann gnädige Dunkelheit.

Erst nach einigen Wochen erlangte er in seinem Krankenhauszimmer das volle Bewußtsein zurück. Zu diesem Zeitpunkt war er ein Held. Was die Beobachter in ihren Wagen gesehen hatten, weil sie es hatten sehen *wollen*, war, daß Howard sich vor Prentiss warf und dabei sein Gewehr verlor.

Kurz darauf hatte Blanchet ihn besucht und ihm die Chance gegeben, nach London zu kommen. Howard war, so hatte er gesagt, ein sehr tapferer Mann, und er könne immer tapfere Leute gebrauchen.

Er kämpfte sich zurück in die Gegenwart, zurück in das Zimmer in dem Haus ein wenig abseits vom Eaton Square. Es war entsetzlich genug, doch in diesem Moment seinen Erinnerungen vorzuziehen.

»Verdammt, wir können nicht einfach hier sitzen«, sagte Dave und rieb seine rechte Hand am Oberschenkel.

»Behalte die Nerven«, mahnte Jacmel.

»Nerven behalten! Die Hälfte aller Polypen von London steht am Ende der Straße, und du verlangst, daß ich die Nerven behalte.«

»Nicht nur auf der Straße«, sagte Jacmel. »Da oben und dort oben ...« Er deutete auf die dunklen Fenster der anderen Häuser.

»Was ist da oben?« fragte Dave. Dann verstand er, und seine Augen weiteten sich. »Du meinst *da* oben?«

»Es sind keine Idioten.«

»Mein Gott.« Dave trat vom Fenster weg. »Und du tust *nichts*!«

»Es macht keinen Unterschied«, sagte Jacmel. »Wir haben den Jungen. Es macht keinen Unterschied, und wenn sie die ganze englische Polizei heranziehen. Die ganze englische Armee –«

»Verdammt, das wiederholst du immer wieder, aber was ist mit uns hier und dieser ... dieser ...«

»Sie ist nicht in diesem Zimmer.«

»Wir können nicht die *ganze* Zeit hierbleiben. Ich meine ...«

»Wenn du pissen mußt, dann geh«, sagte Jacmel.

»Das ist es nicht«, widersprach Dave seltsam verlegen. »Es ist nur, daß ... Sag mal, warum zwingen wir sie nicht, uns irgendein Serumzeug zu geben? Wir könnten ihnen sagen, daß wir ihm ein Ohr abschneiden, wenn sie es nicht tun; wie sie es mit dem Burschen in Italien gemacht haben.«

Jacmel schüttelte den Kopf. »Ich will dir etwas sagen: Dies ist ein Krieg, zwischen ihm und mir.«

»Wem?«

»Dem dicken Mann, dem Polizisten. Er will, daß wir bleiben, oder? Je länger er uns hier aufhalten kann, desto besser für ihn. So machen sie es. Sie halten dich auf einem Platz fest über Tage, Wochen. Sie haben alles, du nichts; sie haben die Welt um sich, du Schweigen. Ja? Das ist es, wogegen wir zu kämpfen haben, und alles, was uns schwächt, hilft ihnen. Wenn er weiß, daß wir ein giftiges Reptil im Hause haben, muß er wissen, daß wir Angst haben. Aber bis jetzt weiß er nichts; nicht einmal, wie viele wir sind oder wer wir sind. Alles, was er nicht weiß, macht uns stärker. Verstehst du?«

Dave sagte nichts. Er war nicht überzeugt.

»Keine Sorge«, sagte Jacmel. »Wenn du pissen willst, geht er zuerst.« Mit dem Daumen zeigte er auf Howard.

»Hier kommt er«, flüsterte Dave heiser, als ob seine Stimme bis zu dem massigen Mann dringen könnte, der auf das Haus zuschlurfte.

Vorüber an dem Citroën und dem gelben Cortina, den einzigen Autos in der Sackgasse, kam Bulloch näher. Als er den Citroën erreichte, blieb er kurz stehen und sah durch das Wagenfenster. Der Schlüssel steckte noch im Zündschloß. Das ist fahrlässig, dachte er. Er öffnete die Tür und zog ihn ab. Dann sah er sich den Cortina an. Dessen Schlüssel war nicht da. *All right*, dachte er, darum kümmern wir uns später. Nicht jetzt. Jetzt ist es an der Zeit, die Flagge zu zeigen, den Dreck ein bißchen zum Schwitzen zu bringen. Schwerfällig ging er weiter, bis er den Bürgersteig vor dem Haus erreicht hatte. Dort blieb er stehen. Er kroch etwas in seinem Schafspelz zusammen und betrachtete ungeniert das Haus. Niemand an den Fenstern des Erdgeschosses. Kein verräterisches Schwanken der Gardinen. Klar, sie wären dämlich, dort zu bleiben. Erste Etage. Zwei schöne große Fenster; hoch, ähnlich wie französische Fenster mit winzigen, schmiedeeisernen Balkons davor. Verglichen mit den anderen Fenstern im Haus wirkten die in der ersten Etage nicht wie tote Augen; sie verrieten einen Hauch von Leben. Wärme. Da waren sie also. Irgendwo mußten sie eine Lampe anhaben; wahrscheinlich durch ein Handtuch abgeschirmt; beinahe unsichtbar im orangefarbenen Schein der Straßenlaternen. Glaubten sie, sie könnten ihn zum Narren halten? Dann fiel ihm ein, daß sie wahrscheinlich umgezogen waren, weil es ihnen klargeworden war, daß in den Nebenhäusern Scharfschützen postiert waren. Nein, das waren keine Dummköpfe. Trotzdem, jeder hätte sich das überlegen können.

Wie viele, fragte er sich. Zwei bestimmt. Könnten auch mehrere sein. Französisch. Politisch? Hatte nicht politisch geklungen. Die kamen gewöhnlich von der ersten Minute an mit Forderungen. Wo hatten die Franzosen zur Zeit ihre Finger drin? Algerien war vorüber, ebenso Indochina; in Afrika gab es ein paar frühere französische Kolonien, aber da hatte es keinen Trouble gegeben. Die Schwarzen hatten einfach die Macht übernommen und ihre Gegner erschossen oder ins Gefängnis gesteckt, soweit er wußte – oder es ihn kümmerte. Der Besitzer des Hauses war ein reicher Franzose. Die Stimme aus dem Haus war französisch. Sie hatten den Jungen. Einfaches Kidnapping? Französisches Verbrechen; denk an das Peugeot-Kind.

Nash mußte ihnen auf die Schliche gekommen sein. Aber wie? Jedenfalls machte man so was nicht auf eigene Faust. Die ganze verdammte Polizei hätte davon gewußt. Man ging nicht einfach los, klopfte an die Tür und sagte: »Ich bin ein Polyp, und ihr rückt besser den Jungen wieder heraus.« Und wenn man auf diese Schnapsidee käme, antworteten sie mit der Schrotflinte – und das hätte man dann auch gründlich verdient. Was, zum Teufel, hatte Nash aber da gewollt? Wenn er das wüßte, wüßte er eine Menge.

Ein Vorhang in der ersten Etage bewegte sich ein wenig. Gut, dachte er, sie beobachten mich. Langsam drehte er sich um und stand mit dem Rücken zum Haus. Sie können meinen Arsch bewundern. Natürlich könnten sie ihm ebensogut eine Kugel in den Kopf schießen. Sie hatten Nash erschossen. In dieser Hinsicht waren sie nicht prüde. Er fühlte, wie der schützende Ärger sich in ihm bildete gleich einem Schild für seinen Rücken und seine Nerven. Verdammter Dreck.

Die Minuten tickten vorüber. Zehn ... fünfzehn ... zwanzig ... Seine Füße waren eisig, und wie die Feuchtigkeit in einer modrigen Mauer, so stieg ihm die Kälte langsam von den Zehen durch die Füße zu den Knöcheln hinauf. Das war der schlimmste Teil, dachte er, aber er würde sich nicht bewegen. Kein Hinundherstampfen. Nicht in die Hände blasen. Keine Freiübungen, um warm zu bleiben. Das war ein Teil des täglichen Lebens; normale Leute würden es tun. Ihm wird es kalt, würden sie denken, genau wie uns. Er war nicht wie sie; nicht wie der Dreck. Und er würde ihnen beweisen, daß er nichts mit ihnen gemein hatte. Früher oder später würde etwas in ihrem Innern das erkennen. Sie würden sich ein bißchen winden, und das wäre der Anfang vom Ende. Wie nannte die Jugend das heutzutage? Psychoterror. Den konnte man auf dem Tennisplatz oder auf dem Schlachtfeld anwenden. Das war es. Also das hier war ein Schlachtfeld, und er brauchte keine dämlichen, langhaarigen Ausdrücke, um zu erklären, was er tat. Himmel, was für eine Sprache sie heute benutzten. Das einzige anständige Englisch wurde auf dieser Insel jetzt nördlich der Grenze gesprochen. Jeder Schotte konnte diesen Arschlöchern etwas über Wörter beibringen.

Aufzustampfen war eine Schwäche. In die Hände zu blasen war eine Schwäche. Hin und her zu gehen war eine Schwäche. Anfangs würde es ihnen nicht auffallen, aber seine Anwesenheit, seine Stärke würde sie am Ende fertigmachen. Das Ende ... Würden sie den Jungen zum Schluß erschießen? Würden sie ihn erdrosseln? Von hinten erschlagen? Bulloch schüttelte sich unwillkürlich. Nicht sein Problem. Nicht daran denken. Wenn du daran denkst, sind deine Vorsätze hinüber. Hart. So mußte man vorgehen: hart. Die alte Frau in der Sutherland Street. Nachdem die Belagerung gebrochen war, hatte sie nur noch ein paar Tage gelebt. Die Leute hatten gesagt, er wäre zu hart gewesen. Mit ein bißchen Speichellecken wäre sie vielleicht schneller rausgekommen. Schön, das konnte man nicht wissen ... Aber ein Junge? Himmel ... wie alt war er? Zehn? Zum Teufel, wo waren seine Eltern? Man trieb sich nicht in der Weltgeschichte herum und ließ einen Zehnjährigen in der Fürsorge eines Zuhälters von Chauffeur und eines französischen Dienstmädchens und verlangte dann von ihm, Bulloch, daß er die Stücke zusammensammeln solle. Hätte er ein Kind gehabt, wäre das nie passiert. Niemals ... Denk nicht an den Jungen. Denk an etwas anderes. Denk an die Kälte, die deine Wadenmuskeln betäubt.

Kalt. Wirklich kalt. Er kannte wirkliche Kälte. Dies hier war Kinderkram. Edinburgh an einem Tag im Februar. Der Ostwind, der vom Firth her heulte. Binns Ecke, wo er in der entsetzlichen Kälte darauf wartete, daß seine Mutter ihre Arbeit in der Packerei beendete. Zuviel Angst, allein nach Hause zu gehen, weil sein Vater schon hätte dasein können. Das war kalt gewesen. Mit hungrigem Magen litt man immer mehr unter der Kälte.

Und in den Schulferien, den Winterferien; morgens um sechs aufstehen, um auf den Braid-Hügeln oder Craiglockhart oder sogar in Gullane nach Golfbällen zu suchen: Dunlops 65, Warwicks, Penfolds. Wie verdammte Diamanten, weil sie während des Krieges nicht zu bekommen waren. Hände und Knie im Gras, wohin die Stümper die Bälle verhauen hatten. In nördlichem Sturm zwischen Stechginster zu suchen, mit tränenden Augen, laufender Nase und blauroten Knöcheln; das war Kälte gewesen. Und wenn du ein paar Bälle gefunden hattest, hin zum Clubhaus und an die Ladentür klopfen. Dann war der Sekretär rausgekommen, um zu sehen, was du zu verkaufen hattest.

Dunlops 65 neun Pence, der Rest sechs, noch weniger, wenn sie zerschlissen waren. Dabei wußte er sehr wohl, daß der verdammte Sekretär beinahe das Doppelte von dem bekam, was er ihm bezahlt hatte. Dann nach Hause mit dem Geld. Manchmal hatte seine Mutter ein paar Brötchen gekauft, und wenn sein Vater nicht da war, hatte er selbst etwas Warmes zu essen bekommen; und manchmal war er weg. Zuweilen bekam er ein paar Wochen für kleine Diebstähle, zuweilen ein paar Tage für Trunkenheit und Ruhestörung. Oft hatte er gewünscht, sie würden ihn ins Barlinnie-Gefängnis bringen und den Schlüssel verlieren. Da war er zum erstenmal Dreck begegnet: seinem Vater.

Bulloch stand vor dem Haus und starrte in den Nebel, unbeweglich, grobschlächtig, den Geruch seiner Kindheit in der Nase; den Geruch von Kohlefeuer, schwer in der Londoner Luft, weil er nicht unter der Schicht niedriger Wolken entfliehen konnte. Der Geruch drang tief in seine Nase: Winter in Edinburgh, die ganze gotische Silhouette der Dächer Rauch ausspeiend.

Sie hatten in der ersten Etage in der Royal Mile zwischen dem Schloß und Holyrood House gewohnt. Die Royal Mile! Eher eine stinkende als eine königliche Meile. Voller verdammter Touristen, die die Tartanläden und den Schund anglotzten. *The Happy Haggis. The Frying Scotsman.* Gott schütze uns vor witzigen Schotten. Was die Touristen natürlich nicht taten, war ihre Nasen in die Hinterhöfe stekken und den Gestank von Urin und Erbrochenem mitbekommen. Wer konnte es ihnen übelnehmen? Sie waren nach Schottland gekommen, um nach Rob Roy und Bonnie Prince Charlie Ausschau zu halten und Sporrans zu kaufen, die sie beim Treffen der Caledonian Society zu Hause in Woolloomooloo und Bloemfontein tragen wollten. Sie waren nicht gekommen, um unter einer blassen Sonne den ehrenwerten Hamish Bulloch neben den Mülltonnen seinen Rausch ausschlafen zu sehen.

Damals hätte er vielleicht etwas aus sich machen können. Seine Mutter hatte ihm einen alten Satz Golfschläger von seinem Großvater gegeben. Sie hatten Hickoryschäfte und trugen noch die alten Namen: Mashie und Niblick und Cleek. Wenn er nach verlorengegangenen Bällen suchte, hatte er so viele Löcher wie möglich gespielt – außer Sichtweite des Clubhauses natürlich, denn er konnte sich die Gebühren nicht leisten –, und die alten Männer, die im Augustwind auf den Bänken saßen, behaupteten, daß sie seit Harry Vardon nie einen besseren Schwung gesehen hatten. Einmal hatte ihm ein Pro gesagt, daß er das Zeug zum Champion habe. Er *hatte* es; er wußte, er hatte es. Aber es gab nie Zeit zum Üben, und am selben Tag, an dem er aus der Schule kam, war er zum Militär gegangen. Sie hatten ihn nach Burma geschickt. Bei Kriegsende war dann die Welt nicht mehr dieselbe, und er hatte keine Zeit für Golfschläger mit Hickoryschäften.

Als er zurückkam, lag seine Mutter im Sterben. Wäre sein Vater dagewesen, hätte er ihn dafür, was er aus ihr gemacht hatte, mit seinen nackten Händen umgebracht. Tochter eines Schulmeisters in Dundee. Das war sie gewesen. Und hatte den ehrenwerten Hamish Bulloch, selbständiger Baumeister, geheiratet. Himmel, er konnte nie lange genug aus dem Gefängnis bleiben, um eine Baugrube auszuheben. Er versuchte, sich an das Gesicht seiner Mutter zu erinnern, doch er konnte sich nur eine undeutliche Figur vorstellen, klein, plump – untersetzt würde man sie nennen. Aber sie hatte wundervolles braunes Haar gehabt, das sie in einem Zopf trug. Sie hatte darum gekämpft, ihn in der Schule zu lassen, als die Familienverhältnisse danach schrien, daß er Arbeit fand; sie hatte mit ihm Schularbeiten gemacht und ihm die Liebe zur Sprache und zum Lesen vermittelt. Wie sie jemals seinen Vater hatte heiraten können, konnte er sich nicht vorstellen. Hatte zum Anfang eine chemische Verbindung zwischen ihnen bestanden, oder war er der einzige gewesen, der ihr einen Antrag gemacht hatte? Er wußte es nicht und würde es nie erfahren, denn sie war sechs Monate nach dem Sieg über Japan gestorben.

Seinen Vater hatte Bulloch nur noch einmal gesehen. Es war an einem Abend Anfang Mai. Er kam damals die Lothian Road nahe dem Toll Cross herunter und hatte über eine Mauer in eine verfallene Baustelle gesehen. Eine Gruppe von Spritsäufern saß zusammengesunken um ein Feuer aus alten Türrahmen, und einer von ihnen sah auf. Sein Gesicht war mit Bartstoppeln bedeckt, und in den Mundwinkeln eiterten Geschwüre. Er hatte den ehrenwerten Bulloch, selbständiger Baumeister, erkannt, aber dessen leere, alkoholisierte Augen zeigten keine Reaktion. Sie sahen einfach auf und dann wieder weg. Bulloch war in Richtung Prince's Street weitergegangen. Eine Woche später hatte er Edinburgh verlassen und war nach London gezogen. Er war Anfang Zwanzig und hatte an einem Krieg teilgenommen, aber alles, was das Leben ihm gegeben hatte, war Haß. Zuerst konzentrierte der sich einzig und allein auf seinen Vater, aber bald schloß er auch die ein, die wie sein Vater waren.

Einmal, er war zwölf, hatte er eine Nachbarin über seinen Vater reden hören. Sie und eine andere Frau hatten auf der Treppe geklatscht und nicht bemerkt, daß er zuhörte. Sie sprachen auch über seine Mutter und darüber, wieviel besser sie sei als sein Vater. Die eine hatte ihn dann als Dreck beschrieben. Bulloch hatte oft gelesen, daß Kinder, wenn sie Kritik an ihren Eltern hörten, sie wild verteidigten. Er selbst hatte einfach nur dagestanden und zugehört. Dann hatte er sich weggeschlichen. Er stimmte ihnen zu. Sein Vater *war* Dreck. Und es gab Tausende wie ihn.

In London war er der Metropolitan Police beigetreten. 25 Jahre lang hatte er den Dreck aufgestöbert und war dafür bezahlt worden. Auf eine seltsame Weise war er ein glücklicher Mann. Auch unabhängig. Sicher, es hatte Muriel gegeben und die Wohnung in Notting Hill Gate (sie hatte auf Kensington bestanden), aber das war vor langer Zeit; vor siebzehn oder achtzehn Jahren. Er konnte sich noch nicht einmal mehr daran erinnern, wie sie ausgesehen hatte. Wie lange hatte die Ehe gedauert? Achtzehn Monate? Zwei Jahre? Man konnte es kaum eine Ehe nennen. Sie wollten unterschiedliche Dinge: sie eine Chesterfield-Garnitur und Spitzendeckchen, er am Sonntagmittag seine drei Liter und eine Chance, das dreckige Wasser von seiner Brust zu waschen. Er bezweifelte, daß sie vor der Ehe je einen nackten Mann gesehen hatte, und war sicher, daß nie einer auf ihr gelegen hatte. Spitzendeckchen, Buttermesser und Untersetzer unter den Gläsern – und faß mich nicht an; ich mag das nicht.

Was soll's, wenn er die Chance sah, faßte er hin und wieder immer noch Frauen an – und er bekam seine Chancen; Zahlungen für Gefälligkeiten, könnte man sagen, aber meistens ließ er es sein. Mit 52 Jahren und einer Menge Whisky und Zigaretten mußte irgend etwas nachlassen.

Alter. Greisentum. Gott sei Dank, er würde nie fünfundsechzig werden. Kein Bett in der Geriatrie für ihn. Wenn nichts anderes, dann würde ihn diese verdammte Kälte umbringen. Er empfand das Verlangen, mit dem rechten Fuß aufzustampfen. Bekämpfte es. Gewann. Und dann drehte er sich langsam zurück, um das Haus anzusehen. Und er sah, wie sich ein Fenster öffnete.

Vom Haus aus beobachteten ihn die beiden Männer. In den vergangenen 30 Minuten, während Bulloch im eisigen Nebel gestanden hatte, war die Spannung im Zimmer gestiegen. Es hatte mit Reizbarkeit begonnen, zusätzlich zu der Spannung, die bereits bestand. Bullochs verächtliche Art, von ihnen abgewandt zu stehen, hatte sie weiter und weiter gesteigert.

»Blöder Hund«, hatte Dave gesagt. »Was bildet der sich eigentlich ein?«

Bulloch hätte aus Stein sein können; nicht die kleinste Bewegung. Obgleich es ihnen nicht klar war, warteten Jacmel und Dave darauf, daß er sich wieder umdrehte. Das erhöhte ihre Spannung. Im Unterbewußtsein waren sie sicher, daß er sich wieder umdrehen müsse. Der unbekannte Faktor war *wann*. Es war wie ein unbeendeter Satz in einem Musikstück, wo die Noten in der Luft hingen, ohne daß der Schlußakkord ihnen Form gab. Bulloch hatte den halben Musiksatz dargeboten, indem er sich abgewandt hatte. Nun mußte er sich ihnen wieder zuwenden. Vorher konnte, was auch immer geschehen würde, nicht stattfinden.

Vom Sofa aus sah Richard Howard nicht, was passierte, aber er konnte die Wirkung an Dave abschätzen. Seine Hände schwitzten unablässig, und wenn er sie vom Gewehr nahm, um sie an seinen Hosen abzuwischen, hinterließen sie an Lauf und Kolben dunkle Flecken. Jacmel hatte sich, während Bulloch mit dem Rücken zum Haus stand, kaum bewegt, aber Dave war in eine nervöse Folge von Bewegungen verfallen, die mit dem Handabwischen begonnen hatte. Danach hob er den Arm und benutzte den Ärmel, um sich den Schweiß von der Stirn zu wischen. Das wiederholte er regelmäßig alle drei oder vier Minuten, so daß Howard es beinahe voraussagen konnte. Plötzlich unterbrach er diese Folge. Er hatte die Hand gesenkt, um sie abzuwischen, als sie vorschnellte und das Fenster aufriß.

»Dreh mir nicht den Rücken zu!« schrie Dave wild. »Wenn du mir noch einmal deinen verdammten Hintern zeigst, knalle ich dich ab!«

Jacmel machte einen Schritt vorwärts, warf Dave gegen die Wand und schlug ihm mit dem Handrücken ins Gesicht. Dave hielt sich am Vorhang fest. Von seiner aufgesprungenen Unterlippe tropfte Blut.

»Können Sie mich hören?« kam Bullochs Stimme durch das halboffene Fenster.

»Ich kann Sie hören«, antwortete Jacmel.

»Sind Sie bereit, den Jungen rauszuschicken?«

»Wo ist Ihr Vorgesetzter?«

»Vorgesetzter?«

»Ja, Ihr Vorgesetzter.«

Zum erstenmal hörte Howard einen leichten Unterton von Ärger. Er war kaum wahrnehmbar, aber er war vorhanden, so wie ein schwacher Puls. Wieder hatte Bulloch einen kleinen Vorteil errungen.

»Wozu?« fragte Bulloch.

»Sie sind weggegangen . . .« Jacmel verstummte, als ahne er, wohin die nächste Frage führen würde.

Aber Bulloch ließ ihn nicht entkommen. »Oh, Sie meinen gerade eben. Nein, nein. Ich habe nur gepinkelt und eine Tasse Kaffee getrunken. Sie können schon mit mir reden. Übrigens, wenn wir uns unterhalten, sollten wir uns vorstellen. Wie heißen Sie?«

»Mein Name tut nichts zur Sache.«

»Ich verstehe. Wie ist es mit dem anderen? Er ist Chauffeur, nicht wahr? Du bist Engländer, Junge? Die Sache wächst dir ein bißchen über den Kopf, oder?«

Die beiden Männer am Fenster schwiegen, und nach einer Weile sagte Bulloch: »Ist auch egal. Lange wird es nicht mehr dauern, bis wir wissen, wer Sie sind. Ich heiße übrigens Bulloch.«

Dave fuhr zu Jacmel herum. »Das ist der Polyp, der –«

»Sei still!«

»Um Himmels willen«, zischte Dave, »das ist der Kerl, der die Belagerung in der Sutherland Street gebrochen hat. Alle Zeitungen waren voll davon. Ich sage dir, der gibt *nie* auf.«

»Diesmal wird er nachgeben.« Jacmel wandte sich wieder dem Fenster zu. »Hallo, Polizist.«

»Ja, ich höre.«

»Gut, dann passen Sie auf. Wir wollen Geld. Einen Wagen. Und eine Stunde.«

»Wieviel?« fragte Bulloch.

Jacmel sah Dave an und lächelte. »Was glaubst du, wieviel das Leben eines Polypen wert ist?« Dann sagte er zu Bulloch: »Wir wollen 100 000 Pfund, aber nicht alles in britischer Währung.«

»Und?«

»Ein Auto. Das gelbe dort unten. Den Ford.«

»Und?«

»Wenn wir den Jungen rausbringen, ist die Straße leer. Wir haben eine Stunde, bevor die Polizei irgendwas startet. Sonst –« Jacmel trat zurück und nahm Philip bei der Schulter. Er zwang ihn zum offenen Fenster. »Können Sie ihn sehen?«

»Ja«, sagte Bulloch, und Howard hörte, wie sich sein Ton änderte, so als habe er etwas von seiner Zuversicht verloren. »Ja, ich sehe ihn.«

In diesem Moment blendeten die Scheinwerfer eines Autos am Ende der Sackgasse zweimal kurz auf. Jacmel und Dave sahen es ebenso wie Bulloch. Für einen Augenblick war Philip auf dem Balkon angestrahlt. Dann zog Jacmel ihn beiseite und brachte ihn zum Sofa zurück.

Dave sagte: »Er geht hin. Es ist irgendein verdammtes Signal!« Danach schrie er Jacmel an: »Du hast ja keine Ahnung! Dieser Polyp ist ein ganz verdammter Mörder!«

»Beruhige dich«, sagte Jacmel, und Howard sah, wie er sich Dave gegenüber zusammennahm. »Beruhige dich. Wir haben den Jungen.«

»Ja, aber was können wir machen? Wo können wir hingehen? Zum Teufel, was können wir in einer einzigen Stunde unternehmen? Wo sollen wir uns verstecken?«

»Wir haben doch den Unterschlupf«, versuchte Jacmel ihn zu beruhigen. »Du hast ihn selbst gesehen. In fünf Minuten können wir dort sein. Es ist genug Essen da, was zum Trinken, alles. Die Miete ist bezahlt. Wenn wir nicht wollen, brauchen wir uns einen ganzen Monat lang nicht zu bewegen. Was glaubst du, wer uns dann noch sucht? Ein paar Polizisten, das ist alles. Bis dahin ist ein anderes Verbrechen begangen worden und noch eins und noch eins. Dann sind wir uninteressant.«

Dave brauchte ein paar Minuten, um es zu verarbeiten. Dann schien er sich zu entspannen. »Ja«, sagte er endlich, »Shakespeare Close.«

Das, wußte Howard, hätte er nie hören dürfen. Nie. Nie. Nie.

»Verdammt und zugenäht, Rich, was ist los?« fragte Bulloch am Ende der Straße. »Habe ich Ihnen nicht –«

»Ich hätte Sie nicht gerufen, Sir, wenn es nicht wichtig wäre«, entgegnete Rich unbeeindruckt.

»Ich hoffe nur, daß es das tatsächlich ist.« Er schäumte. Seine Wut spritzte nach allen Seiten. Er war viel ärgerlicher, als es notwendig schien. Rich fragte sich, warum.

»Was ist los?« Bulloch zitterte noch immer vor Wut. Sie hatte ihn in dem Moment überfallen, als sie den Jungen auf den Balkon gebracht hatten. Dann blitzten die Scheinwerfer auf, als sei es einstudiert. Blitz. Und da war er, wie jemand in einer Oper oder einem Schauspiel. Weiß. Geisterhaft. Ein Kind. Zehn Jahre alt.

»Glaister hat einen Anruf bekommen, Sir.«

»Na und?«

»Eine Frau, Sir. Es ging um Inspector Nash, und dann war da noch etwas wegen einer Schlange, Sir.«

»Einer – was?«

»Schlange, Sir.«

»Wozu habe ich Sie und Glaister, wenn Sie mir noch nicht einmal diese Verrückten vom Leibe halten können?«

»Glaister sagt, sie hörte sich nicht wie eine Verrückte an, Sir. Sie ist ein Doktor, Sir.«

»Wie aufregend! Jeder kann sagen, er sei ein Doktor. Wie kommt sie überhaupt dazu, etwas über Nash zu wissen? Ich meine, woher zum Teufel wußte sie, daß es Nash war, der erschossen wurde? Wir haben seinen Namen doch nicht bekanntgegeben, oder?«

»Nein, Sir.«

»Also, wie dann?«

»Sie hat in der Gerald Road angerufen. Wollte mit ihm sprechen. Sagte, sie habe schon vorher mit ihm gesprochen.«

»Es wird immer unverständlicher. Sie hat mit ihm über eine Schlange gesprochen, stimmt das?«

»Soweit wir verstehen.«

Bullochs Wut begann zu verebben. »*All right.* Holt sie her.«

»Wir haben einen Wagen geschickt, Sir. Sie muß jede Minute hier sein. Deshalb haben wir Sie gerufen.«

»Ich bin überwältigt. – Haben Sie eine Zigarette?«

Rich zog die Packung heraus und gab ihm Feuer. »Die Notiz von Nashs Schreibtisch ist gekommen, Sir.«

Bulloch nahm sie und hielt sie dicht an die Innenbeleuchtung des Wagens. »Kaffee«, las er laut. »Brot, Kartoffeln. – Rich, was zum Teufel soll das?«

»Hier, Sir.« Rich zeigte weiter unten auf das Papier. »Es ist diese Adresse. Vier-zwölf.«

»Na und? Wir kennen die Adresse. Wir sind hier, wir sind vor dieser verdammten Bude.«

»Und dort.« Rich deutete wieder auf die Notiz.

»Was heißt das?«

»Mambo, Sir.«

»Mambo? Was, um Himmels willen, ist ›Mambo‹?«

»Ein Tanz, Sir. Aus Ihrer Zeit.«

»Reden Sie keinen Quatsch, Rich. Weshalb sollte er einen Tanz notieren?«

»Weiß nicht, Sir. Vielleicht dachte er, Sie würden ihn gern sehen.«

Bulloch starrte lange auf die Notiz. Dann steckte er sie in die Tasche. »Was ist mit Blanchets Mann in London?«

»Er ist unterwegs, Sir.«

»Und Blanchet?«

»Wien hat noch immer Nebel. Wir haben Schwechat angerufen –«

»Wer ist das?«

»Der Wiener Flughafen. Alle Flüge sind nach Rom umgeleitet worden.«

»Und die Mutter?«

»Laut British Airways ist ihr Flug nach Paris umgeleitet worden. Wir könnten den dortigen Flughafen anrufen, Sir.«

Bulloch überlegte einen Moment. Er wußte noch immer nicht, wer in dem Haus war. Nicht die Namen. Sie würde zwei kennen; vielleicht weitere. Man konnte es nicht wissen. Aber eines war sicher: Sie würde hysterisch sein, und eine hysterische Mutter hatte ihm gerade noch gefehlt. Außerdem wußte vielleicht der Londoner Direktor von Blanchet die Namen. Besser, es zuerst mit ihm zu versuchen. »Nein«, sagte er, »lassen Sie es. Machen kann sie doch nichts.«

»Es ist ihr Kind, Sir.«

In Bulloch kochte der Zorn auf. »Ich weiß, es ist ihr Scheißbalg! Wir alle wissen es!« Er fühlte Richs Augen auf sich und wußte, was er dachte. Aber die Frau war eine Komplikation, und er wollte keine Komplikationen. Alles so einfach wie möglich. Nur er draußen und der Dreck drinnen. Wie bei der Sutherland Street-Belagerung. Wie bei den Turkish Airlines. Zwei Bewaffnete im Büro der Fluglinie. Zwei Bewaffnete in der Wohnung der alten Frau. Jetzt wieder zwei Bewaffnete, soweit er es übersehen konnte. Das Muster war dasselbe. Warum etwas ändern? Druck. Das war's. Man setzte die Kerle unter Druck und hielt sie unter Druck. Unter Druck wurden die Leute nervös, und nervöse Leute machen Fehler.

»Haben Sie den Jungen gesehen, Sir?« fragte Rich.

»Ja. Ja. Ja. Ich habe ihn gesehen.«

»Der Doktor – die Frau – sagt, sie glaubt, es sei eine Schlange im Haus. Eine giftige, Sir.«

»Sie glauben aber auch alles, Rich.« Trotzdem empfand Bulloch ein Unbehagen, das der schützende Ärger nicht ganz bemänteln konnte. Nur einmal in seinem Leben war er einer Schlange begegnet. Es war in Burma gewesen, tief im Dschungel, ganz am Ende des Krieges. Nach dem Morgenkaffee hatte er sich hundert Meter oder so vom Camp entfernt, um sein Geschäft zu erledigen. Er konnte sich an diesen Morgen klar erinnern: Flecken von Sonnenlicht und Schatten. Das Gefühl der Sicherheit, weil die Japaner Meilen entfernt waren. Er hatte noch nicht einmal sein Gewehr bei sich, nur ein paar Vierecke Papier, herausgerissen aus einer alten Illustrierten. Die Schlange hatte mitten auf dem Pfad gelegen. Riesig, neun oder zehn Meter lang, ungefähr ein Meter des Körpers vom Boden erhoben, eine große, abgeflachte Haube. *Hamadryad*, hatten sie ihm später gesagt, als er sie beschrieb. Die Königskobra von Asien. Das verdammte Ding hatte dagelegen und ihn angestarrt, zischend wie eine Dampfmaschine. Alle behaupten, Schlangen haben mehr Angst vor dir als du vor ihnen. Unsinn. Diese hatte sich nicht bewegt. Einfach auf ihn gewartet. Bereit für ihn. Er hatte den Schreck seines Lebens davongetragen. Weder vorher noch hinterher hatte er je solche Angst gehabt. Er hatte stockstill gestanden. Die Schlange hatte sich noch weiter aufgerichtet und gedroht, ihn anzugreifen. Rückwärtsgehend hatte Bulloch sich zurückgezogen und sich erst umgedreht, als er sich sicher fühlte; dann war er wie ein Windhund zum Camp gerannt. Er hatte solche Angst gehabt, daß er tagelang unter Verstopfung litt.

Aber das war in Burma gewesen. Im Dschungel. Von einer Schlange am Eaton Square hatte er noch nie etwas gehört.

In der dunklen Tiefe des Hauses begann die Schlange sich zu bewegen. Seit sie Schutz in der Warmluftanlage fand, hatte sie sich verschiedentlich bewegt, gezwungen durch die Impulse von ihrem Gehirn, tiefer und tiefer in den Irrgarten von Rohren zu kriechen. Diese wurden ausgelöst von den Vibrationswellen, die regelmäßig durch das Haus gingen. Ein Mensch hätte sie nicht wahrnehmen können. Für ein Reptil, dessen Überleben von einem Alarmsystem abhängt, das das leiseste Kratzen einer Ratte inmitten eines Zuckerrohrfeldes wahrnehmen kann, waren die Vibrationen stark genug, Angst auszulösen, und Angst erbrachte den Drang nach Sicherheit. Diese, wie auch alle anderen Bedürfnisse der Schlange, waren unbewußt, denn sie besaß – gemessen an der aufsteigenden Skala von Gehirnen – ein sehr kleines und sehr primitives Gehirn. Ihr Verhalten war beschränkt auf biochemische Reaktionen, die wiederum einen neurologischen Prozeß auslösten. Einfacher gesagt, sie waren wie Gleichungen: Vibrationen erzeugten Unruhe, Unruhe konnte nur durch Sicherheit aufgehoben werden; daher die Sucht nach Sicherheit. Aber andere Mechanismen ihres Gehirns versicherten ihr, daß diese Luftschächte – warm, dunkel und bekannt in dem Sinne, daß sie sich früher an warmen dunklen Orten aufgehalten hatte – sicher waren.

Aber die Vibrationen gingen weiter. Anfangs war sie bei jeder Vibration meterweit gekrochen; jetzt war sie zwar noch immer unruhig, aber sie hatte sich an sie gewöhnt und bewegte sich weniger. Außerdem waren sie seltener geworden.

In der Nähe verkehrten zehn Meter unter der Erde die Züge des U-Bahn-Ringverkehrs zwischen Victoria und Sloane Square. Sie riefen Folgen von kleinen Vibrationen hervor, die gerade wahrnehmbar genug waren, um die Schlange wachsam zu halten und sie zu veranlassen, sich gelegentlich weiter durch die Ströme warmer Luft zu bewegen.

Dr. Marion Stowe hatte noch nie in einem Polizeiauto gesessen. Wie Millionen anderer hatte sie sie auf der Straße gesehen, ein Teil der städtischen Ausstattung, und in Dutzenden von Polizeiserien im Fernsehen. Als Kind hatte sie Filme gesehen, in denen sie bimmelnd durch Londons Straßen rasten; jetzt gaben sie andere Signale, die sie vage mit Frankreich verband. Hätte man sie gefragt, würde sie vielleicht geantwortet haben, daß Polizeiautos nicht wie jedes andere die Verkehrsvorschriften zu beachten brauchten. Das, in dem sie saß – gesteuert von einem jungen Mann, dessen Hals aus den Schultern zu wachsen schien wie der Stamm einer Sikomore –, hielt bei rotem Licht, fuhr auf der richtigen Straßenseite, und seine Sirene – im Gegensatz zu denen in Fernsehkrimis – schwieg. Erst als sie von den Hauptdurchgangsstraßen abbogen und eine Reihe von Einbahnstraßen in Richtung Marble Arch benutzten, wurde ihr bewußt, wie schnell sie fuhren.

»Wollen Sie sich nicht zurücklehnen, Madam?« sagte der junge Fahrer. »Sie sitzen so viel gemütlicher.«

Erst da merkte sie, daß sie auf der Kante des Rücksitzes hockte, verkrampft und nervös. Sie folgte seinem Rat und entspannte sich. Was er gemeint hatte, war: Setzen Sie sich um Ihrer eigenen Sicherheit willen zurück.

Sie verkroch sich in eine Ecke und starrte hinaus auf die schnell vorüberfliegenden Häuser. Sie fuhren durch eine Anzahl kleiner Straßen nördlich der Upper Berkeley Street. Die Unruhe, die durch die Erkenntnis im Institut ausgelöst worden war, daß jemandem ein Fehler unterlaufen sein mußte, kam verstärkt zurück. Es war nicht das erste Mal an diesem Abend, daß sie sich wünschte, mit irgendeinem Menschen darüber sprechen zu können. Nein, nicht mit irgendeinem; Tim.

Unruhe. Das war die Untertreibung des Jahres. Angst. Befürchtungen. Das dürften die besseren Ausdrücke sein.

In Gedanken erlebte sie den Abend noch einmal. Sie hatte Nash zeitig angerufen, gegen sechs oder halb sieben. Danach war sie nach Hause gefahren. Nachdem sie Mrs. Loewenthal endlich gefunden hatte, war ihr das chinesische Essen entfallen. Sie und Susan mußten mit Rührei und Speck vorliebnehmen. Sie hatten sehr früh gegessen, und gegen halb neun war Susan im Bett. Freitags war es immer dasselbe: Nach einer vollen Woche Schule war das Kind todmüde und schlief sofort ein. Oft folgte Marion ihr bald zu Bett, denn sie brauchte alle Energie und allen Enthusiasmus für das Wochenende, die einzigen beiden Tage, an denen sie Susan für sich hatte.

Sie war ruhelos gewesen und hatte das Fernsehen eingeschaltet, aber obgleich ihre Augen den Bildern folgten, nahm sie den Inhalt der Sendung nicht auf. Sie versuchte zu lesen, konnte sich aber noch weniger konzentrieren. Gegen neun hatte sie sich dabei ertappt, wie sie die Wand anstarrte, verkrampft, besorgt, auf den Anruf von Nash wartend. Er hatte *versprochen*, sie wieder anzurufen. Aber kein Anruf. Na ja, sie hatte ihm geraten, sich mit Mr. Beale vom Londoner Zoo in Verbindung zu setzen; gesagt, daß man dort vorsorgliche Maßnahmen gegen Schlangenbisse habe, daß Mr. Beale wahrscheinlich das St. George's-Krankenhaus alarmieren werde. Was hätte sie mehr tun können?

Um neun schaltete sie die BBC-Nachrichten ein und sah gelähmt auf den Schirm. Sie konnte sich nicht genau erinnern, was die Hauptnachricht gewesen war, irgend etwas über Nordseeöl; die meisten der anderen Themen hatte sie nicht mitbekommen. Ziemlich zum Schluß sagte der Nachrichtensprecher: »Wie soeben gemeldet wurde, hat am Eaton Square eine Schießerei stattgefunden. Einzelheiten sind bisher noch nicht bekannt. Wir hoffen aber, weitere Informationen in den Spätnachrichten bringen zu können ...«

Das war alles gewesen. Eaton Square – eine so unwahrscheinliche Gegend. Brixton, Southall, das East End waren die Gebiete, die man mit Schießereien in Verbindung brachte. Eaton Square war zu reich und zu elegant. In diesem Moment hatte sie sich entsetzlich nach Tim gesehnt. Immer hatte er Spannungen vertreiben können. Er war sachlich und leise gewesen. Diese leise Stimme, hatte sie immer gedacht, macht psychologisch viel aus. Die Dinge nahmen einen anderen Aspekt an, wenn man sie leise besprach. Von Natur aus war sie ein Explodierer, ein Schreier; deshalb war Tim so gut für sie gewesen. Sie sah ihn vor sich: hochgewachsen, leicht gebeugt, den Ausdruck leichter Belustigung in den Augenwinkeln. Kaum vorzustellen, daß drei Jahre verflossen waren, seit er sie verlassen hatte. Beinahe auf den Tag drei Jahre, daß man sie aus dem Krankenhaus anrief, um ihr zu sagen, daß er tot sei. Zuerst hatte sie es nicht geglaubt, wollte es nicht glauben, denn sie hatte sich erst am Morgen von ihm verabschiedet, als er zur Arbeit ging.

Er hatte sein eigenes kleines Königreich gehabt mit eigenem Laboratorium im University College-Krankenhaus, wo er das Abstoßen von Gewebe bei Kaltblütern erforschte. Oft hatten sie beide über Mittag nach Hause kommen können – für Sex und einen Sandwich, wie er es genannt hatte. Alles war wunderbar gewesen. Und dann hatten sie angerufen. Gehirnblutung. Keine Chance.

Das war vor drei Jahren gewesen, und trotzdem, wenn eine Krisis nahte, erwartete sie noch immer, sie könne ins Nebenzimmer gehen und mit ihm sprechen. Vielleicht war es die Plötzlichkeit seines Todes, daß er ihr so nahe schien; sie hatte keine Zeit gehabt, sich an den Gedanken zu gewöhnen, daß er sterben müsse. Eben lebte er noch, und dann war er tot. Um Himmels willen, befahl sie sich selbst, *ich muß aufhören, daran zu denken.* Sie hatte den Hörer aufgenommen, die Nummer der Polizeiwache in der Gerald Road gewählt und Inspector Nash verlangt. Was dann geschah, war, als habe sie eine Lunte an einen Zug voller Schießpulver gelegt.

Sie hatte mit dem diensttuenden Beamten gesprochen, der ihr alle möglichen Fragen gestellt und sie dann mit einem Sergeant verbunden hatte . . . Hieß er Glazer? Im großen und ganzen erzählte sie ihm das, was sie Inspector Nash erzählt hatte. Dann mußte sie warten, und zum Schluß sagte er ihr, ein Polizeiauto werde sie abholen. Auf ihre direkte Frage nach Inspector Nash und der Schlange hatte er geantwortet: »Ich kann Ihnen leider keine Auskunft geben.«

Dann war das Theater losgegangen, Mrs. Lloyd von nebenan dazu zu überreden, auf Susan aufzupassen. Der junge Fahrer des Polizeiautos, der auch keine Auskunft geben konnte. »Routine«, hatte er gesagt.

Wie viele Filme hatte sie nicht gesehen: rauchende Pistolen, überall Leichen und der höfliche Mann von Scotland Yard, der erklärte, es sei alles reine Routine? So behandelt zu werden machte sie entsetzlich wütend. Es war keine Routine. Nash mußte etwas zugestoßen sein. Irgend etwas mußte mit der Schlange geschehen sein. Ein Unfall? War die Polizei mit Waffen in das Haus gegangen und hatte dabei einen von den eigenen Leuten erschossen?

Das bedeutete, daß die Schlange entkommen war. Weshalb sollte man sie sonst holen? Ihre Finger tasteten über den Sitz, bis sie die kleine Ledertasche berührten, die die Antivenene enthielt. Sie legte sie auf ihren Schoß. Sie hatte Tim gehört, und man konnte noch immer den Kratzer im Leder sehen, den sie erhalten hatte, als sie auf einem Trip zu den Hex River-Bergen hundert Kilometer nördlich von Kapstadt herunterfiel. Sie waren in den langen Winterferien nach Südafrika gefahren, angeblich auf eine Fangreise – Tim hatte die gelbe Kobra studieren wollen –, aber statt dessen hatten sie die meiste Zeit im Doppelschlafsack verbracht.

In Cambridge hatten sie sich kennengelernt. Sie studierte Medizin. Tim war mitten in einer Forschungsarbeit über die Isolierung von Proteingiften gewisser Schlangen. Sie hatte die Medizin aufgegeben, um mit ihm zusammenarbeiten zu können. Zu dieser Entscheidung war sie nach diesem Trip in die Berge gekommen. Sie hatte wenig mit Wissenschaften zu tun, aber eine Menge mit Tim.

Er war Südafrikaner, Doktor der Philosophie der Universität von Kapstadt, und so befand er sich eigentlich auf dem Heimweg. Sie war niemals südlich des Äquators gewesen. Nachdem sie London an einem grauen Dezembertag verlassen hatten, kamen die Hitze und der Sonnenschein des südlichen Afrika als erfreulicher Schock. Ein paar Tage hatten sie bei seinen Eltern in einem Kapstädter Vorort gewohnt und waren dann mit einem VW-Camper in die Berge gefahren. Dort waren sie beinahe einen Monat geblieben. Es war die schönste Zeit ihres Lebens. Als Junge hatte Tim Forellen geangelt. Er kannte alle Flüsse der westlichen Kapprovinz, einschließlich einiger Bäche, zu denen nur er und einige andere Angler je vorgedrungen waren. Einem dieser Bäche waren sie gefolgt. Manchmal sprangen hohe graue Klippen direkt bis ans Ufer vor und machten es ihnen unmöglich, stromauf zu gehen. Dann schwammen sie durch das tiefe dunkle Wasser und schoben ihre Vorräte auf Schläuchen vor sich her; an anderen Stellen wurde der Fluß breiter, und sie konnten durch flaches goldenes Wasser waten und die Schläuche hinter sich herziehen. Jede Biegung eröffnete ihnen eine neue Aussicht. Wilde graue Berghänge, die an die schottischen Highlands erinnerten, und der Fluß, der über weiße Steine und kleine Sandbänke hüpfte. Sie hatten im Freien geschlafen, waren nackt geschwommen, hatten sich geliebt, gegessen in einem, wie es schien, nie endenden Zyklus. Als ihre Ferien vorüber waren, hatten sie eine einzige gelbe Kobra gesehen, und Marion war schwanger. So eine Zeit war es gewesen.

Jetzt, während sie in dem Polizeiauto saß, das um Hyde Park Corner schoß und in Richtung Belgrave Square fuhr, hatte sie entsetzliche Sehnsucht und das Bedürfnis, die Uhr zurückzustellen, um eine zweite Chance zu haben. Warum gerade Tim?

Als der Wagen anhielt, war sie noch im Netz ihrer Erinnerungen verfangen. Nahe der Einfahrt der kurzen Sackgasse stand ein halbes Dutzend anderer Autos. Sie konnte eine Fernsehkamera sehen, einen Tonwagen und eine Gruppe von Menschen, einige mit Kameras, andere mit Notizblocks, zurückgehalten von zwei Polizisten. Es herrschte eine Stimmung von Spannung und Zielstrebigkeit. Weiter hinten, wo die Straße tatsächlich anfing, war ein Absperrungsseil; dahinter die neblige Figur eines Mannes, dick, beinahe unförmig. Er stand mit dem Rücken zu den Polizisten und trank eine Tasse Kaffee. Als sie ausstieg, hielt ihr ein junger Mann – waren sie alle so viel jünger als sie selbst? –, diesmal mit einem frischen Gesicht und wie ein Schuljunge aussehend, die Tür auf. Er trug eine pelzgefütterte Parka, deren Kapuze herabhing. »Mein Name ist Rich«, sagte er. »Vielen Dank, daß Sie gekommen sind.«

»Was ist geschehen? Und erzählen Sie mir nicht, daß es Routine ist.«

Er lächelte kurz. »Nein, es ist keine Routine. Aber ich möchte es lieber Superintendent Chief Bulloch überlassen, es Ihnen zu erklären.«

Der Name berührte eine Saite in ihrem Gedächtnis, aber sie wußte nicht, weshalb. »Es ist wegen Inspector Nash, nicht wahr?«

»Ja, wegen Inspector Nash.«

»Ich wußte es. Was ist –«

Hinter ihnen entstand Unruhe. Ein Landrover der Polizei schob sich langsam vorüber; an seiner Rückseite ein Abschlepphaken und ein Kabel. Sie beobachtete, wie er zu dem alleinstehenden Haus am Ende der Straße fuhr, wendete und einer der Männer den Haken an einem geparkten gelben Ford anbrachte. Ein weiterer Polizist stieg in einen Citroën und ließ den Motor an.

Im Haus beobachteten Dave und Jacmel die Szene. Zuerst war Dave sprachlos, dann platzte er heraus: »Sie nehmen die verdammten Autos weg. Sieh dir das an! Sie schleppen sie ab!«

Jacmel nickte. »Ein harter Kerl, dein Mr. Bulloch. Aber wir haben den Jungen.«

Howard saß noch immer auf dem Sofa. Philip schlief, an seine Schulter gelehnt. Zum erstenmal war ein Ton von Unentschlossenheit in Jacmels Stimme. Howard wußte nicht, ob er darüber froh oder besorgt sein sollte.

»Dann haben wir noch den da.« Dave zeigte auf Howard. »Den auch. Das macht zwei von ihnen.«

»Ja«, bestätigte Jacmel trocken. »Da wäre M. 'Oward. Aber er hat keine Frau, keine Mutter, keine Familie. Wer würde uns was für M. 'Oward geben? Nicht die Polizei, denke ich.«

Nein, dachte Howard, weder die Polizei noch die englische Regierung, noch die Regierung von Kenia, noch Blanchet. Er erkannte plötzlich, daß niemand etwas für ihn bieten würde. Sein Körper, sein ganzes Dasein war wertlos auf dem einzigen Markt, auf dem der moderne Mensch abgeschätzt wurde. Null. Er wußte, sie würden ihn töten, weil er den Namen »Shakespeare Close« gehört hatte. Und sie würden dabei nicht das geringste fühlen und auch sonst niemand. Er war bereits ein Nichts.

4

Freitag 21.50 Uhr – Sonnabend 2.45 Uhr

»Das alles habe ich schon zweimal gesagt – nein, dreimal!« sagte Dr. Stowe.

Sie überragend, stand Bulloch vor ihr. Laut schlürfte er seinen Kaffee. »Dann erzählen Sie es mir eben noch mal. Sie sagten, es wäre ein Irrtum passiert. Der Junge habe die falsche Schlange. Stimmt das?«

»Ja. Ja. Ja.«

Sie gingen es noch einmal durch, Bulloch bohrend, Marion, als erzähle sie einem Kind eine Geschichte. Und während sie sprachen, schätzten sie einander ab. Bulloch sah ein physisch attraktive Frau, die das Pech hatte, Engländerin zu sein, und gebildet sprach. Ich hätte nichts dagegen, mit ihr ins Bett zu steigen, dachte er. Sie sah eine Figur mit einem Riesenkopf und massigen Schultern, die sich zu ihr herunterbeugte. Es erinnerte sie an den Fries auf Knossos, auf dem der Minotaurus abgebildet war. Wenn er die Chance bekäme, dachte sie, würde er sie physisch und geistig verletzen.

Sie gingen die Story Punkt für Punkt durch, angefangen bei der Entdeckung, daß dem Institut die falsche Schlange geschickt worden war, und endend bei seiner Frage nach den Antivenene-Injektionen und ob sie das Serum mitgebracht habe.

»Jetzt sind Sie dran«, sagte sie.

»Ich?«

»Ja, Sie. Ich bin mit Auskünften wie Routine abgefertigt worden!« Sie zeigte mit ausgestrecktem Arm auf die Wagen der Polizei und der Medien. »Wenn das nachts um zehn Uhr am Eaton Square Routine sein soll . . .«

Er sah sie über den Plastikbecher hinweg an und fragte sich, ob sie Spitzendeckchen liebe und Chesterfield-Garnituren und elektrische Feuer im Kamin. Sie wog ein paar Pfund zuviel, genau so, wie er es mochte. Einen anständigen Griff in die Arschbacken. Er würde gern . . . Was? Alles, was ihm einfiel, war, sie beim Ausziehen beobachten. Himmel, dachte er, wenn das wirklich alles ist, bin ich am Ende.

»Ich warte«, sagte sie.

Nicht so sehr, was sie sagte, sondern der Ton drang in sein Gehirn. So hatte man lange nicht mit ihm gesprochen. Nicht einmal der Deputy Commissioner. Er zuckte die Achseln. *»All right.«* Und dann umriß er, was er wußte.

Als er fertig war, fragte sie: »Und das ist alles? Sie meinen, er hat niemanden informiert? Nicht das Schlangenhaus im Zoo? Nicht das St. George's-Krankenhaus? Nicht einmal seine Kollegen? Das finde ich erstaunlich.«

»Wissen Sie, wie viele Anrufe wir am Tag bekommen, daß in den Houses of Parliament eine Bombe versteckt ist – oder unter einer Bank im Hyde Park? Oder daß man eine Leiche in der Kingsway-Unterführung gefunden habe oder eine Katze auf einem Baum in Surbiton? Madam, Anrufe wie Ihren bekommen wir jeden Tag Hunderte, neunundneunzig davon von Verrückten.«

»Und meiner war einfach einer davon?«

»Genau.«

»Die Tatsache, daß ich ein staatliches Institut vertrete, hat nichts damit zu tun, nehme ich an.«

»Manche der Anrufer behaupten, der Erzbischof von Canterbury zu sein. Wir glauben ihnen nicht unbedingt.«

Sie schluckte ihren Ärger hinunter. »Inspector Nash sagte, er würde es notieren. Weshalb hat er keine Nachricht hinterlassen?«

Er suchte in seiner Tasche und förderte ein zerknülltes Stück Papier zutage. »So was kann man kaum eine Notiz nennen.«

»Ja, ich verstehe. Es läßt sich wenig damit anfangen.«

»Es sei denn, Sie wollten Kaffee, Tee und Kartoffeln.«

»Aber das Wort –«

»Wir haben ›Mambo‹ daraus gelesen. Mein Assistent sagte mir, es sei eine Art von Tanz. Jetzt erzählen Sie mir, daß es *Mamba* heißt. Leicht, wenn man es weiß, Doc. Was wollen Sie, Rich?«

»Ich dachte, Dr. Stowe hätte vielleicht gern eine Tasse Kaffee, Sir.«

»Das ist sehr nett von Ihnen«, sagte sie.

»Das ist sehr nett von Ihnen«, parodierte Bulloch sie absichtlich.

Rich versuchte, seine Abscheu zu verbergen. »Sampson und Hodges in den Mews hinten waren in der Schneiderwerkstatt. Sie haben eine Tür gefunden.«

»Eine was?«

»Sie ist übertapeziert. Führt in das Haus, Sir.«

»Wer hat ihnen befohlen reinzugehen?«

»Ich.«

»Mit wessen Erlaubnis?«

»Ihrer, Sir.«

»Haussuchungsbefehl?«

»Nein.«

»Sie lernen, Rich. Was ist mit der Tür?«

»Sir, die Schneiderwerkstatt muß dort sein, wo früher die Mews-Stallungen waren. Gewöhnlich gab es eine Tür zwischen dem Haus und den Stallungen – ersparte dem Besitzer den Weg um das Ende der Mews; wie eine Tür zwischen Haus und Garage.«

Bulloch starrte an Rich vorüber. Er hätte daran denken sollen. Eine Tür. Himmel, natürlich mußte es eine geben. Wäre sie ihm eingefallen, hätte er wahrscheinlich angenommen, sie wäre zugemauert. Aber er hatte überhaupt nicht daran gedacht, und das war eine Schweinerei.

»Was denken Sie, Sir?«

Was dachte er? Was Rich fragte, war: Schicken wir die Leute rein? Aber die Schlange könnte frei sein. Also . . .

»Wie ist der Kaffee?« fragte er Dr. Stowe.

Überrascht sagte sie: »Sehr gut, danke.«

»Eines Tages wird Rich eine wunderbare Ehefrau abgeben. Erzählen Sie mir von der Schlange, Doc. Alles. Und geben Sie der Dame eine Zigarette.«

»Sie kommen aus Afrika, hauptsächlich aus dem Südosten. Sie verbringen ihr Leben im offenen Grasland, sind aber auf Bäumen genauso zu Hause. Familie *elapidea.* Genus *dendroaspis.*«

»Ich will keine dämlichen langen Wörter, Doc. Wir sind nicht alle so gebildet wie Sie.«

Sie sah ärgerlich auf und erkannte dann, daß er recht hatte. Sie hielt keinen Vortrag vor Studenten. »Tut mir leid«, sagte sie. »*All right.* Sie kommen aus Afrika, werden drei bis vier Meter lang – das ist ungefähr der Durchschnitt –, und sie sind wahrscheinlich die aggressivsten Schlangen der Welt. Das macht sie so unangenehm.«

»Unangenehm«, sagte Bulloch, das Wort abschmeckend. »Gefällt mir.«

»Tropfen für Tropfen sind sie nicht die giftigsten Schlangen der Welt. Die australische Tigerschlange oder die Cape-Kobra ist toxischer. Das ist aber akademisch, da ein oder zwei Tropfen Mambagift töten können. Das größte Problem ist ihre Aggressivität und die Tatsache, daß sie sich so hoch aufrichten, wenn sie zustoßen. Daher können sie Wunden bis zur Höhe der Schulter oder des Halses verursachen. Dadurch vermindert sich die Überlebenschance ihrer Opfer. Der Biß ist näher an den lebenswichtigen Organen.«

»Selbst mit einer Spritze?«

»Ohne sie besteht überhaupt keine Hoffnung. Es ist nie ein Fall bekannt geworden, in dem jemand sich von einem ernsthaften Mambabiß ohne Schlangenserum erholt hat – und selbst dann ist es nicht gewiß. Tatsächlich ist bei Schlangen nichts vorherzusagen. Wenn Sie gebissen werden, hängt es von Ihrem Gesundheitszustand ab sowie dem der Schlange, wo der Biß sitzt, wieviel Gift eingedrungen ist, wie schnell Sie behandelt werden können; viele Faktoren. Aber eines ist sicher – dies ist die schlimmste aller Schlangen. Ihr Gift ist hauptsächlich neurotoxisch. Das heißt, es greift das zentrale Nervensystem an und lähmt die Lungen. Sie sterben, weil Sie nicht atmen können. Außerdem enthält das Gift ein Haemorhagin –«

»Was ist das?«

»Es greift das Blut an. Sollten Sie also den Überfall auf Ihr zentrales Nervensystem überstehen, sterben Sie an einer Art von Blutvergiftung. Je nachdem, wo Sie gebissen worden sind und wieviel Gift in Ihnen ist, könnte Sie ersteres innerhalb von Minuten töten. Letzteres würde Stunden dauern, vielleicht Tage. Aber Sie können die Blutvergiftung vergessen, wenn Sie von einer Mamba gebissen werden, sterben Sie am Zusammenbruch des Nervensystems. Ist das klar?«

Bulloch ignorierte die angedeutete Beleidigung. »Und Sie haben ein Anti-was-auch-immer als Gegenmittel?«

»Antivenom oder Antivenene. Das ist das gleiche. Ja.« Sie klopfte auf die Tasche. »Südafrikanisches Poly . . .«

»Polly?«

»Polyvalent. In anderen Worten: weites Spektrum. Es ist spezifisch gegen beides oder eines davon.«

»Solange Sie Ihr kleines Spritzchen haben, brauchen wir uns also nicht allzu viele Sorgen zu machen?«

Irritiert fuhr sie auf: »Sie haben nicht zugehört. Ich fange noch einmal von –«

»Um Himmels willen, ersparen Sie mir Ihre Vorlesungen«, sagte er brutal. »Sehen Sie nicht, daß ich einen verdammten Krieg führe? Und ich will wissen, an wie vielen Fronten ich kämpfe. Müssen wir den Dreck bekämpfen *und* die Schlange? Das will ich von Ihnen wissen. Wenn Sie sagen, daß Sie die Schlange kontrollieren können, kann ich daran denken, meine Männer von hinten in –«

»Sie wollen, daß *ich* für Sie entscheide. Und wenn etwas schiefgeht, sagen Sie: ›Bitte schön, Dr. Stowe ist der Experte, und sie hat's gesagt.‹«

Bulloch trat einen Schritt auf sie zu.

»Mehr Kaffee, Doc?« sagte Rich. »Noch eine Zigarette?«

Sie nahm eine, ohne nachzudenken, und als er ihr Feuer gegeben hatte, war ihre Erregung verklungen. »Hören Sie zu«, sagte sie. »Bei Schlangen besteht keine Gewißheit. Es hat Fälle gegeben, wo Leute von Mambas gebissen worden sind und innerhalb von Minuten die Antivenom-Spritze bekommen haben. Trotzdem sind sie gestorben. Daß ich Antivenom mitgebracht habe, bedeutet nicht, daß Sie das Leben Ihrer Leute riskieren können. Außerdem sind manche Menschen gegen Antivenom allergisch; es ist ein gefährliches Zeug, und wir benutzen es nur, weil Schlangengift *noch* gefährlicher ist.«

»*All right*«, sagte Bulloch. »*All right.*«

»Und Sie übersehen eines: Wir sind nicht sicher, daß die Schlange wirklich frei ist. Oft werden sie tagelang in ihren Transportkisten gelassen, bis sie sich nach der Reise beruhigt haben.«

»Ich hatte es nicht vergessen«, sagte Bulloch.

»Wir könnten sie fragen«, schlug Rich vor.

»Mein Gott, Rich –«

»Nicht fragen«, sagte Marion Stowe. »Wir müssen es ihnen sagen.«

»Warum, zum Teufel? Wenn sie los ist, haben wir ein Plus.«

»Ich dachte, Sie hätten gesagt, es sei ein Kind im Haus«, sagte sie bitter.

»Sie könnten es ihnen sagen«, begann Rich, »und dann –«

»Rich, ich werde –«

»Sie müssen«, sagte sie.

Bulloch trat von einem Fuß auf den andern, als wolle er den Kopf senken und angreifen. »Und Sie denken, daß die mir glauben!«

»Vielleicht wissen sie es schon«, sagte sie. »Ich meine, es gibt verschiedene Möglichkeiten: 1. Die Schlange kann sich frei im Haus bewegen, und sie wissen es. 2. Sie kann los sein, und sie wissen vielleicht nichts. 3. Sie kann noch in ihrer Kiste sein. Was auch immer; sie glauben auf jeden Fall, daß es eine harmlose afrikanische Hausschlange ist.«

Alle drei schwiegen einen Moment, während die Wahrheit ihrer Feststellung einsank.

»Sie müssen sie informieren, Sir, ob sie Ihnen nun glauben oder nicht«, sagte Rich.

Bulloch wandte sich an Dr. Stowe. »Ihnen könnten sie glauben.«

Leichte Furcht überfiel sie. »Was soll ich machen?«

»Gehen Sie vor das Haus. Reden Sie mit ihnen.«

»Sie könnten ...« begann Rich und verstummte, aber Marion las seine Gedanken; ebenso Bulloch.

»Auf mich haben sie nicht geschossen«, sagte er. »Es besteht kein Grund, weshalb sie auf Sie schießen sollten. Ich gehe mit Ihnen.«

Was hätte Tim getan? dachte sie. Und dann: Aber ich bin nicht Tim.

Sie fühlte die Augen beider Männer auf sich. Dann sagte Bulloch beinahe zart für seine Verhältnisse: »Ich habe eine Stunde lang oder länger vor dem Haus gestanden, mit ihnen gesprochen, und sie haben nichts gemacht. Haben sich noch nicht einmal gezeigt.«

»Aber sie haben Inspector Nash erschossen«, hörte sie sich sagen.

»Das ist wahr. Aber der ging an die Tür. Muß sie überrascht haben. Außerdem trug er Uniform.«

»Es ist der Junge«, sagte Rich.

»Ja, der Junge.« Marion sah Susans schlafendes Gesicht vor sich. Wenn es nun ihr Kind wäre und jemand anderes Zeit vergeudete? »*All right*«, sagte sie.

»Kommen Sie«, sagte Bulloch, und sie gingen langsam durch den Nebel, der von den Straßenlaternen erleuchtet war, auf das Haus zu.

Auf halbem Wege zögerte sie und sah zu Bulloch auf. »Sie brauchten eigentlich einen Experten.«

»Sie *sind* Experte.«

»Ja«, sagte sie nach einem Moment.

»Wir haben keine Zeit, einen anderen zu holen«, sagte er, und sein Unterbewußtsein antwortete ihm: Du willst keine weiteren Experten. Du willst nicht noch mehr Leute. Halt es einfach. Unkompliziert.

»Ja«, wiederholte sie, »ich nehme an.« Und sie gingen weiter.

Vor dem Haus blieben sie an der Stelle stehen, die Bulloch zu seiner eigenen erklärt hatte, und er sagte leise: »Lassen Sie mich reden.« Ihr Mund war trocken, und sie nickte.

»Können Sie mich hören?« sagte er.

Nach ein paar Sekunden hörten sie, wie das Verbundglasfenster beiseite geschoben wurde. »Ja«, sagte die nun schon bekannte Stimme mit ihrem stark akzentuierten Englisch. »Ich höre Sie. Ich wünsche nicht weiterzuverhandeln, es sei denn, Sie haben meine Wünsche –«

»Hören Sie, da ist etwas, das Sie wissen sollten –«

»*Sie* hören zu. In einer Stunde ab jetzt schicken wir Ihnen ein Geschenk. Eine Stunde. Verstanden? Wir wünschen keine Unterhaltung. Sie glauben, Sie können uns einschüchtern, indem sie die *voi* . . . – die Autos wegnehmen. Aber es ist Ihre Schuld, wenn der Junge leidet. Verstehen Sie mich?«

»Ja, ich habe verstanden. Aber es gibt etwas, das Sie nicht wissen. Diese Dame –«

Marion trat vor und sagte mit einer Stimme, die sie kaum als ihre eigene erkannte: »Können Sie mich hören?«

»Ja, natürlich.«

»Sie werden glauben, daß das, was ich jetzt sage, ein Trick ist.« Sie merkte, daß sie sich anhörte, als spreche sie mit einem Kind. »Ich bin keine Polizistin«, sagte sie. Und dann dachte sie: *Komm zur Sache.*

»Mein Name ist Dr. Marion Stowe«, sagte sie zu der kahlen Fassade des Hauses. »Ich arbeite an einem Institut, in dem Schlangengifte untersucht werden. Ich bin gekommen, um Sie zu warnen, daß eine giftige Schlange im Haus ist.« Sie hatte sich gefangen, aber ihre Stimme klang noch immer hoch. Vom Fenster kam keine Antwort.

»Heute nachmittag hat der kleine Philip eine Hausschlange von einer Tierhandlung abholen wollen. Versehentlich hat man ihm eine schwarze Mamba ausgehändigt. Er hat sie in einer Transportkiste nach Hause gebracht. Bitte, öffnen Sie die Kiste unter keinen Umständen ...« Ihre Stimme versagte. »Die Polizei hat mich gebeten, Ihnen das mitzuteilen ...« Sie zögerte. »Und so habe ich ... Also, ich habe es Ihnen ...«

»Erzählen Sie ihnen von dem Antivenom«, flüsterte Bulloch.

»O ja«, sagte sie, »ich habe ein Gegenmittel mitgebracht für den Fall, daß jemand gebissen wird. Aber das kann nicht passieren, wenn die Schlange noch in ihrer Kiste ist. Das ist alles, was ich zu sagen habe.« Sie wandte sich um und wollte gehen.

Plötzlich sagte die Stimme am Fenster: »Die Schlange ist nicht in der Kiste.«

Sie drehte sich zurück. Ein Gefühl der Erleichterung ging durch ihren Körper. »Sie meinen, die Kiste war die ganze Zeit leer?«

»Die Schlange ist nicht in der Kiste. Sie ist irgendwo im Haus.«

Im Haus hörte Howard die Worte Jacmels mit einer Art von Schock. Er hatte stillgesessen und versucht, seinen Arm nicht zu bewegen, um den Jungen nicht aufzuwecken, dankbar, daß Philip schlief, als Jacmel das Ultimatum stellte. Er war nicht bereit, sich vorzustellen, daß so etwas passieren konnte, fand aber wenig Beruhigung in der Tatsache, daß sie in London waren und nicht inmitten der Mau-Mau-Aufstände in Kenia. Nach dem, was dem Polizisten geschehen war, bezweifelte er nicht, daß Jacmel seine Drohung wahrmachen würde.

Was Jacmel auch immer sagte, der Abtransport der Autos hatte sie geschockt. Er hatte gezeigt, daß Bulloch aus ziemlich hartem Holz geschnitzt war. Dave hatte Angst, das war offensichtlich. Und Jacmel? Angst war zuviel gesagt. Aber er war bestimmt weniger zuversichtlich. Oder machte Howard sich selbst etwas vor? Und *wollte* er, daß Bulloch so unnachgiebig war? Wenn die großen Jets gehijackt und Forderungen gestellt wurden, verlangte man, daß die Regierungen stark waren. Wie Israel. Keine Verhandlungen mit den Terroristen. Pech für die Geiseln, aber so ist das Leben. Wenn du jetzt nachgibst, mußt du wieder nachgeben ... und wieder ... und so weiter. Wenn du aber selbst Geisel bist? Dann findest du eine solche Unnachgiebigkeit nicht so fabelhaft, dann willst du Leute, die ein bißchen weichherziger sind.

Seine Gedanken kehrten zu dem zurück, was Jacmel darüber gesagt hatte, daß die Schlange frei war. Er hatte Dave gesagt, daß das Wissen der Polizei um die Schlange ihre Position schwächen würde. Weshalb hatte er dann seine Meinung geändert? Howard sah keinen Grund, und wenn man von Daves Ausdruck ausging, verstand er es auch nicht. Wie es sie beeinflussen würde, konnte er sich nicht vorstellen.

Jacmel sprach wieder: »Die Schlange hat jemand angegriffen.«

»Ich kann Sie nicht hören.« Ihre Stimme klang durch die kalte Luft zu ihnen herauf, die durch das halboffene Fenster in den Raum kroch. Sie erinnerte Howard an jemanden, aber er wußte nicht, an wen. »Sie sagen, daß die Schlange im Haus los ist. Hat sie jemanden gebissen?«

»Ja«, antwortete Jacmel. »Sie hat jemand gebissen.«

»Den Jungen?«

»Nicht den Jungen.«

»Wen dann?«

Nach einer Pause sagte Jacmel: »Es ist das Dienstmädchen Louise.«

»Wann war das?«

»Gerade eben. Vor ein paar Minuten.«

Auf der Straße sagte Bulloch leise: »Er lügt. Ein zu großer Zufall. Sie erzählen ihnen, daß eine Schlange im Haus ist, und plötzlich sagt er, daß jemand gebissen wurde.«

»Wenn das Mädchen gebissen worden ist, liegt sie im Sterben«, sagte Marion.

»Können Sie es herausfinden? Aus dem, was er sagt?«

»Ich glaube.«

Jacmels Stimme kam zu ihnen herunter: »Sie haben etwas gegen das Gift. Können Sie es nicht anwenden? Wir wußten nicht, daß die Schlange gefährlich ist. Sie gehört dem Jungen.«

»Wann ist sie gebissen worden?« fragte Marion.

»Ich habe es Ihnen doch gesagt: Vor ein paar Minuten.«

»Wo?«

»Im linken Arm, in der Beuge.«

Bulloch sagte leise: »Fragen Sie ihn, warum sie es uns nicht selbst sagt.«

»Warum spricht sie nicht selbst zu uns?« sagte Marion und verfiel in die Sprechweise des Franzosen.

»Sie ist im Schlafzimmer. Sie hat . . .« Sie konnten beinahe hören, wie er sein Vokabular nach dem richtigen Wort durchsuchte. ». . . Sie ist ohnmächtig geworden. Als sie attackiert wurde, ist sie ohnmächtig geworden. Wir dachten, es sei der Schock.«

»Wie geht es ihr?«

»Sie hat einen schwarzen Fleck auf dem Arm. Er geht zur Schulter hinauf. Und dann ist da . . .« Er zögerte wieder. ». . . *ordure* . . .« Er benutzte das französische Wort, als sei er zu zartfühlend, seine englische Übersetzung auszusprechen.

»Dies sind zwei der Symptome«, sagte Marion zu Bulloch. »Hauptsächlich der Verlust der Kontrolle über den Darm.«

»Er könnte es sich ausgedacht haben.«

Sie schüttelte den Kopf. »Nein. Nicht den Teil mit dem Darm. Nur . . .«

»Was?«

»Das kommt erst später. Ich meine, er sagte, sie sei gerade erst gebissen worden. Es muß früher geschehen sein.«

»Weshalb haben Sie uns das nicht eher gesagt?« rief sie, für einen Augenblick Bullochs Rolle übernehmend.

»Sie interessiert uns nicht«, sagte Jacmel brutal. »Aber wenn Sie wollen, daß sie lebt, müssen Sie Ihre . . . Ihre Medizin schnell anwenden.«

Marion sagte zu Bulloch: »Er hat recht. Wenn Sie ihr eine Chance geben wollen, müssen wir schnell handeln.«

»*All right*.« Er sagte zum Haus hin: »Wir lassen die . . . Medizin auf den Stufen. Sie können sie holen.«

»Nein.«

»Warum nicht?«

»Sie wissen, weshalb. Sie haben Männer an den Fenstern.«

»Was dann?«

»Lassen Sie den Doktor reinkommen. Wir geben ihr freies Geleit.«

»Unmöglich.« Bulloch sagte es, ohne sie überhaupt zu konsultieren. Einige Minuten lang herrschte Schweigen.

Dann fragte Bulloch: »Sind Sie da?«

»Wo sonst?«

»Wir lassen die Medizin auf den Stufen. In einer Tasche. Das ist das Beste, was wir machen können.«

»Nein.«

»Haben Sie kein Mitleid mit der Frau?«

»Ich sagte Ihnen doch, sie geht uns nichts an.«

»Weshalb wollen Sie nicht?« Marions Stimme war hell vor Dringlichkeit.

»Überlegen Sie es sich selbst, *Madame le Docteur.* Wir wissen noch nicht einmal, ob Sie ein Arzt sind. Sie sagen es zwar, aber wissen wir, ob es stimmt? Sie sagen, Sie wollen die Frau retten, aber können wir Ihnen glauben? Sie sagen, Sie hätten Medizin in der Tasche, aber es könnte eine Bombe sein.«

»Bitte glauben Sie mir. Ich bin das, was ich sage. Sie *müssen* mir glauben. Sonst –«

Das Schweigen hielt an, und die Kälte kroch ihnen in die Knochen.

»Sie haben alles getan, was Sie konnten«, sagte Bulloch leise, aber sie weigerte sich zu antworten. Er hört sich an, als interessiere ihn die sterbende Frau genausowenig wie den Mann am Fenster, dachte sie.

Dann kam wieder die Stimme des Franzosen zu ihnen herunter: »Ich habe sie mir angesehen. Es geht ihr sehr schlecht. Sie hat ein seltsames Gefühl in der Zunge.«

»Das ist ein weiteres Symptom«, sagte Marion zu Bulloch. »Eine Art von Taubheit.« Sie drehte sich zurück zum Haus und schrie: »Sie lassen sie sterben!«

»Es gibt eine Möglichkeit.«

»Was heißt das?«

»Wir bringen sie zu den Stufen, und Sie geben ihr dort eine Spritze.«

»Das gefällt mir nicht«, sagte Bulloch.

»Was bleibt uns anderes übrig?« Sie fühlte wieder die Trockenheit im Mund. »Ihm ist es egal, ob sie lebt oder stirbt.«

Mir auch, dachte Bulloch ärgerlich. Wieder eine dieser verdammten Komplikationen. Trotzdem, wenn sie nicht wenigstens einen Versuch machten ... Wenn sie starb, und sie hatten nichts unternommen ... »Ich überlasse es Ihnen«, sagte er.

Sie sah zu Boden, unfähig zu antworten.

Bulloch rief zum Fenster hinauf: »Bringen Sie sie runter, und *ich* mache es!«

Die Stimme sagte: »Nein.«

Marion sah auf. »Bringen Sie sie runter. Ich werde kommen.«

»Ich decke Sie«, versprach Bulloch. »Wir haben Scharfschützen.«

»Du lieber Himmel ...«

»Sobald Sie sie auf die Stufen gelegt haben, ziehen Sie sich ins Haus zurück!« brüllte Bulloch. »Wenn sich jemand bewegt oder die Haustür öffnet, während Dr. Stowe sich um das Mädchen kümmert, schießen meine Leute. Haben Sie das verstanden?«

»Ja. Bleiben Sie dort«, sagte die Stimme. »Ich bringe sie runter.«

Im Haus sagte Jacmel zu Howard: »Wir gehen jetzt runter. Sie zuerst.«

»Zum Teufel, was geht hier vor?« fragte Dave.

»Paß auf den Jungen auf«, befahl Jacmel. »Wenn es Ärger gibt . . .«

»Was machst du?«

»Keine Sorge. Paß auf den Jungen auf.« Mit der Pistole zeigte er auf Howard, der sich vorsichtig von dem schlafenden Kind löste. »Kommen Sie.«

Jacmel folgte ihm zur Tür. »Sie gehen zuerst.« Wieder trat Howard in einen wachen Alptraum, diesmal aus umgekehrter Richtung. Jetzt war das Zimmer der einzig sichere Platz im Haus, weil er es untersucht und sicher gemacht hatte. Überall sonst war ein Niemandsland von Schatten und Ecken und Stellen, die die Augen nicht erforschen konnten; die Schlange konnte überall sein. Sie begannen die Treppe hinunterzugehen. Wie lange war es her, daß er sie zuletzt hinabgestiegen war; da hatte er Pläne, sah sich große Dinge tun. Er erinnerte sich, dem Jungen befohlen zu haben wegzulaufen. Es mußte in einem anderen Zeitalter gewesen sein, denn jetzt hatte er keine Pläne; er tat, was ihm befohlen wurde. Furcht hatte alle Pläne verdrängt, alle anderen Gefühle.

Am Fuß der Treppe lag das Bündel, das einst Louise gewesen war. Jacmel beugte sich hinab und zog die Decke fort. Howard wich zurück, als er das tote Gesicht sah. Die Augen waren offen, und irgend etwas – in dem trüben Licht konnte er nicht erkennen, ob es Blut oder eine andere Flüssigkeit war – quoll aus den halbgeöffneten Lippen. Die Lippen selbst waren zurückgezogen und gaben die Zähne frei. Der dicke Körper war in einer gespreizten Lage von der Leichenstarre ergriffen worden, und die schwarze Fläche der Vergiftung war da, wo sie sich den Büstenhalter abgerissen und die schweren Brüste freigelegt hatte, klar zu erkennen.

»Ziehen Sie sie aus«, befahl Jacmel.

Howard kniete neben ihr nieder und begann, die verbliebenen Knöpfe des schwarz-weißen Dienstmädchenkleides zu öffnen.

Auf der Straße hatte sich Bulloch weiter vom Haus zurückgezogen, und Marion Stowe war zu dem Kreis hellen Lichtes gegangen, den eine Straßenlaterne warf. Sie hatte große Angst und versuchte, die Furcht zu unterdrücken, indem sie sich auf ihre Arbeit konzentrierte. Sie brach die Siegel der Plastikverpackung einer Spritze und dann der Kanüle ab und setzte beide zusammen. Dann nahm sie eine kleine Phiole und prüfte das Etikett: »Polyvalentes Antivenene gegen Schlangenbisse. Produktionsnummer 745/3655SA 10 ml. Haltbar bis . . .« Das Datum folgte.

Sorgfältig schob sie die Nadel in die Phiole und zog zehn Milliliter des Antivenene auf. Eine zweite Phiole steckte sie in die Tasche ihres Mantels. Sie war zu der Überzeugung gekommen, daß, wenn das Mädchen vor so langer Zeit gebissen worden war, wie sie dachte, nur eine massive Dosis helfen konnte – könnte! Zehn Milliliter in die Gegend der Wunde und eine weitere Spritze mit zehn Millilitern in einen nahen Muskel oder vielleicht in die Bauchdecke. Sie hätte zwei Kanülen benutzen müssen, aber sie konnte die Tasche nicht mitnehmen. Es blieb nichts anderes übrig, als die Spritze mit dem Inhalt der zweiten Phiole zu füllen, während sie auf den Stufen war. Das bedeutete, daß sie länger dort sein würde, als ihr lieb war – doch dann sagte sie sich, es sei Unsinn; jede Zeitspanne war länger, als ihr lieb war. Sie versuchte, nicht daran zu denken, ihre Vorstellung klinisch zu halten, die Gedanken auf Muskeln und Bißwunden, Gifte und ihre Gegenmittel zu konzentrieren, auf alles, nur nicht darauf, was im Haus geschah oder was auf den Stufen passieren könnte. Ich decke Sie, hatte Bulloch gesagt. Wofür hielt er das hier, eine Schießerei in einem Fernsehwestern? Sie wollte keine Deckung von ihm haben. Sie wollte überhaupt nichts mit ihm zu tun haben. Sie wünschte, sie wäre zu Hause in ihrer Wohnung, die Füße hochgelegt, und Susan ein paar Zimmer weiter. Sie hielt die Spritze zum Straßenlicht, drückte vorsichtig zu, ein Tropfen des zähflüssigen Serums erschien auf der Spitze der Nadel.

»Sie kommen!« rief Bulloch leise.

Die Eingangstür hatte sich geöffnet, und zwei Figuren standen in ihrem dunklen Bogen. Aus der Entfernung und durch den Nebel, der die Hausfront verhüllte, war es schwierig, sie zu erkennen. Sie bewegten sich langsam, und sie konnte sehen, wie der Mann dem Mädchen half. Sie trug eine Art von Dienstkleidung, aber keine Schuhe, und schien die Füße nachzuziehen. In der Tat wurde sie halb von dem Mann getragen; ihr Kopf und Gesicht wurden teilweise durch seine Schulter verdeckt. Soweit Marion sehen konnte, wirkte die Frau schon sehr mitgenommen.

Langsam half ihr der Mann auf die oberste Stufe, beide Arme unter ihren Schultern, bis sie auf dem Rücken lag, das Gesicht der Tür zugewandt, aus der sie gerade gekommen war.

»*All right*!« rief Bulloch dem Mann zu. »Sie gehen rein, und wir sehen, was wir machen können.«

Der zögerte einen Moment und schien etwas sagen zu wollen. War es der Franzose? Sie versuchte, ihn klar zu sehen, aber Dunkelheit und Nebel machten es unmöglich.

»Was ist los?« rief der Polizist.

Der Mann schüttelte leicht den Kopf. Dann drehte er sich um und ging hinein, die Tür hinter sich schließend.

Bulloch kam herüber zu Marion. »Warten Sie einen Moment«, sagte er. Er ging den halben Weg bis zu den Autos zurück und rief Rich. »Sagen Sie den Scharfschützen, daß sie schießen sollen, wenn irgend jemand die Tür öffnet oder näher ans Fenster kommt, solange der Doktor das Mädchen behandelt. Verstanden?«

»Ja, Sir.«

Bulloch wartete, bis Rich seinen Befehl ausgeführt hatte und er sicher war, daß die im Haus es gehört hatten, bevor er zu Marion sagte: »Sobald Sie fertig sind.«

Sie hatte sich vorgenommen, an nichts zu denken, wenn die Zeit kam. Während sie die Spritze füllte, hatte sie sich jede Möglichkeit vorgestellt: Die Schlange mußte los sein. Niemand konnte die Symptome erfinden, es sei denn, er war Experte in neurotoxischen Giften – und das wäre ein zu großer Zufall gewesen. Warum sollten sie also auf sie schießen oder ihr auf andere Art weh tun wollen? Nein, sie mußte die Tatsachen als gegeben ansehen. Die Frau war gebissen worden. Jetzt lag sie im Sterben, und sie, Marion Stowe, war die einzige, die sie vielleicht retten konnte. Es war eine barmherzige Mission; niemand würde ihr etwas zuleide tun. Auf Bullochs »Sobald Sie fertig sind« nickte sie also. Bevor sie zögern oder es sich anders überlegen konnte, bewegten sich ihre Beine von allein.

Wie bei vielen Dingen, vor denen sie sich erst gefürchtet hatte, stellte sie auch jetzt fest, daß die ursprünglichen Bedenken viel ärger waren als die Sache selbst. Sobald sie den ersten Schritt gemacht hatte, vergaß sie, was ihr geschehen könnte, und konzentrierte sich auf das Opfer auf der obersten Stufe. Was würde sie vorfinden? Eine Frau, die schon so weit hinüber war, daß keine Menge von Antivenene ihr helfen würde? Jemanden, der um ein Wunder betete? Marion hatte schon früher Schlangenbisse gesehen: einmal im Laboratorium und dann noch mal, als sie auf ihrem zweiten Trip durch Afrika ein Eingeborenenkind behandelt hatte. In beiden Fällen hatte es sich um Giftschlangen gehandelt, aber nicht so giftige wie eine schwarze Mamba. Das Opfer eines Mambabisses hatte sie noch nie gesehen, obgleich ihr die Symptome gut bekannt waren. Während sie auf Louise zuging, wich die Furcht um die eigene Person der Sorge um die arme Frau auf den Stufen.

»Guten Abend«, sagte sie, als sie die Stufen hinaufstieg, und dachte, wie einfältig es klang. Sie hatte es aber weniger als einen Gruß gemeint, als um ihr Näherkommen anzukündigen. Sie wollte Louise nicht erschrecken. Gott, dachte sie, welch eine Ironie: Eine Französin stirbt auf Londoner Pflaster an Gift, das ihr ein Reptil aus Afrika eingespritzt hat.

Die Frau gab keine Antwort, aber Marion hatte keine erwartet. Die Zunge würde taub sein und ihre Beweglichkeit eingeschränkt; der Frau würde es gehen wie jemandem, der einen Schlaganfall gehabt hat: der Mund von einer Teilparalyse befallen.

»Ich komme, um Ihnen zu helfen«, sagte sie auf der obersten Stufe. »Ich gebe Ihnen eine Injektion, die Ihnen helfen wird.« Ihre Stimme war beruhigend und leise. Louise lag dem Haus zugewandt, halb auf der linken Seite. Ihr Gesicht war im Schatten, und Marion erkannte, daß sie sie fast völlig umwenden mußte, um an die Wunde zu gelangen.

»Ich drehe Sie jetzt um«, sagte sie. »Es wird nicht weh tun.«

Sie legte die Spritze auf die Stufen und begann, Louise vorsichtig zu bewegen.

Louise mußte sie verstanden haben. In dem Moment, in dem sie sie umdrehen wollte, rollte sie sich auf den Rücken. Marion sah hinab auf ihr Gesicht. Etwas Fürchterliches war damit geschehen. Das Gift hatte es verwüstet, hatte Kanten und Konturen verhärtet. Es war überhaupt nicht mehr weiblich. Und dann öffneten sich die Augen, und Marions Herz blieb stehen: Sie sah in das Gesicht eines Mannes. Ein Männergesicht über dem Körper einer Frau. Und in der linken Hand hielt die Person eine Pistole, die sie langsam hob und gegen Marions Magen preßte.

»Bleiben Sie still«, sagte Jacmel, »oder Sie werden auf der Stelle sterben.«

Unfähig zu sprechen, nickte sie.

»Heben Sie die Spritze auf.«

Sie streckte die Hand aus und tat, wie ihr befohlen.

»Jetzt kommen Sie hoch auf die Knie.«

Sie richtete sich auf, und er folgte, ihr zugewandt, den Körper so nah, daß sie sich berührten. Sie bemerkte, daß ihr Rücken der Straße zugekehrt war. Er benutzte sie als Schild. Dann legte er den Arm um sie und zog sie zu sich heran. Sie konnte die Pistole in der Magengrube spüren.

»Stehen Sie auf.«

Sie erhob sich, und er tat es ihr gleich, so als seien sie aneinandergeleimt. Als eine einzige Masse standen sie auf der obersten Stufe.

»Gehen Sie zur Tür.«

Sie ging vorwärts, er rückwärts – wie in einem Varietéakt.

»Öffnen!« rief er.

Die Tür öffnete sich, und sie wurden vom Haus verschlungen.

Auf der Straße hatte Bulloch den Vorgang beobachtet, zuerst mit Erstaunen, dann mit einer Mischung aus Wut und Hilflosigkeit. Sie konnten nichts machen, es sei denn, sie wollten Dr. Stowe töten.

Als die Tür zuschwang, stieß Jacmel Marion von sich. Im Halbdunkel stolperte sie rückwärts und wäre gestürzt, hätten sie nicht zwei Hände aufgefangen. Wieder wurde sie von Furcht überfallen, drehte sich um, wand sich, um dem Griff zu entkommen; dann hörte sie seine Stimme. »Ruhig«, sagte er, »es ist alles in Ordnung.«

Erleichterung durchflutete sie, trieb ihr ein Schluchzen in die Kehle. Es war Tims Stimme. Eine Sekunde lang, für einen einzigen magischen Moment sprach Tim zu ihr. Nicht aus dem Grab, sondern hier in diesem Haus, ein Tim mit Händen und einem Körper, Tim, der sie hielt und ihr half, sie stützte, so wie er ihr vor langer Zeit über die Steine des Flußufers geholfen hatte.

Das Licht ging an, und sie sah, daß es nicht Tim war. Dieser Mann war älter. Sein Gesicht war angespannt. Auch er wirkte, als habe er Angst. Dann fiel ihr Blick auf den Körper am Boden, und sie schauderte unter dem zweiten Schlag.

Jacmel hatte die Kleidung des Dienstmädchens ausgezogen und war in die Mitte der Diele getreten. Mit der Pistole deutete er auf Louise. »Wie Sie sehen, habe ich die Wahrheit gesagt.«

Marion, noch immer die schützende Hand am Ellbogen, trat zu der Leiche. Abgesehen vom Schlüpfer war Louise nackt. Da, wo das Gift die Blutgefäße angegriffen hatte, zeigten sich riesige schwarze Flecken. Die Verwüstung war enorm.

»Wann ist sie gebissen worden?« Marions Stimme zitterte ein bißchen.

»Vor vier Stunden«, antwortete Jacmel.

»Sie ist tot«, sagte sie, mehr zu sich selbst als zu den beiden Männern, und wandte sich ab; sie konnte den Anblick nicht länger ertragen.

»Ja«, bestätigte Jacmel, »sie ist tot.«

»Was wollen Sie dann mit mir?«

»Sie sind ein Experte. Die Polizei hat ihre Fachleute, auch wir müssen welche haben. Sie sind Schlangenexpertin. Wir brauchen einen solchen Experten. Ganz logisch.«

Vom Kopf der Treppe hörte sie eine Bewegung. Ein dritter Mann erschien auf dem Absatz, von dem man die Diele überblicken konnte. Sie sah ihn nicht deutlich, aber seine Stimme war hoch und schrill.

»Was soll das Ganze?« schrie er. »Was sollen wir mit ihr anfangen, verdammt noch mal?«

Jacmel fuhr herum. »Ich hab dir doch gesagt, du sollst auf das Kind aufpassen!«

»Mir gesagt, mir gesagt!« äffte Dave ihn nach. »Du sagst mir jede Scheiße. Bloß nicht, wenn du so was verdammt Dämliches anstellst, wie diese Frau ins Haus –«

»Geh«, befahl Jacmel. »Mach, daß du zurück ins Zimmer kommst!« Er lief die Stufen hinauf.

In diesem Augenblick waren die beiden Männer völlig miteinander beschäftigt. Jacmel hatte Marion den Rücken zugekehrt. Dave sah direkt die Treppe hinab und nicht nach links auf Marion, Howard und Louises Leiche. Sekundenlang war Marion sicher, die Tür erreichen zu können. Ihre Muskeln spannten sich. Sie begann, sich umzuwenden, wollte sich von dem Punkt, auf dem sie stand, abschnellen. Wieder spürte sie die Hand auf ihrem Arm, und Tims Stimme warnte: »Er wird Sie töten.«

In diesem Moment blieb Jacmel abrupt stehen und sah sie an. Langsam zog er den Hausschlüssel aus der Tasche und zeigte ihn ihr auf der flachen Hand.

»Wenn Sie versuchen auszubrechen, tun wir dem Kind weh. Haben Sie mich verstanden?«

Sie nickte.

»Gut. – Sie und M. 'Oward bringen Louise nach oben.« Er ging hinauf zum Treppenabsatz.

Der Mann mit Tims Stimme sagte: »Mein Name ist Dick Howard. Ich lebe hier.«

»Sie sind nicht einer von –«

»Nein. – Der Franzose ist Jacmel. Der andere heißt Dave, der Chauffeur.«

Die Stimmen oben waren lauter geworden. Die beiden Männer argumentierten erregt.

Marion sagte zu Howard: »Danke, daß Sie mich gestoppt haben.«

Seine Antwort – »Zu stoppen ist leicht; etwas ankurbeln, das ist viel schwieriger. Wir wollen tun, was er sagt« – machte keinen Sinn. Erst später sollte sie ihn verstehen.

»Das Kind – ist es . . .«

»Philip geht es gut – bis jetzt.« Er beugte sich nieder und griff unter Louises Achseln. Als er die Leiche anhob, bemerkte Marion, daß sich sein Gesicht einen Augenblick lang vor Schmerz verzog.

Die Stimmen auf dem Treppenabsatz waren noch lauter geworden, und sie hörte Dave protestieren: »Nein! Nicht ich. Bei solchen Sachen wird mir übel.«

Plötzlich hörte der Streit auf, und Jacmel beugte sich über das Geländer. »Laßt sie«, befahl er ihnen. »Kommt herauf.« Howard ließ den Oberkörper der Toten sinken.

»Wer hat den Polizisten erschossen?« fragte Marion leise.

»Der andere, Dave, der Chauffeur. Aber dieser ist genauso gefährlich; schlimmer wahrscheinlich. Tun Sie, was die Kerle sagen.«

Sie nickte. Dann fragte sie nach der Schlange, die sie alle vorübergehend vergessen hatten. »Wo ist sie?«

»Weiß der Himmel. Das Biest kann überall sein.«

Die beiden Männer beobachteten, wie sie die Treppe hinaufkamen. Marion fühlte ihr Starren, hauptsächlich die Feindlichkeit in Dave. Ihr wurde bewußt, wie langsam Howard ging. Es schien ihn anzustrengen, und sie bereitete sich darauf vor, daß er keine große Hilfe sein würde.

Als sie zuerst seine Stimme hörte, hatte ihr Herz höher geschlagen. Später jedoch hatte er sich nicht mehr so sehr wie Tim angehört. Es ist ganz gewöhnlich, daß die Weißen an der östlichen Flanke Afrikas die Vokale abflachen. Wahrscheinlich waren ihre Stimmen nur deshalb ähnlich gewesen. – Nein, dieser Mann war nicht Tim, dies war jemand, der mehr Angst zu haben schien als sie selbst, der wie ein Greis ging, der auf der Treppe nur mühsam mit ihr Schritt hielt. Trotzdem ließ er seine Hand mit eigenartiger Galanterie unter ihrem Ellbogen, half ihr, versuchte, ihr Sicherheit zu geben.

Als sie das Wohnzimmer betraten, blieb sie wie erstarrt stehen. Sie kann überall sein, dachte sie; hinter einem Stuhl, im Kamin, zwischen den Vorhängen – und in dem schwachen Licht wäre sie unsichtbar. Sie fühlte den sanften Druck seiner Finger. »Keine Sorge, hier ist sie nicht.«

Beruhigt trat sie in das Halbdunkel. Er führte sie zu dem Sofa in der Mitte des Raums, seiner neuen *querencia*, und sie sah das Kind.

Ihr Eintritt hatte Philip geweckt. Er hatte vom Sambesi geträumt. In seinem Traum war es ein breiter Fluß gewesen, ähnlich der Themse bei Richmond, aber während in Richmond Häuser standen, hatte es an seinem Fluß nur Bäume gegeben. Sein Wasser hatte im afrikanischen Sonnenschein geglitzert. Dick und er trieben in einem Boot über den Fluß. Ein ähnliches hatte er mal auf der Serpentine im Hyde Park gesehen, eine Art Ruderboot – mit glänzendem Lack. Sie trieben flußabwärts – sicher und warm im Sonnenschein.

Beim Erwachen umfing ihn noch für einen Augenblick die glückliche Gelöstheit des Traums. Dann brach die Wirklichkeit über ihn herein: Dave und der Franzose mit ihren Waffen. Dick, langsam wie ein alter Mann und leicht vornüber gebeugt. Er mußte noch immer Schmerzen von Daves Schlag haben. – Eine Frau und Dicks Hand auf ihrem Arm. Wer war sie? Was tat sie hier? In welcher Verbindung stand Dick zu ihr?

Seine Gelöstheit wurde durch eine Flut von Spannung hinweggeschwemmt, der Traum zerschlagen. Und dann erlebte Philip etwas, das ihm nie zuvor geschehen war: Sein Gehirn empfing und übersetzte einen Blitz von Erkenntnis. Es war, als sei er für einen kurzen Moment nicht mehr der kleine Junge, sondern ein erwachsener Mann. Zum erstenmal sah er die rauhe Wirklichkeit aller Phantasie entkleidet. Nicht als Jäger in einem Traum von Afrika sah er Dick Howard, nicht als fremdartigen Mann in seiner trüben Winterwelt, sondern gebrechlich und voller Angst. Ihn so zu sehen ließ Jacmel und Dave noch bedrohlicher erscheinen. Einen flüchtigen Augenblick lang hielt ihn die Lebensangst in ihren Fängen – und dann war alles vorüber und er wieder der kleine Junge mit der Frage: Wer ist die Frau?

Das Resultat dieser Sekunden echter, scharfsichtiger Furcht ließ nicht auf sich warten. Gerade wollte er Dick fragen, wer die Frau sei, als sich seine Brust plötzlich verengte und die Attacke begann. Innerhalb von Minuten konnte er kaum mehr atmen. Er nahm wahr, daß die vier Erwachsenen um ihn herumliefen, sah ihre Gesichter über sich, dann Dick, der ihm den Aerosol-Beatmer vor den Mund hielt. Pfeifend und keuchend rang er nach Atem, versuchte förmlich, die Luft in seine Lungen zu saugen. Ein Löffel wurde in seinen Mund geschoben, und er erkannte den Geschmack der sirupartigen Flüssigkeit. Wenn die Anfälle stark waren, bekam er immer Phenergan. Wieder hielt man ihm den Löffel hin, einen Dessertlöffel. Gewöhnlich gab man ihm nur einen Teelöffel voll. Diesmal hielt der Franzose den Löffel. Philip spürte das kalte Metall an seinen Zähnen. Der Löffel wurde in seinen Mund gezwängt; er schluckte. Die Minuten vergingen, wie viele, wußte er nicht. Er begann, sich benebelt zu fühlen. Seine Atmung wurde regelmäßiger. Dick sagte: »Ein, aus. Ein, aus. Eins, zwei. Eins, zwei.« Die Stimme wurde schwächer, bis sie nicht mehr zu ihm drang.

Marion hielt ihn in den Armen. Er lag, tief schlafend, an sie gelehnt. Sie änderte ihre Stellung, so daß sein Kopf auf ihrem Schoß ruhte.

Howard hatte noch nie eine richtige Attacke miterlebt. Seine Meinung über Philips ›eingebildete‹ Krankheit änderte sich rapide.

»Er braucht einen Arzt«, sagte Marion zu ihm.

»Aber Sie sind doch Doktor«, antwortete Jacmel.

»Kein Doktor der Medizin.«

Er trat zu Dave ans Fenster. »Wenn der Polizist zurückkommt, müssen wir bereit sein.«

»Warum kann der es nicht machen?« Dave deutete auf Howard.

Jacmel sah zum Sofa hinüber. Dann wandte er sich ab. »Nein«, erwiderte er gedämpft, »es muß anständig gemacht werden. Wir können nichts riskieren. – Wir vertrauen einander, nicht wahr?«

»Ja.« Es kam zögernd.

»Also dann?«

»Womit?«

»Hier.«

Marion war der Unterhaltung mit halbem Ohr gefolgt. Sie hörte Metall klicken und sah, daß Jacmel Dave etwas gab, war sich aber nicht sicher, was es war.

»Was ist mit der . . .«

»Aber wir kommen doch gerade von dort. Nichts.«

»Ich meine . . .«

»Du willst hier raus? Du willst das Geld?«

»Klar.«

»Um das zu schaffen, müssen wir erreichen, daß der Polizist uns glaubt, oder nicht?«

»Ich nehme an.«

»Da gibt es nichts anzunehmen.«

»*All right! All right!*«

»Gut, dann tu es jetzt.«

Dave ging zur Tür, zögerte an der Schwelle und trat dann in das erleuchtete Treppenhaus. Sie hörten seine vorsichtigen Schritte auf den Stufen.

»Wie können Sie es *wissen*?« fragte Marion Howard flüsternd.

»Was wissen?«

»Daß sie nicht hier ist. Sie könnte überall sein: zwischen den Büchern – überall.«

»Ich habe nachgesehen.«

Sie sah sich um. »Nachgesehen? Hier?«

Er nickte.

»Ohne Schutz?«

»Ja.«

»Durften Sie ein Gewehr mitnehmen?«

»Nein.«

Nach einer Pause fragte sie: »Allein?«

»Nicht aus freiem Willen.«

»Überall?«

»Beinahe; überall, wo sie sein könnte.«

»Hinter den Vorhängen?«

»Ja.«

»Im Kamin?«

»Ja, Sie brauchen keine Angst zu haben.«

»Das ist es nicht«, sagte sie. »Ich kann mir einfach nicht vorstellen, daß *irgend jemand* ohne jeden Schutz nach einer Mamba sucht.«

Er sah zur Seite, als wolle er nicht daran erinnert werden. Dann fragte er: »Dr. Stowe – und weiter?«

»Marion.«

»Ich wußte nur, daß Sie Dr. Stowe sind, weil ich hörte, was Sie auf der Straße sagten.« Er schwieg einen Moment und fuhr dann fort: »Es gehörte Mut dazu, das zu tun, was Sie getan haben.«

»Eher Dummheit.«

»Schließlich konnten Sie seine Gedanken nicht lesen.«

»Als ich Sie über die Straße hinweg sah, dachte ich, Sie wären ...« Mit dem Kopf deutete sie auf Jacmel.

»Das hatte er beabsichtigt.«

»Ja, gewiß. – War das Licht an?«

»Wann?«

»Als Sie hier suchten.«

»Ja, sie hatten es angeschaltet.«

Sie nickte. Dann sagte sie: »Ihre Stimme hat mich an jemanden erinnert.«

»Wen?«

»Meinen Mann.«

»Weiß er, wo Sie sind?«

»Er ist tot.«

»Oh.«

»Es war die Art, wie Sie sprachen. Sie sind aus Afrika, nicht wahr?«

»Ja.«

»Er auch.«

»Als Sie über die Straße riefen, erinnerte mich Ihre Stimme auch an jemanden.«

»An wen?«

»Ich kam nicht darauf. Die Königin. Es müssen die Nerven gewesen sein. Jetzt hören Sie sich ganz anders an.«

»Was wird geschehen?«

»Ich weiß es nicht.« Er wollte ihr erzählen, wie stur Bulloch war, doch er begriff, daß sie es nicht hören wollte; eher das Gegenteil, wenn überhaupt.

»Würden Sie es mir sagen?«

»Ich weiß es einfach nicht. Ich habe eine Wohnung unten. Aber ich war nicht da. Mich haben sie auch reingelegt. Als ich zurückkam, waren sie hier. Oder wenigstens *er*. Die anderen beiden haben hier gearbeitet. Sie waren von Anfang an dabei. Haben die ganze Sache geplant.«

»Das weiß er nicht.«

»Wer? Der Polizist?«

Sie nickte und sah zu Jacmel hinüber, aber seine Aufmerksamkeit war auf die Straße konzentriert. Sie senkte die Stimme zu einem Flüstern. »Sie haben auf der Rückseite eine Tür gefunden.«

»Was?«

»Eine Tür, übertapeziert. Sie führt in die Mews, irgendein Geschäft.«

»Großer Gott«, sagte er aufgeregt, »wenn sie hier hereinstürmen, erschießt er uns.«

»Nein, das werden sie nicht; nicht mit der Schlange frei im Haus.«

»Bulloch hat die Belagerung in der Sutherland Street gebrochen und auch die im Büro der Turkish Airlines.«

Sie versuchte, sich zu vergegenwärtigen, was geschehen war. »Gab es da nicht eine alte Frau?«

»Sie ist hinterher gestorben. Es wurde eine Menge Kritik laut. Die Zeitungen sagen, er sei unbeugsam. Der Chauffeur hat Angst vor ihm.« Er deutete wieder mit dem Kopf auf Jacmel. Der stand im Schatten des Fensters. Seine einzige Bewegung war, das Kabel der Fernsehantenne unter dem rechten Fuß hin und her zu rollen. »Selbst er ist sich seiner Sache nicht mehr so sicher.«

»Was will er mit mir?«

Sie muß es wissen, dachte Howard. Je mehr Geiseln, desto größer der Druck auf Bulloch. Zuerst hatten sie nur den Jungen – Howard war realistisch genug, die Bewertung seiner eigenen Person mit Null anzusetzen –, und wenn der Junge weg wäre, wenn sie eine Drohung wahrmachen müßten, hätten sie nichts mehr in der Hand. Jetzt konnten sie einen Bauern opfern, um ihren König zu retten. Marion war der Bauer und Philip der König – und für ihn gab es keinen Platz auf dem Brett.

»Für den Fall, daß einer von ihnen gebissen wird«, sagte er. Es steckte ein bißchen Wahrheit darin und würde genügen.

»Sie haben 100 000 Pfund verlangt.«

»Und einen Wagen und eine Stunde Vorsprung.«

»Glauben Sie, daß sie es bekommen?«

»Ja«, log er, »ich glaube, sie schaffen es.«

»Und dann?«

»Dann lassen sie uns frei.«

»Glauben Sie *wirklich*?«

»Natürlich. Wir wären nur im Wege.«

»Es ist nicht, als ob wir etwas *wüßten*.«

»Eben.« Er sah in seiner Vorstellung den riesigen Komplex, der als Shakespeare Close bekannt war, und schaltete den Gedanken ab wie eine Lampe; die Angst, ihn im Kopf zu behalten, war zu groß.

Sie spürte eine Veränderung in ihm, als sei ihm ein Gedanke gekommen, der seine Angst verstärkt hatte, und sie fragte sich, ob er sie nur hatte beruhigen wollen. Sie wollte nicht, daß er Angst hatte. Er sollte stark und fähig sein, Entscheidungen zu treffen. Sie wollte nicht, daß die Dinge ihr überlassen würden; sie fühlte sich leer und verängstigt und brauchte Hilfe. Sie legte ihm die Hand auf den Arm. »Mit Ihnen hier fühle ich mich sicherer.«

Es half nichts. Ohne zu reagieren, wandte er sich ab. Aber sie ließ die Hand auf seinem Arm. Auf etwas kindliche Weise gab ihr der Kontakt mit einem anderen Menschen ein gewisses Gefühl der Sicherheit.

Dave kam zurück ins Zimmer. Sein Gesicht war kalkiger denn je, sein öliges Haar leblos und schlaff. Während er auf Jacmel zuging, konnte Marion auf eine Entfernung von drei Metern seinen Schweiß riechen.

»Hier«, sagte er und gab Jacmel etwas in einem schmutzigen weißen Lappen, der einmal ein Taschentuch gewesen sein mochte. Marion konnte nicht erkennen, was es war, aber sie und Howard sahen zu, wie Jacmel damit näher an die Lampe neben dem Kamin ging.

»Was ist mit dem Ring?« fragte Dave.

»Was meinst du?«

»Er gefällt mir – und sie braucht ihn nicht mehr.«

»Laß ihn! Ist das Geld nicht genug, daß du auch noch Tote bestehlen mußt?« sagte Jacmel verächtlich. Dave antwortete nicht, und Jacmel nahm seinen Vorteil wahr: »Such eine Schachtel.« Sein Ton hatte etwas Endgültiges, und Dave wandte sich ab. Auf einem Tisch direkt hinter sich sah er eine silberne Zigarettendose. Er nahm sie und gab sie Jacmel, der das weiße Taschentuch hineintat und sie dann schloß. Einen Augenblick lang sahen die beiden Männer sich an. Dann zuckte Jacmel die Achseln und sagte: »Mach das Fenster auf.«

Die Straße war leer. Kurz nachdem Marion Stowe im Haus verschwunden war, kehrte Bulloch leer vor Wut zu dem Polizei-Rover zurück. Er saß noch immer auf dessen Rücksitz, rauchend und brütend, als der Ruf vom Haus kam: »Können Sie mich hören?« Es war Jacmels Stimme.

»Sir«, sagte Rich nach ein paar Augenblicken, als Bulloch sich nicht rührte, »es ist der Franzose.«

Bulloch hatte ihn gehört. »Ja?« knurrte er.

»Der Franzose ruft.«

»Na und?«

»Ich dachte, Sie wollten es wissen.«

»Ich dachte, Sie wollten es wissen«, äffte Bulloch den gebildeten Akzent nach.

Es war nicht richtig, daß man ihn hatte rufen müssen. Nicht so. Nicht, wenn der Dreck die Frau geschnappt hatte. Wenn sie ihn jetzt riefen, konnte es nicht gut sein, nicht von seiner Warte aus. Herrgott, es war ... Vergeblich suchte er nach dem richtigen Wort. Schock? Beleidigung? Keines von beiden paßte. Es war eine Überraschung gewesen, Schock, Wut, Frustration, Bewunderung, Furcht ... ja, Furcht. Er hatte versucht, sie zu negieren, aber zum Schluß mußte er sie akzeptieren. Er hatte Angst, denn was geschehen war, bewies, daß der Mann im Haus mindestens so rücksichtslos war wie er selbst; was er befürchtete, war, daß er gerissener sein könnte. Zum erstenmal fühlte er sich müde. Eine Woge der Erschöpfung schien ihn zu überfluten, und er sackte in seinem Sitz zusammen. Rich, der durch das Fenster sah, hatte plötzlich den Eindruck, einen alten Mann vor sich zu haben.

»Soll ich gehen?«

»Ja. Ja. Gehen Sie.« Rich war erstaunt. »Finden Sie heraus, was er will.«

Rich wandte sich um und ging auf das Haus zu. Er hatte Bulloch während der vergangenen Stunden verschiedentlich dabei beobachtet und oft genug während der Belagerung in der Sutherland Street, aber nie war er selbst gegangen. Es war ein Gebiet, das Bulloch eifersüchtig bewacht hatte. Jetzt fand er sich selbst allein auf der Mitte der Bühne, gewahr der Dutzende von Augen hinter sich, die anderen Polizisten gehörten, Zeitungsleuten, Fernseh- und Radioreportern. Es war ihm auch klar, was diese Reporter in den letzten Minuten auf Band aufgenommen und geschrieben haben mußten: Die Polizei hatte es zugelassen, daß die Verbrecher eine zweite Geisel nahmen. Oberflächlich gesehen, hörte es sich kriminell nachlässig an. Trotzdem, was würden sie getan haben? Sie wußten, daß die Schlange tödlich war und die Frau im Sterben lag. Rich hatte selten Mitleid mit Bulloch, aber jetzt empfand er es.

»Können Sie mich hören?« rief Rich und ärgerte sich über das Zittern in seiner Stimme. Er stand auf dem Bürgersteig genau dort, wo Bulloch gestanden hatte.

»Ja, ich kann Sie hören. Wo ist Ihr *chef*, wo ist M. Bulloch?«

»Hinten.«

»Würden Sie ihn bitte holen.«

»Sie können mit mir sprechen.« Er versuchte, seiner Stimme einen festen Klang zu geben; statt dessen hörte sie sich an, dachte er, als bitte er um einen Gefallen.

»Ich wünsche nicht, mit Ihnen zu sprechen.«

»Er macht ein kleines Nickerchen.«

»Nickerchen? Was ist das?«

»Schlaf. Er war ein wenig müde, also schläft er.« Es war das Beste, was er tun konnte, und er hoffte, daß es in Bullochs Sinn war. Verachtung war etwas, das Bulloch auszuteilen wünschte, nicht zu empfangen.

Eine Pause entstand. Als Jacmel wieder sprach, klang seine Stimme ärgerlich: »Ich werde etwas aus dem Fenster werfen. Sie zeigen es Ihrem *chef.* Es wird ihn aufwecken. Sagen Sie ihm, jede halbe Stunde einer – bis das Geld und der Wagen kommen.«

Etwas Glänzendes zeichnete sich vor der dunklen Front des Hauses ab und fiel drei Meter entfernt von Rich zu Boden. Er zuckte in der Dunkelheit zurück, fürchtete, es könne explodieren.

Dann hörte er wieder Jacmels Stimme: »Nur keine Angst, es ist keine Bombe.«

Er machte einen halben Schritt auf den Gegenstand zu und blieb stehen. Er hockte sich hin und sah ihn vorsichtig an. Der Gegenstand war auf die Kante gefallen und durch den Aufprall etwas aufgesprungen. Rich sah etwas Weißes darin. Langsam ging er darauf zu. Silber. Ein Zigarettenkasten. Außer einem Kugelschreiber hatte Rich nichts bei sich. Den nahm er aus der Tasche und berührte vorsichtig den Kasten. Er kippte um und schloß sich. Konnte keine Bombe sein, beruhigte er sich selbst. Bomben wirft man nicht von der ersten Etage herab auf die Straße, wenn man nicht will, daß sie explodieren. Er nahm den Kasten auf und ging langsam zurück zum Auto.

»Was ist es?« fragte Bulloch. Er saß an der Tür, und die Innenbeleuchtung des Rovers war eingeschaltet.

»Ein Zigarettenkasten.«

»Zeigen Sie her.«

»Ich dachte, wir geben es erst der Technik, bevor wir das Ding öffnen.«

»Glauben Sie, es sei eine Bombe?«

»Der Gedanke ist mir durchs Gehirn geschossen.«

»Seien Sie nicht so verdammt dämlich. Was kostet es, wenn man einen Polizisten in die Luft jagt?«

Bulloch nahm den Kasten und wog ihn auf der Handfläche. Rich berichtete: »Er hat gesagt, Sie sollten lieber das Geld und den Wagen schleunigst besorgen, oder Sie bekommen jede halbe Stunde einen.«

»Was hat er gemeint? Einen anderen Kasten?«

»Wahrscheinlich ist eine Nachricht darin. Ich habe etwas Weißes gesehen.«

Bulloch wollte wissen, was in dem Kasten war, und doch hielt ihn irgend etwas zurück, etwas Verschleiertes, halb vor ihm Verborgenes, etwas wie ein Alptraum, an den man sich kaum erinnern kann.

Er fühlte Richs Augen auf sich: »Erlauben Sie mir, ihn der Technik zu geben, Sir.«

»Verdammt, seien Sie nicht so...« Er hatte »gönnerhaft« sagen wollen, hielt sich aber zurück. Es wäre zu aufschlußreich gewesen. Seine Gedanken gingen zurück zu der Nacht, in der Rich bei ihm geblieben war. Während der folgenden Tage, bevor er ins Büro zurückgekehrt war, hatte er sich verschiedentlich versucht gefühlt, Rich anzurufen. Nie in seinem Leben war er so einsam gewesen. Aber er hatte es nicht getan, konnte es nicht; es hätte eine Schwäche offenbart, die niemand je gesehen hatte. So hatte er das Geschehen dieser Nacht ausgelöscht, vorgegeben, daß es nicht vorhanden war. Seither hatte er Rich wie ein Falke beobachtet: ein einziger falscher Schritt, das Flattern eines Augenlides, die Andeutung eines Lächelns, alles, was Bulloch bewiesen hätte, daß Rich sich erinnerte – und Bulloch wäre über ihn hergefallen wie ein Berg von Schlacke und hätte ihn und seine Karriere beerdigt, ihn erledigt. Bisher war Rich so vorsichtig aufgetreten wie ein Drahtseiltänzer. Selbst jetzt, wo Bulloch sein Gesicht im schwachen Licht des Wagens durchforschte, kam er zu dem Schluß, daß Rich nicht gönnerhaft zu ihm gewesen war. Er hegte dieselben Befürchtungen wie er selbst.

»*All right*. Ich mache das verdammte Ding auf. Treten Sie zurück.«

Er hob den Deckel auf und sah auf das schmutzigweiße Taschentuch. Er berührte es mit dem Finger. Es fühlte sich an, als sei eine Tube darin: hart, aber mit einer etwas weichen Oberfläche. Vielleicht ein Markierungsstift aus Plastik. Keine Drähte, kein Ticken, keine sichtbaren Teile einer Bombe – nichts, was aussah, als könne es in die Luft gehen. Eine Bombe wäre auch nicht logisch gewesen. Es konnte keine Bombe sein, nicht wenn er sie runtergeworfen hatte. Verdammt, was war es aber dann? Er nahm das kleine weiße Bündel heraus. An seinem einen Ende sah er einen bräunlichen Fleck. Er roch daran, konnte einen leichten Geruch feststellen, aber er wurde überdeckt durch den

Geruch des Taschentuchs. So konnte er ihn nicht ausmachen. Er rollte das Taschentuch auf und starrte auf seinen Inhalt. »Mein Gott«, sagte er und fühlte, wie sich ihm der Magen umdrehte. »Lieber Gott.« Er sah auf den Ringfinger einer Frauenhand.

Rich starrte gelähmt darauf, zu geschockt, um die Gedanken, die plötzlich durch seinen Kopf schossen, in eine Form zu bringen. Es blieb Glaister überlassen, es für sie zu tun. Er war gerade in dem Moment, in dem Bulloch das Bündel auspackte, zum Wagen gekommen. Jetzt, als er den ausgeblichenen Finger mit der zerfetzten Haut an dem Glied, an dem er abgetrennt worden war, sah, stieß er heraus: »Verdammt, der ist von der Doktorin.«

Es war einer der wenigen Augenblicke in Bullochs Leben, in denen er sich angeekelt fühlte. Er war nicht der Mann, der sich schnell vor etwas ekelte. Die Kindheitsjahre und später die Zeit bei der Polizei hatten jeden Ansatz eines solchen Gefühls erdrosselt. Zu jeder anderen Zeit wäre er wohl auch über Glaister hergefallen, weil er seinen Gefühlen erlaubt hatte, an die Oberfläche zu kommen; statt dessen fühlte er, wie ihm auf Gesicht und Nacken der Schweiß ausbrach. Er wickelte den Finger, dessen unterer Teil noch immer von dem pathetischen Ring umspannt war, in das schmutzige Taschentuch. Sein Gehirn versuchte, ein Bild dessen zu formen, was geschehen sein konnte. Die Brutalität der Vorstellungen ließ ihn, ganz gegen seinen Charakter, in sich zusammenkriechen. Bevor es ihm gelang, seine Gedanken auf die eigene Rolle zu lenken, sah er nebelhaft den weichgerundeten Körper von Dr. Stowe, einen Knebel im Mund, Hände, die ihre Arme umklammerten, Blut, das aus der Wunde des Stumpfes schoß. Was haben sie dann gemacht? Einen Verband? Er zwang sich, nicht mehr daran zu denken; und wie eine wunderbare Befreiung kam die Wut zurück. Er konnte fühlen, wie sie sich in ihm aufbaute, ausgehend von dem winzigen Pilotlicht, das er nie erlöschen ließ. Die Wut brachte Erregung, die Erregung Energie. Scharf sah er zu Glaister auf.

»Ist irgend jemand von der Technik da?« Mit einer ruckartigen Bewegung des Daumens zeigte er auf den Kontrollraum.

»Leak, Sir, der Verbindungsmann vom Laboratorium.«

»Sagen Sie ihm, er soll ihn sich ansehen, bevor er ihn nach Lambeth bringt. Vielleicht kann er uns irgendwas sagen.« Vorsichtig übernahm Glaister das Bündel. »Und rufen Sie Blanchets Londoner Mann an. Ich will mit ihm reden.«

»Deswegen bin ich rübergekommen, Sir. Wir haben gerade mit ihm gesprochen. Sie hatten recht. Beide Namen waren in den Büchern der Firma. Das Dienstmädchen heißt –« er blätterte in seinem Notizbuch – »Tillion. Louise Tillion. Rübergekommen –«

»Egal, wann sie hergekommen ist. Was ist mit dem Chauffeur?«

»David Arthur Jeram, Sir.«

»Vorstrafen?«

»Die Verbrecherkartei ruft wieder an.«

»All right. Schickt die Beschreibung des Mädchens nach Paris und stellt fest, wer sie ist.«

»Schon geschehen, Sir.«

»Manchmal habe ich Hoffnung für Sie, Glaister.« Es war fast ein Kompliment, was Bulloch sagte, und es brach die Spannung.

»Danke, Sir.«

»Hauen Sie ab.«

Nachdem Glaister durch den Polizei-Kordon und an den wartenden Medienleuten vorüber in Richtung auf den fahrbaren Kontrollraum verschwunden war, wartete Rich darauf, daß Bulloch sagen würde, was er schon früher von ihm erwartet hatte, was er sagen *mußte.* Statt dessen stieg Bulloch aus dem Wagen und fragte: »Ist noch Kaffee da, Rich?«

Rich schüttelte den Kopf. »Er ist alle.« Wo das Wort »Sir« hätte folgen müssen, war nur ein Vakuum, das zwischen ihnen in der Luft hing, und Bulloch war nicht der Mensch, es zu übersehen. Er wußte, was Rich bewegte, und er war sich darüber klar, daß er bald etwas dagegen unternehmen mußte. Nein, nicht bald. Sofort. Aber er konnte sich nicht dazu überwinden. Es war, als habe er eine psychologische Sperre in sich, die es ihm nicht erlaubte.

Statt dessen sagte er zu Rich: »Setzen Sie sich mit dem Londoner Zoo in Verbindung. Dr. Stowe hat einen Mann dort erwähnt: Beale. Er soll ein Experte in Schlangen und ihren Giften sein. Holen Sie ihn her.«

»Sir –«

»Noch etwas anderes, Rich. Besorgen Sie mir die Uniform eines Verkehrspolizisten. Gamaschen, Schutzbrille, Helm. Den ganzen Kram. Verstanden?«

»Sir, es ist –«

»Los, Rich.«

»Sie *müssen* das Geld besorgen!«

»Verdammt, du Idiot, glaubst du, ich kenne meinen Job nicht?«

Bulloch ging in die Luft wie ein Vulkan. »Woher nimmst du die Frechheit, mir zu sagen, was ich zu tun habe?« Seine Worte waren bis zu den wartenden Nachrichtenleuten gedrungen, die verstummten, um zuzuhören. Er senkte die Stimme: »Sie tun, was ich sage.«

Rich gab nicht auf: »Sie werden sie umbringen, Sir. Diese Leute machen keine Witze.«

»Glauben Sie, ich habe das nicht überlegt? Denken Sie, ich ließe die Frau in dieser Scheiße? Sie haben vergessen, daß sie auch den Jungen haben.«

»Ich hatte es nicht vergessen, Sir.«

»Was soll das heißen?«

»Nichts, Sir.« Er wandte sich zum Gehen.

»Und, Rich, jemand soll sich einen Revolver in der Gerald Road geben lassen und ihn auf meinen Namen ausbuchen.«

»Ja, Sir.«

Bulloch sah ihm hinterher, suchte in seinen Taschen nach Zigaretten und fand keine. Er wußte nicht, wo Rich seine Packung aufhob. Wütend bahnte er sich einen Weg durch die wartenden Reporter zum Kontrollwagen. Ihre Fragen und die vorgehaltenen Mikrofone ignorierte er.

Der Kontrollraum war ein dunkelblauer Wohnwagen, unterteilt in kleine Büros, die für Verhöre am Tatort benutzt wurden. Er hatte eine direkte Telefonverbindung zur Zentrale, die für diesen Fall in der Gerald Road eingerichtet worden war. Es war ein Durcheinander von Papier und hämmernden Schreibmaschinen, von läutenden Telefonen und dem Knattern atmosphärischer Störungen im Radiogerät. Zwei Detectives beobachteten Monitore, auf deren Schirmen die Vorder- und Rückfront des Hauses zu sehen waren. Es gab sogar eine Toilette. Als Bulloch eintrat, sah er Rich am Radio und hörte den Befehl hinausgehen: »Motorradeinheiten in der Umgebung vom Eaton Square bitte melden.« Dann reichte ihm Glaister einen Telefonhörer.

Bulloch griff zu und fragte: »Wie heißt er?«

»Blanchets Bürovorsteher? Ein Herr namens Prothero, Sir.«

Bulloch setzte sich an einen der kleinen Tische. Diesen Teil haßte er, die Zeit der ersten Niederlage, die Zeit, wo er nach dem Geld fragen mußte. »Hallo«, sagte er, »hier spricht Detective Chief Superintendent Bulloch.«

Schweigen hatte sich über das Haus gelegt. Seit geraumer Zeit hatte niemand ein Wort gesagt. Es ist, als habe man uns vergessen, dachte Marion. Noch vor kurzem war sie dort draußen in der neblig-kalten Nacht gewesen mit den Geräuschen des Verkehrs und der Züge, mit Stimmen, Schritten, Telefonen, all den nächtlichen Geräuschen, die tief in der Kehle einer Großstadt gurgeln. Hier war nichts als der Staub, der sich in dem stillen Zimmer niederließ.

Dave und Jacmel standen am Fenster wie erstarrt. Howard schien sich in sich selbst zurückgezogen zu haben. Der Junge schlief, fiebernd, krank, mühsam atmend. Wann würde die Wirkung des Medikaments nachlassen? Wann würden sie sich einer Krise gegenübersehen, die niemand ohne medizinische Hilfe bewältigen könnte? Wann würden die Männer den nächsten Schritt tun? Wann würde die Polizei durch die Tür an der Rückseite hereinstürmen? Wann würde die Schlange sich zeigen? Wann . . .?

»Sieh dir das an!« Daves Stimme knallte wie ein Peitschenschlag in die Stille des Zimmers. »Sie bringen den verdammten Wagen zurück!«

Jacmel hatte es noch vor Dave gesehen. Der gelbe Cortina schob sich durch die Absperrung und kam leise schnurrend auf das Haus zu. Er hielt. Ein Polizist in Uniform stieg aus, schloß die Tür, hielt die Schlüssel hoch, so daß die Beobachter am Fenster sie sehen konnten, und legte sie auf das Wagendach. Dann ging er eilig zum Ende der Straße.

»Wir haben es geschafft!« Daves Stimme war angefüllt mit Erleichterung und Jubel. »Verdammt, wir haben es geschafft, Kumpel. Sie sind darauf reingefallen. Du bist ein verdammtes Genie!«

»Er kommt auch«, sagte Jacmel unzugänglich.

Bullochs massive, gebeugte Figur kam durch den Nebel. Sie beobachteten, wie er die Front des Hauses erreichte und seine Stellung auf dem Bürgersteig einnahm. »Können Sie mich hören?« rief er.

Zum erstenmal erlaubte Jacmel sich ein leises Lächeln. Er öffnete das Fenster einen Spaltbreit. »Ja, ich kann Sie hören.«

»Das Geld ist auf dem Weg.« Dave gab Jacmel das Siegeszeichen. Der nickte kurz.

»Haben Sie das gehört?« rief Bulloch.

»Wir haben es gehört.«

»Es besteht also kein Grund, Dr. Stowe noch einmal weh zu tun. Verstehen Sie mich?«

»Kleine Noten. Schweizer Franken. Pfund-Noten; alte. Keine größer als fünf. Deutsche Mark. Eine Mischung.«

»Wir arbeiten daran.«

Howard konnte Bulloch nicht sehen, aber er hörte ihn. Seine Ohren, jetzt fein eingestellt auf das Kriegsspiel zwischen den beiden, erkannte die Bestimmtheit in Jacmel und den Mangel daran in Bulloch. Ihre Rollen waren vertauscht. Er ließ den Kopf auf die Sofalehne sinken und schloß die Augen. Sofort sah er den riesigen, ausgedehnten Komplex der Shakespeare Close, den Fluß an der abgewandten Seite. Natürlich könnten sie ihn mitnehmen. Diese Chance bestand. Oder sie könnten es nicht tun. Die Sache war nur, daß sie den Jungen hatten und jetzt auch die Frau – und er selbst wenig Wert besaß. Aber würden sie ihn töten wollen? Warum nicht? Sie hatten einen Polizisten erschossen. Ein weiterer Mord würde es für sie nicht schlimmer machen.

»Haben Sie gehört?« flüsterte Marion, und er konnte ihren Atem auf seiner Wange spüren. »Sie bringen das Geld.« Wieder nahm sein Ohr Wellen von Gefühlen auf: diesmal von Erleichterung und Freude. Wieder fühlte er die Hand auf seinem Arm. Er sah die weiche weiße Haut, die gepflegten Nägel, ein paar Sommersprossen, den leichten Haarflaum. Er hätte ihre Hand gern genommen und sie gegen seinen Mund gelegt und seine Augen und seine Zunge; er suchte die Zärtlichkeit, die in den Fingern zu sein schien, wollte sie auf seinem Schoß halten, so wie er in den Kinos seiner Jugend die Hände von Mädchen gehalten hatte. So lange hatte es in seinem Leben keine Zärtlichkeit gegeben, und jetzt, wo er sich danach sehnte, wußte er, daß es zu spät war.

»Ja«, sagte er und legte seine Hand auf die ihre. »Ich habe es gehört. Bald haben wir es geschafft.«

In dem Ton seiner Stimme war etwas, das sie schnell aufsehen ließ.

Er versuchte, beruhigend zu lächeln. »Es geht gut, Sie werden es sehen.«

Aber sie wandte sich von ihm ab. Ein Teil ihrer Freude war verflogen, und zwischen ihren Augen stand eine Falte.

Ruth Blanchet stand in der Ankunftshalle des Londoner Flughafens, Halle 2, und beobachtete, wie das Gepäck auf dem Karussell immer wieder herumfuhr. »Das ist meiner«, sagte sie zu einem Gepäckträger und zeigte auf ihren teuren Lederkoffer. »Der dunkelbraune. Und der da.« Ein kleinerer kam heran. Der Träger nahm sie auf und stellte sie auf den Gepäckwagen.

»Rot oder grün?«

»Grün: Ich bin nirgends gewesen«, sagte Ruth bitter, »also habe ich nichts zu verzollen.« Er sah sie seltsam an, zuckte die Achseln und ging voran zu dem grünen Ausgang. Die Zollbeamten winkten sie durch.

»Nach London?«

»Ja.«

»Der Bus steht da hinten.«

»Besorgen Sie mir ein Taxi, bitte.«

»Das kostet Sie ein Vermögen, und der Bus ist genauso schnell.«

»Ein Taxi, bitte. Aber zuerst möchte ich telefonieren.«

»Ich sorge dafür, daß eines auf Sie wartet. Dort drüben, rechts von den Türen.«

Sie sah eine Reihe von Münzfernsprechern und ging auf sie zu, in ihrer Tasche nach Kleingeld suchend. Sie war müde, gereizt und verärgert. Das war erklärlich. Sie hätte sich gewundert, wäre es nicht so gewesen. Seit sie von zu Hause abgefahren war, war alles schiefgegangen; weshalb sollte es jetzt plötzlich anders sein? Sie klimperte mit den Münzen in ihrer freien Hand und starrte auf eine ältere Frau, die immer wieder neue Zehn-Pence-Stücke in das Telefon steckte und eine alte Bekanntschaft zu erneuern schien. Endlich wurde sie unter Ruths Blick unruhig, steckte aber weiter Münzen in den Schlitz.

In den neuen Krokoschuhen hatten Ruths Füße begonnen weh zu tun, bevor sie London überhaupt verlassen hatte; jetzt, nach den langen Strecken, die sie zuerst in Le Bourget und dann wieder auf dem Londoner Flugplatz gelaufen war, war der Schmerz kaum noch erträglich. Sie hatte einen fürchterlichen Tag gehabt.

Zuerst schien es, als ob alles gutgehen würde. Auf dem Flug von London nach Wien hatte sie einen Fensterplatz gehabt. Durch die Fürsorge, die sie als Passagier der ersten Klasse umgab, war ihre Furcht um Philip eingelullt worden. Nach dem Start hatte sie Champagner bestellt. Um diese Tageszeit trank sie gewöhnlich eine Tasse Tee, aber die Stewardess hatte Champagner vorgeschlagen, und so hatte sie ihn bestellt. Während sie ihn trank, fühlte sie, wie sie sich langsam entspannte. Nach dem zweiten Glas war sie überzeugt, daß die Reise gut für sie selbst und auch für Philip war. Vielleicht hatte Dick Howard tatsächlich recht, daß sie den Jungen zu sehr bemutterte; vielleicht war es wirklich nichts weiter als eine schwache Brust. Langsam, während das Flugzeug sie weiter und weiter von London wegtrug, gingen ihre Gedanken von der nahen Vergangenheit hinüber zu der Zukunft direkt vor ihr. Seit wann waren Michel und sie nicht zusammen im Bett gewesen, einen Monat, sechs Wochen? Würde er jetzt gleich nach der Ankunft mit ihr schlafen wollen, oder würden sie zuerst essen – oder jetzt und später noch einmal? Würden sie das Essen aufs Zimmer kommen lassen? Sie hatte eine kurze Vision von sich selbst in einer riesigen Rokoko-Suite, das dünne Negligé, Champagner im Kühler, Kaviar auf gestoßenem Eis, dünne Toastscheiben, warme, linde Luft, ein Balkon, das ganze Wien vor ihr ausgebreitet; und Michel, der zu ihr kam, sie umfing, ihre Brüste berührte. Aber Michel war kein großer Romantiker. Bevor er zu Bett ging, faltete er seine Sachen zusammen – Erbe von tausend Nächten in Tausenden seiner Hotelzimmer –, und dann putzte er sich die Zähne, gurgelte mit Listerine, wodurch seine Küsse nach Medizin schmeckten. Und dann ging er auf die Toilette – immer. Es war eine beinahe Pawlowianische Situation geworden: das Rauschen der Spülung, und da war er.

Aber wahrscheinlich hatte sie Glück. Er stellte keine zu großen Ansprüche an sie; und wenn, dann genoß sie es. Gib es zu, dachte sie, du magst seine kalte, klinische Art ganz gern.

Der Gedanke daran verursachte ein Anschwellen ihrer Brüste und Brustwarzen und eine ungewohnte Wärme auf der Oberfläche ihrer Haut. »Kann ich bitte noch ein Glas haben?« sagte sie zu der Stewardess, aber das Mädchen hatte geantwortet, daß sie die Alpen überflogen. Die Maschine würde in Turbulenzen geraten, und im selben Moment leuchtete das Zeichen auf, die Sitzgurte zu schließen. Zehn Minuten später war ihnen mitgeteilt worden, daß Wien wegen Nebel geschlossen sei und sie nach Paris ausweichen würden.

Le Bourget war feucht und kalt unter dem orangefarbenen Licht, doch sie war froh, das Flugzeug verlassen zu können. Sobald die Passagiere in die Transithalle gebracht worden waren, hatte sie eilig den Waschraum aufgesucht und den Schweiß abgespült, der auf ihrer Stirn angetrocknet war. Dann hatte sie neues Make-up aufgelegt. Sich etwas besser fühlend, war sie in die Halle zurückgekehrt.

Sie setzte sich in einen tiefen Sessel, trank eine Tasse Kaffee und rauchte eine Zigarette. Als sie fertig war, sah sie, daß alle ihre Mitreisenden auf Sofas lagen oder sich auf Sesseln ausgestreckt hatten. Sie streifte die Schuhe ab und schloß die Augen. Aber der getrunkene Kaffee hielt sie auf nervöse Art wach. Die romantische Vision von Wien bei Nacht wurde abgelöst durch plötzliche, plastische Vorstellungen von Philip: Philip mit Grippe im Bett in Rom, mit Asthma im Bett in London, als Baby in seinem Bettchen mit triefender Nase und tränenden Augen – immer Philip im Bett. Es schien, als habe er die meiste Zeit seines Lebens in Krankenbetten verbracht. Es war aber nicht wirklich so, und sie wußte es. Begonnen hatte es an einem eisigen Tag in den Catskills, als er beinahe vier Jahre alt war. Sie würde es nie vergessen. Sie und Pete hatten das Motel erst seit ein paar Jahren gehabt, und die Dinge hatten gerade begonnen, sich einzulaufen. Man konnte nicht ein verkommenes Motel übernehmen und hoffen, schon in den ersten Jahren ein Vermögen zu verdienen. Dazu gehörte Zeit und harte Arbeit.

Es war im Januar, und Philip hatte eine Spielgruppe im Haus eines Nachbarn vier Kilometer entfernt besucht. Gewöhnlich holte sie ihn um halb eins ab, aber an diesem Tag hatte Pete zum Zahnarzt nach Roxbury gemußt und ihr angeboten, Philip auf dem Rückweg mitzunehmen. Die Nacht zuvor hatte es stark geschneit. Der Tag war klar und kalt.

Es wurde eins und dann zwei – und keine Spur vom Wagen. Um 14 Uhr 15, als sie gerade bei der Polizei anrufen wollte, fuhr ein Polizeiwagen vor. Es habe einen Unfall gegeben, ob sie bitte mitkommen würde?

Es war schlimmer als alles, was sie sich hatte vorstellen können. In einer Kurve war der Wagen auf Eis geraten und von der Straße getragen worden, einen Abhang hinuntergestürzt und gegen einen Baum geprallt. Ihr Mann stand bei dem Wrack. Blut von kleinen Schnittwunden war auf seinen Wangen getrocknet, aber sonst war er unverletzt. Er zitterte, weinte und erkannte sie kaum. Ihr Kind war noch im Auto, und man wartete auf einen Kranwagen und Schneidbrenner. Es war das Warten, die Tatsache, daß niemand etwas zu tun schien, was sie überwältigte. In der Erinnerung konnte sie ihre eigene Stimme schreien hören: »Helft ihm! Weshalb hilft ihm niemand?«

Als sie Philip endlich herausgeschnitten hatten, war er beinahe erfroren. Jeder sagte, es sei ein Wunder, daß er es überhaupt überlebt habe. In diesem Augenblick hatte Ruth einen Pakt mit sich selbst abgeschlossen: Nur wenn es ganz unvermeidlich wäre, würde sie Philip der Verantwortung anderer überlassen – und das schloß ihren Mann ein.

Keine Ehe konnte das überstehen. Pete hatte bald begriffen, daß sie ihm mit seinem eigenen Sohn nicht mehr traute. Die Ehe brach auseinander. Das Motel wurde mit Verlust verkauft. Nach der Scheidung nahm sie einen Job als Telefonistin in einem New Yorker Hotel an. Dort lernte sie Michel kennen. Er war in den Staaten, um sich nach

Beteiligungen umzusehen. Er war einen Monat geblieben, hatte sie viermal zum Essen ausgeführt und ihr einen Heiratsantrag gemacht. Vierzehn Tage später waren sie und Philip in London. Der Alptraum hatte sich in einen wundervollen Traum verwandelt.

Während sie in der Transithalle in Le Bourget saß und sich immer mehr in Erinnerungen und Besorgnis verstrickte, fingen ihre Ohren den ersten Aufruf für den Abflug einer Air France-Maschine nach London auf. Impulsiv erkundigte sie sich, ob ein Sitz frei sei. Innerhalb einer halben Stunde war sie wieder in der Luft, auf dem Wege zurück dahin, woher sie gekommen war. Im Flugzeug hatte sie sich selbst überredet, daß dies die vernünftigste aller gegebenen Möglichkeiten sei. War Schwechat für Maschinen aus London gesperrt, dann auch für die aus Singapur. Michel, der eine Stunde nach ihr eintreffen sollte, würde auch nicht landen können. Wo er landen würde, stand in den Sternen – vielleicht sogar in London. Sie hatte das Hotel *Sacher* von Le Bourget aus angerufen und eine Nachricht für ihn hinterlassen. Die Air France hatte für sie ein Fernschreiben nach Schwechat geschickt und dort eine Nachricht hinterlassen; also flog sie jetzt heim in ihr eigenes Bett. Heim. Das Wort rief einen Stich von Beunruhigung hervor. Sie hatte von Paris aus im Haus angerufen und das Gestörtzeichen gehört. Aber sie hatte sich gesagt, daß sie von einem anderen Land aus anrief und alles mögliche die Verbindung stören konnte. Seit sie in London lebte, hatte sie sich an schlechte Verbindungen, Unterbrechungen, Besetztzeichen, bevor sie überhaupt fertig gewählt hatte, Gestörtzeichen, wenn sie wußte, das Telefon war in Ordnung, kurz all die Frustrationen, denen die Benutzer unterlagen, gewöhnt. Trotzdem ... es gefiel ihr nicht. Wenn nun etwas schiefgegangen wäre und man unbedingt durchkommen müßte? Aber nichts war schiefgegangen. Nichts Außerordentliches jedenfalls, außer ihrem ganzen Tag und einer halben Nacht. Sie flog und flog und erreichte nichts als den Ort, den sie verlassen hatte. Stunden vergeudeter Zeit und Kraft. Sie war so müde und frustriert, daß sie am liebsten geweint hätte.

Die alte Frau hörte endlich auf, den Münzfernsprecher zu füttern, und Ruth konnte die Nummer ihres Hauses wählen. Wieder bekam sie das Gestörtzeichen. Sie stand und fühlte, wie sich Verzweiflung in ihr ausbreitete. Sie wählte wieder und wieder. Sollte sie die Störungsstelle anrufen? Ihr Wille schwand bei dem Gedanken an das Erklären, all das Weitergereichtwerden von Abteilung zu Abteilung. Sie warf den Hörer auf die Gabel und eilte zum Hauptausgang. Der Gepäckträger wartete mit dem Taxi. Sie gab ihm ein kleineres Trinkgeld als normal und erwiderte seinen wütenden Blick mit so viel Gift, daß er zusammenzuckte. Dann wurde sie in Richtung auf den Tunnel und die Autostraße entlang nach London hineingetragen. Sie sah, daß die Uhr des Taxis nicht funktionierte, und wußte, daß der Fahrer versuchen würde, 10 oder 15 Pfund aus ihr herauszuschinden; vielleicht sogar mehr, wenn er ihren amerikanischen Akzent hörte. Grimmig sah sie dem Ende der Fahrt entgegen.

Aber bald kehrten ihre Gedanken zu dem Haus zurück. *Weshalb* gab das Telefon Gestörtzeichen? Natürlich konnte die Verbindung irgendwo unterbrochen sein. Oder der Hörer lag nicht auf der Gabel. Aber dann wäre das Besetztzeichen gekommen. Sie starrte auf ihr Spiegelbild im Fenster und sah zwei dunkle Löcher als Augen; der Mund war ein nach unten gebogener Einschnitt.

5

Sonnabend 2.45 – 5.38 Uhr

Die Atmosphäre im Haus hat sich verändert, dachte Marion, seitdem sie hineingebracht worden war. Vorher hatte Bulloch die Sache im Griff gehabt; bullig, aggressiv hatte er über der Situation gestanden, aber jetzt hatte Jacmel die Führung übernommen. Sie saß auf dem Sofa, das Gewicht des schlafenden Jungen auf dem Schoß, und beobachtete Jacmel und Dave am Fenster. Die wiederum beobachteten, wie Bulloch zurück zum Wagen schlurfte.

»Wie wäre es mit einem Drink?« sagte Dave.

»Du denkst, wir können jetzt feiern?«

»Verdammt, warum nicht? Du hast ihn gehört. Sie holen das Geld.«

»Leicht? Einfach so?« Jacmel schnippte mit den Fingern.

»Du hast recht gehabt, Kumpel. Wir haben den Jungen. Und jetzt die Frau. Das ist es, was zählt.«

Erfolg hatte nicht nur Euphorie in Daves Ton gebracht, sondern auch Hochachtung vor Jacmel. Er ist wie ein kleines Kind, das seinen Kopf durchsetzt, dachte Marion. Wie würde er reagieren, wenn etwas schiefging? Mit Wut? Panik? Furcht? Wahrscheinlich eine Mischung aus allen dreien mit einem Verhaltensmuster, das niemand voraussagen konnte. Und er hatte ein Gewehr.

»Jetzt müssen wir denken«, sagte Jacmel.

»Denken?«

»Mein lieber Freund, niemand *gibt* uns Geld und läßt uns ohne ... wie sagt man? ... Bedingungen gehen.«

»Bedingungen?«

»Frage dich selbst.« Marion konnte die Geduld in seiner Stimme hören. Er hält ihn bei Laune, dachte sie. »Frag dich selbst. Du hast einen Polizisten getö ...«

»Wir, Kumpel. *Wir.* So ist das Gesetz hier. Verschwörung nennen sie es. Du hast genausoviel Schuld wie ich.«

»*All right.* Wie du meinst. Ein Polizist ist gestorben. Richtig? So ... geben sie uns einfach Geld und lassen uns laufen?«

»Was können sie machen? Du bist derjenige, der sagt, daß sie uns nichts antun können, wenn wir den Jungen haben.«

»Ich weiß nicht, was sie können. Ich bin kein Polizist, aber wenn ich Polizist wäre, würde ich *irgendwas* machen. Niemand kann an uns ran, solange wir hier im Haus sind. Aber am Ende geben wir auf. Das wissen sie. Wir wissen es. Es ist unumgänglich. Aber an einem Platz, der uns gehört, wo wir nicht belagert werden, wo uns niemand kennt, den wir sogar für eine Weile verlassen können. – Das, mein Freund, ist der Unterschied. Das wissen auch sie. Sie sind nicht dumm, und du warst derjenige, der mir das gesagt hat.«

»Was machen wir also dann?« Die Euphorie war verschwunden, und an ihrer Stelle hörte Marion Unsicherheit.

»Jetzt ist der Moment, wo wir am vorsichtigsten sein müssen. Wenn der Tiger lächelt, ist es nicht amüsant. Das ist ein Sprichwort von euch Engländern, oder? Es gibt nur zwei Türen, nicht wahr, die Haustür und die Tür unten im Keller?«

»Das ist alles.«

»Und hinten?«

»Das habe ich dir doch gesagt: die Mews.«

»Ein Couturier, nicht wahr?«

»Cou –?«

»Sie machen Kleider.«

Jacmel begann im Zimmer auf und ab zu gehen. Endlich sagte er: »Geh runter. Sieh nach, ob es nicht einen anderen Weg rein oder raus gibt.«

»Ich habe dir gesagt: nackte Wände, das ist alles.«

»Es könnte ein Fenster geben.«

»Ich denke nicht daran zu gehen, Kumpel. Die verdammte

Schlange kann überall sein. Nicht einen Fuß setze ich aus diesem Zimmer, bis wir abhauen.«

»Verstehst du nicht«, sagte Jacmel geduldig, »wir haben hier keine Freiheit. Wir können nicht manövrieren. Wir müssen sichere Stellen schaffen, wo wir wissen –«

»Darum geht es, nicht wahr? Du willst, daß ich die verdammte Schlange suche. Zum Teufel damit, Kumpel. Ich habe mit dem Messer gemacht, was du wolltest, aber –«

»Dave, hör mir zu –« Seine Stimme war wieder gesunken, und Marion wurde sich bewußt, wie clever Jacmel war. Er wußte, was für eine Sorte von Mensch er zum Partner hatte, und er wußte genau, wie weit er ihn treiben konnte. Einen Moment war er fest mit ihm, im nächsten nachgiebig. Einen Moment zeigte er ihm die Gefahr, im nächsten Sicherheit. Jetzt wiederholte er seine Argumente, daß das Haus eine Falle sei, erwähnte den erschossenen Polizisten, den Mangel an Manövrierfähigkeit, die Möglichkeit, daß es einen weiteren Zugang zum Haus gab, aber ebenso und wichtiger einen Ausgang aus dem Haus. Er hatte sich dieses Argument bis zuletzt aufgespart, und es schien Dave einzuleuchten.

»Nicht du allein«, sagte Jacmel. »Nimm ihn mit. Er geht zuerst. Und du hast das Gewehr. Was kann dir passieren?«

Während der letzten Minuten hatte Howard mit zurückgelegtem Kopf gesessen. Jetzt fuhr er auf. Er hat Angst, dachte Marion, und wer kann ihm das übelnehmen? Er hat es schon einmal gemacht – in diesem Zimmer. Hat es für sie durchsucht, sicher gemacht. Allein. Keine Schutzkleidung. Keine Waffe. Jetzt verlangen sie es wieder von ihm. Das wäre für jeden zuviel, dachte sie ärgerlich. Und dann hatte sie plötzlich die Antwort. Sie konnte es sich nicht vorstellen, warum es ihr nicht vorher eingefallen war; es sei denn, weil sie über so viel anderes hatte nachdenken müssen, seitdem sie auf den Stufen hinunter in Jacmels Gesicht gesehen hatte.

»Sie brauchen nicht nach der Schlange zu suchen.« Ihre Stimme fiel in das Schweigen wie splitterndes Glas.

Jacmel drehte sich um und kam auf sie zu. Er stand vor ihr – breit, dunkelgrau in dem düsteren Licht.

»Was sagen Sie?«

»Sie brauchen niemanden in Gefahr zu bringen«, sagte sie. »Wenn Sie die Heizung abdrehen, sind Sie sicher.«

»Was?«

»Die Zentralheizung. Schalten Sie sie ab und öffnen Sie die Fenster. Die Schlange wird Sie dann nicht belästigen. Kälte kann sie nicht vertragen. Sie wird in eine Art von Koma verfallen und sterben.«

»Ist das wahr?«

Sie nickte erschöpft. »Ja, es ist wahr.«

Jacmel fragte Howard: »Was sagen Sie?«

»Sie sind Kaltblüter«, antwortete er, nach der Erlösung greifend. »Deshalb kommen sie im Winter nicht raus. Schlangen können Kälte nicht vertragen.«

Jacmel stand über ihnen, vorgeneigt; dann kam er plötzlich zu einem Entschluß. »Wo ist die Kontrollanlage?«

»Direkt vor der Tür.«

»Stellen Sie sie ab.«

Howard ging in den Flur. Der Hauptthermostat, der das ganze Haus kontrollierte, war nahe Philips Zimmer in die Wand eingelassen. Er stand auf 23 Grad Celsius, und Howard schaltete ihn auf ›Aus‹. Zu schwach, als daß man ihn fühlen konnte, hatte irgendwo im Haus ein Puls geschlagen. Jetzt blieb er stehen; und die Flügel, die die heiße Luft durch die Schächte geblasen hatten, drehten sich langsamer und langsamer, bis sie endlich zur Ruhe kamen. Im Keller war nur noch das Ticken des heißen Metalls zu hören, als der Boiler abkühlte.

Oben befahl Jacmel, in allen Räumen die Fenster zu öffnen. Bald breitete sich kalte Luft im Haus aus. Zuerst zog sie über die Teppiche. Dann stieg sie wie Flutwasser an den Wänden hoch, bis die Zimmer mit Kälte gefüllt waren und die Wände selbst ihre Wärme verloren. Eine Viertelstunde nachdem die Heizung abgestellt und die Fenster in der ersten Etage geöffnet worden waren, war die Temperatur auf unter 10 Grad zurückgegangen. Marion fühlte, wie die eiskalte Luft um ihre Füße kreiste und die Waden emporkroch. Sie fröstelte. Sie hatte ihren schweren Mantel ausgezogen gehabt. Jetzt versuchte sie, so vorsichtig wie möglich die Arme durch die Ärmel zu stecken, um das Kind nicht zu bewegen. Der Vorgang dauerte einige Minuten, und sie war durchkühlt, als sie den Mantel endlich um sich zusammenzog. Sie legte die Hand auf Philips Stirn. Sie war eiskalt. Dann fiel ihr auf, daß seine Atmung sich verändert hatte. Er saugte die Luft ein, als habe er Schwierigkeiten, genügend in die Lungen zu bekommen.

»Wir müssen die Fenster wieder schließen«, sagte sie zu Jacmel.

»Wir haben sie gerade erst geöffnet.«

»Es ist der Junge; seine Atmung wird schlechter.«

Dave hatte sich einen Whisky eingegossen und war dabei, ihn zu trinken. »Sie machen wohl Witze.«

Sie ignorierte ihn und sprach nur zu Jacmel: »Wenn er wirklich krank wird, kompliziert es die Dinge für Sie.«

»Und wenn er stirbt«, sagte Howard brutal, »haben Sie noch eine Leiche am Hals. Für Leichen gibt es keine Entschuldigungen. Was wollen Sie machen? Ihn in die Themse werfen?«

»Halt die Schnauze!« Zum erstenmal sahen sie Jacmel wirklich wütend, aber als er weitersprach, hatte er sich schon wieder unter Kontrolle. »Sie«, sagte er leise zu Howard, »Sie sollten vorsichtig sein.«

»Weshalb? Der Wert, den ich für Sie habe, ist gleich Null. Glauben Sie, ich weiß nicht, was passieren wird?«

»Warum sollten sie Ihnen etwas tun?« sagte Marion. »Das Geld kommt doch.«

Es ist an der Zeit, daß ich es ihr sage, dachte er, aber irgend etwas hielt ihn davor zurück. »Sie denken doch nicht, daß sie das Geld nehmen und uns hier in Ruhe frühstücken lassen?«

»Aber Sie haben doch gesagt –«

»Ich habe gesagt, daß Ihnen nichts geschehen wird. Das stimmt wahrscheinlich.«

»Dann –« Philip stöhnte und drehte sich auf ihrem Schoß um. »Er ist eiskalt. Um Himmels willen!«

»Holen Sie eine Decke«, sagte Jacmel zu Howard.

»Warum bringen wir ihn nicht in sein Zimmer? Es wird ein paar Stunden dauern, bis sie das Geld beisammen haben. Mark, Franc, Pfund . . . Das ist nicht so einfach. In seinem Zimmer ist ein elektrischer Ofen. Wenigstens ist er in der Wärme.«

Jacmel zögerte. Dave sagte: »Behalt ihn hier, wo wir ihn sehen können. Was macht es, wenn der verdammte Bengel sich erkältet.«

»Louise hat gesagt, er leidet unter Asthma.«

»Na und?«

»Er wird stundenlang nicht aufwachen«, sagte Howard. »Nicht nach einer doppelten Dosis. Seine Fenster sind verriegelt. Schließen Sie die Tür ab, wenn Sie wollen. Aber glauben Sie mir, wenn Sie es nicht erlauben, werden Sie ein krankes Kind auf dem Hals haben.«

Jacmel nickte. »*All right*. Aber zuerst gehen Sie . . .«

»Ich weiß«, sagte Howard. »Ich weiß.«

Er ging zum Kamin und zeigte auf den langen Messingpoker. Jacmel nickte wieder und sagte dann zu Dave. »Begleite ihn. Es ist an der

Zeit, daß du dein Geld verdienst.« Es war nicht der freundschaftliche Ton der Kameraderie, sondern der eines Offiziers zu einem Soldaten.

Marion beobachtete Howard, wie er zur Tür ging. Trotz der Kälte hatte er Schweiß auf der Stirn. Sie hätte gern etwas gesagt, um ihm zu helfen, aber ihr fiel nichts ein. Sie tröstete sich damit, daß Dave eine Schrotflinte hatte. Sobald er auch nur den geringsten Schatten der Schlange sah, würde er sie töten. Sie preßte den Jungen an sich.

Louise war im Zimmer des Jungen gebissen worden – genauer gesagt, im Ankleidezimmer, von Philip die Great Ngorongoro Crater-Menagerie genannt. Howards Beine waren wieder schwach; er hatte versucht, Marion Stowes wegen mit geradem Rücken aus dem Wohnzimmer zu gehen. Er wollte nicht, daß sie sah, wieviel Angst er wirklich hatte. Sie hätte hysterisch werden können, was die Dinge noch mehr kompliziert hätte. Aber es war nur die halbe Wahrheit.

Er kam zu dem dunklen Viereck der offenen Tür zu Philips Zimmer und schaltete das Licht an. Dave war etwas zurückgeblieben und nicht die geringste Hilfe, sollte die Schlange angreifen. Es war wieder genauso wie im Wohnzimmer. Hinter dem Türrahmen lag ein Alptraumland aus Schatten.

»Mach, daß du reinkommst«, sagte Dave. Es war nicht mehr als ein Flüstern, so als ob die Schlange ihn hören könnte.

Howard trat einen Schritt vor und schloß die Tür hinter sich. Wenn überhaupt, so fühlte er sich ein wenig sicherer. Er hatte kein Zutrauen zu Daves Fähigkeit, im Falle der Gefahr die eigene Angst zu überwinden. Er war allein. Er hatte den Poker. Er konnte ein Fenster einschlagen und hinausspringen. Der Gedanke starb bei seiner Geburt. Was würde mit Philip geschehen? Was mit Marion?

Wieder steckte er unbewußt sein Territorium ab, diesmal nahe der Tür auf dem einzigen Punkt, von dem er wußte, daß er sicher war; wieder zwang er seine Füße vorwärts und bekämpfte das Zittern seiner Beine. Und dann sahen seine im Busch trainierten Augen im Halbdunkel der Great Ngorongoro Crater-Menagerie etwas, das ihm Hoffnung gab. Von der Tür von Philips Schlafzimmer aus konnte er das Meerschweinchen, das Kaninchen und den goldenen Hamster sehen. Unbeeindruckt saßen sie vor ihren Käfigen und fraßen. Wäre die Schlange in der Menagerie oder in Philips Schlafzimmer gewesen, hätten sich die Tiere vor Angst in der äußersten Ecke ihrer Schlafkisten verkrochen. Durch dieses Wissen etwas beruhigt, trat er näher. Er suchte und fand nichts.

Howard trug den Jungen in das Zimmer und legte ihn auf sein Bett. Als er die Decke um ihn zurechtzog, kam Philip verschlafen zu sich.

»Alles in Ordnung, mein Alter«, sagte Howard beruhigend.

Mit schwerer Zunge murmelte Philip: »Du warst nicht hier. Konnte die Kiste nicht aufmachen.«

»Morgen machen wir die Kiste auf.«

»Du mußt . . . mich zeitig wecken.«

»Ja.«

»Ehrenwort?«

»Ehrenwort; zeitig.«

Jacmel war dabei, das Verbundglasfenster zu untersuchen.

»Der Wecker«, sagte Philip im Einschlafen. »Ich habe . . . den Wekker nicht gestellt.«

Howard nahm ihn und zog ihn auf. »Schon geschehen. Mach dir keine Gedanken. Schlaf.«

Philips Augenlider flatterten und schlossen sich dann.

»Kommen Sie«, sagte Jacmel.

»Weshalb lassen Sie nicht das Licht an?« sagte Howard. »Dann ängstigt er sich nicht so, wenn er aufwacht.« Jacmel nickte. »Das ist der Heizofen«, sagte Howard und deutete auf einen Zwei-Kilowatt-Ventilatorofen. »Soll ich ihn einschalten?«

»Ja.«

Er kippte den Heizofen so, daß die warme Luft aufwärts über Philips Bett geblasen wurde. Die Vibrationen des Fächers machten ein kleines, brummendes Geräusch.

»*All right.*« Jacmel deutete an, daß Howard zurück auf den Treppenabsatz gehen solle. Dann schloß er die Tür von Philips Schlafzimmer ab und legte den Schlüssel auf den Telefontisch. Sie gingen zurück in das Wohnzimmer. Die Füße unter sich gezogen, saß Marion zusammengekauert auf dem Sofa. Die Temperatur war noch weiter zurückgegangen, und das ganze Haus, mit Ausnahme von Philips Zimmer, war sehr kalt. Als sie Howard sah, lächelte sie jedoch und nahm die Füße beiseite, um ihm Platz zu machen.

»Lassen Sie«, sagte er und steuerte auf einen Sessel zu.

»Ich fühlte mich besser, wenn Sie neben mir säßen.«

Er versuchte, mit einem Lächeln zu antworten, aber es fror auf seinem Gesicht fest. Er setzte sich dahin, wo er zuvor gesessen hatte.

»Geht es ihm gut?« fragte sie.

»Im Moment. Jedenfalls ist es ihm warm genug.«

Der Schlange war es nicht warm genug. Seit einiger Zeit war ihre Körpertemperatur gesunken, und folglich hatten sich ihr Herzschlag und die Atmung verlangsamt. Sie lag da, wo sie während der letzten Stunden gelegen hatte: in der Kreuzung der Heißluftschächte. Ab und an, wenn ein U-Bahn-Zug auf dem Weg von Victoria Station nach Sloane Square über die unterirdischen Schienen ratterte, hob sie den Kopf. Ein paar Minuten nachdem die Vibrationen aufgehört hatten, fiel ihr Kopf langsam in die Ruhestellung zurück. Aber die Vibrationen waren jetzt viel weniger geworden. Anstatt daß sie aufmerksam war, verursachte die kalte Luft, die durch die Schächte kam, daß ihr Körper langsam von einer Starre ergriffen wurde. Wie alle Schlangen war *Dendroaspis Polylepis* selbst gegen den geringsten Temperaturwechsel außerordentlich empfindlich. Sie war in eine Welt hineingeboren worden, deren Temperaturen zwischen 20 und 26 Grad Celsius schwankten. Innerhalb dieser Skala konnte sie ihre Körpertemperatur so regulieren, daß sie sich nie mehr als zwei Grad von jedem beliebigen Punkt entfernte. Einmal, im Hochsommer, war sie in der Mittagszeit auf einer Ebene von der sengenden Sonne überrascht worden. Da sie keine Schweißdrüsen hatte, stieg ihre Körpertemperatur auf 32 und dann schließlich auf 38 Grad. Sie war nahe daran, an einem Hitzschlag zu sterben, als sie auf die verrosteten Reste eines Anson-Bombers stieß. Er war während des Zweiten Weltkriegs von der Royal Air Force als Trainingsflugzeug benutzt worden und im Jahre 1943 abgestürzt, wobei Pilot und Navigator ums Leben kamen. Sie war an eine schattige Stelle in der alten Kanzel gekrochen und hatte dort halbtot gelegen, bis die Nacht Kühlung brachte.

Auch das Gegenteil war ihr passiert. Zu Herbstbeginn war sie an einem warmen Abend auf Jagd gewesen. Plötzlich war das Wetter umgeschlagen: Eiskalte Winde waren von den Drakensbergen heruntergekommen und hatten den ersten, brutalen Geschmack des Hochlandwinters mit sich gebracht. Die Temperatur war so schnell gefallen, daß sie keinen Schutz mehr suchen konnte. Sie war einfach in der Mitte des *veld* zum Stillstand gekommen, ihr Körper so steif wie eine Eisenstange. Jedes kleine Nagetier hätte sie bei lebendigem Leib anknabbern können, denn es war ihr unmöglich, sich zu bewegen. Am folgenden Tag kam die Sonne heraus und wärmte die Erde, wärmte auch sie und gab ihrem Körper neues Leben.

Jetzt fiel die Temperatur in dem Gewirr von Luftschächten, und ebenso schnell fiel ihre Körpertemperatur, die sie nicht kontrollieren oder anpassen konnte.

Glücklicherweise war sie sehr gut für das Überleben ausgestattet. Sie hatte hochentwickelte Systeme zur Verfügung, wenn auch die Funktionen jedes einzelnen von ihnen paradox erschienen. In dem Luftschacht, in den kein Licht drang und wo die Dunkelheit wie schwarzer Samt war, konnte sie mit ihrer Zunge »sehen«. Ihre normale Sehschärfe war selbst bei ausreichendem Licht schlecht und monochrom, aber die Wahrnehmungen der Zunge waren multidimensional. Sie war verbunden mit einem Mechanismus in der Gaumenhöhle, dem Jacobson-Organ, das die Informationen verarbeitete und an das Gehirn weiterleitete. Die Zunge konnte nicht nur »sehen«, sie war auch ihr Geruchsorgan. Und obgleich sie außerhalb des Kopfs keine Ohren hatte, konnten die Knochen ihres Kiefers Vibrationen aufnehmen und das innere Ohr informieren, das wiederum das Gehirn alarmierte.

So filterten jetzt in der Dunkelheit ihre informationssammelnden Sinnesorgane dem Gehirn Fakten zu, die ein Muster bildeten. Zuerst einmal nahm ihre Zunge einen starken »Geruch« von Vegetation wahr, einen Geruch, den sie kannte. Zweitens fingen die Nervenenden an der Spitze ihrer Nase aus der gleichen Gegend geringe Spuren von Wärme auf. Drittens hatte die U-Bahn für die Nacht Schluß gemacht. So gab es keine Vibrationen mehr, die sie ängstigten. Sie begann sich in der Richtung zu bewegen, die ihre Sinnesorgane angaben.

Der Geruch von Vegetation kam aus dem Mülleimer, der unter anderem verschiedene Salatblätter, das Grün von Karotten und einen halben, vertrockneten Kohl enthielt. Der Mülleimer stand in einem Aufzug im Keller. Er war früher am Tag von der Küche im zweiten Stock herabgeschickt worden. Die Wärme kam von dem Boiler. Das abkühlende Metall tickte nicht mehr, aber es war noch ein bißchen Wärme darin zurückgeblieben, ebenso in dem Heizungsrohr, das vom Deckel des Boilers zu einem der alten Kaminschächte führte. *Dendroaspis* zog ihren bereits erstarrenden Körper der Wärme zu.

»Sie frieren«, sagte Marion und berührte Howards Hand. Ihre Stimme war voller Mitgefühl.

»Ich merke nichts.« Er saß zurückgelehnt auf dem Sofa, das Gesicht aschgrau.

»Sie sind eiskalt.« Sie ließ ihre Finger einen Augenblick länger auf seiner Hand. Wieder empfand sie Trost durch die Berührung mit einem anderen Menschen. Doch die Sprache des Kontakts war diesmal anders. Unbewußt übermittelte sie Dankbarkeit für das, was er getan hatte, und eine Entschuldigung für ihr eigenes Schuldgefühl, weil sie nicht helfen konnte.

»Mir geht es gut.« Er fühlte, wie sie zögerte und dann ihre Hand zurückzog. Wieder überflutete ihn Traurigkeit. Er hatte es gern, von ihr berührt zu werden, und war in gewisser Weise dankbar dafür. Sie mußte wissen, wie es gewesen war; sie ging die ganze Zeit mit Schlangen um. Vielleicht konnte sie es sich trotzdem nicht vorstellen. Niemand, der nicht ein Haus wie dieses nach einer tödlichen Schlange durchsucht hatte, konnte sich vorstellen, wie es war, eine Gardine zurückzuziehen, einen Stuhl zu verschieben, unter einen Tisch zu spähen – niemals sicher, woher die Schlange zuschlagen könnte. Es war wie russisches Roulette, nur daß eine Kugel schneller und sauberer war.

Er schloß die Augen, und wieder sah er in Gedanken Shakespeare Close, das riesige, massive Gebäude, vor sich. Aber diesmal sah er es im Regen, der von der Seite gegen die roten Ziegelmauern peitschte. Vor Jahren – während eines langen Urlaubs vom Kolonialdienst – hatte er einmal dort gewohnt. Wann war das gewesen? Anfang der fünfziger Jahre? Ja, um diese Zeit mußte es gewesen sein. Damals hatte er Jane getroffen.

Er hatte eine Wohnung in Wordsworth gehabt, sie lebte in Shelly. Getroffen hatten sie sich unter sehr unromantischen Umständen. Er hatte eine Zeitung in der Ladenarkade im Erdgeschoß des Verwaltungsblocks gekauft, und Jane hatte neben ihm gestanden. Sie hatte einen fetten Dackel an der Leine gehabt. Er war gerade dabei, das Wechselgeld einzustecken, als er sah, daß der Dackel neben dem Tresen einen Haufen auf den Boden gesetzt hatte. Als er aufblickte, trafen seine Augen die des Mädchens, das die Leine hielt. Sie waren voller ängstlicher Verlegenheit. Weder der Ladeninhaber hatte etwas gesehen noch der einzige andere Kunde, der Taschenbücher in einem Regal betrachtete. Howard hatte seine *Times* auf den Haufen ziemlich festen Kots fallen lassen, sich gebückt, ihn aufgehoben und war schnell aus dem Laden und zum nächsten Abfallkorb gegangen. Das Mädchen war ihm nachgeeilt, den Dackel wie ein Miniatur-Hippo hinter sich her ziehend.

»Mein Gott, es tut mir schrecklich leid!«

Er lächelte. Ein alter Witz schoß ihm durch den Kopf: »Es macht nichts; wir sagen einfach, es war der Hund.« Aber er verkniff es sich.

»Machen Sie sich keine Sorgen«, sagte er statt dessen. »Ich hatte einmal einen Terrier, der Löwen mit heimbrachte. Es gibt nichts Peinlicheres als einen unerwünschten Löwen.«

Sie hatte ihn angestarrt, als rede er irre. Dann hatte sich langsam ein Lächeln der Erleichterung auf ihrem Gesicht ausgebreitet.

Das war der Anfang gewesen. Ihr Name war Jane Lasser, Mrs. Jane Lasser, und sie war dreiundzwanzig. Blond. Gute Figur. Schwere Brüste. Und die schönsten grauen Augen, die er jemals gesehen hatte. Seit acht Monaten war sie mit einem Mann verheiratet, der fast zwanzig Jahre älter war als sie. Er leitete ein internationales Ausstellungs-Unternehmen und war meistens in Europa, wo er Handelsmessen organisierte, Bootsausstellungen, Buchmessen, Weinmessen – alles, was die Leute ausstellen wollten. Das bedeutete beinahe ständiges Reisen, und sie hatte ihn fast fünf Monate lang nicht gesehen.

Sie lebte mit ihrem Dackel im Shakespeare Close. Sie war bereit für eine Liaison gewesen und er, wie es schien, für die große Liebe seines Lebens. Die vergangenen Jahre hatte er auf abgeschiedenen Vorposten in Zentralafrika verbracht. Weibliche Gesellschaft hatte es nicht gegeben, abgesehen von den Eingeborenenfrauen, die er nicht berührt hatte aus Furcht, seine Autorität zu untergraben, und der Frau des District Commissioners, die er aus Furcht vor dem DC nicht angefaßt hatte.

Er und Jane waren übereinander hergefallen wie Kannibalen, hatten Fleisch und Emotionen verzehrt, als befänden sie sich auf der Schwelle des Hungertodes – was wohl auch stimmte. Zeit hatte keine Bedeutung. Sie lebten in ihrem großen Doppelbett in einem Zimmer mit Blick auf die Themse und tauchten nur auf, um zu essen oder abends zu einer Show zu gehen. Die Briefe ihres Mannes öffnete sie nie, und nach ein paar Wochen lag ein kleiner Stapel auf dem Tisch in der Diele.

So lebten sie sechs Wochen lang, einer beinahe in der Haut des anderen. Bis dahin war er unberührt gewesen, und in diesen sechs Wochen explodierte sein Körper mit der aufgestauten Lust erzwungenen Zölibats. Seine Sinne verlangten und bekamen all die Weichheit und Zärtlichkeit, derer die Jahre im Busch sie beraubt hatten. Sie liebten sich so, wie noch nie zuvor zwei Menschen sich geliebt hatten; jedenfalls war es das, was er glaubte. Sie sprachen miteinander. Sie machten

Pläne für die Zukunft. Sie sprachen von Ehe. Sie konnten nicht ohne einander auskommen. Sie würde sich von ihrem Mann scheiden lassen. Howard würde den Auslandsdienst verlassen und sich einen Job in England besorgen. Sie würden sich niemals trennen.

Und dann war das furchtbare Telegramm vom Familienanwalt in Nairobi gekommen, daß seine Eltern von den Mau-Mau-Terroristen getötet worden waren.

Er war sofort zurückgeflogen. Das einzige Flugzeug, das er bekommen konnte, war eine ältere Dakota gewesen. Mit der Gemütlichkeit eines Flugbootes hatte sie Stops für Kaffee, Mittagessen und Tee eingelegt und war jeden Abend gelandet, damit die Passagiere im Hotel schlafen konnten. Die erste Nacht hatte er auf Malta verbracht, die zweite im Wadi Halfa im Sudan und die dritte in Entebbe in Uganda. Am vierten Tag hatte er endlich Nairobi erreicht. Seine Eltern waren bereits beerdigt. Erst da war es ihm voller Scham aufgegangen, daß er während des Fluges an wenig anderes gedacht hatte als an den Schmerz über seine Trennung von Jane.

Die ersten Abende allein in dem großen, steinernen Farmhaus waren mit die schlimmsten seines Lebens gewesen. Seine Eltern waren beim Abendessen gewesen, als ein junger Gärtner mit einer *panga* ins Zimmer gestürzt kam und sie getötet hatte. Um die Tischbeine herum konnte Howard auf dem Teppich noch immer die Blutflecken sehen. Der Gärtner mußte an dem alten Luke vorbei und hatte auch ihn getötet. Howard kannte keinen der Dienstboten; jeder war für ihn ein potentieller Feind. So schloß er allabendlich die schweren Fensterladen und verbarrikadierte die Türen. Die Dienstboten hatte er zurück in ihre 500 Meter entfernten Hütten geschickt, und er war allein mit seinen Gedanken und den knatternden Störungen seines Radios.

Sie hatten vereinbart, daß Jane ihm in wenigen Wochen folgen werde. Zuerst mußte sie es ihrem Mann sagen, und dann mußte sie die Scheidung vorbereiten; es machte weder ihr noch Howard etwas aus, wer sich von wem scheiden ließ, solange es überhaupt geschah. Sie würde nach Kenia kommen, und dann wollten sie als Mann und Frau leben, bis sie endlich heiraten konnten. So war es vereinbart gewesen, aber während er Nacht für Nacht in seinem Farmhaus saß und an sie schrieb, wurde er hin und her gerissen zwischen der Sehnsucht nach ihr und den Bedenken, sie in eine so gefährdete Gegend zu bringen. Endlich hatte er einen Kompromiß gefunden und eine Wohnung in Nairobi gemietet, in der sie wohnen konnte. Er würde für die Wochenenden zu ihr kommen oder auch für längere Zeit, je nachdem, wieviel Arbeit er auf der Farm hatte.

All dies schrieb er in seinen Briefen, zusammen mit Vorschlägen, was für Kleidung sie mitbringen solle – sie hatte sich vorgestellt, daß Kenia von einem dampfenden Dschungel überwuchert sei, und er mußte sie davon überzeugen, daß es auf der Farm in Höhe von 1800 Metern so kühl war, daß sie sogar an Sommerabenden einen Pullover tragen konnte.

Es waren Briefe voller Sehnsucht, voller Anspielungen auf das, was sie während der sechs Wochen genossen hatten. Er fand, daß er ganz offen über ihr Sexualleben sprach, etwas, wofür er sonst viel zu befangen gewesen wäre. Während er an die Tage und Nächte dachte, in denen sie trunken waren von der Sexualität des andern, überfiel ihn das Verlangen nach ihr, und das leere Farmhaus wurde zum Gefängnis.

Er schrieb jeden Tag, sie alle vierzehn Tage. Er beruhigte sich, daß seine eigenen Briefe auch dazu dienten, die langen Abendstunden zu verbringen, und daß die kurzen und ziemlich eilig geschriebenen Briefe, die er aus London bekam, Früchte normaler Korrespondenz waren. Aber dann vergingen Wochen ohne einen Brief von ihr. Diejenigen, die er bekam, waren noch kürzer als zuvor. Er wurde besorgt. Er schrieb und fragte, ob etwas nicht in Ordnung sei. Sie antwortete nicht. Er schickte ein Telegramm; auch dieses beantwortete sie nicht. Er rief an. Es dauerte sechs Stunden, bis er zum Shakespeare Close durchkam, und dann war die Verbindung schlecht.

Aber nicht so schlecht, daß er die Männerstimme nicht hören konnte, die seinen Anruf beantwortete und ihm sagte, Jane sei gerade auf einen Sprung nach unten in die Läden gegangen. Howard riß sich zusammen, und dann sprang er ins kalte Wasser:

»Spreche ich mit Mr. Lasser?«

Der Mann hatte gelacht. Nein, hatte er gesagt, nicht mit Mr. Lasser. Plötzlich hatte Howard sich die Szene vorstellen können: das große Doppelbett; das Telefon auf dem Tisch daneben; der nackte Mann, der auf die vom Regen gekräuselte Themse starrte; und Jane, die zum Einkaufen war. Was? Zwei Steaks, so daß sie Steaks und Chips machen konnte, wie sie es so oft für sich und Howard getan hatte? »Um dich bei Kräften zu erhalten«, hatte sie gesagt. Und im gleichen Augenblick hatte das Bild gewechselt: der Tisch in der Diele, darauf ein Stapel ungeöffneter Luftpostbriefe; diesmal von ihm selbst. Er hatte den Hörer aufgelegt und versucht, Jane aus seinem Gedächtnis zu streichen. Erst nach mehr als einem Jahr hatte der Schmerz nachgelassen.

»Hier«, sagte Marion Stowe, »lassen Sie mich etwas davon um Sie wickeln.« Sie hatte den Mantel ausgezogen und versuchte, ihn ihm überzulegen.

»Nein, nein«, sagte er und setzte sich aufrecht. »Mir ist nicht kalt. Wirklich nicht.«

»Aber natürlich. Erfroren sind Sie. Und er ist groß genug für zwei.«

Während der letzten Minuten hatte sie ihn beobachtet. Sein Gesicht, sowieso schon grau, war schmaler geworden, die Wangen eingefallen, die Haut gespannter. Er ist krank, dachte sie. Entweder krank oder von Furcht physisch ausgehöhlt. *Treib nicht weg,* dachte sie, *laß mich nicht hier allein.* Sie hatte sich umständlich mit ihrem Mantel beschäftigt. Als ihn das nicht zu wecken schien, hatte sie den Mantel ausgezogen und angefangen, ihn um sie beide zu wickeln. Aus diesem Grund hatte sie viel enger an ihn heranrücken müssen, bis sich ihre Körper berührten. Ihre weichen, runden Glieder trafen auf scharfe Ecken und knochige Vorsprünge, und sie erkannte, daß er unter der Kleidung sehr dünn sein müsse. Wieder hatte sie Mitleid mit ihm. Sie benutzten ihn, diese Leute, wie ein ... Ihr Gehirn suchte nach dem richtigen Wort, und sie sah das Bild eines Mannes, der ein Minensuchgerät hielt. Genauso benutzten sie ihn. Wie eine Maschine ohne Gefühle. Aber er hatte Gefühle. Er hatte Angst, und doch war er gütig zu ihr gewesen, galant auf eine fast altmodische Art. Sie war unendlich gerührt, aber gleichzeitig fürchtete sie, er könne weggleiten, sich aus Selbstschutz verkapseln. Sie wollte ihn in ihren Dimensionen haben. Sie brauchte ihn.

»Aus welchem Teil Afrikas kommen sie?« fragte sie lebhaft.

»Kenia.«

»Oh, da bin ich nie gewesen, außer daß ich in Nairobi zwischengelandet bin.« Er antwortete nicht. »Vom Flugplatz aus kann man nicht viel sehen. Ich meine, man bekommt keinen Eindruck vom Land, oder?«

»Nein, ich glaube nicht.«

»Haben Sie dort Familie?«

»Ich bin nicht verheiratet.«

»Oh.«

Eigentlich war es vorgesehen, dachte er. Er hätte heiraten sollen. Die Frau vom District Commissioner hatte immer gesagt: »In Dick wird mal eine Frau einen wunderbaren Mann haben.« Und jedesmal, wenn sie es sagte, hatte sie ihn abschätzend angesehen, und er hatte gewußt, daß er sie jederzeit haben konnte, wenn der District Commissioner unterwegs war. Harry Marshall hatte sie gehabt. Er hatte gesagt, es sei, wie wenn man mit einer Python ins Bett ginge. Aber mit der Frau des DC ins Bett zu gehen war ein Klischee im Kolonialdienst – die meisten Scheidungen resultierten daraus; Howard hatte es vermieden. Damals war er ehrgeizig gewesen, und er hatte nicht gewollt, daß irgend etwas seine Karriere beeinträchtigte. Eine halbe Stunde mit der Frau des DC an einem heißen Nachmittag unter der Bettdecke hätte genau dazu geführt.

Er wäre ein guter Ehemann gewesen, Jane hatte etwas versäumt; sie hatte keine Ahnung, was sie versäumt hatte – er hätte ihr alles gegeben. Jetzt, wo er sich an die amüsierte Männerstimme am Telefon erinnerte, verspürte er wieder einen Stich von Ärger und Eifersucht. In all der Zeit hatte er sich niemals gesagt, daß er eher Glück gehabt hatte als das Gegenteil. Hätte er London nicht verlassen, wäre es niemals geschehen; er hatte sie verlassen, sie war einsam. Er war zu dem Schluß gekommen, daß es seine Schuld war.

Nach Jane waren die meisten Frauen, die er traf, wie abgestandenes Sodawasser. Weil er es brauchte, war er mit ihnen ins Bett gegangen, aber Gefühle hatte er nie dabei empfunden. Eine gewisse Zeit war er mit der BOAC-Clique zusammen gewesen, verschiedene Stewardessen, die zwei-, manchmal dreimal in der Woche in Gruppen eintrafen. Damals hatte er die Wohnung in Nairobi noch gehabt. Er hatte sie ausgeführt zum Wildpark vor der Stadt, zu Drinks oder Abendessen und dann zurück in die Wohnung. Es war fast zu einfach gewesen. Manche sagten, es wäre die Höhenlage; daß sie ihnen in den Kopf steige. Was auch immer es war: Diese kühlen, attraktiven Mädchen in ihren blauen Röcken und weißen Blusen schienen sich, sobald sie gelandet waren, in Nymphomaninnen zu verwandeln. Eine Zeitlang war es ganz nett. Dann hatte er aus finanziellen Gründen die Wohnung aufgegeben. Wegen einer Verabredung den ganzen Weg nach Nairobi zu fahren und dann die Hoteltreppe hinauf in das Zimmer eines Mädchens zu schleichen war nicht dasselbe gewesen.

Er hatte ein Verhältnis mit einer Witwe auf einer Nachbarfarm angefangen. Sie hatten hauptsächlich über Bücher geredet und waren dann ohne viel Leidenschaft, aber mit dem Bedarf nach therapeutischem Kontakt ins Bett gegangen.

Meistens war er allein auf der Farm. Er war einsam und dachte oft an eine Ehe. Das Unglück war, daß keine Frau, die er traf, wie Jane aussah. Als er dann die Farm verkauft hatte und ins Safarigeschäft ging, war er froh gewesen, daß er keine Frau zurücklassen mußte.

Es waren Stories herumgegangen, daß weiße Jäger immer einen Doppelschlafsack bei sich hatten und die Frauen ihrer Kunden aufs Korn nahmen, während die Männer hinter einem Rhino her waren. Das war Unsinn. Erstens schlief man im Busch auf einem Feldbett, das sofort zusammengebrochen wäre, hätten zwei Leute darauf herumgeturnt, und zweitens war man am Ende des Tages viel zu müde für solchen Unfug. Der dritte und wichtigste Grund war der, daß ein weißer Jäger nur so gut war wie sein Ruf, und der umfaßte eine Vielzahl von Dingen. Von allem anderen abgesehen, wäre es nicht besonders komisch gewesen, hätte mittendrin ein mit einer Elefantenbüchse bewaffneter Ehemann seinen Kopf um die Zeltklappe gesteckt. Es war einfach nicht drin, ganz gleich, was die Schriftsteller sagten.

»Mein Mann war Südafrikaner«, sagte die Stimme neben ihm. »Deshalb kenne ich den Akzent.« Sie hatte es schon einmal gesagt, und es klang blöd, als sie es wiederholte, aber wovon sollte sie sonst reden? Er schien sich in sich selbst zu verkriechen. Irgendwie mußte sie ihn aus sich herauslocken und dafür sorgen, daß es so blieb.

Er reagierte nicht.

»Was haben Sie in Afrika gemacht?« fragte sie unnachgiebig.

»Eine Menge Dinge. Kolonialdienst. Ein bißchen gejagt. Eine Farm gehabt. Mich um einen Safaripark gekümmert.«

Sie wußte, daß Jacmel sich halb umgedreht hatte und zuhörte, kümmerte sich aber nicht darum. »Erzählen Sie mir davon.«

»Wovon?«

»Von Ihnen.«

»Mir?«

»Ja. Warum nicht?«

»Worüber?«

»Ich weiß nicht – über Ihr Leben.«

»Es würde die ganze Nacht dauern.«

»Wir haben die ganze Nacht vor uns.«

»Ja, das werden wir wohl. Aber mein Leben kann Sie kaum interessieren.«

»Um Himmels willen, reden Sie mit mir. Schließen Sie nicht die

Augen. Lassen Sie sich nicht davontreiben. Reden Sie. Erzählen Sie mir etwas.«

Howard rappelte sich auf und drehte den Oberkörper, um sie zu betrachten. Im Schein der abgedunkelten Lampe sah er ihr Gesicht als weiche, blasse Fläche, darin die dunklen Augenhöhlen. »Geben Sie mir Ihre Hand«, bat er. Sie nahm seine Hand und zog sie unter den Mantel auf ihren warmen Schoß.

»Es wird Ihnen nichts passieren«, sagte er. »Machen Sie sich keine Sorgen.«

»Es wird *uns* nichts passieren.«

»Es wird *uns* nichts passieren. Wo soll ich anfangen?«

»Sie sagten, Sie waren im Kolonialdienst. Fangen Sie damit an.«

So erzählte er ihr von dem Dienst und der Frau des DC, über seine Touren durch den Distrikt; wie er nach Salisbury auf Urlaub gegangen war und manchmal heim nach Kenia. Aber er erzählte ihr nicht von Harry Marshall oder Jane Lasser. Er sprach in kurzen Sätzen. Je länger er erzählte, desto länger wurden die Sätze und die Einzelheiten farbiger. Nach einer Weile verwandelte sich das, was als Lebenslauf begonnen hatte, in eine Autobiographie. Auch ihm fiel es auf, daß Jacmel zuhörte, aber auch er – wie Marion – kümmerte sich nicht darum.

Er erzählte ihr, wie ihn in London das Kabel über den Tod seiner Eltern erreicht hatte, und stellte fest, daß sie kaum etwas vom Mau-Mau-Terrorismus wußte: Viele weiße Farmer und Hunderte von Schwarzen waren vom Kikuyu-Stamm, der einen Bluteid geleistet hatte, abgeschlachtet worden.

Er erzählte ihr von der Farm und wie er sie, nachdem Kenia von England die Unabhängigkeit bekommen hatte, zu einem Viertel ihres Wertes verkaufen mußte; daß er, als die Schulden abgezahlt waren, gerade noch genügend Geld gehabt hatte, um sich für das Jagdgeschäft auszurüsten – das einzige andere Geschäft, das er kannte. Er erzählte ihr, wie er mit Michel Blanchet nach Moçambique gegangen war und wie er das *Safari Park Hotel* aufgebaut hatte.

Und als er aufhörte, fragte sie: »Weshalb sind Sie weggegangen?«

Da hatte er es. Die Frage war unschuldig genug gestellt, aber tatsächlich hatte alles darauf hingeführt. Es war unumgehbar. Wieder fühlte er wie im Traum den Löwen auf sich. Unbeabsichtigt gingen seine Hände zu seinem Bauch, dessen Wunden bei der Erinnerung brannten.

»Ich hatte einen Unfall«, sagte er.

»Was für einen Unfall?«

»Mit einem Löwen. Man wird zu sicher, und dann gehen sie auf einen los.«

»Was geschah?« Diesmal war es Jacmels Stimme vom Fenster.

»Jemand fotografierte einen Löwen, und der griff an.«

»Sie?«

»Mich.«

»Warum haben Sie ihn nicht erschossen?« fragte Jacmel. »Sie hatten doch ein Gewehr, oder?«

»Ja«, sagte Howard müde. »Ich hatte ein Gewehr.«

Sie warteten, aber er erklärte es nicht. Schließlich zuckte Jacmel die Schultern. »Engländer! Eure Tierliebe geht so weit, daß ihr euch von ihnen töten laßt.« Howards Schweigen schien ihn zu berühren, denn er kam zum Sofa und sagte: »Sie haben sich die Farm von denen wegnehmen lassen.«

Einen Augenblick lang war Howard verwirrt. Dann begriff er, was Jacmel meinte.

»Die britische Regierung beschloß, Kenia die Unabhängigkeit zu geben. Wir konnten nichts dagegen tun.«

»Sie hätten gegen die Mau-Mau kämpfen können *und* gegen die britische Regierung. In Algerien haben wir um unser Land gekämpft. Wissen Sie, was ein *pied noir* ist?«

»So hat man die Siedler genannt, die gegen Frankreich kämpften.«

»Ja, aber nicht gegen Frankreich; nur gegen die Franzosen, die Algerien die Unabhängigkeit geben wollten. Wir, die *pieds noirs*, waren Patrioten. *Algérie française*. Das stand auf unserem Banner. Wir bekämpften die französische Armee und die Moslems. Und wir kämpften gegen de Gaulle. Er machte mit uns das, was Sie verschachern nennen. Wissen Sie, was OAS ist und die FLN? Kennen Sie das Delta-Kommando? Oder die *plastiquage*? Die *barbouzes*? Erinnern Sie sich an die Woche der Barrikaden? Salan? Gardes? Maurice Challe? Was wissen Sie vom Kolonialkrieg? Sie haben das Land den Schwarzen überlassen. Sie haben Ihre Farm aufgegeben. Auch ich hatte eine Farm. Ich habe sie nicht *weggegeben*. Aber Sie – Sie haben nicht einen Schuß abgefeuert.«

Jacmel sah auf die beiden verängstigten Menschen hinab. Was wußten sie vom Leben? Was wußten sie vom Krieg in Algier und Oran? Aus Furcht, aus einem vorbeifahrenden Auto beschossen zu werden, konnte man keine Tasse Kaffee in einem der Straßencafés trinken; aus

Furcht vor Plastikbomben in einer Aktentasche wagte man nicht, ins Kino zu gehen. In diesen Tagen war der Tod überall. Freunde, Brüder, Väter – den einen Tag saßen sie beisammen, und am nächsten war die Hälfte von ihnen verhaftet oder tot.

Nein, er hatte mehr gemein mit dem dicken Polizisten, der in der Kälte wartete. Ihn in Algerien an seiner Seite gehabt zu haben wäre gut gewesen.

In der Erinnerung sah er wieder das zersplitterte Glas, das in den Straßen von Algier so oft unter den Füßen geknirscht hatte, das Blut, die verbogenen Wracks zerbombter Wagen; er sah wieder, wie der Weingarten nahe Miliana aufflammte und in Rauch aufging, als er ihn angezündet hatte. Dann sah er Louise und sich selbst, Hand in Hand, wie sie zum Auto liefen. Wie sie wegfuhren. Nicht einmal zurücksahen. In diesem Moment hatte er geglaubt, sein Leben wäre vorüber. Es war ihm egal, sollte die FLN ihn schnappen. Aber die OAS hatte sich um ihre Leute gekümmert.

Er und Louise waren auf einen Frachter mit dem Bestimmungshafen Barcelona geschmuggelt worden, und in Spanien hatte ein neues Leben für sie begonnen. Von Anfang an war Franco den OAS-Mitgliedern gegenüber sehr nachsichtig gewesen, und Spanien war für jene, die vor der französischen Polizei flüchteten, zum Zufluchtsort geworden.

Jacmel und Louise ließen sich entlang der Küste nach Malaga treiben, wo sie in halb-permanenten Ausländerkolonien untertauchen konnten. Sie mieteten eine kleine Villa bei Monte Mar, und er versuchte, die verbliebenen Ersparnisse im Grundstückshandel anzulegen. Aber er kam fünf Jahre zu spät. Das Land wurde so schnell und auf so großer Ebene aufgeschlossen, daß für kleine Unternehmer kein Platz mehr war. So richtete er seine Aufmerksamkeit statt dessen auf das Coin-Tal ein paar Kilometer landeinwärts, weil er annahm, daß es das neue Zentrum des Bau-Booms werden würde. Er kaufte eine heruntergewirtschaftete Orangenfarm und wartete darauf, daß die Hotelgesellschaften und Bauunternehmer zu ihm kämen. Aber niemand wollte so weit vom Meer entfernt wohnen, hauptsächlich nicht die Feriengäste – und die Feriengäste waren der liebe Gott.

Es geschah in der Zeit, in der sie auf der verkommenen *finca* bei Coin lebten, daß Louise und er sich trennten. Ihre Affäre war in einem Treibhaus aus Spannung und Aufregung geboren; nun scheiterte sie an den Klippen des Alltags. Im Gegensatz zu Jacmel war Louise auf keiner Fahndungsliste gewesen. Ungehindert konnte sie Frankreich besuchen und verlassen. Zwei Jahre nachdem sie angekommen waren, verließ sie Spanien, um in Paris zu leben.

Jacmel verkaufte die Farm mit Verlust und nahm eine kleine Wohnung in der Calle San Miguel in Torremolinos. Man hatte gerade begonnen, es auseinanderzureißen und ein wundervolles Fischerdorf in ein Betondesaster zu verwandeln.

Er traf eine Amerikanerin, Erbin eines Erfrischungsgetränke-Vermögens, die eine Villa am Rand des Ortes besaß. Sie war zehn Jahre älter als er, und jeden Abend um sieben hatte sie sich ins Koma getrunken. Sie stellte sehr wenige Ansprüche an ihn – während des Tages war sie verkatert und nachts betrunken –, und das war ihm nur recht. Innerhalb von drei Monaten war er dreimal mit ihr ins Bett gegangen. Nach ihr kam eine deutsche Gräfin, die am Ende des Krieges vor den näher kommenden Russen aus Ostpreußen geflohen war. Diesmal gab es weniger Geld und mehr Sex. Die Amerikanerin hatte ihn mit Steaks gefüttert, die speziell aus Madrid gebracht wurden; mit der deutschen Gräfin aß er große Mengen krümelnden Ziegenkäse und riesige grüne Oliven. Aber das machte ihm nichts. Der deutschen Gräfin folgte eine junge Schwedin, die nach Südspanien gekommen war, weil Schweden und die schwedischen Männer sie langweilten. Sie hatte weniger Geld als die Amerikanerin und mehr als die Deutsche, aber einen besseren Körper als beide; und eines Tages verließ sie ihn wegen eines jungen Italieners, der Gitarre spielte. Das letzte, was er von ihr sah, war, daß sie mit ihrem neuen Freund über die Küstenstraße in Richtung Marbella fuhr.

Er hätte so weitermachen können, von einer Frau zur andern, von einem Haus zum andern, aus einem Bett ins nächste treibend – seine Kapazität zur Selbstverachtung lag in den Ruinen Algeriens begraben –, als er zwei früheren OAS-Mitgliedern begegnete.

Er hatte gewußt, daß einige Ex-Offiziere die Küste hinauf bei Nerja und Motril lebten, aber er hatte sich nie mit ihnen in Verbindung gesetzt. An einem Morgen im Januar passierte es dann. Er hatte *petró* für den Paraffinofen in seiner Wohnung gekauft und war dann zur Bar *Central* gegangen, um einen Kaffee zu trinken. Dort hatte er sie getroffen; zwei Männer, die er zuletzt bei einem Banküberfall in Bône gesehen hatte. Sie feierten Wiedersehen. Champagner, Couscous in einem marokkanischen Restaurant an der Straße nach Malaga, Cognac. Am späten Nachmittag zurück zu seiner Wohnung, um Rotwein zu trinken. Gegen Abend war es klar, daß die beiden ihn nicht zufällig getroffen, sondern nach ihm gesucht hatten, und um Mitternacht wußte er, was sie wollten. Im folgenden Monat erleichterten sie die Banque de Roussillon in Perpignan um etwas über eine Million Franc und kehrten im Schneesturm über den Schmuggelpfad durch Andorra nach Spanien zurück.

Danach wurde das Leben besser: Er hatte Geld und konnte sich die Frauen selbst aussuchen. 1970 überfielen sie die Credit Gold in Montpellier, erbeuteten nahezu zwei Millionen Franc und kehrten nach Spanien mit einem Fischerboot zurück, das sie bei Cadaqués an Land setzte.

Jacmel war der Südküste und des ewigen Lärms der Zementmixer müde geworden. Nach dem zweiten Bankraub ging er nach Madrid, kaufte eine Wohnung nicht weit von der Universität und bewahrte sein Geld in einem Depositensafe in dem Banco de Viscaya nahe der Plaza del Sol auf.

Durch frühere OAS-Mitglieder hörte er gelegentlich von Louise. In Paris war es ihr nicht gutgegangen. Die französische Polizei stand in permanenter Alarmbereitschaft gegen OAS-Aktionen, besonders nach dem Attentatsversuch auf de Gaulle. Viele der alten Gruppen waren aufgelöst worden. Louise war als Geliebte eines früheren OAS-Offiziers, der mit Yachten handelte, nach Cannes gegangen. Möglicherweise hätten sie aus ihrem neuen Leben einen Erfolg machen können, hätte ihr Kapital ausgereicht, bis sie genügend Kontakte aufgebaut hatten. Aber es war nicht genug. Um den Geldmangel zu beheben, hatten sie – bevor sie geschnappt wurden – zwischen Cannes und St.-Raphaël ein halbes Dutzend Ferienhäuser ausgeraubt, die den Winter über leerstanden.

Louise verbrachte zwei Jahre im Gefängnis von Nizza, und als sie entlassen wurde, war sie wieder einmal allein. Diesmal tat sie sich mit einem Mann aus Marseille zusammen. Zuerst schmuggelten sie amerikanische Zigaretten nach Italien. Als sich dann Ende der sechziger Jahre der Rauschgifthimmel auftat, schmuggelten sie Haschisch von Marokko nach Frankreich. Dann verstärkte sich der Druck der amerikanischen Regierung auf Frankreich, schärfer gegen den Rauschgifthandel vorzugehen. Louise wurde in Toulon verhaftet und für drei Jahre eingesperrt. Diesmal saß sie ihre Strafe in Marseille ab, und als sie herauskam, wußte sie eine ganze Menge über die französische Unterwelt.

Während sie ihre drei Jahre absaß, hatte sich Jacmels Leben in Madrid sehr verändert. Er hatte Isabel getroffen. Sie war halb spanisch und halb venezolanisch, 31 Jahre alt und Witwe eines Textilfabrikanten aus Caracas. Der hatte ihr genügend Geld hinterlassen, um komfortabel leben zu können, wenn sie vorsichtig war. Sie war es nicht.

Isabel hatte eine Wohnung bei der Alcalá, fuhr ein Lancia-Coupé und verbrachte die Wochenenden auf den Sherry-*bodegas* in Jerez oder irgendeiner Yacht in Barcelona. Ganz allgemein verlief ihr Leben auf sehr teure und hektische Weise. Sie war stark sonnengebräunt. Obgleich keine konventionelle Schönheit – sie hatte die hohen Wangenknochen und das großflächige Gesicht ihrer venezolanischen Vorfahren geerbt –, war sie auf vitale Weise attraktiv. Sie war klein und hatte große Brüste, eine Kombination, die Jacmel faszinierte. Er traf sie auf dem Banco de Viscaya, wo sie ebenfalls ihre Beute in einem Depositensafe verwahrte.

Um sie zu bekommen, mußte er mit ihr Schritt halten: Das erkannte er gleich am Anfang. Obgleich er noch eine ganze Menge Geld beiseite gebracht hatte, war es ihm klar, daß es bei dem Leben, das er führte, nicht lange reichen würde. Sein Kapital schrumpfte rapide zusammen. Da waren die Diners im *Botín* und die Mittagessen flußabwärts in Aranjuez. Fünf Tage auf der *feria* hatten ihn fast 150 000 Peseten gekostet. Da waren die Wochenenden im *Granada Palace* und dem *Reina Cristina* in Algeciras, Trips von dort nach Tanger und Skiausflüge nach Puerto de Navecerrada. Und Geschenke.

Aber er dachte nicht daran, Isabel aufzugeben. Er war zu sehr vernarrt, nicht nur in sie, sondern auch in ihren Lebensstil. Das Problem mußte also auf andere Weise gelöst werden. Wenn er Geld brauchte, würde er mehr Geld besorgen.

Gerade als er am empfänglichsten war, erhielt er einen Brief von Louise mit Londoner Poststempel. Er war zuerst an die alte Adresse nach Coin gegangen, wo sie zusammen gelebt hatten, dann zu seiner Wohnung in Torremolinos und endlich nach Madrid. Der Brief war fast einen Monat unterwegs gewesen. Als er dessen Inhalt sah, wußte er, daß er die Antwort auf sein Problem sein könnte.

Er hatte den Brief immer wieder gelesen, bevor er zu einer Entscheidung kam, und konnte sich selbst jetzt noch an ganze Absätze erinnern. Louise hatte sehr geschickt geschrieben. Sie hatte weder seinen noch ihren eigenen Namen erwähnt, aber so viel privates Wissen angedeutet, daß es klar war, von wem der Brief stammte. Im ersten Teil hatten Neuigkeiten über sie gestanden. Seit sie das Gefängnis nach der zweiten Verurteilung verlassen hatte, war es ihr nicht besonders gutgegangen. Sie hatte eine Gelbsucht gehabt und beinahe zwei Monate lang das Bett hüten müssen. Fast ein Jahr war vergangen, bis sie sich wohl genug gefühlt hatte, der Welt wieder entgegenzutreten. Sie war zurück nach Paris gegangen, aber alle ihre Freunde waren entweder tot oder untergetaucht. So hatte sie sich eine Stellung als Dienstmädchen in einem gemäßigt wohlhabenden Haus gesucht. Diese hatte sie nach einem Jahr mit einem guten Zeugnis verlassen. Das Zeugnis bedeutete, daß sie ihre Ziele höher stecken konnte, und sie arbeitete anschließend bei dem Duc de Cherbourg. Wieder blieb sie ein Jahr, und wieder bekam sie ein gutes Zeugnis. Jetzt konnte sie den ersten Schritt ihres Plans verwirklichen: eine Vertrauensstellung in einem Haushalt mit Kindern. Sie mußte beinahe ein halbes Jahr warten, bis ihre Chance kam. M. Michel Blanchet suchte eine Zofe für seine neue Frau in London, jemanden, der sich auch um einen kleinen Jungen kümmern konnte. Er verlangte hervorragende Zeugnisse und Kenntnis der englischen Sprache. Louise erfüllte beide Anforderungen bewunderungswürdig.

Langsam begann Jacmel zu begreifen, wohin der Brief führte. Als Angehöriger des Delta-Kommandos hatte er an politischen Entführungen teilgenommen, aber sie hatten ihm nicht gelegen. Zu oft verliefen sie blutig. Ihrer Natur nach waren sie kompliziert und hatten die verteufelte Gewohnheit schiefzugehen.

Es war der letzte Teil des Briefs, der seine Entscheidung beeinflußte: *Erinnerst Du Dich der Nacht, in der wir den Weingarten in Brand steckten?* hatte sie geschrieben. *Als ob Du es je vergessen könntest! Als wir dort hinfuhren, erzähltest Du mir, wie die reichen Moslems von Algier und Oran weniger und weniger für die Reben boten.*

Er würde es niemals vergessen, denn der Zwang zu verkaufen war damals einer der Mittelpunkte seines Lebens gewesen, und es war ihm gerade klargeworden, was mit ihm geschah. Angefangen hatte es fast drei Monate früher und war so verlaufen: Ein teuer gekleideter junger Moslem war in einem neuen Mercedes vorgefahren und hatte ihm eine Summe geboten, von der sie beide wußten, daß sie zu niedrig war. Er hatte abgelehnt, und der junge Mann hatte behauptet, daß ihm dieser Betrag, so wie die Dinge politisch liefen, bald enorm erscheinen würde. Drei Wochen später war ein anderer Moslem aufgetaucht, diesmal in einem nicht ganz neuen Citroën, und hatte ihm eine niedrigere Summe geboten. Auch die hatte er abgelehnt. Die Summe, die ein Farmer in einem staubigen Renault ihm einem Monat später bot, war noch kleiner gewesen. Wieder hatte er abgelehnt, aber diesmal mit dem Gefühl der Panik.

Nur zufällig hatte er die Geschichte dem Besitzer eines anderen Weingartens erzählt. Auch er war Mitglied der OAS, und es stellte sich heraus, daß es ihm ähnlich ergangen war: Ein kalkuliertes psychologisches Spiel, das den Leuten schon eine ganze Anzahl von Weingärten, Farmen und Geschäften eingebracht hatte. Die geschickte Kalkulation des ersten Angebots: Es mußte niedrig genug sein, um vom Besitzer abgelehnt zu werden, aber hoch genug, um zu ängstigen, wenn er sah, wie es unterwaschen wurde. Die meisten Farmer hatten das dritte oder vierte Angebot akzeptiert.

All das hatte er Louise erklärt, als sie an diesem Tag zu seinem Weingarten fuhren. Aber was sie schrieb, hatte er nicht gewußt:

Hinter den Moslems stand ein Syndikat von französischen Geschäftsleuten, Hotelbesitzern, Grundstücksspekulanten und Landerschließern, das einen rücksichtslosen psychologischen Krieg gegen die *pieds noirs* geführt hatte. Es war deren Geld, mit dem die Mercedes-Autos und die teure Kleidung gekauft wurden, und mit ihrem Geld wurden die billig gekauften Hektar Land bezahlt. Der Kopf des Syndikats, hatte sie kürzlich herausgefunden, war Michel Blanchet gewesen, für den sie jetzt arbeitete. Sie erzähle ihm dies, schrieb sie, für den Fall, daß er Bedenken gegen ihren Vorschlag habe.

Tief in Jacmels Innern, in den tiefsten und dunkelsten Falten seiner Psyche keimte der Same des Wissens, mit dem alle Weißen in Afrika geboren werden, des Wissens, daß sie eines Tages zum Gehen gezwungen würden, daß sie alles, was sie geschaffen hatten, aufgeben und das Land verlassen müßten. Dieses Wissen war eine Art von eingebautem Spektrum, das sie zu jedem Festmahl begleitete. Es war nur dadurch erträglich, daß auch der härteste *pied noir* eine Art von Gerechtigkeit darin erkannte.

Was Jacmel wütend machte, als er Louises Brief las, war das zynische Vorgehen der weißen Geschäftsleute. Es war eine Sache, daß sein Weingarten einer Moslem-Dorf-Cooperative übergeben wurde, aber eine ganz andere, daß er weißen Spekulanten gehören sollte, die die Moslems als Strohmänner benutzten. Wenn irgend etwas Jacmel umstimmen konnte, dann das. Drei Tage nach Erhalt des Briefs fuhr er zu seinem ersten Besuch nach London.

Jetzt war er zum zweitenmal hier, und die ganze sorgfältige Planung des ersten Besuchs war schiefgegangen. Aber daran hatte er sich während der letzten Phase in Algerien gewöhnt. Er war Experte in improvisierten Aktionen. Zumindest in einem Punkt waren die beiden Situationen sich nicht unähnlich: In den letzten Tagen des Algerien-Krieges hatte er allein gegen die Truppen der französischen Armee und der FLN gestanden. Auch jetzt war er allein. In gewisser Weise war es eine parabelhafte Logik. Es machte ihm keinen Spaß in dem Sinne, daß das, was geschah, erfreulich war; aber wenigstens rief es Spannung und Vitalität hervor, die er so lange vermißt hatte. Das Bild wurde durch keinen Gedanken an Moral getrübt. In dieser Hinsicht ähnelte er Bulloch. Wäre er aufgefordert worden, sein Tun vernunftmäßig zu erklären, hätte er keine Sekunde gezögert: Das Leben, in dem er aufgewachsen war, hatte man ihm entrissen; er kannte nur diese Alternative.

Er stand in dem eiskalten Raum des Hauses am Eaton Square und sah auf das Paar auf dem Sofa hinab. Sie waren bemitleidenswert. An einem anderen Ort, zu einer anderen Zeit hätten sie ihm leid getan. Jetzt waren sie nichts als Figuren in seinem Spiel mit Bulloch. Wenn nötig, würde er sie opfern. Es war an der Zeit, den nächsten Teil seines Plans durchzuführen. Zuerst mußte er aber ausfindig machen, ob es einen weiteren Ausgang gab; nur für alle Fälle. Vorher war es nicht möglich gewesen. Selbst wenn Howard vorausgegangen wäre, hätte Dave sich vor einer Stunde noch geweigert, durch das Haus zu gehen. Jetzt war das Gebäude kalt wie ein Mausoleum. Wenn sie recht hatten, dann war die Schlange schon zu unterkühlt und steif, um sich bewegen zu können. Im Keller könnte etwas sein – eine Tür, ein Fenster, vielleicht mit Brettern verschalt, hinter einem Schrank verborgen, eine falsche Mauer. So etwas gab es oft in diesen alten Häusern. Er mußte es wissen, denn wirklich gefährlich würde es erst bei der Übergabe des Geldes werden. Wenn die Polizei handelte, dann in diesem Moment. Er glaubte nicht daran, nicht mit einer Frau und einem Kind als Geiseln im Haus. Aber er wollte sichergehen, denn wenn es einen Ausgang gab, dann auch einen Eingang. Er wandte sich zu Dave um, einen härteren Ausdruck im Gesicht; wenn er sprach, würde seine Stimme wie Stahl klingen.

»Die Gamaschen, Sir?«

»Ja, die Gamaschen.«

»Und den Helm, Sir?«

»Und den Helm.«

Der Verkehrspolizist hatte sein Motorrad am Straßenrand geparkt. Er und Bulloch standen bei dem Polizei-Rover. Der Verkehrspolizist sah in seiner schwarzen Uniform groß und bedrohlich aus, beinahe so groß wie Bulloch.

»Darf ich fragen, weshalb, Sir?«

»Nein, Sie dürfen nicht fragen, weshalb.«

Sie starrten sich gegenseitig im Licht des Autos an. Rich stand auf der einen Seite von Bulloch, auf seiner andern ein kleiner, rundlicher Mann, der vor ein paar Minuten mit einem Polizeiwagen eingetroffen war. Sein Name war Beale, und sie hatten ihn aus Orpington holen müssen. Beale war vom Londoner Zoo. Er machte den Eindruck, als sei er plötzlich geweckt worden und habe sich eilig angekleidet; unter seinen Hosenbeinen sah ein Pyjama hervor. In einer Hand hielt er etwas, das wie eine Angelrute aussah, tatsächlich aber eine lange Fangzange war, und in der andern einen Kasten von etwa einem Meter Länge; darin ein Sack aus Segeltuch mit einem Reißverschluß. Er sah aus, als sei er auf dem Weg zu einer Schmetterlings-Fangexpedition.

»Sie brauchen auch die Handschuhe«, sagte er.

»Und die Handschuhe, Williams«, sagte Bulloch zu dem Verkehrspolizisten.

»Und die Motorradbrille«, sagte Beale zu Bulloch und nicht dem Verkehrspolizisten.

»Und die Motorradbrille«, wiederholte Bulloch.

Williams nahm zuerst die schweren, steifen Ledergamaschen ab, und Bulloch schnallte sie um seine eigenen Beine. Sie bedeckten seine Waden vom Knie bis zum Knöchel, aber während der Verkehrspolizist große schwarze Stiefel trug, waren Bullochs Schuhe aus weichem Wildleder. Die Kombination war lächerlich, aber niemand lachte.

Jedes Kleidungsstück, das Williams ablegte, reichte er Rich, der es Bulloch hinhielt. Bald begann Bulloch, das Aussehen eines exzentrischen Mondforschers anzunehmen. Nach den Gamaschen setzte er den Helm auf, dann kam die Motorradbrille, dann die schweren Stulpenhandschuhe. Soweit er konnte, schloß er den dicken Schafspelzkragen seines Mantels. Als er fertig war, blieb nur ein kleines Stück Haut auf beiden Seiten des Gesichts nahe dem Kiefer sichtbar.

»Die Waffe, Rich.«

»Ja, Sir.«

Bulloch hakte den Halfter in seinen Hosenbund und zog den Revolver heraus. Es war ein kurzläufiger .38 Smith & Wesson, der fünf

Schuß faßte. Bulloch öffnete ihn und prüfte, ob jeder Zylinder geladen war. Dann steckte er die Waffe zurück in den Halfter unter seinem Mantel, den er nicht zuknöpfte, um sie schneller erreichen zu können.

»Was Sie brauchen, ist eine Schrotflinte«, sagte Beale. »Das Ding hat keinen Sinn.«

Bulloch drehte sich um und sah hinab auf den rundlichen Mann, der eine Meerschaum-Briarpfeife zwischen den Zähnen hielt.

Er war jetzt angespannt und mußte sich bemühen, nicht ausfällig zu werden.

Er sprach sanft wie zu einem Kind: »Wir haben keine Schrotflinte, Mr. Beale. Ich darf keine benutzen. Ich bin das, was man bei der Polizei einen autorisierten Waffenträger nennt. Das bedeutet, daß ich eine Faustfeuerwaffe benutzen darf. Wenn wir eine *Schrotflinte* nehmen wollen, müssen wir jemanden anfordern, der qualifiziert ist, eine zu benutzen, Mr. Beale.« Jeder Gedanke wurde buchstabiert. »Ich gehe nicht wegen der Schlange rein. Wahrscheinlich gehe ich überhaupt nicht rein. Ich will mich umsehen, und dafür trage ich die Schutzkleidung. Ist das klar?« Er wartete Beales Antwort nicht ab. »In dem Haus sind zumindest zwei Männer, zwei Frauen und ein Kind, Mr. Beale. An ihnen bin ich interessiert. Sind die erst aus dem Wege, ist die Schlange Ihre Sache. Verstanden?«

Beale nahm die Pfeife aus dem Mund und sah einen Augenblick zu Bulloch hinauf. »In diesem Fall lassen Sie mich lieber mitkommen, Mr. Bulloch«, sagte er dann.

»Wie Sie wollen, Mr. Beale, aber bleiben Sie hinter mir.«

Ein paar Minuten zuvor hatte Rich, als er erkannte, was Bulloch vorhatte, noch einmal argumentieren wollen. Doch Bulloch schien zu ahnen, was er sagen wollte, und kam dem erneuten Ausbruch zuvor. »Dies ist die einzige Zeit, die uns verbleibt. Sobald sie das Geld haben, ist es zu spät. Wenn überhaupt eine Chance besteht, etwas zu unternehmen, dann jetzt, ehe wir das Geld aushändigen.«

Rich wartete, bis Bulloch angezogen war. Dann sagte er: »Ich komme mit, Sir.«

»Nein, das tun Sie nicht.«

Rich tat, als habe er nichts gehört, und so gingen die drei zur Sloane Mews im Rücken des Hauses. Sampson und Hodges warteten auf sie vor der Tür eines kleinen Gebäudes, das einmal eine Garage gewesen war. Jetzt beherbergte es die *Eaton-Schneiderwerkstatt für Hochzeitskleider.*

Bulloch trat durch die Tür, und Sampson sagte: »Drüben an der anderen Wand, Sir. Hinter der Bügelmaschine.« Jemand knipste eine Taschenlampe an und führte Bulloch durch ein Gewirr von Nähmaschinen und Schneiderpuppen. Er ging um die Bügelmaschine herum und betrachtete die Wand, über die Hodges den Strahl seiner Lampe gleiten ließ. Zuerst sah er nichts, dann erkannte er einen schwachen, schattenhaften Umriß unter dem Blumenmuster der Tapete.

Jetzt, wo der Moment gekommen war, zögerte er und sah sich noch einmal in der Werkstatt um. »Was ist das?« Eine Tür führte nach rechts.

»Geht in eine kleine Küche, Sir.«

»Und die?« Er zeigte auf eine andere Tür.

»Toilette, Sir«, sagte Hodges.

»In beiden nichts?«

»Nein, Sir.«

Er wandte sich zurück zu der Tapete. Es war nicht mehr länger zu vermeiden. »Hat jemand ein Messer?«

»Hier«, sagte Beale.

Bulloch schob die Klinge unter die Tapete und schnitt entlang dem Umriß. Die Tapete war alt und trocken. Sie war leicht zu entfernen. In wenigen Minuten hatte er genügend abgerissen, um das, was darunter war, zu enthüllen. Der Durchgang, wenn es ein Durchgang war, wurde von einer großen Hartfaserplatte verdeckt. Er schob die Messerklinge unter die eine Seite und versuchte, die Platte abzustemmen, doch die Nägel, die sie festhielten, waren im Laufe der Jahre fest vom Holz umschlossen worden. Mit einem leisen Klirren brach die Klinge ab.

»Tut mir leid.« Bulloch reichte Beale das Messer zurück. Ohne zu antworten, hielt der es in der Hand und starrte einen Moment lang darauf.

»Versuchen Sie das hier«, sagte Rich und hielt ihm eine große Schneiderschere hin.

Bulloch öffnete sie und schob die eine Seite unter die Holzfaserplatte. Als er Druck anwendete, begann sie sich zu lösen. Bisher hatten sie geflüstert; jetzt, da er die Platte vollständig abstemmte, sprach niemand mehr. Sie mußte 30 oder 40 Jahre lang verschalt gewesen sein, und sie standen da, ohne zu wissen, ob sie zu einem magischen Garten oder in die Grube führen würde, von der aus es zum Kern der Erde ging.

Vorsichtig zog Bulloch die Platte weg und reichte sie dem Mann hinter sich. Da war sie: eine Tür. Es war eine ganz gewöhnliche Tür mit einem Rahmen darum. Vor langer Zeit war sie einmal weiß, aber die Londoner Luft war durch Tapete und Hartfaserplatte gedrungen und hatte ihre Farbe in ein bräunliches Creme verwandelt.

Bulloch betrachtete sie genau. Sie hatte ein altes Yaleschloß, das weder Sampson noch Hodges auch nur einen Augenblick lang Schwierigkeiten bereiten würde. Die Tür öffnete sich nach dem Haus zu. Wenn sie also, was anzunehmen war, von der Innenseite ebenso verschalt war, dann würde der Druck von außen die Hartfaserplatte wegdrücken. Er trat zurück und winkte Sampson herbei. Nahe an dessen Ohr sagte er: »Können Sie das Schloß öffnen?«

»Ich glaube schon, Sir.«

Sampson suchte im Schein der Taschenlampe, bis er eine Kanne Nähmaschinenöl gefunden hatte, und spritzte es in das Schloß und auch entlang der Zunge, soweit er sie sehen konnte. Als er zufrieden war, nahm er die schwere Schneiderschere, diesmal geschlossen, und löste einen Teil des Türrahmens. Dadurch wurde das abgerundete Ende der Zunge des Schlosses freigelegt. Er drückte die Spitze einer der Klingen gegen das Ende der Zunge. Langsam gab sie nach, steif zuerst, aber dann leichter, als das Öl darüberfloß. Sampson hielt die Scherenspitze weiter im Schloß. »Sie ist offen, Sir«, flüsterte er Bulloch zu.

Bulloch zog den Revolver hervor und hielt ihn in der rechten Hand. Dann nahm er die Schere in die linke, um die Zunge des Schlosses daran zu hindern zurückzugleiten. Nun brauchte er nur noch zuzudrücken. Was würde er auf der anderen Seite vorfinden? Würden sie mit Waffen auf ihn warten? Oder würde die Schlange dasein? In welchen Teil des Hauses gelangte er? In den Keller? Die Küche? Oder würde es ein vergessenes Zimmer sein, dessen andere Tür ebenfalls verschalt war? Blitze von Alpträumen durchzuckten sein Gehirn. Geschichten, die er gelesen hatte. Von Häusern, wo die Anzahl der Fenster nicht mit der Zahl der Zimmer übereinstimmte; von Schränken voller Menschenknochen; Stufen, die in ein dunkles Nichts führten. Ratten . . . Kreaturen des Ursumpfs . . . Auf Gesicht und Nacken stand ihm der kalte Schweiß.

Er nickte Sampson zu, der die Messing-Türklinke ergriff und sie niederdrückte. Im gleichen Moment lehnte Bulloch sich mit seinem vollen Gewicht gegen die Tür. Genau wie das Schloß schien sie zuerst zu haken. Dann lehnte sich auch Hodges dagegen. Langsam bewegte sie sich. Von der anderen Seite her konnten sie das leise Geräusch der reißenden Tapete hören; dann das Krachen, als die Nägel sich aus der Holzfaserplatte lösten. Bulloch konnte die Tür jetzt allein öffnen. Er bedeutete Sampson und Hodges zurückzutreten. Mit gezogenem Revolver stemmte er die linke Schulter gegen die Tür. Vorsichtig drückte er sie so weit auf, daß er auf die andere Seite sehen und wenn nötig hinübergehen konnte.

»Die Taschenlampe«, flüsterte er.

Er bekam sie von Sampson gereicht, steckte langsam den Kopf durch den Spalt und knipste die Taschenlampe an. In diesem Moment hörte er eine Frau schreien. So laut, so nahe, daß ihm das Herz beinahe stehenblieb. Gleichzeitig strömte plötzlich Licht durch die halboffene Tür.

Seine Pupillen hatten sich in dem schwachen Licht der Taschenlampe geweitet. Jetzt, da sie sich unter dem Ansturm einer Neonröhre im Keller schnell verengten, war er vorübergehend geblendet. Er konnte Stimmen hören und unscharfe Formen wahrnehmen. Dann besserte sich sein Sehvermögen. Er fand sich auf der Schwelle eines Kellers. Nach seiner Vorstellung hätte wenigstens einer der Umrisse einer Frau gehören müssen, da er geglaubt hatte, der Schrei komme von dort. Statt dessen sah er zwei Männer, und die Frau im Hintergrund schrie noch immer. Es mußte Dr. Stowe sein; bei der Vorstellung einer weiteren Verstümmelung verkrampfte sich etwas in ihm.

In den wenigen Sekunden, bevor der Keller zum Schlachtfeld wurde, nahm er das Bild vor sich auf. Die Männer. Einer in einer Art von Uniform. Der Chauffeur. Mit einer Schrotflinte. Er mußte Alec Nashs Mörder sein. Der zweite: der Franzose? Der Schrei gellte weiter an seinem Ohr.

Auch Howard und Dave hörten das Schreien. Es hatte begonnen, als sie auf dem Weg zur Kellertür waren, nachdem sie die verbleibenden Räume des Hauses durchsucht hatten. Einen schrecklichen Moment lang dachte Howard, es sei Marion, und daß sie von der Schlange angegriffen werde, aber Dave verhielt den Schritt, lauschte und sagte: »Das ist Mrs. Blanchet.«

Auch Howard hatte ihre Stimme erkannt. Als sie wieder schrie, konnte er sie verstehen: »Ph-i-l-i-p!« Auseinandergezogen in verzweifeltem Wehklagen. Sie mußte auf der Straße sein. Aber wie hatte sie davon gehört? Wie war sie zurückgekommen? Mit dem Gewehr bedeutete Dave ihm weiterzugehen. Er öffnete vorsichtig die Tür und schaltete die starke Leuchtröhre ein.

»Los«, sagte Dave.

In diesem Augenblick geschah etwas Seltsames mit der Kellerwand vor ihnen. Sie schien sich auszubeulen. Sie standen erstarrt. Automatisch schob Dave sich an Howard vorbei und blieb auf der untersten Stufe stehen. Dann spaltete sich die Wand wie in einem Film über ein Erdbeben in Tokio, den Dave einmal gesehen hatte, und begann sich zu öffnen. In ihrem Rahmen erschien eine Figur. Dave sah die seltsamen Gamaschen, die riesige Motorradbrille, den Helm. Er dachte an Frankensteins Monstrum, an Dracula, an ein schreckliches Wesen, das in die Kellerwand eingemauert gewesen war und nun ausbrach. Seine Nerven, die zu dünnen Fäden gespannt waren, zersprangen. Er setzte dazu an, das Gewehr zu heben. Die Figur riß ebenfalls eine Waffe hoch und richtete sie auf ihn. Ihm wurde übel vor Angst. »Nein!« schrie er. Er hörte den Knall des Revolvers in dem engen Raum und fühlte, wie etwas gegen seine Brust traf. Er versuchte zu sagen: »Stop! Sie machen einen Fehler. Ich bin nicht der, den Sie suchen.« Alles, was er von seiner eigenen Stimme hören konnte, war ein Murmeln.

Dann fiel er vorwärts, und zu spät zogen seine Finger gleichzeitig beide Hähne des Gewehrs durch. Der Lauf schwang nach oben und war auf einen Punkt an der Decke gerichtet. Dave schien sehr langsam zu fallen, und während er stürzte, hörte er die Detonationen seiner eigenen Schüsse. Zu dieser Zeit hatten ihn die Sinne schon verlassen, und das Leben selbst verrann.

Einen Augenblick blieb das Bild unbeweglich, bis Bulloch seine Waffe auf Howard richtete, der auf halber Höhe der Kellertreppe stand. Die beiden Männer starrten sich an.

»Um Himmels willen!« schrie Howard plötzlich. »Nicht schießen! Ich gehöre nicht dazu!«

»Wer sind Sie?«

»Ich wohne hier. Sie haben mich geschnappt, als sie den Jungen kidnappten.«

»Lebt er noch?«

»Ja.«

»Wie viele von ihnen sind übrig?«

»Nur einer. Der Franzose.«

»Wo ist der Junge?«

»In seinem Schlafzimmer.«

»Können Sie das Licht im Wohnzimmer anschalten?«

»Ich glaube ni ... – Vorsicht!«

In der äußersten Ecke des Kellers bewegte sich etwas, und beide Männer fuhren herum.

Dendroaspis Polyepis hatte um das Asbest-Heizungsrohr gerollt gelegen, um jeden Grad der verbleibenden Wärme aufzunehmen. Der Keller war kälter und kälter geworden. Sie war durch die eiskalte Luft betäubt gewesen, und selbst als Bulloch begonnen hatte, die Tür in der Mauer aufzustemmen, hatte sie sich nicht richtig aufrichten können. Aber bei dem enormen Widerhall der Schüsse, dem Aufschlagen des Körpers, den gefährlichen Bewegungen von Formen, dem Geruch von Menschen – hatten alle ihre Sinne Gefahrensignale an ihr Gehirn übermittelt. Eine Mischung von Furcht und Aggressivität wärmte ihre Muskeln. Langsam zuerst, dann mit der Gleitfähigkeit fließenden Öls rollte sie sich auf und schnellte ihren glänzenden schwarzen Körper vom Heizungsrohr weg in die Mitte des Raums. Howard hatte zuerst ihren Schatten gesehen, den das Licht gegen die Wand warf.

»Dort drüben!« schrie Howard.

Bulloch sah sie im gleichen Augenblick. Er feuerte wild auf die Schlange und sprang dann zurück durch die Tür und knallte sie zu. Howard floh die wenigen Stufen hinauf zur Kellertür, schloß sie eilig, verriegelte sie und lehnte sich ein paar wertvolle Sekunden mit dem Rücken an sie, während ihm der Schweiß die Leiste und an der Innenseite der Oberschenkel hinunterlief.

In diesen wenigen Sekunden handelte auch die Schlange. Mit aus Furcht geborener Energie floh sie aus dem Keller. Territorium und Sicherheit waren in ihrem primitiven Gehirn eines, und sie tat, was sie das erste Mal gemacht hatte, als sie sich bedroht fühlte: Sie suchte die dunkle Sicherheit der Luftschächte. In diesem kurzen Moment, in dem Bulloch auf der einen Seite der Tür stand und Howard auf der Seite einer andern, warf sich die Schlange in den offenen Luftschacht und kroch das System entlang, bis ihr ganzer Körper darin verschwunden war. Als sie sich nach oben schob, um zu dem Gelenk zu gelangen, in dem sie zuvor gelegen hatte und in dem ihr eigener Geruch noch anhielt, nahmen ihre Sinne, zuerst nur schwach, eine höhere Temperatur wahr. Sie kroch durch die Schächte darauf zu. Dann »hörte« ihre Zunge geringe Vibrationen. Sie waren gefährlich, aber die Hitze bedeutete Leben. Sie kroch auf die Hitze zu.

6

Sonnabend 5.38 – 7.01 Uhr

»... aus dem Nichts, Sir«, sagte Detective Sergeant Glaister besorgt. »Es kam ein Taxi, sie sprang raus, und bevor wir was machen konnten, lief sie lauthals schreiend auf das Haus zu.«

»Sie hat mir einen irrsinnigen Schrecken eingejagt«, sagte Bulloch.

»Tut mir leid, Sir.«

»Wo ist sie jetzt?«

»Kontrollraum, Sir. Wollen Sie sie sprechen?«

Sie standen am Ende der Straße. Bulloch war dabei, sich der Galoschen, des Helms und der Motorradbrille zu entledigen. Verkehrspolizist Williams nahm jedes einzelne Stück seiner Kleidung erleichtert in Empfang. Nein, dachte Bulloch, er wollte sie nicht sprechen. Das letzte, was er in der Welt brauchen konnte, war eine hysterische Frau. Mit ihrem Schreien hatte sie sein Blut zum Gerinnen gebracht. Trotzdem, unvermutet heimzukommen, das Haus von Polizei umringt zu sehen und keine Spur von dem eigenen Kind – genug, um eine Statue zur Hysterie zu treiben.

»Haben Sie ihr irgendwas gegeben?«

»Kaffee, Sir. Ich habe einen Tropfen von Ihrem Rum geborgt, Sir.« Glaister sah aus, als habe man ihn mit der Hand im Klingelbeutel erwischt, aber Bulloch war zu geistesabwesend, es zu bemerken.

»Soll ich sie zum Wagen bringen?«

Bulloch dachte an das Innere der fahrbaren Kontrolleinheit. Das Kommen und Gehen von Leuten, keine Möglichkeit, sich zurückzuziehen. Leute ... Leute ... Dr. Stowe ... Mr. Beale ... der Mann im Keller (wer, zum Teufel, war das gewesen?) ... jetzt Mrs. Blanchet ... Die ganze Gegend war überlaufen von unerwünschten Leuten ... Komplikationen. Dann nahm er noch einen weiteren Menschen wahr: Ein hochgewachsener Mann stand zehn Meter entfernt unter einer Straßenlaterne, die Aktentasche an die Brust gedrückt.

»Wer ist das?«

Glaister sah sich um. »Bürovorsteher, Sir. Mr. Prothero. Er hat das Geld gebracht. Er wartet darauf, mit Ihnen zu sprechen, Sir.«

»Zuerst die Frau. Und Kaffee. Und sagen Sie Rich, er soll mir ein paar Zigaretten bringen.«

Sie holten Ruth aus der fahrbaren Kontrollstelle zum Wagen. Ihre Beine waren unsicher, und sie weinte. Dieses leise, unkontrollierte

Weinen war der Hysterie gefolgt, die sie überfallen hatte, als das Taxi am Ende der Sackgasse anhielt und sie ihr Haus als Mittelpunkt einer Polizeibelagerung fand. Nach den Vorkommnissen des Tages, nach den zwei vergeblichen Anrufen, nach der wachsenden Unruhe auf der Rückreise schien eine entsetzliche Logik darin zu liegen; es war, als gipfelten die ganzen Stunden der Frustration in diesem Drama – nein, nicht nur Stunden, sondern all die Monate und Jahre der Sorge um Philip. Sie hatte recht gehabt, sich Sorgen zu machen, recht gehabt, ihn zu verhätscheln, recht gehabt, pessimistisch zu sein – und alle anderen waren im Unrecht. Dies war die verzweifelte Ironie, die die Tränen weiterfließen ließ und sie mit einer so hoffnungslosen Verzweiflung füllte, daß sie wünschte, tot zu sein. All die Energie ihres ersten Ansturms auf das Haus, wo sie das Parterrefenster zerschlagen hätte, um hinein und zu Philip zu kommen, wäre sie nicht von zwei Polizisten daran gehindert worden; all der Kraftaufwand, zu ihrem Kind zu kommen, war verflogen, und nun fühlte sie sich innerlich ausgehöhlt.

Man hatte ihr die Straße entlanggeholfen, an jeder Seite ein Polizist, und sie hatte kaum bemerkt, daß ihre Beine sich bewegten. Sie erschien desorientiert wie ein Spastiker, unfähig, ihre Bewegungen zu kontrollieren, und sie überlegte, ob es an dem Alkohol lag, den sie ihr gegeben hatten. Sie trank nie Rum und hatte keine Ahnung, wieviel in dem Kaffee war. Sie halfen ihr in den Wagen, und jemand gab ihr noch eine Tasse Kaffee. Ekel stieg in ihr auf, als sie sich vorbeugte und den Geruch des Rums erwartete, aber diesmal roch sie nur Kaffee.

»Helfen Sie mir«, flehte sie Bulloch in einem dumpfen, hilflosen Ton an. »Sie haben mein Kind.«

»Ja. Ich helfe Ihnen. Wir werden uns gegenseitig helfen. Aber zuerst . . .«

»Sie haben Philip.«

»Leider. Was wir machen –«

»Er ist krank.«

»Krank?«

»Krank. Seit Jahren.« Sie schien davonzutreiben, und Bulloch brachte sie mit scharfer Stimme zurück: »Wir brauchen Ihre Hilfe.«

»Hilfe. Sie müssen Philip helfen.«

»Ganz recht. Philip. Jetzt sagen Sie mir: Wer war alles im Haus, als Sie abfuhren?«

Brockenweise holte er es aus ihr heraus. Sie verstand nicht, weshalb er ihr so viele Fragen stellte. Hauptsächlich über Dick Howard. Howard . . . ein tapferer Mann, hatte Michel ihn genannt. Wenn er tapfer war, wie konnte er es dann geschehen lassen? Aber dieser dicke Mann fragte, ob er einer von denen wäre. Wer war »denen«? Die . . . sie konnte sich noch nicht einmal dazu bringen, das Wort Kidnapper zu denken . . . Der »Dreck« hatte der Mann sie genannt. Dreck. Ja. Aber nicht Howard. Was immer man über Howard sagen mochte, schmutzig war er nicht. Nicht einer von denen. Weshalb war er dort? Weshalb? Fragen. Fragen. Und die ganze Zeit über war Philip im Haus.

»Entschuldigen Sie, Sir«, sagte eine Stimme.

Wütend fuhr Bulloch in seinem Sitz herum. »Verdammt, was ist los?«

Ein Mann beugte sich herab und sprach durch das halboffene Fenster: »Ich bin es, Sir, Smith, Verbindungsmann vom Laboratorium.«

»Muß es jetzt sein?«

»Es ist wegen des . . . des Beweisstücks, Sir, das aus dem Fenster geworfen wurde.«

Bulloch öffnete die Tür. Er hatte keine besondere Lust, den Finger noch einmal zu sehen, aber er konnte nichts dagegen machen. Smith hielt das schmuddelige Taschentuch in der Hand und öffnete seine Falten. In dem schwachen Schein der Innenbeleuchtung das Wagens sah der Finger ekelhaft aus. »Und?« sagte Bulloch.

»Ich weiß nicht, ob Sie den Ring gesehen haben, Sir.« Er hielt Bulloch den Ring hin.

»Was ist damit?«

»Paßt nicht, Sir.«

»Was meinen Sie?«

»Keine Druckstelle, Sir. Er ist nicht auf diesem Finger getragen worden.«

Bullochs Gehirn arbeitete sehr langsam. Der Ring paßte nicht. Zumindest war er nicht auf diesem Finger getragen worden. Keine Druckstelle. Daher ist der Ring –

»Was machen Sie mit meinem Ring?« fragte Ruth schwerfällig.

»*Ihrem* Ring?«

»Was machen Sie damit?«

Bulloch starrte zuerst auf den Ring und dann auf Ruth, dann wieder auf den Ring. Endlich reichte er ihn Smith zurück. »Geben Sie ihn dem Beamten, dem die Beweismittel unterstehen«, sagte er. »Er soll ihn mit dem anderen Ding zusammen nach Lambeth bringen.« Er zeigte auf den Finger im Taschentuch. »Er soll dem Labor sagen, ich will wissen, ob er von einer Lebenden oder von einer Toten stammt.« Es entstand eine Pause, und seine Worte hingen in der kalten, nebligen Luft. »Tempo!«

»Ja, Sir.«

Eine Lebende oder eine Tote, dachte Bulloch. Das war die Frage. Entweder Dr. Stowe lebte, oder sie war tot, oder ... es war nicht sie, der man den Finger abgeschnitten hatte. Weshalb hätte sie auch Ruth Blanchets Ring tragen sollen?

Er zwängte sich aus dem Auto und rief einem der Polizisten zu: »Kümmern Sie sich um sie. Holen Sie einen Arzt, wenn es sein muß.« Dann begann er, auf und ab zu gehen. Ein lebendiger Körper oder ein toter. Er wußte von einem toten Körper; dem des Chauffeurs. Er konnte wetten, daß der Mann tot war. Er hatte gesehen, wo die Kugel eingeschlagen war. Hatte das Blut plötzlich aus der Wunde über dem Herzen spritzen sehen – wie eine rote Rose, die sich im Zeitraffertempo öffnete; dann hatte es sich auf dem weißen Hemd ausgebreitet. Konnte es nicht *sein* Finger gewesen sein? Und dem Jungen gehörte er auch nicht, das war klar. Jeder hatte geglaubt, es sei Dr. Stowes. Aber das war er nicht –

»Sir.« Diesmal war es Glaister.

»Was ist?«

»Es ist Mr. Prothero. Was sollen wir mit ihm machen?«

»Bringen Sie ihn in den Kontrollwagen. Bleiben Sie bei ihm oder sorgen Sie dafür, daß jemand anderes bei ihm ist. Lassen Sie ihn nicht aus den Augen.«

Bulloch merkte kaum, daß Glaister ging. Oder daß Rich mit dem Kaffee und einer Zigarette kam. Ohne zu danken, nahm er beides entgegen. Dann sah er Rich an.

»Also?« Es war eine Herausforderung.

»Also, Sir?«

»Sie hätten denen das Geld schon vor Stunden reingebracht, was, Rich? Die Herrschaften wären inzwischen verschwunden, und wir könnten das ganze verdammte London nach ihnen durchsuchen.«

»Es ist nur Geld.«

»Es ist nur Geld, sagen Sie? Es ist nicht Ihr verdammtes Geld, Rich. Deswegen sind Sie so großzügig damit.«

»Ich sehe nicht ein, daß es in irgendeiner Weise etwas ausmacht, Sir. Geben müssen wir es ihnen immer noch. Es hat doch keine Bedeutung, ob sie es vor ein paar Stunden bekommen hätten oder jetzt.«

»Himmel, Rich, manchmal bringen Sie mich zur Verzweiflung. Dadurch, daß wir die Übergabe verzögern, haben wir einen von ihnen fertiggemacht. Den Chauffeur. Jetzt ist nur noch einer übrig.«

»Ich dachte nicht an den Chauffeur, Sir, sondern an die Frau und das Kind.«

»Werden Sie mir nicht fromm, mein Junge; nicht, bevor Sie die Gründe kennen.«

»Die Gründe wüßte ich wirklich gern . . . Sir.« In Richs Stimme war ein Schatten wütenden Spottes.

»Das habe ich mir gedacht. Smith sagt, der Ring paßt nicht auf den Finger. Mrs. Blanchet sagt, es sei ihr Ring. Glauben Sie, Dr. Stowe hat ihn geklaut?«

»Mrs. Blanchets Ring?«

»Keine Druckstelle auf dem Finger. Es müßte eine dasein, verstehen Sie. Aber an dem Finger ist nichts zu sehen.«

»Dann –« Rich suchte nach der Erklärung –, »dann meinen Sie, daß es nicht Dr. Stowes Finger zu sein braucht?«

»Sie fangen an zu begreifen, Rich.«

»Und wenn es nicht ihrer ist, dann muß er von der Dingsda sein, dem Mädchen, Louise. Sie hat den Ring gestohlen.«

»Stimmt.«

»Sie meinen, sie wäre verstümmelt worden? Ich dachte, sie gehöre dazu.«

»Warum nicht, wenn sie bereits tot ist?«

»Aber warum sollten sie die Frau umbringen?«

»Die Schlange, Rich. Die Schlange. Sie haben gesagt, daß sie gebissen worden sei. Wir haben es ihnen geglaubt. Als sie sich dann Dr. Stowe schnappten, dachten wir, es wäre ein Trick gewesen. Wir haben niemals an die Möglichkeit gedacht, daß es beides hätte sein können.«

Die beiden Männer schwiegen, starrten sich an, ohne sich wirklich zu sehen. Jeder war mit seinen eigenen Gedanken beschäftigt.

»Ganz am Anfang«, sagte Rich. »Da könnte es passiert sein. Sie wurde vielleicht gebissen, als das Kind mit der Schlange zurückkam. Sie kann schon Stunden, bevor Dr. Stowe kam, gestorben sein.«

»Was entnehmen Sie daraus?«

»Entnehmen?«

»Es muß Ihnen doch, verdammt und zugenäht, *eines* sagen!«

Rich sah verwirrt aus. »Ich bin nicht sicher, was –«

»Mir sagt es etwas. Es sagt mir, daß er weich ist.«

»Weich!« Das Wort kam mit einer solchen Kraft heraus, daß Bullochs Kopf emporflog. In Rich war wieder der Ärger aufgeflammt: »Weich! Für Sie ist es immer noch ein Spiel; noch immer Detective Chief Superintendent William Bulloch gegen den Dreck. Vergessen Sie nicht, daß Inspector Nash getötet wurde! Dieser Franzose wird niemals nachgeben. Sie glauben, er sei weich, weil er das Dienstmädchen verstümmelt hat anstatt Dr. Stowe. Es war bequemer, das ist alles.«

Bulloch hatte Rich noch niemals so gesehen; noch nie hatte er so mit ihm gesprochen, und Bulloch wußte nicht, wie er reagieren sollte. Er rettete sich in den Sarkasmus: »Wundervoll, Rich, wirklich eine wundervolle Rede.«

Aber Rich war zu weit gegangen, um aufzuhören. »Sehen Sie nicht, was Sie tun? Selbst jetzt versuchen Sie, Zeit zu kaufen. Weil Sie sich einfach nicht vorstellen können, daß er gewinnt und Sie verlieren, und die Frau und das Kind sind mitten drin. Der Mann ist kein irischer Pistolenheld oder ein griechischer Zypriot, bereit, für Gott und Vaterland zu sterben. Das hier ist ein gerissener Kerl, der es wegen des Geldes macht. Er hat Sie die ganze Zeit lang ausmanövriert, und er hat immer noch die Frau und das Kind, und wenn er damit fertig ist, Dr. Stowe in kleine Stücke zu schneiden, wird er noch immer den Jungen haben, und es besteht keine Möglichkeit –«

»Hören Sie auf! Sie sind müde. Sie sagen Sachen, die Ihnen später leid tun werden.«

Bulloch hatte die Stimme gesenkt, und beide Männer flüsterten hitzig.

»Das einzige, was mir leid tun wird, ist, die Leiche von Dr. Stowe sehen zu müssen oder die des Kindes. Und dazu wird es kommen, wenn Sie so weitermachen. Und wer hält dann Ihre Hand? Oder sitzt an Ihrem Bett? Oder macht Sie sauber, wenn Sie gekotzt haben? Weil es nämlich, verdammt noch mal, nicht ich sein werde!«

Sie starrten einander schweigend an. Die Worte waren gesprochen. Niemand konnte sie zurücknehmen. Bulloch drehte sich auf dem Absatz um und ging ein paar Schritte die Straße hinunter. Rich blieb, wo er war, und wartete auf den Angriff. Aber er kam nicht. Nach einem Augenblick drehte Bulloch sich um.

»Sorgen Sie dafür, daß die Scharfschützen benachrichtigt werden. Es besteht die Chance, daß das Licht im Wohnzimmer angeht. Der Junge ist in seinem Schlafzimmer. Im Wohnzimmer werden also nur die beiden Männer und die Frau sein. Sagen Sie ihnen, sie werden nur ein paar Sekunden haben, aber sie sollen nicht schießen, bevor sie nicht absolut sicher sind. Verstanden?« Bullochs Ton war ausdruckslos.

»Ja, Sir.« Rich war es heiß gewesen. Jetzt fröstelte er und zitterte ein wenig. Er sagte sich, daß er Angst haben müsse, aber er hatte keine. Es war, als habe er eine große innere Reinigung durchgemacht. Er ging, um die Nachricht zu übermitteln. Dabei sah er, wie Bullochs massive, zusammengekrümmte Figur sich auf das Haus zubewegte. Sie stand dunkel und kahl im frühen Morgen; aus der Entfernung sah sie aus wie eine Kulisse auf leerer Bühne.

Im Haus hing Furcht wie ein schlechter Geruch in der Luft. Howard hatte Furcht, Marion hatte Furcht, und jetzt, und das war neu, hatte auch Jacmel Furcht. Oder wenigstens nahm Howard es an. Er konnte ihn nicht voll sehen, nur seine Füße, wie er in dem eisigen Zimmer hin und her ging, hin und her. Eins . . . zwei . . . drei . . . vier . . . fünf . . . und kehrt. Auf und ab, wie Howards Leopard in seinem Gehege in Kenia.

Er und Marion lagen auf dem Bauch auf dem Boden, die Hände hinter dem Nacken verschränkt. Es war entsetzlich unbequem, und die Muskeln ihrer Schultern begannen sich zu verkrampfen. Er beobachtete, wie Jacmels Füße sich entfernten, zählte bis drei und flüsterte dann: »Alles in Ordnung?«

Ihre Körper berührten sich beinahe, und er fühlte, wie sie an ihn heranrückte.

»Können Sie mich hören?«

Wieder fühlte er den leichten Druck ihres Körpers und erkannte, daß sie ihm damit antwortete. Die Schritte kamen näher, und er senkte den Kopf zurück auf den Teppich. Er lag auf dem Kabel der Fernsehantenne. Es preßte in seine Brust. Der Geruch von Staub, der aus dem Teppich aufstieg, war erstickend.

Eins . . . zwei . . . drei . . . vier . . . fünf . . . halt. Die Füße verhielten nur ein paar Zentimeter von seinem Kopf entfernt. Jacmel stand über ihm. Was machte er? Starrte er auf sie nieder? Sah er durch das Zimmer in die Dunkelheit des frühen Morgens? Überlegte er, was er tun sollte? Er mußte *irgendwas* machen, oder nicht? Oder hatte er noch immer die Zügel in der Hand? Er hatte immer noch den Jungen. Er hatte immer noch Marion. Und er hatte ihn, Howard, was auch immer er ihm wert sein mochte. Würde die Polizei es wieder versuchen, oder war es nur eine Art von Spähtrupp gewesen? Würde Jacmel sie *zwingen*, etwas zu unternehmen; und wenn, mit welcher Methode? Das einfachste war, ihnen zu beweisen, daß er es ernst meinte, und dafür könnte er einen seiner Bauern opfern. Den wertlosesten. Den, den er sowieso opfern würde, den, der von Shakespeare Close wußte.

Howard machte sich keine Illusionen über den Franzosen. Nach dem Schußwechsel im Keller war er auf Jacmels herausgebrüllten Befehl hin nach oben gekommen und hatte ihn und Marion auf dem Treppenabsatz vorgefunden. Jacmel hatte seinen Revolver in ihren Mund gezwängt. Die kleinste Bewegung, und ihre Schädeldecke hätte sich aufgelöst. Howard würde ihren Anblick nie vergessen: die Lippen vorgeschoben und gerundet wie bei einem Neuguinea-Eingeborenen, der sein Blasrohr benutzt, die vor Angst hervorquellenden Augen, Blut, das von ihrem Kinn tropfte, wo die Kimme ihre Lippe eingeritzt hatte.

Er zwang Howard, ihm zu erzählen, was geschehen war, und hielt die ganze Zeit über die Pistole in Marions Mund.

»Das Gewehr?«

»Die Polizei hat es genommen, nachdem man Dave erschossen hatte.«

Die Lüge hing in der Luft. Sie war ungefährlich genug, dachte Howard. Niemand würde zurückgehen, um das Gegenteil zu beweisen.

Jacmel hatte ihn gezwungen, eine schwere, antike Truhe vor die Kellertür zu schieben. Wenn die Polizei jetzt etwas unternehmen wollte, mußte sie das Hindernis niederreißen. Das würde sie nicht tun, nicht, solange der Junge im Haus war. Nicht, solange Marion sich in Jacmels Händen befand.

Es war reines Pech gewesen, daß Dave und er in den Keller kamen, gerade als die Polizei durch die Mauer brach. Sie würde jetzt dort drin sein, vielleicht sogar im Haus selbst, versteckt in Zimmern, in begehbaren Kleiderschränken, auf ihre Chance wartend. Aber dann fiel ihm die Schlange ein. Wäre die Polizei wirklich hereingekommen, obgleich sie wußte, daß die Schlange los war? Natürlich, der riesige Polizist trug Schutzkleidung. Darin lag der Unterschied.

Das Wissen um die Schlange war seine einzige Waffe. Jacmel würde glauben, daß sie, wo auch immer sie sein mochte, nahe dem Tode war. Oder wenigstens bewegungsunfähig. Aber er konnte nicht sicher sein. Nicht absolut. Und darin lag Howards einzige Chance. Einzige Chance wofür? Sein Gehirn beschäftigte sich mit dem Problem, aber es half nichts. Dann hörte er Bullochs Stimme durch das offene Fenster.

»Können Sie mich hören?«

Die Schuhe vor Howards Gesicht machten eine scharfe Wendung, und Jacmel ging hinüber zum Fenster. Er stellte sich an seinen gewöhnlichen Platz hinter dem schweren Vorhang. »Ich kann Sie hören«, sagte er.

Für Bulloch war der Gang von seinem Wagen zum Haus ein sehr langer gewesen, nicht physisch, sondern emotionell. Seine Sinne schäumten noch von Richs wütendem Ausbruch. Ungerufen schossen Satzfetzen durch seine Gedanken, und wenn er sie verbannte, sprangen andere auf, um ihn zu quälen. Es war alles so ungewohnt. Der Panzer der Wut, den er so viele Jahre lang wie einen Schutzschild hatte über sich ziehen können, war nicht mehr da. Er hatte ihn weder benutzen können, als Rich sprach, noch konnte er ihn zu seinem eigenen Schutz aufwecken, als er auf das Haus zuging.

»Er hat Sie die ganze Zeit lang ausmanövriert«, hatte Rich gesagt. Das stimmte nicht.

»Es ist bequemer«, hatte Rich gesagt. Es stimmte nicht.

»Für Sie ist es immer noch ein Spiel. Sie können die Vorstellung nicht ertragen, daß er gewinnen könnte und Sie verlieren.« Nein, es stimmte nicht.

Und die Bilder, die Rich heraufbeschworen hatte. Die Leiche der Frau. Die Leiche des Kindes. Die Leiche des Mannes.

Er schüttelte den Kopf, um sich von diesen Gedanken zu befreien.

Rich war jung. Er verstand nichts. Aber die Erklärung half nichts. Auch sie stimmte nicht.

Andere Bilder stiegen ungerufen in seiner Vorstellung auf. Seine Wohnung. Die Einsamkeit. Die Verzweiflung das letzte Mal, nach der Belagerung in der Sutherland Street, als er sich so leer fühlte. Und Rich war bei ihm geblieben. Er hatte ihn damals gebraucht; nie würde er erfahren, wie sehr. Jetzt warf er es Bulloch ins Gesicht.

Wo war die Wut? Wo?

Er blieb vor dem Haus stehen und hob den Kopf und die Schultern. Die Anstrengung war enorm. »Können Sie mich hören?« rief er.

Die Pause bis zu Jacmels Antwort war wie eine Ewigkeit. Bulloch war auf das Haus zugegangen mit dem Wissen, daß der Franzose nicht der Mann war, für den er ihn gehalten hatte. Ganz tief in ihm war ein weicher Kern, und das hatte sein Selbstvertrauen gehoben. Aber während er ging und Richs Worte zurückkamen, brach die ganze komplizierte Struktur seiner Attacke zusammen, all die Zuversicht, die in ihm erwacht war, schien zu verfliegen, aus seinem Körper hinauszufließen wie schmutziges Badewasser. Als er auf Jacmels Antwort wartete, wußte er nicht mehr, wie er das Spiel weiterführen sollte.

»Ich kann Sie hören«, sagte Jacmel.

Er hörte den Unterschied in der Stimme. Das war Ärger, aber kalt und tief. War da Furcht? War da eine leichte Nervosität? Der Franzose war jetzt allein. Er mußte wissen, daß der Chauffeur tot war. Und wenn Bulloch recht hatte, war auch Louise tot. In diesem Augenblick gab er sich selbst gegenüber zu, was er vorher nicht hatte wahrhaben wollen – die Ähnlichkeit zwischen sich und Jacmel. Er fragte sich, was er, Bulloch, an Jacmels Stelle tun würde. Als er sich die Frage beantwortet hatte, wußte er, was er sagen sollte: »Das Geld ist gekommen!« rief er.

Wieder entstand eine kleine Pause. »Gut. Haben Sie es?«

»Im Wagen.«

»Bringen Sie es her.«

Aber die Faktoren, die aus Bulloch den Mann gemacht hatten, der er war, lauerten noch immer, um seine Gedanken zu beeinflussen. Er war unfähig, aus seinem Innern heraus nicht in der Lage, die Dinge laufenzulassen; schließlich war er unausweichbar durch seinen eigenen Charakter gebunden, gefesselt, durch sein eigenes Leben, und jetzt, beinahe gegen den eigenen Willen, spielte er die letzten Karten aus.

»Es ist alles da.«

»Holen Sie es! Hören Sie mich?«

»Da ist etwas, das ich zuerst tun muß.«

»Was?«

»Ich will den Jungen sehen.«

Selbst während er es sagte, wußte er, daß der Franzose niemals zustimmen würde. Er, Bulloch, hätte nie zugestimmt. Er wußte selbst nicht, weshalb er es verlangte, außer daß es verzögerte, Zeit vergeudete, Sekunden brachte, vielleicht Minuten.

»Nein«, sagte Jacmel.

»Dann die Frau, Dr. Stowe.« Bulloch erkannte kaum seine eigene Stimme. Er versuchte, so zu sprechen, als stehe er über der Situation. »Ich übergebe das Geld nicht, bevor ich nicht Dr. Stowe gesehen habe.«

Wieder eine Pause.

»*All right*«, sagte Jacmel. Was hatte er jetzt zu verlieren? Es war einfach eine Frage des Tempos.

Bulloch hörte die wachsende Zuversicht.

»Sie wissen, was ihr geschieht, wenn Ihre Männer etwas versuchen.«

»Ja.«

»Kein Licht.«

»*All right.*«

»Keine Fragen.«

»Wie können wir wissen, daß sie in Ordnung ist?«

»Sie wird es Ihnen sagen.«

Pause. »*All right.*« Bullochs Stimme klang hoffnungslos.

»Bleiben Sie dort.«

Im Haus hörte Howard, wie Jacmel über den Teppich kam. Die schwarzen Schuhe hielten nahe seinem Kopf an.

»Haben Sie gehört?« sagte Jacmel.

Howard wußte, daß Jacmel nicht mit ihm sprach, und fühlte, wie Marions Körper näher an ihn rückte.

»Ja«, sagte sie.

»Stehen Sie auf.«

Sie richtete sich auf.

»Geben Sie mir Ihren Schal.« Es entstand eine Pause. »So«, sagte er.

»Warum?« fragte Marion.

»Weil ich es so will.«

Howard legte den Kopf zur Seite und sah auf. Zuerst sah er Marions Beine in der Dunkelheit ihres Rocks verschwinden und dann, daß einer ihrer Arme vor der Brust in einer Schlinge lag.

»Sie haben gehört, was ich ihm gesagt habe?«

»Ja.«

»Wenn Sie versuchen, auf das Geländer zu klettern, wenn ich denke, Sie wollen springen, schieße ich. Verstehen Sie?« Er drehte sich zu Howard um. »Und wenn Sie sich bewegen, erschieße ich die Frau. Verstanden?«

»Ja«, sagte er.

Jacmel drehte sich zurück zu Marion. »Gehen Sie hinaus. Ganz langsam. Stehen Sie so, daß der Polizist Sie sehen kann. Kommen Sie ganz langsam zurück. Verstanden?«

»Ja.«

Howard beobachtete, wie ihre Beine sich in Bewegung setzten. Er wußte, daß, wenn es überhaupt einen Moment gab, zu dem er etwas tun konnte, irgendeinen Moment, es der war, wo sie auf dem Balkon stand. Jacmels Aufmerksamkeit würde fast ausschließlich auf sie gerichtet sein. Würde Howard versuchen, aufzustehen und sich auf Jacmel zu werfen, hätte der Franzose genügend Zeit, nicht nur Marion, sondern auch Howard zu erschießen, denn Howard lag nahe dem Kamin, fast vier Meter vom Fenster entfernt. Außerdem hatte er weder die Kraft noch die Nerven dazu.

Er hörte Jacmel *»All right«* sagen und sah Marions Füße über die Schwelle treten.

Es mußte jetzt sein. Aber was?

Seine Brust schmerzte von dem Kabel der Fernsehantenne, und er veränderte seine Stellung ein wenig. Jetzt konnte er nicht mehr sehen, was geschah. Er drehte sich um und senkte die Hände, so daß sowohl Jacmel als auch das Fenster in sein Blickfeld kamen. Er konnte gerade den Franzosen hinter der Gardine hocken sehen, völlig verborgen von deren Falten. Wieder zwang ihn der Druck des Kabels, sich zu bewegen. Dabei rollte es unter ihm fort, und er hörte, wie der Stecker auf der Rückseite des Fernsehgeräts aus der Buchse fiel.

Was dann geschah, schien keiner festen Absicht zu entspringen, sondern direkt seinen Muskeln. Er handelte, ohne zu denken. Genauso wie sein Unterbewußtsein seine Beine zum Laufen gezwungen hatte, als der Löwe angriff, übersprang die Idee das Entschlüsselungssystem seines Gehirns – das Verzögerung, Abschätzung und möglicherweise Verneinung bedeutet hätte – und erschien zuerst als Impuls in den Muskeln seiner Arme. Er zog das Ende des dicken Kabels zu sich heran, und dabei schien sich sein Gehirn zu spalten: Ein Teil dirigierte seine Handlung; ein Teil versuchte, sie zu verhindern; ein Teil schrie ihm zu, daß niemand darauf hereinfallen würde; der andere, daß er selbst darauf hereingefallen war, daß er gesehen hatte, was er erwartet hatte. Selbst als er Marion auf dem Balkon sagen hörte, was Jacmel ihr zu sagen befohlen hatte, wirbelten seine Gedanken voran: Es war nicht das *Ding*, nicht die Materie, sondern das Symbol – keine Realität, sondern Schatten. Es war der *Schatten*, der Dave Angst eingetrieben hatte, der *Schatten*, den sie im Keller gesehen hatten.

Seine Hände umspannten das Ende des Kabels, bogen es. Dann sah er sich verzweifelt um, wo er es unterbringen konnte, irgendwo, wo es vor dem Licht aufrecht stehen würde. Neben ihm war eine große Vase mit steifem, trockenem Gras, Buchenzweigen und Mondviolen. Er lehnte sich zur Seite und steckte das Kabel in die Vase. Es verfing sich in einem der Buchenzweige, und indem er es ein wenig schob, konnte er das gebogene Ende so arrangieren, daß es über das Gesteck hinausragte.

»Kommen Sie zurück«, befahl Jacmel jetzt.

Howard hörte Marions Schritte auf dem winzigen Balkon. Rechts hinter ihm stand außer Reichweite die zweite große Lampe in ihrem rauhen Glasballon. Wieder reagierten seine Muskeln anscheinend ohne bewußten Gedanken, sonst hätte die Überlegung, was Marion geschehen könnte, ihn gehindert. Als sie durch das Fenster kam und zwischen ihn und Jacmel trat, glitt er die kurze Entfernung nach rechts und fühlte nach dem Lichtschalter. In genau dem Augenblick, als sie an Jacmel vorüber war, schaltete Howard das Licht ein. Er wollte etwas rufen. Irgend etwas. Aber er hockte wie erstarrt in der Helligkeit, und der Schrei erstarb ihm in der Kehle. Voller Angst sah er in den Lauf von Jacmels Pistole. Dann schwang dieser ein wenig nach links, als der Franzose den schlangengleichen, aufgerichteten Schatten sah. Er schoß und richtete die Waffe zurück auf Howard, als habe er erkannt, daß er betrogen worden sei. Gleichzeitig zersplitterte die obere Scheibe eines der großen Fenster. Jacmel fiel vornüber. Howard sah einen kleinen Blutstrom aus seinem Hinterkopf spritzen.

Das letzte, was Jacmel je sah, war der große Schatten an der Wand; der Schatten der Schlange mit gebogenem Nacken, bereit zuzuschlagen.

Im Zimmer herrschte tiefes Schweigen. Marion stand unbeweglich. Howard hockte auf dem Boden. Jacmel lag auf dem Gesicht; die kleine Fontäne von Blut sprühte ein paar Zentimeter in die Luft, dann fiel sie in sich zusammen, brach ab. Sie starrten auf ihn, unfähig zu glauben, daß er tot war, und doch wissend, daß es so war. Die Stille nach der lauten Explosion von Jacmels Pistole schien fast so laut zu sein wie der Lärm der Waffe selbst. Dann wurde auch sie unterbrochen. Das Gewicht des Antennenkabels war zu viel für den stützenden Buchenzweig geworden. Der Zweig bog sich, brach, und das Kabel fiel mit einem Plumps zu Boden. Der Schatten verschwand. Die kleine Bewegung brachte Leben in das Zimmer zurück. Howard stand auf. Marion kam auf ihn zu. Er trat über Jacmels Körper. Sie streckte beide Hände aus, und er nahm sie.

»Es ist gut«, sagte er. »Jetzt ist alles gut.«

Sie berührte seine Wange. »Sind *Sie* in Ordnung?«

»Ja.«

Sie sah auf Jacmel hinab. »Wie ist es passiert?«

Howard schüttelte den Kopf. »Sie wollten, daß ich das Licht einschalte. Muß ein Scharfschütze der Polizei gewesen sein.« Er machte eine Handbewegung in die Nacht hinaus. »Wahrscheinlich auf einem der Dächer.«

»Können Sie mich hören?« drang Bullochs Stimme in den Raum.

Diesmal war es Howard, der antwortete. »Ja!« rief er. »Ich komme ans Fenster.«

Er hielt Marions Hand fest und zog sie mit sich. Sie traten auf den Balkon. Bulloch winkte zu ihnen hinauf, und zuerst schaltete ein Wagen und dann auch die anderen die Scheinwerfer an, so daß die Front des Hauses erleuchtet war.

»Alles in Ordnung bei Ihnen?«

»Ja.«

»Doc?«

»Ja!« rief sie.

Andere kamen auf das Haus zu. Manche liefen.

»Und der Junge?« fragte Bulloch.

»Er schläft«, antwortete Marion. »Er schläft in seinem Zimmer.«

»Ist die Schlange noch im Keller?«

»Ja«, sagte Howard.

»Gut. Wir kommen rauf.«

»Ich lasse Sie rein.« Er suchte in Jacmels Tasche nach dem Türschlüssel und ging nach unten. Marion begleitete ihn ein Stück, als wolle sie sich nicht von ihm trennen. Bulloch und Rich kamen in die Diele.

»Wer war das?« fragte Bulloch und zeigte auf die verdeckte Erhebung auf dem Boden. »Das Mädchen?«

»Ja.«

Er hob die Decke an, und er und Rich sahen sich an.

»Sie hatten recht«, sagte Rich.

Bulloch drehte sich um. »Ja, nicht wahr? Wir wollen einen Blick auf den anderen werfen.«

Marion und Howard gingen in das Zimmer, das weniger als zwölf

Stunden lang ihr Gefängnis gewesen war, aber es schien ihnen eher, als wären es zwölf Tage gewesen. Bulloch drehte Jacmel herum. Dann schüttelte er den Kopf. »Keine Ahnung, wer er ist. Rich?«

»Nein, Sir.«

»Macht auch nichts mehr. Wir wollen den Jungen ansehen.«

In diesem Moment durchschnitt ein Schrei die Luft.

»Verdammt, was ist das?«

Howard folgte Bulloch aus dem Zimmer und sah Ruth im Flur. Sie hatte den Vorhang zurückgezogen, der das Flurfenster zu Philips Zimmer verdeckte, und aus ihrer Kehle drang Schrei auf Schrei.

Bulloch legte den Arm um sie und sagte: »Was ist los?« Dann sah er, was sie gesehen hatte. »Mein Gott!«

Howard trat neben ihn, warf einen Blick durch das Fenster und erstarrte vor Schreck.

Philip lag tief schlafend im Bett. Er lag ihnen zugewandt auf der Seite, die Knie angezogen. Neben ihm lag die Mamba. Auch sie war zusammengerollt. Ihr Kopf ruhte, dem Fußende zugewandt, auf der Spirale ihres Körpers. Unten auf dem Boden stand der Heizofen und sandte Wärmewellen zu dem Reptil und dem Jungen hinauf. Die Vibrationen ihrer Füße im Flur hatten die Schlange beunruhigt. Ihr Kopf richtete sich auf.

Die Schreie hatten auch den Jungen beunruhigt und die Zellen seines Gehirns erreicht, die durch die Droge betäubt gewesen waren. Er öffnete die Augen. Philip brauchte einige Sekunden, um sich zurechtzufinden, zu erkennen, wo er war. Als die Wirkung der Droge schwand, sah er seine Mutter am Flurfenster. Und Dick. Und die Gesichter anderer Menschen. Er wollte sich auf dem Ellbogen aufrichten, als er ein ungewohntes Gewicht auf der Decke neben sich spürte. Er hörte ein leises, warnendes Zischen. Dann sah er die Schlange.

Howard legte seine Lippen an das Glas. »Bewege dich nicht«, sagte er. »Bitte bewege dich nicht.«

»Tun Sie etwas, um Himmels willen«, bat Ruth.

Bulloch nahm sie auf seine starken Arme und trug sie regelrecht vom Fenster weg. »Lassen Sie mich«, schrie sie. »Sie dürfen nicht . . .« Sie wand sich in seinen Armen, als Marion zu ihr trat.

»Er ist nicht in Gefahr, solange die Schlange nicht verängstigt wird«, sagte Marion und nahm ihren Arm. »Wir machen zuviel Lärm.«

Ruth sagte: »Warum tut niemand etwas?«

»Rich, holen Sie Mr. Beale rauf. Sagen Sie ihm, was los ist.« Bulloch wandte sich an Ruth: »Ich habe einen Fachmann unten auf der Straße. Mr. Beale vom Zoo. Er weiß, daß eine Schlange im Haus ist. Hat alles, was er braucht, um sie zu fangen.«

Dann fragte Marion: »Wo ist der Hauptschalter? Wenn Sie den Strom abstellen, hört auch der Heizofen auf. Können Sie nicht das Außenfenster öffnen?«

»Was wollen Sie damit erreichen?«

»Das Zimmer abkühlen. Die Schlange bewegungsunfähig machen.«

»*All right.*« Er fragte Howard: »Wo ist der Sicherungskasten?«

»Im Keller.«

»Glaister, gehen Sie runter und schalten Sie die Hauptsicherung aus.« Dann zu Marion: »Und wenn das Fenster verriegelt ist? Was ist mit dem Lärm, den es machen wird?«

»Könnten Sie nicht die Scheiben herausschneiden?«

Bulloch zögerte. Dann trottete er schwerfällig zur Straße hinunter, wo ein Polizist Wache stand. »Sagen Sie Rich, ich brauche jemanden mit einem Glasschneider; so schnell Sie können.«

»In Ordnung, Sir.« Oben hörten sie das Geräusch der laufenden Füße des Polizisten.

Ruth kehrte zum Fenster zurück. Sie war jetzt ruhig, ihr Gesicht zu einer Maske des Entsetzens erstarrt.

Howard sagte leise: »Machen Sie sich keine Sorgen, Ruth. Wir kriegen ihn raus. Wenn das Zimmer kalt genug ist –«

»Es ist Ihre Schuld«, sagte sie. »Es war Ihre Idee, das Tier ins Haus zu holen. Allein wäre Philip nie darauf gekommen.«

Marion, die neben ihm stand, sagte: »Es war nicht seine Schuld. Sie haben einen Fehler gemacht. Er hat eine harmlose –«

Aber Ruth wandte sich ab und lehnte die Stirn gegen die Glasscheibe. Sie starrte in das Zimmer, schloß sich von den anderen ab, ließ ihren Blick mit dem entsetzten Blick ihres Kindes verschmelzen, versuchte, ihm dadurch Liebe, Stärke und Mut zu spenden.

Jetzt konnte sie nichts weiter tun als warten; zusehen und darauf warten, daß die Luft im Zimmer sich abkühlte, auf Beale warten; auf den Glasschneider warten, warten ... Und jeden Moment konnte die Schlange sich aufrichten. Howard sah auf die Uhr. Es war ein paar Minuten vor sieben. Bis das Zimmer kalt genug war, würde es mindestens eine Stunde dauern. Weniger, wenn sie das Fenster aufschnitten.

Aber wahrscheinlich eine Stunde. Er sah zu Ruth hinüber. Würde sie so lange aushalten, ohne zusammenzubrechen? Würde Philip nicht in der Kälte zu husten anfangen und um Atem ringen? Würde er sich nicht bewegen? Niemand hatte daran gedacht. Aber was sollten sie sonst tun? Jedenfalls war Beale unterwegs. Er war der Fachmann.

Im gleichen Moment fuhr Ruth vom Fenster herum. Ihre Hand griff nach der seinen. Ihre langen Nägel gruben sich tief in sein Fleisch.

»Der Wecker«, flüsterte sie.

Sie brauchte es nicht zu erklären. Gewöhnlich war der Wecker auf Philips Nachttisch auf sieben Uhr gestellt, damit er die Käfige seiner Tiere reinigen konnte, bevor er frühstückte und zur Schule ging. Howard konnte das Mickey Mouse-Zifferblatt sehen, sah, daß die Zeiger auf kurz vor sieben standen. Sogar das in das große eingelassene kleinere Zifferblatt konnte er sehen. Und oben auf der Uhr sah er die beiden Messingglocken und den kleinen Messingklöppel, der in wenigen Minuten zwischen den beiden Glocken hin- und herspringen und einen Alarm auslösen würde, der durch das ganze Haus schallte.

»Haben Sie ihn gestellt?« fragte Ruth.

Hatte er? Morgen war Sonnabend, kein Grund, früh aufzustehen. Aber das war in normalen Zeiten. Alles war unnormal. Hatte er ihn gedankenlos gestellt? Er konnte sich nicht erinnern. Er wußte nur, daß er den Wecker aufgezogen hatte, als Philip ihn erwähnte. Er hatte es nur getan, um den Jungen zu beruhigen. Hatte er noch etwas anderes gemacht? Hatte er den Alarm wirklich eingestellt? Er sah sich verzweifelt um. Bulloch war noch unten, Beale nicht da.

»Haben Sie?« schrie Ruth.

»Ich weiß nicht.«

»Helfen Sie ihm!«

»In einer Minute wird Mr. Beale hier sein«, versuchte Marion sie zu beruhigen.

»Um Himmels willen!« Ruth zerrte an Howard.

Er hielt sie einen Moment, bevor sie sich losriß. Sie rannte zu Philips Zimmer und zog am Türgriff. Jede Fiber in Howards Körper protestierte. Er hatte im Wohnzimmer getan, was er konnte. Niemand konnte von ihm erwarten –

»Den Schlüssel!« schrie Ruth.

Er lag auf dem Telefontisch.

»Geben Sie ihn mir«, sagte Marion. »Ich habe Erfahrung mit Schlangen.«

Howard griff nach dem Schlüssel. Er hielt ihn in der Hand. Es war unfair. Fürchterlich unfair. Ruth riß den Schlüssel an sich und begann, mit unsicheren Fingern an dem Schloß herumzumanipulieren. Marion, die sich bemühte, sie zurückzuhalten, wurde abgeschüttelt. Endlich bewegte sich Howard. Er raste zurück in das Wohnzimmer, griff nach dem langen Poker, dem größten Kissen.

»Verdammt, was machen Sie?« fragte Bulloch, der die Treppe heraufkam.

Howard hörte ihn nicht. Er schob Ruth beiseite und öffnete die Tür ganz langsam, zog sie zentimeterweise auf. Als er den Kopf durchstekken konnte, sagte er: »Hör zu, Phil, ich werde versuchen, ihre Aufmerksamkeit abzulenken.« Seine Stimme klang schrill. »Ich hoffe, sie kommt vom Bett runter. Wenn sie sich auf mich zubewegt, nimm den Kopf, Arme, alles unter die Decke.«

Die Schlange hatte sich der neuen Figur zugewandt. Howard schloß die Tür hinter sich. Er hatte derartige Angst, daß er wie gelähmt war. Die Schlange hob den Kopf höher. Howard hielt den Poker in der rechten Hand und versuchte, sich so weit wie möglich mit dem Kissen zu schützen. Er machte einen weiteren Schritt. Die Schlange wiegte sich hin und her, schien aber nicht bereit, das Bett zu verlassen. Stattdessen kroch sie ein wenig auf den Jungen zu.

Der Alarm ging los. Im Zimmer klang es wie Millionen klirrender Metallteile. Die kleine Messingzunge zwischen den Glocken schwang hin und her. Sie bewegte sich so schnell, daß das menschliche Ohr nur einen konstanten Ton vernehmen konnte. Die Vibrationen drangen in das Gehirn der Schlange. Sie richtete sich auf, ein gigantischer, beweglicher Schatten an der Wand. Dann stieß sie zu. Sie griff den Wecker an. Er krachte vom Nachttisch auf den Boden. Die Glocken setzten die Vibrationen fort. Die Schlange griff wieder vom Bett aus an, schoß vorwärts, zerschmetterte das Glas. Für einen kurzen Moment wurde sie durch den wirbelnden Mechanismus betäubt. Das war genug. Howard ließ den Poker auf den langen schwarzen Körper niedersausen. Er brach die Wirbelsäule der Mamba einen halben Meter unterhalb ihres Kopfs, wodurch der ganze hintere Teil paralysiert war. Sie hatte nun nichts, womit sie greifen konnte, keinen Muskel, um ihren Körper abzustemmen. Nur ganz vorn war ihr Kraft verblieben, und sie richtete sich trotzig auf, als Howard wieder zuschlug. Und wieder. Und wieder . . . wieder . . . wieder. Er schlug und schlug – bis nichts mehr übrig war als ein langer Streifen orangefarbenen Breis, wo einmal der Kopf und die Kehle gewesen waren. Er schlug noch immer wie wild mit dem Poker zu, als Bulloch hereinkam und seinen Arm ergriff.

Sonnabend 9.14 Uhr
Rich stand auf dem Bürgersteig und beobachtete, wie die Toningenieure von den BBC- und ITN-Wagen die Kabel aufrollten und zusammenpackten. Die Fernsehinterviews waren vorüber, die Reporter gegangen, die Autos abgefahren, die Schilder und Sperren der Polizei entfernt worden. Alles war vorüber. Die Nacht war zu Ende und der Morgen ein Abbild des vorangegangenen, grau, kalt, neblig. Er drehte sich um und sah zu dem Haus hinüber. Die Eingangstür war geschlossen, die Fenster waren geschlossen. Es war zu. Verriegelt. Nichts zeugte von dem furchtbaren Geschehen, das sich in diesen Mauern abgespielt hatte.

Rich war so müde, daß er kaum noch stehen konnte. Langsam ging er zum Wagen und stieg ein. Sein Kopf sank auf die Rücklehne, und er schloß die Augen. Nur zehn Minuten, und er würde sich besser fühlen. Aber er schlief nicht. Sein Kopf war mit rasenden Vorstellungen gefüllt: Wieder sah er den orangefarbenen Streifen auf dem Teppich im Zimmer des Jungen, den Streifen, der einmal eine giftige Schlange gewesen war; er sah Mrs. Blanchet, das Gesicht gleich einem Totenschädel, die Augen eingefallen, wie sie ihr Kind in den Krankenwagen trug; er sah die Gestalt eines Mannes, der Howard hieß, wie ihm Bulloch und Glaister die Treppe hinunterhalfen, seine Füße kaum den Boden berührend, wie sie ihn zum zweiten Krankenwagen schleppten; er sah Dr. Stowe mit tränenfeuchten Wangen zusehen, wie der Krankenwagen langsam aus der Sackgasse in den Verkehr einbog; er sah Bulloch vor den Fernsehkameras, massig, übersprudelnd, wieder aggressiv, mit den Reportern Witze reißend. Er sah, wie Mr. Beale über die Tödlichkeit der Schlange interviewt wurde und darüber, wie so etwas passieren konnte. Und vor allem sah er das schmutzige Taschentuch und das bleiche Entsetzen, das es enthielt. Die Nacht lief in seiner Erinnerung ab wie ein Schwarz-Weiß-Film, dessen Grauen durch Hell-Dunkel-Effekte erhöht wurde.

Er dachte an Bulloch. Er drehte sich auf dem Sitz um und sah durch das Rückfenster des Autos. Die Tonwagen waren dabei abzufahren. Am Ende der Straße gab Bulloch ein letztes Interview. Er mußte von jedem einzelnen Fernsehreporter, den Kriminalreportern aller Zeitungen, jeder Agentur, jedem Provinzjournalisten interviewt worden sein.

Nicht daß Bulloch viel an den Interviews lag. Rich wußte, daß er der Presse nie nachgelaufen war; er schien sich nur so wohl zu fühlen. Er hatte alle Zweifel beseitigt, alles vergessen, was Rich gesagt hatte.

Während Rich ihn beobachtete, beendete der Reporter das Interview, stieg in seinen Wagen und fuhr ab. Nun waren sie alle gegangen, und Bulloch stand allein auf dem Bürgersteig. Und plötzlich sah Rich einen anderen Mann als den, den er die letzte Stunde über beobachtet hatte.

Bulloch sah nach rechts und links. Er war allein. Einen Moment lang schien er verloren. Dann sah er Rich im Wagen und kam mit großen Schritten auf ihn zu. Er steckte die Hand in die Tasche und warf Rich, als er einstieg, einen Bogen Papier auf den Schoß.

Es war Jacmels Dossier bei Interpol. Richs Augen überflogen die Liste der politischen Morde, der Bombenattentate und Raube.

»Bin ich froh, daß ich das nicht gewußt habe«, sagte Bulloch. »Manchmal ist es das beste, nicht zuviel über den Dreck zu wissen. Aber ich habe es ihm sowieso gegeben.«

Immer noch Bulloch gegen den Dreck, dachte Rich. Immer noch die Ein-Mann-Show. Immer noch das Spiel, das er gewinnen muß.

»Kommen Sie mit auf einen Drink?«

Nichts wollte Rich weniger als einen Drink. Er brauchte Kaffee. Eier und Speck. Ein warmes Bett. Schlaf. Und er hatte nicht den geringsten Wunsch, auch nur eine weitere Minute in Bullochs Gesellschaft zu verbringen.

Aber er wußte, daß mit der anscheinend nebensächlichen Frage eine Anstrengung gemacht worden war. Bulloch vergaß nicht, niemand vergaß solche Dinge. So war es eine enorme Überwindung gewesen.

»Zuerst zu mir, bis die Kneipen aufmachen«, sagte Bulloch und startete den Wagen. »In Ordnung?«

»*All right*«, antwortete Rich, und sie schleusten sich in den Londoner Verkehr ein für den langen, langen vor ihnen liegenden Tag.